喀邁拉空間

秦絲・格里森——著　尤傳莉——譯

GRAVITY

TESS GERRITSEN

媒體名人盛讚

……融合了《急診室的春天》和《阿波羅十三》的緊湊張力。

——《紐約郵報》

泰絲．格里森實在好得可怕……令人神經緊繃、無法釋手的最佳犯罪小說。

——哈蘭．科本

如果你從沒看過格里森的作品，買她第一本書時，請把電費也算進去……因為親愛的，你會看得整夜不睡覺。

——史蒂芬．金

稱霸醫學驚悚小說的冠軍。

——《聖荷西信使報》

無法釋卷……引人入勝可比《伊波拉浩劫》（*The Hot Zone*）……讓你停不下來，一口氣讀到底。

——《美國今日報》

緊張刺激，幾乎讓人無法負荷。

——《聖荷西信使報》

過去三十年，麥克．克萊頓的《天外病菌》（*The Andromeda Strain*）一直是標竿……如今再也不是了。泰絲．格里森以《重力》立下了新的基準……難得的是，這本書製造驚悚的手法全都精采無比。

——《普洛維登斯日報》

令人讚嘆又信服……一個基因大災難的緊張故事。

——《出版人週刊》

力道十足……一部張力十足的傑作。

——《西雅圖郵訊報》

《X檔案》影集之外，少數有關外太空生命的最佳醫學背景小說。

——《娛樂週刊》

太空研究把格里森提到最頂尖的地位，和麥克·克萊頓和羅賓·庫克並駕齊驅。

——《科克斯評論》

驚悚……節奏明快、提心吊膽，而且充滿了內行人的資訊。

——《克里夫蘭據實報》

令人無法釋手的懸疑小說……你拿起來就沒法放下。

——《仕女》雜誌

一流的驚悚小說……從頭到尾絕無冷場。

——北卡羅萊納州《南松城領航者報》

文筆洗練，引人入勝……這本醫學懸疑小說緊張又扣人心弦。

——《圖書館學刊》

太刺激了。

——《中西部書評》

一個精采的故事……一部逼真的驚悚小說。

——《奧斯丁美國政治家報》

獻給那些讓太空飛行成真的人。
人類最偉大的成就，就是積極投入夢想。

大海

1

加拉巴哥海底裂谷
南緯〇．三〇度，西經九〇．三〇度

他滑行在那片深淵的邊緣。

往下是一片海底世界的黑色冰冷水域，陽光永遠穿不透，僅有的光線就是一種生物發光體短暫閃過的亮點。史蒂芬．艾亨博士趴臥在「深航四號」合身的人體艙裡，潛艇前端鼻椎的透明壓克力玻璃圓頂罩著他的頭部，他心中生出那種擺脫束縛、高飛在廣闊太空中的激動感覺。透過這艘深海微型潛艇機翼燈的光線，他看到有機碎屑像細雨般緩緩落下。那些是單細胞原生動物的殘骸，來自遙遠上方的明亮處，往下漂落過數千呎水域後，最終來到它們位於海洋底部的葬身之處。

他滑行過那片碎屑構成的輕柔細雨，駕駛著「深航四號」沿著海底峽谷的邊緣往前，下方是海底高原，而那道深深的裂谷則在左舷。儘管四周的沉澱物看似荒蕪不毛，但生命的證據處處可見。在海底留下足跡或刮痕的漫遊生物，此刻都安全地藏身在沉澱物裡。他也看到了人類的證據：一段生鏽的鐵鍊彎曲披掛在一塊沉落海底的船錨上；一個汽水瓶半埋在海底的泥漿裡。都是來自上方陌生世界的幽靈遺跡。

眼前忽然出現驚人的景象，乍看像是海底一片燒黑的樹幹。那一根根冒著黑煙的煙囪，其實是溶解的礦物質，從地殼的裂縫往上旋繞著噴湧而出，形成二十呎高的管狀物。艾亨博士抓著操縱桿，小心地讓「深航四號」朝右轉，以避開那些煙囪。

「我來到熱泉噴口了，」他說。「以二節的速度航行，那些海底煙囪就在我左邊。」

「潛艇的操作狀況怎麼樣？」海倫的聲音透過耳機傳來。

「棒呆了。這種寶貝我自己也想要一個。」

她笑了起來。「那你可得準備好寫一張鉅額支票，史蒂芬。看到結核場了嗎？應該就在你正前方。」

艾亨沉默了一會兒，看著前方幽暗的水域。片刻之後他說：「我看到了。」

那些錳結核看起來像是散落在海底的煤塊，由礦物質微粒凝固在石頭或沙粒表面而形成，出奇地平滑，近乎怪異，它們是鈦和其他貴重金屬的珍貴來源。但艾亨沒理會那些錳結核。他要尋找的那樣東西，還更加珍貴。

「我要往下進入峽谷了。」他說。

他操縱著「深航四號」駛出高原的邊緣。等到速度增加到二節，微型潛艇的雙翼便開始製造出類似飛機機翼的反作用力，引導著潛艇下行。他開始降入那道深淵。

「一千一百公尺，」他逐步報出數字。「一千一百五十……」

「小心四周要留下空隙。那道裂谷很窄。你監測到水溫了嗎？」

「開始上升了。現在升到攝氏十三度。」

「離熱泉噴口還有一段距離。再過兩百公尺就會碰到熱水了。」

一個影子忽然衝過艾亨面前。他瑟縮了一下，無意間扭動了操縱桿，潛艇往右舷翻轉，吭噹一聲重重撞上峽谷的山壁，整個艙殼隨之猛烈震動。

「天啊！」

「怎麼了？」海倫說。「史蒂芬，你那邊怎麼了？」

他換氣過度了，貼著艙體的心臟猛跳。艙殼。我把艙殼撞壞了嗎？在自己刺耳的呼吸聲中，他等著聽到鋼製艙殼吱呀裂開的聲音，等著致命的水流轟然衝進來。他此時在海平面底下一千一百多公尺，超過一百個標準大氣壓力的強度就像個拳頭般，從四面八方緊緊捏著他。只要艙殼上有一道裂痕，只要有一絲水噴進來，他就會被壓爛。

「史蒂芬，請回答！」

他全身冒出冷汗，最後終於有辦法開口。「我剛剛被嚇了一跳——撞上了峽谷山壁——」

他望著潛艇的圓頂鼻椎外。「看不出來。我想前視聲納撞到山壁了。」

「有什麼損傷嗎？」

「潛艇還可以移動嗎？」

他試了試操縱桿，讓潛艇往左舷稍微轉動。「可以，可以。」他鬆了一口大氣。「我想我沒事。剛剛有個什麼游過我面前。害我嚇了一跳。」

「有個什麼？」

「移動太快了！那是一道條紋——就像蛇一樣揮過去。」

「頭部像普通的魚，但是身體像鰻魚嗎？」

「沒錯。沒錯，我剛剛看到就是這個。」

「那就是綿鳚（eelpout）。*Thermarces cerberus*[1]。」

Cerberus，艾亨想著打了個冷顫。就是希臘羅馬神話中，鎮守在地獄門口那隻三頭犬的名字。

「這種魚會被熱力和硫吸引而來，」海倫說。「等你更接近熱泉噴口，還會看到更多。」

你說了算。艾亨對海洋生物學幾乎一無所知。此時漂過壓克力玻璃面罩外的那些物種，對他而言只是一些新奇的活路牌，可以指引他邁向目標而已。此刻他雙手穩穩放在操縱裝置上，讓「深航四號」往下潛得更深。

兩千公尺。三千公尺。

如果剛剛那一撞，其實撞壞了艙殼呢？

四千公尺，隨著深度下降，水壓也直線上升。現在水的顏色變得更黑了，還夾雜著下方噴口湧上來的一縷縷硫磺色。富含礦物質懸浮物的海水一片濃濁，機翼燈的光線幾乎無法穿透。打著

---

[1] 墨西哥暖綿鳚的拉丁文學名。

旋的沉積物害他什麼都看不見，於是他操縱潛艇駛出這一段帶著硫磺色調的水域，能見度好轉了。他往下潛到熱泉噴口的一側，避開被岩漿加熱的一縷縷海水，但艙外的溫度仍在繼續攀升。

攝氏四十九度。

又一道流動的條紋揮過他的視野。這回他抓著操縱桿的手沒亂扭了。他又看到了更多綿鯯，像一條條垂著頭的肥蛇被懸吊在半空中。下方熱泉噴口湧出來的溫熱海水中，含有豐富的硫化氫，這種化學物質有毒，一般生物無法在其中生存。但即使在這片具有毒性的黑色海水中，依然有生物繁衍，而且形式奇妙又美麗。黏附在峽谷山壁上的是搖曳的巨型管蠕蟲，長度達到六呎，頂部是毛茸茸的緋紅色頭冠。他也看到了一群群白殼巨蚌，探出毛茸茸的紅色舌頭。另外還有螃蟹，匆匆在裂縫間奔跑，怪異的蒼白顏色有如鬼魅。

雖然艙內的空調還在運轉，但他已經開始感受到熱度了。

六千公尺。水溫達到攝氏八十二度。至於那一縷縷被滾燙岩漿燙熱的海水，溫度則會超過攝氏兩百六十度。在這裡，四周是一片全然的黑暗，海水有毒且超熱，但竟然連在這種地方都能有生物存活下去，似乎是一種奇蹟了。

「我來到六千零六十公尺了，」他說。「還沒看到它。」

他耳機中傳來海倫的聲音，微弱而帶著爆擦音。「山壁上有一個突出的岩架。應該到六千零八十公尺的深度就會看到。」

「我正在找。」

「下降速度放慢。很快就會看到了。」

「六千零七十，還在找。這裡的海水像豌豆湯似的。也許我位置錯了。」

「……聲納數據……上頭塌下來了！」她狂亂的訊息消失在一片靜電雜音中。

「我沒收到。請重複。」

「峽谷的山壁垮了！碎片正朝你那邊掉。趕快離開那裡！」

岩石砸在艙殼的乒乓聲好大，害他慌亂中把操縱桿往前猛推。一個巨大的陰影穿過陰暗水域，筆直落下，擊中他前方一片峽谷的岩架，撞出一大片落雨般的碎屑。乒乓聲愈來愈急。然後一個震耳欲聾的吭噹聲，伴隨而來的震動像一記重拳打在他身上。

他的頭被震得往前猛衝，下巴撞在艙壁上。他感覺到自己往一旁傾斜，右舷機翼刮過山壁上突出的岩石時，他聽到可怕的金屬吱呀聲。潛艇繼續翻轉，沉澱物旋轉著形成一團茫然無向的濃雲，掠過他眼前。

他壓下緊急上浮的拉桿，同時手忙腳亂地拉扯著操縱桿，想讓潛艇往上升。「深航四號」搖晃著往前，金屬艙殼刮過岩石的時候，突然停下了。潛艇就卡在那裡，往右傾斜。他慌忙抓著操縱桿猛搖，又把加速器推到底。

沒有反應。

他暫停一下，心臟猛跳，然後努力想壓下自己高漲的恐慌感。為什麼動不了？為什麼潛艇沒有反應？他逼自己看清兩個數字顯示板。電池用量表完整無損。空調顯示板也還在運作。深度數字表顯示是六千零八十二公尺。

懸浮物逐漸沉澱下來，左舷機翼燈的光照出了四周的形影。在潛艇鼻錐的正前方，他看到一片鋸齒狀黑色岩石和血紅色的巨型管蠕蟲，那個景貌好陌生。他伸長脖子朝右舷看，眼前所見讓他的胃往上翻。

右舷的機翼緊緊嵌在兩塊岩石間。他無法往前進，也無法朝後退。我困在一個墳墓裡，位於海平面之下一萬九千呎。

「……收到了嗎？史蒂芬，你收到了嗎？」

他聽到自己恐懼的微弱聲音：「我動不了──右舷卡在──」

「……左舷的機翼板。左右偏擺一下，說不定就能脫身了。」

「我試過了。全都試過了。就是動不了。」

耳機裡一片死寂。斷訊了嗎？是他們切斷的嗎？他想著遙遠上方的那艘船。在波濤中微微起伏的甲板。他想著陽光。水面上是個美麗的晴天，海鳥在天空翱翔。大海是一片深不見底的藍……

這時耳機裡傳來一名男子的聲音。是帕默．蓋布里爾，資助這趟探險的人。他講話一如往常，冷靜而自制。「救援程序開始了，史蒂芬。另一艘潛水艇已經出發。我們會盡快把你救上來。」然後他暫停一下，才說：「你看得到什麼嗎？周圍的環境是什麼樣？」

「我──我停在熱泉噴口上頭的一個岩架。」

「能看清多少細節？」

「什麼？」

「你現在是在六千零八十二公尺。剛好就是我們感興趣的深度。你卡住的那個岩架怎麼樣？那些岩石呢？」

我都快要死掉了，他還在跟我問那些該死的石頭。

「史蒂芬，打開警示閃燈，跟我們說你看到了什麼。」

他勉強把視線轉到儀表板上，打開警示閃燈。

明亮的光線衝破昏暗。他盯著那片搖晃的景象在眼前現形。之前他只注意到管蠕蟲。現在他轉移焦點，望著散落在岩架上那一大片岩屑。那些石頭呈煤黑色，像錳結核，但眼前這些有鋸齒狀的邊緣，像凝結在一起的玻璃碎片。他往右看，望著那片剛裂開、卡住他機翼的岩石，忽然明白眼前所見是什麼。

「海倫是對的。」他低語道。

「我沒聽到。」

「她是對的！鈦源——我現在清楚看到了——」

「你聲音愈來愈小。建議你……」蓋布里爾的聲音被一片靜電雜音掩蓋，然後消失了。

「我沒收到。重複，我沒收到！」艾亨說。

沒有回答。

他聽到自己的心臟怦怦跳，呼吸聲好大。慢下來，慢下來。否則氧氣很快就會用光了……

在他的壓克力玻璃圓頂外，生命踏著曼妙的舞姿，漂過這片有毒的海水。時間緩緩過去，幾分鐘逐漸延長為幾小時，他看著那些巨型管蠕蟲搖晃，緋紅色的絨毛仔細搜尋著營養素。他看到一隻沒有眼睛的螃蟹，緩緩走過那片岩石地。

燈光變暗了。空調風扇忽然沉默下來。

快沒電了。

他關掉警示閃燈。現在只剩左翼燈微弱的光線了。再過幾分鐘，他就會開始感覺到被岩漿燙熱的、高達攝氏八十二度的海水。那個熱度會穿透艙殼，讓他泡在自己的汗水中，緩緩被煮熟。他已經感覺到腦殼上冒出一滴汗，滑到臉頰。他依然緊盯著那隻螃蟹，踏著優雅的步伐，走過那片岩架。

機翼燈開始閃爍。

然後熄滅了。

發射

2

兩年後
七月七日

中斷。

固態燃料助推火箭轟隆作響，軌道飛行器震搖刺骨，此時任務專家艾瑪．瓦森的心頭，清楚浮現出中斷的指令，彷彿有人在她通訊耳麥的另一頭大喊。其實沒有任何組員說出這個字眼，但那一刻，她知道必須下這個決定，而且要快。指揮官鮑伯．克瑞吉和駕駛員吉兒．休伊特坐在前面的駕駛艙裡，艾瑪還沒聽到他們宣佈決定。但沒有差別。他們同一組人已經共事太久，可以看透彼此的心思，而且太空梭飛行控制台上那些亮起的琥珀色警示燈，也清楚宣示了他們接下來的行動。

幾秒之前，抗拒大氣阻力而往上推升的軌道飛行器開始劇烈震動，表示奮進號太空梭已經達到了最大Q點（Max Q），也就是發射期間空氣動力壓力的最大點。當時克瑞吉曾暫時將主引擎動力降到七十%，以降低震動的程度。現在根據控制台的警示燈光，顯示三具主引擎已經有兩具故障。即使剩下的一具主引擎和兩個固態燃料助推火箭都還在運轉，他們也絕對到不了軌道。

他們得中斷發射了。

「控制中心，這裡是奮進號。」克瑞吉說，聲音清晰而平穩，沒有一絲憂慮。「無法加速。左邊和中間的主引擎在最大Q點時故障。我們上不了軌道了。即將採取『返回發射基地中斷』。」

「收到，奮進號。確認兩具主引擎故障。在助推火箭的燃料燒完之後，就進行『返回發射基地中斷』。」

艾瑪已經迅速翻了一下那疊檢查表，抽出了「返回發射基地中斷」的卡片。全組人都記得這個流程的每個步驟，但在緊急中斷的慌亂狀況下，可能會忘記某個必要的步驟。這張檢查表能帶給他們安全感。

艾瑪心跳加速地瀏覽了一遍適當的動作流程，上頭都有清楚的藍色標示。失去兩個主引擎的「返回發射基地中斷」，他們有機會平安度過——但只是理論上。因為必須有一連串近乎奇蹟的狀況發生。首先，在脫離巨大的外燃料箱之前，他們要先清空燃料、關掉最後一個主引擎。然後克瑞吉會把軌道飛行器俯仰轉半圈，成為頭部向上的姿勢，朝發射台的方向飛回去。他將只有一次機會，載著他們安全降落在甘迺迪太空中心。只要犯一個錯，奮進號就會衝進海裡。

現在他們的性命，都掌握在克瑞吉指揮官手上了。

升空快要滿兩分鐘時，一直跟任務控制中心保持通訊的克瑞吉口氣還是很平穩，甚至有點厭煩。兩分鐘是下一個危機點。螢幕顯示器亮出了Pc＜50的訊號。助推火箭裡的固態燃料燒光了，很準時。

火箭裡的燃料一耗盡，艾瑪立刻感覺到速度明顯減緩。接下來助推火箭上的連接螺栓被炸開，火箭脫離，窗戶上出現了一道明亮的閃光，逼得她瞇起眼睛。

發射期間的震耳轟響不祥地沉寂下來，劇烈的震動也轉為一片平穩，近乎寧靜。在這片突如其來的平靜中，她感覺到自己的脈搏加速，猛跳的心臟就像一個拳頭，不斷敲打著她胸部的安全帶。

「控制中心，這裡是奮進號，」克瑞吉說，還是冷靜得反常。「助推火箭脫離了。」

「收到，我們看見了。」

「開始中斷程序。」克瑞吉壓下「中斷」按鈕，旋轉開關已經轉到了「返回發射基地中斷」選項。

透過通訊裝置，艾瑪聽到吉兒．休伊特喊道！「艾瑪，唸一下檢查表！」

「沒問題。」艾瑪開始高聲唸起來，她自己的聲音也跟克瑞吉和休伊特一樣冷靜異常。任何聽到這些對話的人，絕對想不到他們正面臨著大災難。他們假裝像是機器一樣，壓抑著自己的恐慌，靠死背和訓練做出每個動作。軌道飛行器上的電腦會自動設定返航路線。他們會繼續順著發射方向往上飛，爬升到四十萬呎，以消耗掉燃料。

現在軌道飛行器開始俯仰轉動，機尾往上轉半圈到另一頭，她感覺到那種旋轉的暈眩。原來上下顛倒的地平線忽然翻正了，同時他們回頭飛向近四百哩之外的甘迺迪太空中心。

「奮進號，這裡是控制中心。關掉主引擎。」

「收到，」克瑞吉回答。「主引擎關掉。」在儀表板上，三個引擎的狀態指示燈忽然都亮出紅色。他已經關掉了主引擎，再過二十分鐘，外燃料箱就會掉進海裡了。

高度降得很快，艾瑪心想。但我們要回家了。

她驚跳了一下。警示鈴聲響了，控制台上又有新的燈號亮起。

「控制中心，三號電腦壞了！」休伊特大喊。「我們失去了一個導航狀態航線圖！重複，我們失去了一個導航狀態航線圖！」

「有可能是慣性測量裝置故障，」安迪．梅塞爾說，他也是任務專家，坐在艾瑪旁邊。「讓電腦離線吧。」

「不！有可能只是資料匯流排破損！」艾瑪插話。「我建議接上備用的。」

「我贊成。」克瑞吉大聲說。

「接上備用系統。」休伊特說，轉到了五號電腦。

導航畫面又出現了。每個人都鬆了一口大氣。

外頭的炸藥發出火光，顯示空的外燃料箱已經脫離了。他們看不到它掉進海裡，但知道另一個危機點剛剛度過。現在只剩軌道飛行器獨自飛行，像一隻肥胖又笨拙的大鳥，朝家的方向滑翔。

休伊特叫起來，「狗屎！我們失去了一個輔助動力系統！」

又有新的警示聲響起，艾瑪連忙抬頭。一具輔助動力系統失效了。然後另一個警示聲大作，她恐慌地看向控制台。上頭一大堆琥珀色的警示燈號閃爍著。在視訊螢幕上，所有資訊都消失了，只剩下不祥的黑白線條。災難性的電腦故障。他們在缺乏導航資訊的狀況下飛行，也無法控制襟翼以保持平穩。

「安迪和我處理輔助動力系統故障！」艾瑪大喊。

「重新啟動備用電腦！」

休伊特一邊撥動開關一邊詛咒。「各位，這一點也不好玩。一點反應也沒有——」

「再啟動一次！」

「還是沒有用。」

「飛機傾斜了！」艾瑪喊道，覺得自己的胃翻轉了起來。

克瑞吉使勁挪動著操縱桿，但他們已經朝右舷歪得太厲害。地平線轉成垂直，然後又轉成上下顛倒。下一圈轉得更快，地平線打著轉，海與天交替迴旋得令人暈眩作嘔。

死亡的迴旋。

她聽到休伊特呻吟，聽到克瑞吉坦然而認命地說：「我控制不了它了。」

接著，致命的旋轉加速，衝向驟然而震撼的終局。

然後是一片死寂。

他們的通訊裝置傳來一個愉悅的聲音，「抱歉啦，各位。你們這回沒成功。」

艾瑪拉掉頭上戴的耳麥。「那樣很不公平，海柔！」

吉兒・休伊特也幫腔抗議，「嘿，妳是存心想害死我們。我們根本沒有機會。」

艾瑪是第一個爬出太空梭飛行模擬器的組員，其他人也緊跟在後。她走進沒有窗子的控制室，三個教練坐在那排控制台後面。

組長海柔・蓓拉臉上掛著惡作劇的微笑，在椅子上旋轉過來，面對著怒氣沖沖的克瑞吉指揮官這一組四人。儘管一頭燦爛的褐色捲髮，看起來像個豐滿的大地之母，但海柔其實是個殘酷無情的操練高手，她以最困難的模擬狀況考驗她的飛行小組，每當小組無法成功度過危機，好像就算是她贏了似的。海柔很清楚每次發射都可能以災難告終，所以她希望自己負責訓練的太空人，能夠具有各種存活的技能。失去一組人馬是她的惡夢，她只希望永遠不會碰上。

「這次模擬實在太低級了，海柔。」克瑞吉抱怨道。

「嘿，你們老是成功度過危機。我們得挫挫你們的銳氣才行。」

「拜託，」安迪說。「升空時掛掉兩個引擎？一個資料匯流排破損？一個輔助動力系統故障？然後妳又加上一個壞掉的五號電腦？妳要給我們多少故障和毛病？太不切實際了。」

另一個教練派屈克咧嘴笑著轉過來。「你們還沒注意到我們丟的另一個狀況呢。」

「還有什麼？」

「我讓你們的氧氣槽感應器故障。你們沒人看到壓力表上頭的數字改變了，對不對？」

克瑞吉大笑一聲。「哪來的時間啊？我們都忙著處理其他一打故障問題了。」

海柔舉起一隻粗壯的臂膀，做出停戰的姿勢。「好吧，各位。或許我們的確做得太過火了。坦白說，我們很驚訝你們進行『返回發射基地中斷』還能撐那麼久。我們想再丟個扳手進去（throw in a wrench❷），好讓這個模擬更有趣。」

「你們根本把整個該死的工具箱都丟進來了。」休伊特嗤之以鼻。

「老實說，」派屈克指出，「你們有點太自負了。」

「應該說是自信。」艾瑪說。

「這樣很好，」海柔承認。「自信是好事。你們上星期的那次綜合模擬，就展現出很棒的團隊合作狀況。連高登・歐比都說他印象很深刻。」

「獅身人面像這麼說？」克瑞吉驚訝地抬起一邊眉毛。高登・歐比是飛行人員事務處的主任，向來沉默冷淡且莫測高深，因而詹森太空中心裡沒有人真正了解他。他可以在任務管理會議開會時，從頭到尾不發一語，但人人都曉得他把所有細節記在心裡。太空人都對他又敬佩又有點畏懼。他的職位對於飛行任務的人選有最後決定權，也因此可以造就或毀掉一個太空人的事業。他讚美克瑞吉這組人，這件事的確是個好消息。

不過海柔緊接著就又殺了他們的威風。「不過呢，」她說，「歐比也很擔心，你們把模擬看得太輕鬆愉快了。好像這對你們只是個遊戲。」

「不然他還期望我們怎麼樣？」休伊特說。「一直想著那一萬種摔死或燒死的死法嗎？」

「空難可不只是理論上有可能而已。」

海柔平靜地說出這句話，讓他們都暫時沉默下來。自從挑戰者號太空梭的空難以來，太空人小組裡的每個人就充分意識到，另一樁大型事故只是遲早的事情。坐在兩根助推火箭上頭、準備好要帶著五百萬磅爆炸推力衝上天空的人，對於這個行業的危險性是不可能等閒視之的。然而他們在太空中很少談到死；去談就是承認了死的可能性，承認下一架出事的太空梭上頭也可能有自己。

海柔意識到，她是在他們精神高昂的當口潑冷水。以這種方式結束一次訓練可不妙，現在她想收回之前的批評。

「我會說這些，是因為你們這個團隊合作無間、表現得太好了。我得很努力給你們出難題。離發射還有三個月，你們的狀態就已經這麼好了。但我希望你們還能更好。」

「換句話說，各位，」派屈克坐在他的控制台前說。「別那麼自負。」

鮑伯．克瑞吉假裝謙虛地低下頭。「我們馬上就回家，穿上苦修的剛毛襯衣好了。」

「太過自信是很危險的。」海柔說。她從椅子上站起來，面對著克瑞吉。已經出過三次太空梭飛行任務的克瑞吉比她高半個頭，而且他當過海軍飛行員，有那種飛官的自信姿態。但海柔沒被克瑞吉嚇倒，也不會被她訓練的任何太空人嚇倒。無論他們是火箭科學家或軍事健兒，都同樣

❷意指破壞、阻撓。

只會激起她母性的關切：希望他們出任務之後，能活著回來。

她說：「你太會帶人了，鮑伯，結果弄得你的組員都以為這件事很容易。」

「不，是他們讓這件事看起來很容易。因為他們很行。」

「再說吧。星期二還要進行綜合模擬，霍里和樋口也會參加。到時候我們還會變出一些新花樣。」

克瑞吉咧嘴笑了。「好吧，想辦法害死我們吧。不過要公平一點。」

「命運很少公平的，」海柔嚴肅地說，「所以也別期望我會公平。」

艾瑪和鮑伯．克瑞吉坐在「夜間飛行」酒館的一個卡座裡，邊喝啤酒邊仔細檢討白天的模擬。這個慣例始自十一個月前，當時他們四個人剛被指派為第一六二號太空梭飛行任務的小組成員。此後每個星期五晚上，他們都會在航太總署路詹森太空中心旁邊的「夜間飛行」酒館碰面，檢討訓練進展。看他們哪些地方做得正確，哪些地方還需要加強。親自挑選每一個組員的克瑞吉建立起這個慣例。儘管他們每星期共事超過六十個小時，但他好像從來都不急著回家。艾瑪原先以為是因為克瑞吉剛離婚，現在一個人住，害怕回到那棟一個人空蕩蕩的房子。但等到更了解他之後，她才明白他只不過是利用這些聚會，把他工作時腎上腺素高漲的狀況延長得更久。克瑞吉生來就是為了飛行。他會閱讀那些枯燥到極點的太空梭操作手冊，只為了消遣；而且他一有空，就會跑去駕駛航太總署的那些T–38教練機。感覺上，他簡直像是痛恨地心引力把他的雙腳限制在地面上。

他無法明白，為什麼其他組員在白天工作結束後會想回家；而今天晚上只有他們兩個人坐在「夜間飛行」慣常的桌子旁，似乎令他有點傷感。吉兒．休伊特去參加她侄子的鋼琴獨奏會，安迪．梅塞爾則回家慶祝他結婚十週年。到了約定的時間，只有艾瑪和克瑞吉出現，而此刻他們剛檢討完這個星期的模擬，接著兩人沉默了許久。工作的事情談完之後，他們就無話可說了。

「明天我要開 T-38 教練機到白沙基地，」他說。「要不要一起去？」

「沒辦法。我跟律師有約。」

「所以妳跟傑克真的打算離婚了？」

她嘆了口氣。「已經開始準備工作了。他找了律師，我也找了律師。離婚已經是沒辦法避免了。」

「聽起來好像妳還在猶豫。」

她穩穩地放下啤酒。「我沒猶豫。」

「那妳幹嘛還戴著他給的戒指？」

她低頭看看手指上那枚金色的結婚戒指，忽然發起狠想拔下來，可是拔不動。戴在手指上七年，那枚戒指似乎嵌進了她的肉裡，不肯離開。她詛咒著，又用力拔了一次，這回很用力，戒指滑過指節時還刮掉一塊皮。她把戒指放在桌上。「你看，我是自由身了。」

克瑞吉笑了起來。「你們兩個光是鬧離婚，就鬧得比我結婚的時間還久。總之，你們兩個到底還在爭什麼？」

她身子往後一垮，忽然好累。「什麼都爭。我承認，我自己也不是很講道理。幾個星期前，我們試著想坐下來，列出所有財產的清單。看我想要什麼，他想要什麼。我們保證自己會很文明，會像兩個冷靜而成熟的大人。好吧，等我們清單列到一半，就完全開戰了。簡直想把對方置於死地。」她嘆了口氣。其實她和傑克向來就是如此。同樣頑固、同樣容易激動。不論是相愛或相爭，兩人之間總是火花四射。「我們一致同意的只有一件事，」她說。「那隻貓歸我。」

「真有福氣啊。」

她看著他。「你後悔過嗎？」

「你是指我離婚的事？從來沒有。」儘管他的回答很明確，目光卻往下落，好像想隱藏彼此都知道的實情：他還在哀悼自己婚姻的失敗。儘管他夠勇敢，可以把自己綁在幾百磅的爆炸性燃料上頭，卻仍不免被尋常的寂寞所苦。

「問題就出在這裡，妳知道。我終於搞清楚了，」他說。「一般人不了解我們，因為他們的夢想跟我們不一樣。唯一能跟太空人維繫婚姻的，就是聖人和烈士。或者根本不在乎我們死活的人。」他苦笑起來。「邦妮不是烈士。而且她絕對不了解我們的夢想。」

艾瑪低頭看著自己的結婚戒指，放在桌上亮晶晶的。「傑克了解，」她輕聲說。「他也有同樣的夢想。所以才會毀了我們的婚姻。因為我可以上去，他卻不能。因為他沒辦法跟我一樣。」

「那他就該成熟一點，面對現實。不見得人人都是那塊料。」

「你知道，我真希望你提到他的時候，不要講得好像他被淘汰掉似的。」

「嘿，是他自己要辭職的。」

「不然他能怎麼辦？他知道自己永遠不可能參加飛行任務了。如果他們不讓他飛，留在太空人小組裡面就沒意義了。」

「他們不讓他飛，是為了他好。」

「那是醫學上的猜測。有過腎結石的人，並不表示以後還會有。」

「好吧，艾瑪醫師，妳是醫師。那妳告訴我，如果妳知道傑克的病歷，妳會希望他當妳的太空梭隊友嗎？」

她頓了一下。「會，身為醫師，我會的。傑克很可能在太空中完全沒事。他能力太強了，我無法想像他們為什麼不讓他上去。我可能會跟他離婚，但我很尊敬他的專業能力。」

克瑞吉大笑，喝光杯裡的啤酒。「這件事妳不完全客觀，對吧？」

她想開口辯駁，然後這才發現找不到什麼理由。克瑞吉說得沒錯。只要是關於傑克・麥卡倫的事情，她就從來無法客觀。

外頭是休士頓悶熱的夏夜，她走到「夜間飛行」的停車場，停下來抬頭望著天空。城市的燈光照得星空都顯得黯淡，但她還是欣慰自己看得到那些熟悉的星座。仙后座和仙女座和七姊妹星團。每回看到這些星座，她就想起那個夏夜，她們兩人並肩躺在草地上看星星時，傑克跟她說過的話。那一夜她才第一次明白自己愛上他了。*天空充滿了女人，艾瑪。妳也屬於那裡。*

她輕聲說：「你也是，傑克。」

她開了車門，坐進駕駛座。她伸手到口袋裡，拿出結婚戒指。在昏暗的汽車內，她凝視著戒指，想著它所代表的七年婚姻。就要結束了。

她把戒指放回口袋，覺得左手空蕩蕩的，毫無遮蔽。我得習慣這個狀況，她心想，然後發動汽車。

3

七月十日

一聽到救護車警笛的尖嘯，傑克·麥卡倫醫師就說：「各位，上場表演了！」然後出門來到急診室的救護車入口，感覺到自己的脈搏加快，感覺到腎上腺素的電流注入神經系統而接通了電線。他不曉得有什麼病患會送到邁爾斯紀念醫院，只知道不止一位。剛剛急診室已經接到無線電通報，州際四十五號公路發生了十五輛汽車追撞的連環車禍，兩人當場死亡，二十人受傷。雖然傷勢最嚴重的會送到灣岸醫學中心或德州醫學中心，但附近其他比較小的醫院都得準備好，隨時會有病患湧入。

傑克四下看了一圈，好確定急救團隊的人都準備好了。另一位急診室醫師安娜·史雷札克就站在他旁邊，看起來嚴肅而鬥志高昂。支援的人員還包括四名護士、一名檢驗師，以及一個滿臉害怕的實習醫師。這位實習醫師才剛從醫學院畢業一個月，是全急診室最嫩的菜鳥，而且手指笨拙到極點。註定以後要去精神科的，傑克心想。

警笛呼嘯聲停止，救護車轉上坡道，倒車停在入口。傑克拉開後車門，看到了傷患——一名年輕女子，頭部和頸部以護頸圈固定住，一頭金髮黏著血塊。他們把她拉出救護車時，傑克可以看得更清楚，心中一凜，這張臉他認得。

「黛比！」他說。

她往上看著他，目光渙散，似乎不知道他是誰。

「我是傑克．麥卡倫。」他說。

「啊，傑克。」她閉上眼睛呻吟。「我頭好痛。」

他安慰地拍一下她的肩膀。「親愛的，我們會好好照顧妳的。別擔心。」

他們推著她進了急診室的門，走向外傷診療室。

「你認識她？」安娜問他。

「她先生是比爾．漢寧，那個太空人。」

「你是說在太空站那個？」安娜笑了起來。「要通知的話，還真得打長途電話了。」

「如果有必要的話，要連絡他倒不是問題。詹森太空中心可以直接把電話接過去。」

「你要我接手這個病人嗎？」這個問題很合理。醫師們通常會避免治療自己的朋友或家人；如果躺在診療台上心跳停止的病患，是你熟悉又喜歡的人，那麼你就很難保持客觀。不過他和黛比雖然有陣子常出席同樣的社交場合，但傑克覺得彼此只算認識，並不是朋友，他覺得當她的醫師並不為難。

「我來吧。」他說，然後跟著輪床走進外科診療室，腦袋裡已經預先想著接下來要做的事情。她身上看得到的外傷只有頭皮撕裂，但因為頭部明顯有傷，所以他不能排除頭骨和頸椎破裂的可能性。

護士替她抽血好送去檢驗，同時輕手輕腳地脫掉黛比其他的衣服，旁邊的救護車人員則迅速幫傑克簡報。

「她是連環車禍裡面的大概第五輛車。據我們所能看到的，她被後頭的車追撞後，車子往旁邊旋轉，然後駕駛座旁邊的側邊又被撞上。車門都撞凹了。」

「你到的時候，她是清醒的嗎？」

「昏迷了幾分鐘。我們幫她接上靜脈注射時，她醒了過來。我們立刻固定她的脊椎。血壓和心律都一直很穩定。她算幸運的。」那位救護車人員搖搖頭。「你該看看她後頭那傢伙。」

傑克走到輪床旁檢查病患。黛比的兩眼瞳孔都對光線有反應，眼外肌活動也很正常。她知道自己的名字，也曉得身在何處，不過想不起日期。條理程度得兩分，他心想。應該要讓她至少住院觀察一夜。

「黛比，我要送妳去照X光，」他說。「我們得確定妳沒有其他骨折。」他看著護士。「立刻做斷層掃描，頭骨和頸椎。還有……」他暫停一下，仔細傾聽。

另一輛救護車的警笛聲接近了。

「趕緊去照X光吧。」他下令，然後快步回到門外的救護車入口，其他急救人員也已經聚集在那邊。

接著他們聽到又一輛救護車的警笛聲，比較弱。傑克和安娜警戒地互望一眼。兩輛救護車就要到了？

「這一天會很忙。」他咕噥道。

「外傷診療室空下來了？」安娜問。

「病人送去照X光了。」第一輛救護車倒車時，他走上前去。車子一停下來，他就拉開門。這回是男的，中年且過重，他的皮膚蒼白溼冷。快要休克了，是傑克的第一個評估，但他沒看到血，沒有外傷的痕跡。

「他受到擦撞，」救護車人員說，推著那男人進入診療室。「我們把他從車子裡面救出來的時候，他說胸部痛。心律很穩定，有點太快，但沒有心室早期收縮的狀況。收縮壓九十。我們在車禍現場給了他嗎啡和硝化甘油，給他的氧氣是每分鐘六公升。」

每個人都專心各司其職。安娜記錄病歷並進行一般檢查，護士則幫病患貼好心臟監視器的電極片。機器上亮起了心電圖。傑克撕下報表，立刻專注在V1和V2導線的ST段上升。

「前壁心肌梗塞。」他對安娜說。

她點點頭。「我想應該要給他血栓溶解劑。」

一名護士在門口朝他們大喊，「另一輛救護車到了！」

傑克和兩名護士跑出去。

一名年輕女子在擔架上尖叫又扭動。傑克看了她變短的右腿，發現足部往旁邊旋轉了快九十度，知道這位病人得直接送去開刀。他趕緊割開她的衣服，露出受撞擊而造成骨折的髖部，因為膝蓋撞上汽車儀表板力道太大，使得一邊大腿骨被往上撞進了關節窩。光是看她那隻變形得很怪異的腿，就讓他想吐。

「嗎啡？」護士問。

他點點頭。「看需要多少都盡量給她。她現在非常痛。交叉比對後輸血六單位。另外找個整型外科醫師盡快——」

「麥卡倫醫師，立刻到X光室。麥卡倫醫師，立刻到X光室。」

傑克警覺地抬起頭。黛比・漢寧。他衝出急診室。

他看到黛比躺在X光檢查檯上，旁邊站著急診室護士和檢驗師。

「我們剛拍完頸椎和頭骨的片子，」那名檢驗師說，「就叫不醒她了。她連對疼痛都沒有反應。」

「失去意識多久了？」

「不曉得。她已經躺在檢查檯上十分鐘、十五分鐘了，我們才發現她都沒講話。」

「電腦斷層掃描做好了嗎？」

「電腦部分做好了，影像應該兩三個小時就可以處理好。」

傑克拿小手電筒檢查黛比的眼睛，覺得自己的胃往下直沉。她的左瞳孔擴張且沒有反應。

「把片子給我看。」他說。

「頸椎的已經放在燈箱上了。」

傑克趕緊到隔壁房間，看著夾在燈箱上的X光片。頸部X光片上沒有裂痕；頸椎很穩固。他拿下那些片子，換上頭骨的X光片。乍看之下，沒看到什麼明顯的傷勢。然後他的視線集中在一條劃過左顳骨的線，非常細，像是一根針在片子上留下的刮傷。那是一條裂痕。

那道裂痕傷到了左邊的中腦膜動脈嗎？那就會引起顱內出血，當出血累積、形成壓力時，會壓迫到腦部。這就解釋了她的精神狀態為什麼會急速惡化，而且瞳孔會擴張。

那些出血必須立刻清掉。

「把她送回急診室！」他說。

才幾秒之內，他們就把黛比用皮帶拴在輪床上，跑步推著她沿著走廊往前。轉入一間空的診療室後，他對職員大喊，「立刻呼叫神經外科醫師！跟他們說有個病患硬腦膜外出血，我們會做好緊急顱骨鑽孔手術的準備工作。」

他知道黛比真正需要的是進開刀房，但她的狀況惡化得太快，他們不能再等下去了，得在這個診療室進行手術。他們把她搬到診療檯上，在她胸部接上一堆心電圖電極片。她的呼吸變得不規則；必須插管了。

他才剛拆開裝著氣管插管的袋子，一個護士就說：「她停止呼吸了！」

他把喉鏡滑入黛比的喉嚨。幾秒鐘後，插管完成，氧氣開始輸入她的肺部。

一名護士打開電動剃毛刀的開關。黛比的金髮開始一綹綹掉在地板上，露出了頭皮。

剛剛那名職員在門口探頭。「神經外科醫師碰到塞車！至少還要一小時才能趕到。」

「那就找另一個過來！」

「他們全在德州醫學中心！所有頭部受傷的病患都往那邊送了。」

老天，我們慘了，傑克心想，低頭看著黛比。每過去一分鐘，她頭骨內的壓力就愈大。腦細胞正在壞死中。如果這是我太太，我不會等下去的。一秒都不會。

他艱難地吞嚥著。「去拿哈德森曲柄鑽。我自己來做鑽孔術。」他看到那些護士震驚的表情，於是故意虛張聲勢地補充，「那就像是在牆上鑽洞，我以前做過的。」

趁護士正在為那塊剛剃過的頭皮準備時，傑克穿上了刷手服，戴上手套。他把無菌布單放好，很驚訝地發現自己雖然心臟狂跳，但雙手竟然還是很穩。他以前的確做過顱骨鑽孔，但只有一次，而且是好幾年前，旁邊還有神經外科醫師在監督著。

不能再等下去。她快死了。動手吧。

他伸手拿了解剖刀，在左顳骨上方的頭皮劃出一道直線切口。血滲出來。他擦掉血，燒灼了傷口。接著他用牽開器將傷口兩邊的皮膚往外拉，在帽狀腱膜上割得更深，碰到了頭骨膜，然後刮開，露出頭骨表面。

他拿起哈德森曲柄鑽。這是一種以手搖操作的醫療儀器，外形幾乎像是古董，就像你在祖父的木工坊裡會看到的那種工具。首先他用穿孔器，也就是鏟子形的鑽頭，先在頭骨上鑽一個凹洞。然後他換上球形頭、多刃形的梅花鑽。他深吸了一口氣，把鑽子放好位置，開始朝腦部鑽得更深。他前額開始冒出一顆顆汗。眼前沒有電腦斷層掃描影像確認，純粹得靠他自己的臨床判斷。他甚至不曉得自己是不是鑽對了地方。

那個洞裡忽然湧出鮮血，濺在手術布單上。

一名護士遞了手術盆給他。他抽回鑽子，看著一道紅色的血不停流出頭骨，在盆內形成一灘發亮的鮮血。他鑽對位置了。隨著每流出一滴血，黛比．漢寧腦部的壓力也隨之降低。

他吐出一口長氣，肩頭的緊張忽然放鬆了，覺得肌肉疲倦而痠痛。

「準備好骨蠟，」他說。然後放下鑽子，伸手去拿抽吸導管。

一隻白老鼠懸在半空中，彷彿漂浮在一片透明之海。艾瑪．瓦森醫師朝牠漂過去，修長的四肢和優雅的姿態宛如水中舞者，一綹綹捲曲的深褐色頭髮朝外四散，形成一圈幽靈般的光環。她抓住那隻老鼠，緩緩轉過來面對鏡頭，接著舉起一根注射器。

這段影片是兩年前第一四一號太空梭飛行任務期間，在亞特蘭提斯太空梭上拍攝的，至今仍是高登．歐比最喜歡的公關影片，所以現在才會在航太總署提格演講廳的所有螢幕上播放。誰不喜歡看艾瑪．瓦森呢？她輕快又柔軟，而且她眼中擁有那種好奇的光芒，只能稱之為火花。從眉毛上那道小疤，到缺了一小角的門牙（他聽說是一次鹵莽的滑雪所留下的紀念品），那張臉展現出一個充滿活力的生命。但對高登來說，艾瑪最吸引人之處，就是她的聰慧，她的能力。他一直關注艾瑪在航太總署內的發展，但這份關注跟她迷人的外貌完全無關。

身為飛行人員事務處的處長，高登．歐比對於挑選飛行任務的人選有很大的權力，他也努力跟所有太空人保持一個安全——有些人會說是無情——的距離。他也曾是太空人，擔任過兩次太空梭指揮官，即使在當時，他就已經有「獅身人面像」的綽號，被視為冷漠而神祕，從不熱中於閒聊。他也樂於保持安靜與相對的低調。儘管此刻他和一排航太總署的官員坐在講台上，但大部分觀眾都不知道高登．歐比是誰。他會來這裡，純粹只是當佈景而已。就像艾瑪．瓦森的那段影片也只是佈景，她只是一張吸引觀眾注意的迷人臉蛋而已。

那段影片忽然停下，螢幕上出現了航太總署的標誌，內部人都暱稱為「肉丸」，一個佈滿星星的藍圓圈上，裝飾著一圈橢圓軌道和一道紅叉線。航太總署署長李若伊．孔耐爾和詹森太空中心主任肯恩．布蘭肯緒走向講台，接受提問。他們的任務，說白了，就是要錢，眼前這些眾議員和參議員是各式各樣委員會的成員，可以決定航太總署的預算。航太總署已經連續兩年遭到預算大幅刪減，搞得最近詹森太空中心的走廊間充斥著一股悲慘的沮喪氣氛。

看著觀眾席上那些衣冠楚楚的國會議員，高登覺得自己像在看著一群外星人。這些政客是怎麼回事？他們怎麼會這麼短視？他不明白他們怎麼無法共享他最熱誠的信仰：讓人類之所以異於禽獸的，就是人類對知識的渴求。每個小孩都會問那個共通的問題：*為什麼？*人類生來就好奇，是天生的探險家，要尋求科學的真理。

但這些民意代表卻失去了令人類之所以獨特的好奇心。他們來休士頓不是要問*為什麼*，而是要問*為什麼我們要這麼做？*

眼前是孔耐爾想出來的主意，為了爭取這些國會議員的支持，便安排了他刻薄地稱之為「湯姆．漢克斯之旅」的行程——源自湯姆漢克主演的《阿波羅十三》（*Appolo 13*），這部電影至今仍是航太總署的最佳公關宣傳材料。孔耐爾之前已經簡報過國際太空站最近的成就，也安排國會議員們跟一些活生生的太空人握過手。這不是人人期盼的嗎？能碰觸一個金童、一個英雄？接下來他們會參觀詹森太空中心，從第三十號大樓的飛航控制室開始。儘管這些議員們根本無法辨別飛航控制台和任天堂遊戲機的差別；但那些眩目的科技一定能讓他們讚嘆，使得他們成為真正的信徒。

可是不會有用的，高登灰心地想著。這些政客不會買帳的。

眼前航太總署面對著強而有力的反對者，帶頭的就是坐在第一排的菲爾．派瑞許。這位來自南卡羅萊納州的頑固鷹派議員今年七十六歲，他第一優先的就是保留國防預算，航太總署則可有可無。這會兒他拖著三百磅的身軀站起來，用南方紳士的拖腔對著孔耐爾說話。

「貴署在那個太空站已經超支了好幾十億元，」他說。「現在呢，我不認為美國人民願意犧牲他們的防衛能力，只為了讓你們在上頭替那些漂亮的實驗室修修補補。這個太空站應該是世界各國通力合作的，對吧？可是呢，我只看到買單的大部分是我們。那我要怎麼跟卡羅萊納的老百姓解釋，這個大而無當的太空站應該存在呢？」

航太總署的署長孔耐爾回答時，帶著一臉很上鏡頭的笑容。他是個政治動物，熱情洋溢的個人魅力和領袖氣質，讓他成為媒體明星，同時也讓他在華府很吃得開——他大部分時間都待在華府，說服國會和白宮給他更多錢，好彌補航太總署永遠不夠的預算。他的臉是對外代表航太總署的門面，而實際負責詹森太空中心日常營運的肯恩・布蘭肯緒，才是署內自己人心目中的領袖。他們是航太總署領導階層的陰與陽，性格上截然不同，因而難以想像這兩個人要怎麼合作。航太總署的內部笑話是，李若伊・孔耐爾有形式卻沒有內容，而布蘭肯緒則有內容卻沒有形式。

孔耐爾自信地回答派瑞許參議員的問題。「你問為什麼其他國家沒有貢獻。參議員，答案是，他們已經貢獻了。這個國際太空站是名副其實。沒錯，俄國人很缺錢。沒錯，我們必須彌補財務上的不足，但他們也全心照顧這個太空站。現在他們就派了一個太空人在上頭，而且他們有充分的理由協助我們維持國際太空站的運作。至於為什麼我們需要這個太空站，只要看看目前進行中的生物學和醫學研究，還有材料科學、地球物理學。在我們有生之年，都可以看到這些研究所帶來的好處。」

觀眾席裡另一個人站了起來，高登感覺到自己的血壓上升。在他心目中，如果這世上還有比派瑞許參議員更討厭的人，那就是蒙大拿州的眾議員喬・貝林恩了，儘管他悅目的外形神似萬寶路香菸廣告裡的牛仔，仍掩飾不了他是個科學白癡的事實。他上次競選期間，還要求公立學校要教神造論，而非演化論。丟掉生物學課本，打開聖經。*他大概以為火箭是由天使提供動力的。*

「為什麼要跟俄國人和日本人分享我們的科技呢？」貝林恩說。「我很擔心我們把那些高科技祕密免費奉送給別人。國際合作聽起來是很高尚沒錯，但要怎麼防止他們濫用，利用這些知識來對付我們呢？為什麼我們要信任俄國人？」

恐懼和偏執，無知和迷信。這個國家有太多這類東西，光是聽貝林恩講話，高登就變得愈發沮喪。他厭惡地別開臉。

於是就在此時，他看到沉著臉的漢克．米勒走進演講聽。米勒是太空人辦公室的主管。他直直看向高登，於是高登立刻明白有麻煩發生了。

高登安靜地離開台上，兩個人進入走廊。「怎麼了？」

「比爾．漢寧的太太出了車禍。聽說狀況不太樂觀。」

「老天。」

「鮑伯．克瑞吉和伍迪．艾里斯在公關室等我們。我們得一起商量一下。」

高登點點頭，看著演講廳門內的貝林恩眾議員，還在滔滔不絕談論跟共產黨分享科技的危險性。他嚴肅地跟著漢克走向演講廳的出口，然後穿過外頭的庭院，到下一棟大樓去。

他們在後頭的辦公室會合。第一六二號太空梭飛行任務的指揮官克瑞吉激動而焦慮。國際太空站飛航主任伍迪．艾里斯則顯然冷靜得多，不過話說回來，高登從沒看艾里斯激動過，就連碰到危機時也不例外。

「那個車禍有多嚴重？」高登問。

「漢寧太太的汽車在州際四十五號高速公路上碰到連環大車禍，」漢克說。「救護車把她送到邁爾斯紀念醫院。傑克．麥卡倫在急診室碰到她。」

高登點點頭。他們都跟傑克很熟。儘管已經離開太空人小組，傑克依然是太空總署現任的飛航醫師。但一年前，他辭掉了大部分航太總署的職務，到民間醫院去擔任急診室醫生。

「就是傑克打電話到我們辦公室，通報黛比的事情。」漢克說。

「他有沒有提到她的狀況？」

「嚴重頭部受傷。她現在人在加護病房，昏迷中。」

「預後呢？」

「他沒辦法回答這個問題。」他們都沉默下來，各自想著這個悲劇對航太總署的意義。漢克嘆了口氣。「我們還是得告訴比爾。這個消息不能瞞著他。問題是……」他沒說完，因為沒有必要。他們全都曉得問題出在哪裡。

比爾．漢寧目前人在太空站，預定要待四個月，現在才去了一個月。這個消息會壓垮他。在太空中長期生活有種種困難，其中航太總署最擔心的，就是情緒上的因素。一個沮喪的太空人有可能嚴重危及整次任務。幾年前，在俄國的和平號太空站就發生過類似的狀況，當時俄國太空人佛洛加．迪祖洛夫得知他母親過世的消息。接下來有好幾天，他把自己關在和平號的一個太空艙內，不肯跟莫斯科的任務控制中心通話。他的悲傷破壞了和平號上所有人的努力。

「他們的夫妻關係很親密。」漢克說。「我現在就可以告訴你，這件事比爾沒辦法輕鬆應付的。」

「你是建議我們換掉他？」高登問。

「等到下一回排定的太空梭上去，就把他接回來。接下來兩個星期，他困在那兒會很不好受。我們不能要求他在上頭待滿四個月。」漢克又趕緊補充。「你知道，他們的兩個小孩都還很小。」

「他的國際太空站替補人選是艾瑪・瓦森。」伍迪・艾里斯說。「我們可以在第一六〇號太空梭飛航任務派她上去。跟著凡斯那組人。」

聽到艾瑪的名字被提起，高登很小心不要露出任何特別感興趣的跡象。任何情緒都不行。

「你覺得瓦森怎麼樣？她準備好提早三個月上去了嗎？」

「她本來就排定要接手比爾的業務，對上頭大部分的實驗都已經很熟悉。所以我想這個方案是可行的。」

「這個嘛，我對這個安排並不高興。」鮑伯・克瑞吉說。

高登疲倦地嘆了口氣，轉向鮑伯・克瑞吉。「我想也是。」

「瓦森是我們這個小組不可或缺的一份子，彼此合作無間。我實在不希望把這個團隊拆散。」

「你的團隊離發射還有三個月，還有時間調整。」

「你這樣讓我的工作很難做。」

「你的意思是，你在三個月內不能讓一個新團隊結合起來？」

克瑞吉抿緊了嘴。「我只是說，我的團隊已經結合成一體。我們不會樂於失去瓦森的。」

高登看著漢克。「那第一六〇號太空梭任務的小組呢？凡斯和他的團隊？」

「他們那邊沒問題。瓦森只會是中層甲板的另一個乘客。他們只要把她送到太空站去，就像任何酬載貨物一樣。」

高登想了想。他們還在談可能的選項，而不是確定的對策。或許黛比．漢寧會醒來沒事，比爾就可以照原定計畫待在太空站上。但如同航太總署的其他人一樣，高登已經學會要為各種可能性預做計畫；他腦袋裡隨時有個流程圖，知道接下來發生的各種情況要如何因應。

「好吧，」高登說。「去幫我找艾瑪．瓦森來吧。」

艾瑪看到他站在醫院走廊的盡頭，正在跟漢克．米勒談話。儘管他背對著她，身上穿著一般的綠色刷手服，但艾瑪知道那是傑克。七年婚姻讓彼此太熟悉了，不必看臉就能認得。

事實上，她認識傑克．麥卡倫時，第一眼看到的他，也是同樣的畫面。那時他們都是舊金山綜合醫院急診室的住院醫生，他正在護理站寫病歷，寬闊的肩膀因為疲倦而下垂，頭髮亂糟糟像是剛下床。其實他也的確是剛下床，當時是清晨，他們剛值班忙了一整夜。儘管他沒刮鬍子，疲倦的雙眼矇矓，但當他轉身第一次看到她時，兩人立刻被對方吸引。

如今傑克老了十歲，深色頭髮裡夾雜了灰絲，疲倦也再度壓低了他的雙肩。她已經三個星期沒見過他了，只有幾天前短暫跟他講過電話，沒講幾句就又一言不合吵了起來。這陣子他們好像都沒辦法跟對方講道理，談話也難以保持禮貌，無論有多麼短暫。

所以她繼續沿著走廊朝他走去時，心中有些忐忑。

漢克．米勒先看到她，臉上立刻繃緊，好像他知道一場戰役即將開始，想趁雙方開火之前趕緊脫身。傑克一定也看到了漢克臉上的表情變化，因為他隨即轉身過來看個究竟。

看到艾瑪的第一眼，傑克似乎僵住了，一個半成形的微笑不由自主地出現在他臉上。那表情又驚又喜，快要成形了，但還不完全。然後有個什麼控制了他，微笑消失了，代之而起的表情既不友善也無敵意，只是平靜不帶感情。那是一個陌生人的臉，她心想。不知怎地，那竟比一張充滿敵意的臉還要令她覺得痛苦。因為如果他滿臉敵意，那麼這段曾經快樂過的婚姻，就至少還有一點情感、一點遺跡留下，不論有多麼破碎。

面對他淡然的臉，她不自覺地也報以同樣平靜的表情。她開口時，同時對著傑克和漢克兩個人，沒有特別偏向誰。

「高登跟我說了黛比的事情，」她說。「她現在怎麼樣？」

漢克瞥了傑克一眼，等著他先回答。最後漢克才說：「她還在昏迷中。我們有一群人在等候室那邊等，算是在守護祈禱。妳也可以加入。」

「好，那當然。」她轉身要朝訪客的等候室走去。

「艾瑪，」傑克喊她。「能不能跟妳談一下？」

「兩位，我先走一步了。」漢克說，然後匆匆沿著走廊離開了。他們等到他繞過轉角消失，這才看向對方。

「黛比的狀況不太妙。」

「怎麼回事？」

「她有硬腦膜外出血。送到醫院的時候有意識，還能講話。不過才過了幾分鐘，狀況就急速惡化。我忙著照顧另一個病人，沒及早發現。所以沒能早一些幫她做顱骨鑽孔術，直到……」他暫停一下，別開眼睛。「她現在靠呼吸器維持生命。」

艾瑪伸手想碰他，然後又忍住了，心知他只會把她甩開。他已經好久都不肯聽她講任何安慰的話了。無論她說什麼，也無論她有多麼誠懇，他都只視之為憐憫。而他最受不了別人憐憫了。

「那個診斷很困難，傑克。」她只能這麼說。

「我該早點動手的。」

「你也說了她惡化得很快。不要懷疑自己。」

「這些話並不會讓我覺得更好過。」

「我並不是要讓你覺得更好過！」她也火大了。「我只是指出簡單的事實，說你做了正確的診斷，而且也做了該有的處理。你就不能對自己寬容一點嗎？」

「聽我說，這件事重點不在我身上，好嗎？」他兇回去。「而是在妳。」

「什麼意思？」

「黛比短期內不會出院。這表示比爾……」

「我知道。高登．歐比通知我了。」

傑克頓了一下。「事情決定了嗎？」

她點點頭。「比爾要回家。我會搭下一趟太空梭去接替他。」她的視線轉向加護病房。「他們有兩個小孩。」她輕聲說。「不能讓他待在上頭。還要熬三個月呢。」

「妳還沒準備好。妳沒有時間——」

「我會準備好的。」她轉身要走。

「艾瑪，」他伸手來抓她，她很驚訝，他很久沒碰觸過她了。她回頭看著他，他立刻鬆開手。

「妳什麼時候要離開，去甘迺迪太空中心？」他問。

「一個星期。隔離檢疫。」

他一臉震驚，什麼話都沒說，一時之間還沒法接受。

「這倒提醒了我，」她說。「我不在的時候，你能不能幫忙照顧韓福瑞？」

「為什麼不送去寵物旅館？」

「讓一隻貓被關起來三個月，太殘忍了。」

「那隻小惡魔的爪子去掉了沒有？」

「拜託，傑克。牠只有在覺得受到忽視的時候，才會去破壞東西的。你多關心牠，牠就不會去抓你的家具了。」

傑克抬起頭來，聽著擴音器傳來的訊息：「麥卡倫醫師請到急診室。麥卡倫醫師請到急診室。」

「看來你得走了。」她說，已經開始轉身。

「等一下。這件事發生得太快了。我們都沒有時間談。」

「如果是有關離婚的事，那麼我不在的時候，我的律師可以回答所有問題。」

「不。」他憤怒的聲音嚇了她一跳。「不，我不要跟妳的律師談！」

「那你有什麼事情要告訴我？」

他盯著她一會兒，好像在搜索著字句。「是有關這次任務的，」他說。「太趕了。我覺得不太對勁。」

「這話是什麼意思？」

「妳是最後一刻才決定的替換人選。妳要跟另一組人上去。」

「凡斯的小組很堅強。這回發射我一點也不擔心。」

「那在太空站呢？妳可能得在軌道上待六個月。」

「我能應付的。」

「但這不是原先的計畫。這是最後一刻才匆忙決定的。」

「那你覺得我該怎麼辦，傑克？退縮嗎？」

「我不曉得！」他煩躁地一手梳過頭髮。「我不曉得。」

他們沉默站在那裡一會兒，兩個人都不太確定要說什麼，但也都不想結束談話。七年的婚姻，她心想，到頭來就是這樣。兩個人沒法在一起，卻也沒法離開對方。現在我們甚至沒有時間設法解決。

擴音器又傳來聲音：「麥卡倫醫師請到急診室。」

傑克看著她，表情很為難。「艾瑪——」

「去吧，傑克，」她催他。「他們需要你。」

他懊惱地哀嘆一聲，拔腿奔向急診室。

她則轉身走向另一頭。

4

七月十二日
國際太空站上

從一號節點艙穹頂的觀測窗，比爾．漢寧醫師可以看到下方兩百二十哩處盤繞在大西洋上空的雲。他手指劃過玻璃，外頭就是真空狀態的太空。這片玻璃保護他，卻也是另一個障礙，讓他無法回家，無法回到妻子身邊。他看著地球在下方轉動，看到大西洋緩緩轉開，再來是北非，再來是印度洋，黑夜逐漸逼近。儘管他的身體處於無重量的飄浮狀態，但悲痛的重擔似乎緊壓在他胸口，令他難以呼吸。

同一刻，在休士頓的一家醫院裡，他的妻子正在為生存奮戰，而他卻完全幫不了她。接下來兩個星期，他都會困在這裡，往下看得到黛比可能即將死去的那個城市，卻沒法趕到她身邊，碰觸她。他頂多只能閉上雙眼，試圖想像自己就在她身旁，兩人的十指相扣。

妳得撐下去。妳得奮戰。我很快就會趕回家陪妳。

「比爾？你還好吧？」

他回頭，看到黛安娜．艾思提從美國實驗艙飄進節點艙。他很驚訝她會來問他安好與否。儘管在這片狹小的空間裡共同生活了一個月，他對這個英格蘭女人還是很不熟悉。她太冷漠，太客觀。儘管她有一頭淡金色頭髮，容貌姣好，但他從不覺得她有吸引力，而她也絕對從未對他露出過一絲興趣。不過話說回來，她的注意力通常集中在麥可．葛利格身上，儘管葛利格有個太太在地球上等著他，但這個事實似乎對黛安娜和麥可都沒有影響。在國際太空站裡，黛安娜和葛利格就像一顆雙聯星的兩半，圍繞著彼此的軌道運轉，由某種強大的重力將他們互相連結。

來自四個國家的六個人困在這個狹小的空間中，就必須面對種種不幸的現實狀況，而眼前這個就是其中之一。同盟和分裂的狀況不時在改變，我們和他們的觀念也隨之轉換。在封閉空間裡生活這麼久，壓力對每個人都造成了不同的影響。在太空站待得最久的是俄國人尼可萊．盧登柯，他最近忽然變得悶悶不樂又暴躁。平井健一來自日本的宇宙事業開發團，他因為講英文太吃力，通常都保持沉默。只有路瑟．安姆斯一直跟每個人都很友善。之前休士頓傳來有關黛比的壞消息時，路瑟是唯一憑本能就曉得該跟比爾說什麼的人，那些話出自真心，出自他的人性。路瑟來自阿拉巴馬州，父親是備受眾人敬愛的牧師，他也遺傳了那種善於撫慰他人的天性。

「沒問題的，比爾，」那時路瑟跟他說。「你得回家陪你老婆。你跟休士頓那邊說，他們最好派大禮車來接你，否則我就跟他們沒完沒了。」

黛安娜的反應則是截然不同。向來講究邏輯的她很冷靜地指出，比爾也做不了什麼，好讓他太太趕緊復元。黛比已經陷入昏迷狀態，就算比爾在身邊，她也不會知道。比爾心想，冷酷又尖銳，就像她實驗室裡面培養的晶體。

所以現在她的問候，讓他覺得很困惑。她在節點艙裡往後飄浮，像往常一樣保持距離。臉部周圍的波浪形金色長髮，像是漂動的海草。

他轉回頭又望著窗外。「我在等著看休士頓。」他說。

「你有一堆酬載中心發來的新電子郵件。」

他沒吭聲，只是朝下望著東京的閃耀燈光，此刻正逼近黎明。

「比爾，有些事情需要你處理。如果你不想做，我們就得把你的職務分派給其他人了。」

職務。原來這就是她要來跟他談的。不是要談他感受到的痛苦，而是談他是否能執行實驗室裡面所分派的工作。國際太空站上的每一天都排滿了密密麻麻的工作，沒有什麼時間讓你思考或悲傷。如果一名組員沒辦法工作，其他人就得接手，否則實驗就會沒人照顧。

「有時候，」黛安娜以清晰的邏輯說，「暫時忘掉悲傷的最好辦法，就是工作。」

他一根手指碰觸著玻璃上東京那片模糊的光。「別假裝妳很關心，黛安娜，騙不了任何人的。」

有好一會兒，她什麼話都沒說。他只聽到背景裡太空站持續的嗡響，現在他已經聽得太習慣，幾乎都沒意識到了。

然後她很鎮定地繼續說：「我知道你現在很難受。我知道被困在這裡、沒辦法回家，對你來說很不好過。但你也無能為力。你只能等著太空梭過來。」

他恨恨地大笑起來。「幹嘛等呢？我四個小時就可以到家了。」

「拜託，比爾。正經一點。」

「我很正經啊。我應該搭上『人員返航載具』，一走了之就是了。」

「害我們在這裡沒有救生艇？你腦子糊塗了。」她暫停一下。「你知道，如果吃點藥，你可能會覺得好過一點。好幫你度過這段時期。」

他轉頭過來面向她，所有的痛苦，所有的悲傷，此刻都轉為憤怒。「吃顆藥就能治癒一切，是這樣嗎？」

「會有幫助的。比爾，我只是要確定你不會做出什麼不理性的事情。」

「操妳的，黛安娜。」他朝艙壁一推，離開了穹頂，掠過她身邊，飄向實驗室的艙門。

「比爾！」

「就像妳好心指出的，我還有工作要做。」

「我跟你說過了，我們可以分攤你的職責。如果你不想做——」

「該死，我會做我份內的工作！」

比爾飄進了美國實驗艙。黛安娜沒跟來，令他鬆了口氣。他回頭看一眼，發現她正飄向居住艙，無疑是去檢查「人員返航載具」了。這個載具可以把太空站裡六名太空人全部撤走，萬一有大災難降臨太空站，這是他們回家唯一的救生艇。他很後悔剛剛胡說要劫持「人員返航載具」，嚇到了黛安娜。現在她會認真注意他任何情緒崩潰的跡象了。

困在地球上空兩百二十哩這個美化的沙丁魚罐頭裡，本來就已經夠痛苦。現在還要被猜疑、提防，那就更難受了。他是很想回家沒錯，但他沒有不穩定。這麼多年的訓練和心理篩選測驗，都已經確定比爾．漢寧是個專業好手——當然不會危害到他的同事。

他熟練地從一面牆上蹬開，飄浮到實驗艙另一頭他的工作站去。他檢查了最新一批電子郵件。有件事黛安娜說得沒錯：工作可以把他的注意力從黛比身上轉開。

大部分電子郵件都是來自航太總署在加州的阿姆斯生物研究中心，內容都一如往常，要他確認一些數據而已。很多實驗都由地面監控，那些科學家有時會懷疑自己收到的數據。他往下逐一閱讀那些信件，看到又有一封問起太空人的尿液和糞便樣本，不禁皺了皺臉。他繼續往下看，停在一封新的信件上頭。

這一封不一樣。寄信者不是阿姆斯中心，而是一個私人酬載作業中心。太空站的某些實驗是由私人產業出資，他也常收到非航太總署的科學家寄來的電子郵件。

這封信件是寄自加州拉荷亞的海洋科學公司。

收件人：比爾．漢寧博士，國際太空站生物科技組
寄件人：海倫．柯尼格，研究計畫主持人
關於：實驗二十三號（古生菌細胞培養）
訊息：我們最近所收到下傳的資料，顯示細胞培養團有急速且非預期的增加。請以太空站的微質量測量儀器確認。

又一個小調整的請求，他疲倦地想。很多軌道上的實驗，都是由地球上的科學家所發出的指令所控制。各個實驗貨架內部都有錄影或自動採樣儀器，記錄下各種數據，並將結果直接下傳給地球的研究人員。由於國際太空站裡有各式各樣精密的設備，難免偶爾會有小故障。這也是太空站得有人的真正原因——以解決不時發生的電子裝置問題。

他在酬載電腦裡叫出「古生菌細胞培養實驗二十三號」的檔案，看了一下實驗計畫。那個培養器裡面的細胞是古生菌，這種類似細菌的海洋生物，是從深海熱泉噴口採集來的。對人類無害。

他飄到實驗艙另一頭的細胞培養單元前，把穿了長襪的腳伸進踏腳環裡，好固定自己的位置。這個單元是一個箱形的儀器，有自己的液體輸送系統，好持續灌注在兩打細胞培養團和組織樣本中。大部分實驗都是完全自給自足，不需要人類介入。來到國際太空站的四個星期，比爾只正眼看過二十三號實驗管一次。

他把那個細胞樣本盤架拉出來。裡頭有二十四根培養試管，沿著單元的四周排列。他找到二十三號，抽了出來。

他立刻提高警覺。試管蓋子顯然已經被往外推開一些，似乎是受到了壓力。至於裡面裝的，不是他原先預期中那種略微混濁的液體，而是一種鮮亮的藍綠色。他把管子倒過來，裡面的東西沒有移動，那些細胞培養團已經不再是液體，而是濃稠的凝膠狀。

他校準好微質量測量儀器，將試管放進樣本槽。過了一會兒，螢幕上出現了數據。

出了大錯了，他心想。樣本遭到了某種污染。要不是原始的細胞樣本不夠純淨，就是另一種生物設法進入了試管，毀掉了原來的細胞培養菌。

他打字回覆柯尼格博士。

……妳的下傳資料已經確認。培養菌出現劇烈改變。不再是液體，而是某種凝膠狀的物質，顏色很鮮豔，幾乎是螢光的藍綠色。務必考慮遭到污染的可能性……

他暫停下來。還有另一個可能性：微重力的影響。在地球上，組織培養通常在薄板上生長，只會在容器表面上成二度空間擴展。但在失重狀態的太空中，由於沒有重力的影響，同樣的培養就會有不同的反應。這些培養會以三度空間的方式生長，形成在地球上從來不會出現的形狀。

如果二十三號沒有遭到污染呢？如果這純粹就是古生菌在無重力狀態下的自然反應呢？

但他幾乎立刻就拋開了這個想法。這些改變太劇烈了。光是失重，不可能把單細胞生物變成這種嚇人的綠色細胞團。

……下次太空梭返航時，會將二十三號培養物之樣本攜回轉交給妳。若有進一步指示請告知……

忽然響起的抽屜碰撞聲，把比爾嚇了一跳。他回頭看到平井健一正在察看自己的研究貨架。他在那裡多久了？他悄悄飄進實驗艙，比爾根本不曉得他進來了。在一個沒有上或下的世界裡，從來聽不見腳步聲，有時唯一通知別人你在場的方式，就是開口打招呼。

健一發現比爾朝他這裡看，只是點了個頭，就繼續忙他自己的去了。他的沉默讓比爾很煩。健一就像是住在太空站的鬼，老是不發一語悄悄來去，嚇到每一個人。比爾知道那是因為健一對自己的英文沒信心，於是為了避免丟臉，就選擇盡量不交談。然而，他進入艙裡時，至少也可以喊聲「哈囉」，免得稍後嚇到其他五個同事。

比爾轉頭回去看他的二十三號試管。這個凝膠狀的東西在顯微鏡底下會是什麼樣？

他把二十三號試管放進樹脂玻璃手套箱，關上箱口，然後雙手伸進連接的手套裡。如果有任何溢出物，就會局限在這個箱子內。否則散逸的液體在微重力狀態下到處飄浮，可能會對太空站的電線造成嚴重破壞。他輕輕打開試管蓋子，知道裡頭的東西受到壓力，因為蓋子都已經突起了。即使如此，當蓋子忽然像香檳瓶塞般朝外彈開時，他還是很震驚。

一滴藍綠色的水珠啪地打在手套箱內側，他不禁往後一縮。水珠黏在那裡一會兒，顫抖著好像是活物。其實也的確是，那是一團微生物，聚在一起成為凝膠狀的物質。

「比爾，我們得談一談。」

那聲音嚇了他一跳。他趕緊把試管的蓋子塞回去，回過頭來面對剛進入艙內的麥可．葛利格。緊跟在他身後的是黛安娜。*俊男美女*，比爾心想。兩個人穿著海軍藍的航太總署襯衫和鈷藍色的短褲，看起來都線條流暢又健美。

「黛安娜跟我說你有狀況，」葛利格說。「我們剛剛跟休士頓通過話，他們認為如果你考慮吃點藥，可能會有幫助。只是讓你撐過接下來幾天。」

「所以你們現在搞得休士頓也緊張起來了？」

「他們很擔心你。我們全都很擔心你。」

「聽我說，我剛剛開玩笑說那些人員返航載具的話，純粹只是諷刺而已。」

「可是搞得我們都很緊張。」

「我不需要鎮靜劑。只要給我清靜就好。」他把試管拿出手套箱，放回細胞培養單元的格架裡。他氣得沒辦法繼續工作了。

「我們必須能信賴你，比爾。我們在這裡必須互相仰賴。」

盛怒中，比爾轉過來面對他。「我看起來像胡言亂語的瘋子嗎？像嗎？」

「你現在一心想著你太太，我明白。可是——」

「你不會明白的。我不相信你這陣子會常常想起你太太。」他心照不宣地看了黛安娜一眼，然後飄向實驗艙另一頭，進入節點艙。他正要進入居住艙，但看到路瑟在裡頭準備午餐，於是又停了下來。

這裡沒有地方可以躲藏。沒有地方可以獨處。

眼淚忽然湧上來，他往後退出了艙口，躲到了穹頂裡。

他背對著其他人，凝視著窗外的地球。太平洋海岸已經轉過來進入眼簾。又一次日出，又一次日落。

又一次無盡的等待。

健一看著葛利格和黛安娜抓準力道一推，雙雙飄出了實驗艙。他們的姿態好優雅，像一對金髮的神祇。他常暗地裡打量他們；尤其喜歡看黛安娜．艾思提，那一頭金髮和蒼白的皮膚，看起來就像半透明似的。

他們離開後，只剩他一個人在實驗艙，終於可以放鬆了。這個太空站有太多爭執，害他心神不寧，難以專心。他生性沉靜，很安於獨自工作。儘管他的英文程度夠好，但開口講還是吃力，而且他發現交談令他筋疲力盡。獨自一個人安靜工作，只有實驗室的動物為伴，要讓他更自在得多。

他隔著觀測窗注視動物區的那些老鼠，露出微笑。分隔板的一邊是十二隻公鼠；另一邊是十二隻母鼠。他小時候養過兔子，很喜歡把牠們抱在膝上。但這些老鼠不是寵物，而且已經隔離了，人類無法碰觸，牠們的空氣要經過過濾和調整過後，才能進入太空站的環境中。任何處理動物的動作，都要在鄰接的手套箱內執行。從細菌到實驗室老鼠，所有的生物樣本都可以在手套箱內操作，不必擔心污染太空站的空氣。

今天是採集血液樣本的日子。他不喜歡這個工作，因為他得用針頭刺穿那些白老鼠的皮膚。他用日語咕噥著道歉，雙手伸進手套裡，然後將第一隻老鼠放進封閉的工作區。那白老鼠掙扎著想逃離他的掌握。他放開老鼠，讓牠在空中飄浮，同時自己準備著針筒。那白老鼠看起來好可憐，瘋狂地滑動著四肢，努力想往前。但牠沒有東西可以推開，只能無助地飄浮在半空中。

針筒準備好了，他手套裡的手伸長了，重新抓住那隻白老鼠。此時他才注意到老鼠旁邊飄浮著一顆藍綠色小球，跟老鼠距離好近，近得那老鼠嘗試地探出粉紅色舌頭，舔了那顆小球一下。健一笑出聲來，喝飄浮在空中的水珠是太空人喜歡玩的遊戲，這隻白老鼠現在顯然也找到了樂趣，正在玩牠新發現的玩具。

然後他忽然想到：那顆藍綠色的物質是哪裡來的？比爾剛剛在使用手套箱。他濺出來的東西是有毒的嗎？

健一飄到電腦工作站前，去查比爾剛剛查詢過的實驗計畫。是細胞培養實驗第二十三號。裡頭說明了那個小球中的物質沒有危險性，讓他放心了。「古生菌」是無害的單細胞海洋生物，沒有傳染性的。

於是他這才放心，回到手套箱前，把雙手插入手套，然後伸手去拿針筒。

5

七月十六日

沒收到下傳訊號。

傑克往上瞪著羽毛狀的白煙劃過蔚藍的天空，恐懼刺入他靈魂深處。亮烈的陽光照在他臉上，但他的汗水卻寒涼如冰。他審視著天空。太空梭在哪裡？才幾秒鐘之前，他看著太空梭成弧狀進入一片無雲的天空，感覺到轟然發射升空時地面的震動。當太空梭往上爬升時，他感覺自己的心也隨之高飛，在火箭的怒吼聲中，他望著太空梭往天空飛去，直到它在陽光的照射下，只剩下一個發亮的小點。

他看不到它了。原先那條白色的羽狀直線，現在成了一道鋸齒狀的黑煙。

他瘋狂地搜尋著天空，看到一連串令人眩暈的景象。天空出現火焰。一道三叉狀的煙霧。碎片紛紛朝海面滾落。

沒收到下傳訊號。

他醒來，喘著氣，全身被汗水溼透。現在是白天，太陽很大，臥室窗子透進來的熱氣炙人。

他呻吟著在床緣坐起身，頭埋進雙手裡。他昨天夜裡沒開冷氣，現在房間裡感覺像個烤箱。

他踉蹌走到臥室另一頭打開冷氣，然後又回到床緣坐著，當冰冷的空氣開始送出通風口，他放鬆地吐出一口長氣。

又是那個老夢魘。

他搓著臉，想拋開夢中的影像，但那些畫面已經在他的記憶中鐫刻得太深了。「挑戰者號」爆炸的時候，他還是大學一年級的新鮮人，當時他剛好走過宿舍的交誼廳，看到那場災難的影片初次在電視上播出。那一天以及接下來的好幾天，他一次又一次看到那段令人驚駭的影片，因而那些畫面深入他的潛意識，彷彿他那天早上就站在卡納維爾角的露天看台上，親眼看到了那場爆炸。

而現在，那段記憶又出現在他的夢魘裡。

都是因為艾瑪的發射。

在浴室裡，他低頭站在嘩啦啦的冷水底下，等著最後一絲殘餘的夢境被沖走。下星期他就要開始放三個星期的假，但他完全沒有放假的心情。他已經好幾個月沒有駕著帆船出海了。或許在海上過兩三個星期，遠離城市的耀眼燈光，會是最好的治療。只有他自己，以及一片大海，還有天上的繁星。

他已經好久沒有認真注視星星了。最近他好像連看上一眼都避免。小時候他老是看著天空。母親有回告訴他，他小時候剛學會走路時，有天晚上站在草坪上，舉起兩隻手，想去碰觸月亮。結果摸不到，他就懊惱得大哭起來。

月亮、星星，還有黑暗的太空——現在他都碰觸不到了，他常覺得自己又像當年的那個小男孩，懊惱得大哭，雙腳困在地球上，雙手依然舉向天空。

他關掉蓮蓬頭的水，斜靠在那裡，雙手扶著瓷磚，垂著頭，髮梢滴著水。今天是七月十六日，他心想。離艾瑪發射還有八天。他感覺到皮膚上的水冷颼颼的。

十分鐘後，他已經穿好衣服坐上汽車了。

這是星期二。艾瑪和她新的飛航團隊成員會結束為期三天的綜合模擬，她會疲倦得沒有心情見他。但明天她就要去卡納維爾角了。明天他就連絡不上她了。

到了詹森太空中心，他把車子停在三十號大樓的停車場，跟警衛亮出他的航太總署徽章，然後奔上通往太空梭飛航控制室的樓梯。到了裡頭，他發現每個人都沉默而緊張。三天的綜合模擬就像太空人和地面控制人員的期末考，預演從發射到降落期間的各種危機，各式各樣的故障會讓每個人都忙個不停。過去三天來，三班制的控制人員輪流進入這個房間好幾趟，此時坐在控制台前的二十幾個人看起來一臉憔悴。垃圾桶被空的咖啡紙杯和健怡可樂空罐塞得爆滿。儘管少數控制人員看到傑克點頭致意，但都沒有時間跟他好好打招呼；他們手上有重大危機要處理，每個人的注意力都集中在那個棘手狀況上。這是好幾個月以來，傑克頭一次進入飛航控制室，他再度感覺到舊日的那種興奮，每當有飛航任務進行時，整個房間就好像充滿了電流。

他走到第三排控制台，站在飛航控制主任蘭迪・卡本特旁邊，不過卡本特這會兒忙得沒空跟他講話。身為太空梭計畫飛航控制人員的大祭司，卡本特近一百三十公斤的體重，使得他在飛航控制室內非常顯眼，他挺著大肚腩，岔開兩腿站在那兒，就像一艘軍艦的艦長站在擠滿人的艦橋上保持平衡。在這個房間裡，由卡本特當家作主。「我是個絕佳的例子，」他喜歡說，「證明一個戴眼鏡的胖小子能達到什麼成就。」不同於傳奇飛航控制主任金恩．克蘭茲在「阿波羅13號」危機期間，以「絕對不能失敗」的名言成為媒體英雄；卡本特的知名度僅限於航太總署內部。他的外形太不上鏡頭了，因而無論在任何事件中，都不太可能成為電影裡的英雄。

傑克仔細聽著所有控制人員之間的對話，很快就拼湊出卡本特眼前正在處理的危機是怎麼回事。兩年前傑克在太空人小組，為第一四五號太空梭飛航任務而進行綜合模擬訓練時，也曾面對過同樣的棘手狀況。當時太空梭上的人員報告說他們的艙內壓力急速下降，顯示有空氣迅速外洩。他們沒有時間找出外洩源頭，必須進行緊急脫離軌道程序。

坐在第一排控制台的飛航動力官趕緊畫出飛行軌道，好決定最佳降落地點。沒人把這個狀況當成遊戲，他們都很清楚，如果眼前的危機成真，就會危及七條人命了。

「艙壓降到十三．九psi了❸。」環境控制人員說。

「愛德華空軍基地，」飛航動力官宣佈。「大約在十三點整降落。」

「以這個速度，艙壓將會降到七psi。」環境控制人員說。「建議他們現在就戴上頭盔，再開始重返程序。」

❸ psi為壓力單位，指每平方英寸所承受的壓力磅數（pound per square inch）。海平面上的標準大氣壓力為十四．七psi。

通訊官把建議轉達給「亞特蘭提斯號」。

「收到，」太空梭上的凡斯指揮官說。「頭盔已經戴上。我們要開啟動力，脫離軌道了。」

雖然不願意，傑克還是不禁被這個急迫狀況牢牢吸引住了。隨著時間分秒流逝，他牢牢盯著室內前方的中央螢幕，上頭的世界地圖上標示出太空梭軌道飛行器的路徑。儘管他知道每個危機都是由模擬團隊刻意置入的，但這個練習的嚴肅和重大性仍然感染了他。他幾乎沒察覺自己的肌肉緊繃起來，只是認真盯著螢幕上閃爍變化的資訊。

艙壓降到七psi。

亞特蘭提斯號抵達高層大氣層了。現在進入長達十二分鐘的通訊中斷期，因為重返大氣層的摩擦力，造成軌道飛行器周圍的空氣被離子化，使得所有通訊完全中斷。

「亞特蘭提斯，收到了嗎？」通訊官說。

凡斯指揮官的聲音忽然冒出來：「我們聽得很清楚，休士頓。」

過了一會兒，完美降落。遊戲結束。

飛航控制室裡響起掌聲。

「好了，各位！表現很好，」飛航控制主任卡本特說。「下午三點開始彙報。現在所有人休息一下，去吃中飯吧。」他滿面笑容地拿掉通訊耳麥，這才第一次看著傑克。「嘿，幾百年沒看到你了。」

「都在忙著幫老百姓看病呢。」

「去賺大錢了，嗯？」

傑克笑了起來。「是喔，錢多得都不曉得該怎麼花哩。」他朝周圍的飛航控制人員看了一眼，現在那些人放鬆下來，紛紛拿著汽水和午餐袋在吃喝。「模擬進行得還好吧？」

「我很滿意。我們解決了所有的危機。」

「那太空梭上的人員呢？」

「他們準備好了。」卡本特給了他一個心照不宣的表情。「包括艾瑪。她現在狀況很好，傑克，所以不要干擾她。眼前她需要專心。」這不光是友善的忠告而已。這是個警告：你個人的事情就留著自己煩吧。別拿來擾亂我這些組員的士氣。

傑克走到外頭，在難耐的酷熱中，等著艾瑪從他們進行模擬的五號大樓走出來，此時他心情低落，甚至有點懊悔。艾瑪跟其他組員走出來。顯然剛剛有人講了個笑話，因為所有人都在大笑。然後她看到傑克，臉上的笑容消失了。

「我不曉得你要來。」她說。

他聳聳肩難為情地說：「我原先也不曉得。」

「十分鐘後要舉行彙報了。」凡斯說。

「我會到的。」她說，「你們先去吧。」她等到組員們走開，這才轉過來再度面對傑克。

「我真的得過去加入他們了。聽我說，我知道這次發射把一切都弄得更複雜了。如果你來是要談離婚，我保證等我一回來就馬上簽字。」

「我來不是為了那個。」

「那還有別的事嗎？」

他暫停一下。「是啊，韓福瑞。牠的獸醫叫什麼名字？免得萬一牠又吞了毛球或什麼的。」

她困惑地看著他。「還是以前那個啊。戈史密斯醫師。」

「啊，對了。」

他們沉默站在那裡一會兒，太陽照在他們頭上。汗水滑下他的背部。忽然間他覺得她似乎好小又好脆弱。但這個女人會跳傘，騎馬的速度可以擊敗他，在舞池裡會繞著他打轉。他美麗的、無畏的妻子。

她轉頭望著三十號大樓，她的團隊正在那裡等著。「我得走了，傑克。」

「妳幾點要出發去卡納維爾角？」

「早上六點。」

「妳那些親戚都會飛去看發射嗎？」

「當然了。」她暫停一下。「你會去嗎？」

挑戰者號的夢魘依然鮮明印在他心中，憤怒的尾跡劃過藍天。我沒辦法站在現場看，他心想。我沒法應付那種可能性。他搖搖頭。

她聽了只是冷冷地點了個頭，那表情彷彿是在說：我也可以像你一樣冷酷無情。同時轉身要走了。

「艾瑪。」他伸手抓住她的手臂，輕輕把她轉過來面對自己。「我會想念妳的。」

她嘆了口氣。「是啊，傑克。」

「我是說真的。」

「你好幾個星期連一通電話都沒打來過，現在卻說你會想念我。」她大笑起來。

他被她那種忿恨的語氣刺傷了，也被她說的實話刺傷了。過去兩三個月，他的確是在逃避她。靠近她就讓他覺得痛苦，因為她的成功只會更加深他自己的失敗感。

沒有和解的希望了；從她冷漠的眼神中，他看得出這一點。除了禮貌以對，他也不能多做什麼了。

他別開目光，忽然無法直視她。「我只是過來祝妳一路平安。還有旅途愉快。經過休士頓上空的時候，偶爾朝我揮揮手吧。我會等著妳的。」從地球看，國際太空站就像個移動的星星，比金星還亮，迅速掠過天空。

「那你也要朝我揮手，好嗎？」

兩個人都設法擠出笑容。所以這畢竟是個禮貌的分手。他張開雙臂，她靠過來。這個擁抱短暫而尷尬，彷彿他們是初次見面的陌生人。他感覺到她的身體靠著他，溫暖而充滿活力。然後她抽身，走向任務控制中心大樓。

中間她只停下來一次，跟他揮手道別。陽光亮烈照向他的臉，他不禁瞇起眼睛，看到她只剩一個黑暗的剪影，長髮在熱風中飛起。他望著她一路走遠，知道自己從沒像這一刻那麼愛她。

七月十九日
卡納維爾角

即使在遠處看，那個畫面仍讓艾瑪屏息。矗立在39B發射台上，沐浴在明亮的泛光燈下，亞特蘭提斯號太空梭緊貼著橘紅色的巨大燃料箱，以及兩個固態燃料助推火箭，宛如黑夜中高聳的燈塔。無論經歷過多少次，每回第一眼看到太空梭在發射台上被照亮的情景，總是令她敬畏。

跟她一起站在柏油路面上的其他組員，也同樣保持沉默。為了調整睡眠週期，他們凌晨兩點就起床，離開位於操作校驗大樓三樓的暫居處，出來看一下這個即將載運他們進入太空的巨獸。艾瑪聽到一隻夜鳥的啼聲，感覺到一股清涼的風從大西洋吹來，滌清了空氣，帶走周圍溼地那股污濁的氣味。

「真會讓你覺得渺小，是吧？」凡斯指揮官以他柔軟的德州拖腔輕聲說。

其他人都喃喃表示贊成。

「渺小得像隻螞蟻，」組員中唯一的菜鳥錢諾威斯說。這將是他第一次搭乘太空梭，整個人興奮得像是會放電似的。「我老忘了她有多大，然後再看她一眼，我心想，老天，那麼多燃料。我能騎在上頭，真是太幸運了。」

大家都笑了，但那是安靜的、不安的笑，就像在教堂裡做禮拜似的。

「真想不到一個星期過得這麼慢。」錢諾威斯說。

「這傢伙當處男當得不耐煩了。」凡斯說。

「一點也沒錯。我想上去。」錢諾威斯的目光渴望地朝向天空，看著群星。「你們全都曉得那個祕密，我等不及要分享了。」

祕密。它只屬於少數有幸上去過的人。那不是你有辦法傳授給他人的祕密；你得自己經歷過，用自己的眼睛，親眼看過那黑暗的太空和遠處下方的藍色地球。你得被火箭的推力狠狠往後壓在座位上。從太空歸來的太空人，臉上常常掛著心照不宣的笑容，那表情是在說，我也知道了，那是少數人類才會曉得的事情。

兩年多前，艾瑪走出亞特蘭提斯號的艙門時，臉上也掛著這樣的笑容。當時她虛弱的雙腿走進陽光裡，抬頭望著天空那片鮮亮懾人的藍。在軌道上的八天，她經歷了一百三十次日出，看到巴西的森林大火和迴旋在薩摩亞那個颱風的颱風眼，當時看到的地球，似乎脆弱得令人心碎。回來時，她永遠改變了。

再過五天，除非有什麼大災難發生，錢諾威斯也會分享這個祕密了。

「該讓我們的視網膜接受一點光線了。」錢諾威斯說，「我的腦子還認為現在是半夜呢。」

「現在的確是半夜啊。」艾瑪說。

「對我們來說，現在是破曉時分。」凡斯說。在所有組員裡頭，他是最快把生理時鐘調整到新時段的。這會兒他快步走回操作校驗大樓，在凌晨三點開始一整天的工作。

其他人跟著他，只有艾瑪在外頭又多逗留了一會兒，凝視著太空梭。前一天他們上了發射台，最後一次複習機上人員逃生流程。在陽光下近看，太空梭彷彿特別明亮耀眼，而且龐大得無法一眼看盡。你只能一次專注在一部分。鼻錐、機翼、黑色的尾翼，還有機腹上彷彿爬蟲類的鱗片。在白晝的天光下，太空梭真實又堅固。此刻在燈光下，襯著黑色的夜空，感覺卻似乎很怪異。

在忙著為發射而準備的期間，艾瑪都堅定地拋開一切疑慮，不容許自己有任何擔憂。她已經準備好要上去了。她想上去。但現在，她卻感覺到一絲恐懼。

她抬頭望天，看到星星消失在一片移動的雲後頭。快要變天了。她顫抖著轉身，走進大樓。走入燈光燦爛的所在。

七月二十三日
休士頓

半打管子迂迴著插入黛比·漢寧的身軀。喉嚨是一條氣管切開術的插管，氧氣從這裡注入她的肺部。一條鼻胃管往上探入她的左鼻孔，然後往下經過食道，進入胃部。以及一條排尿的導尿管，加上兩條把液體注入血管的靜脈導管。她的手腕上還插了一條動脈導管，連接示波器上有一條連續不斷的線，顯示出血壓狀況。傑克看了吊在床邊上方的靜脈注射點滴袋，看到裡頭有強力抗生素。這是壞徵兆；表示她已經受到感染了——這在昏迷兩星期的病人身上並不稀奇。皮膚的每個開口、每一條塑膠管，都是細菌進入的門戶，而在黛比的血液裡，現在正有一場戰役在進行中。

這一切，傑克看一眼就完全明白了，但他什麼都沒跟黛比的母親瑪格麗特說。那位老婦人坐在病床邊，緊握著女兒的手。黛比的臉部鬆弛，下巴無力，眼皮只半閉著。她依然處於重度昏迷狀態，什麼都不曉得，連疼痛都感覺不到。

傑克進入病房隔間時，瑪格麗特抬起眼睛，跟他點頭招呼。「她這一夜很不好受，」瑪格麗特說，「發燒。他們不曉得是為什麼。」

「抗生素會有幫助的。」

「然後呢？我們治療了感染，但接下來會怎樣？」瑪格麗特深吸一口氣，「她不會希望這樣的。身上插了這麼多管子，還有那麼多針頭。她會希望我們讓她走的。」

「現在不是放棄的時候。她的腦電波圖還是有活動。她沒有腦死。」

「那為什麼她沒醒？」

「她還很年輕。還有太多活著的理由。」

「這樣不是活著。」瑪格麗特低頭看著女兒的手。上頭已經因為靜脈注射和針頭插刺而瘀血浮腫。「當初她父親快死的時候，黛比跟我說她以後絕對不要這樣結束生命。被綁在床上，強迫灌食。我一直想到當時，想到她說過的話……」瑪格麗特又抬起眼睛，「你會怎麼做？如果這是你太太的話？」

「我不會考慮放棄的。」

「即使她告訴過你，她不希望這樣結束生命？」

他想了一會兒，然後堅定地說：「說到底，這是我的決定。無論她或任何人跟我說過什麼。我不會放棄我愛的人。只要有一點點救她的機會，我就絕對不會放棄。」

他的話無法安慰瑪格麗特。他沒有權利質疑她的信念、她的直覺，但她自己開口問他的意見，而他的回答則是出自內心情感，而非理智。

這會兒他覺得好罪惡，於是在她肩上拍了最後一下，離開病房。上天很可能會替他們所有人做決定。昏迷又受到感染的病人，已經形同站在死神的門檻了。

他離開加護病房，悶悶不樂地走進電梯。這樣展開假期真是令人沮喪。走出電梯來到一樓時，他決定第一站就去巷口的雜貨店買半打啤酒。眼前他所需要的，就是冰鎮啤酒，然後花一下午幫那艘帆船裝滿所需物品。這樣就可以讓他不要再去想黛比．漢寧了。

「藍色代碼，外科加護病房。藍色代碼，外科加護病房。」

他的頭猛地抬起，看向醫院的廣播系統。黛比，他心想，然後衝向樓梯。

那個外科加護病房的隔間裡已經擠滿了醫護人員。他擠進去，看了監視器一眼。**心室纖維顫動！**黛比的心臟成了一團顫動的肌肉，無法抽吸，無法讓她的腦子維持生命。

「一安培腎上腺素進去了！」一個護士喊道。

「大家都後退！」一名醫師下令，把電擊板放在病人胸部。

傑克看到電擊板釋放電流，那具軀體隨之震跳一下，同時他也看到監視器上的那條線往上衝，然後又落下成為平平的直線。還是處於心室纖維顫動狀態。

「給她鹽酸胺碘酮了嗎？」傑克問。

「剛剛給了，可是沒有用。」

傑克又看了監視器一眼。心室纖維顫動已經從大振幅轉為小振幅，然後成為一直線。

「我們已經電擊她四次了，」所羅門醫生說，「還是沒有心律。」

「心臟內注射腎上腺素呢？」

「也沒有其他辦法了，動手吧！」

急救護士準備腎上腺素的注射器，裝上了一根長長的心臟注射針。傑克接過來的那一刻，心知這場仗已經結束，這個步驟改變不了什麼。但他想到比爾．漢寧，等著要回家看他妻子。又想到自己沒多久前，才跟瑪格麗特說過的話。

我不會放棄我愛的人。只要有一點點救她的機會，我就絕對不會放棄。

他低頭看著黛比，在那不安的一刻中，艾瑪的臉閃過他的腦海。他艱難地吞嚥了一口說：「暫停按壓心臟。」

那個護士收起壓在胸骨的手。

傑克用優碘在皮膚上迅速擦了一下，把針尖放在劍突下方。他自己的脈搏跳得好快，針插入胸，輕輕施加負壓力。

一道鮮血告訴他，他已經插入心臟了。

他推動柱塞，把整劑腎上腺素都打進去，然後抽出針頭。「恢復按壓。」他說，然後抬頭看著監視器。加油，黛比。奮戰吧，該死。別放棄我們。別放棄比爾。

病房內一片寂靜，每個人都盯著監視器看。那條線還是平直的，心肌已經逐漸壞死。大家都不必說什麼；挫敗的表情已經出現在他們臉上了。

她還這麼年輕，傑克心想。三十六歲。

跟艾瑪同齡。

最後是所羅門醫師下了決定。「我們來結束吧，」他輕聲說。「死亡時間是十一點十五分。」剛剛按壓胸部的那名護士一臉嚴肅地退開。在病房明亮的燈光照耀下，黛比的軀體看起來像灰白的塑膠。好似人體模型，而非五年前傑克在一場航太總署的露天宴會上，所認識那名開朗而充滿生命力的女人。

瑪格麗特走進來。一時之間，她只是沉默站在那兒，好像不認得自己的女兒。所羅門醫師一手放在她肩膀上，輕聲說：「事情發生得太快了。我們也無能為力。」

「他應該在這裡的，」瑪格麗特說，聲音沙啞。

「我們試過要救回她。」所羅門醫師說，「我很遺憾。」

「我是替比爾遺憾，」瑪格麗特說，她執起女兒的手吻了一下，「他想回來陪她的。現在他永遠不會原諒自己了。」

傑克走出隔間，跌坐在護理站的一張椅子上。瑪格麗特的話還縈繞在他腦海。他應該在這裡的。他永遠不會原諒自己了。

他看著電話。我還在這裡做什麼？他心想。

他抓起櫃台職員辦公桌上的那本商用電話簿，拿起電話撥號。

「孤星旅行社——」一個女人接了電話。

「我要到卡納維爾角。」

6

卡納維爾角

傑克坐在租來的汽車上，從打開的車窗吸入梅里特島的溼潤空氣，嗅著潮溼泥土與植被所構成的叢林氣味。往甘迺迪太空中心的那條路出奇地鄉野，穿越一片片柳橙園，沿路經過一些年久失修的甜甜圈攤子，以及長滿雜草、散佈著廢棄飛彈零件的廢物堆積場。白晝的天光逐漸減弱，傑克看到前頭有幾百輛車的車尾燈，緩緩地往前爬行。後頭的塞車隊伍也愈來愈長，很快地，他的車子就會困在那一長排車陣中，全都是各地來的觀光客，等著要尋找個停車點，好觀賞次日的太空梭發射。

困在這一片混亂中掙扎根本沒意義。就算他能殺出重圍、抵達卡納維爾角大門也沒用。反正現在這個時間，太空人都在睡覺。他到得太晚，來不及說再見了。

他駛出車陣，把車子掉頭，駛回Ａ１Ａ高速公路，往可可海灘的那條路。

自從艾倫．雪帕德和「水星計畫七人」[4]的年代以來，可可海灘就一直是太空人的派對中心。西臨香蕉河、東濱大西洋的這一小片土地，充斥著略嫌髒亂的旅館和酒吧及T恤店。傑克對這一帶很熟悉，從東京牛排屋到登月酒吧。他曾在約翰．葛連[5]昔日慣常跑過的同一片海灘上慢跑。才不過兩年前，他曾站在可可海灘北端的碼頭公園，注視著第39A發射台。上頭是他的太空梭，預定要載他進入太空的。那些回憶至今依然充滿痛苦。他還記得在一個悶熱下午的長跑途中，他的側腹忽然一陣劇痛，痛得他當場跪下。然後，在麻醉劑的迷霧中，他的飛行醫師站在急診室沉著臉往下看著他，說出了壞消息。一顆腎結石。

他被移出那次任務的名單。

更糟糕的是，他未來上太空的機會也有問題了。腎結石病史是少數會讓太空人終身禁飛的狀況之一。微重力會引起體液的生理變化，因而導致脫水。另外也會引起骨骼中的鈣質流失。這些因素加起來，就等於太空人可能會在太空中出現新的腎結石——航太總署不想冒這種風險。儘管傑克還在太空人小組內，但他其實已經被禁飛了。他又待了一年，希望能被指派新的飛航任務，但他的名字始終沒出現在名單上。他變成一個太空人鬼魂，註定要在詹森太空中心的走廊上永遠遊蕩，尋找新的任務。

回到眼前，他在這裡，回到了卡納維爾角，不再是太空人，只是一名沿著A1A公路行駛的觀光客，飢餓又暴躁，無處可去。方圓四十哩內的每家旅館都已客滿，而他已經厭倦開車了。

他轉入希爾頓飯店的停車場，下車走向酒吧。

❹ 美國航太總署於一九五九年開始發展太空載人計畫「水星計畫」（Project Mercury），並甄選出美國第一批受訓的七位太空人，一般稱為「水星計畫七人」。其中的艾倫．雪帕德（Alan Shepard）是第一位登上太空的，知名度也最高。

❺ 約翰．葛連（John Glenn）：亦為「水星計畫七人」的太空人之一，是首位環繞地球軌道飛行的美國人。

比起上次他來的時候，這裡變得漂亮多了。新的地毯，新的吧台板凳，天花板上垂下蕨類。以前這裡有點破敗，只不過是一家衰老的希爾頓，位於一個衰老的觀光地段。可可海灘沒有四星級飯店。這裡已經是最豪華的一家了。

他點了一杯蘇格蘭威士忌加水，專心盯著吧台上方的電視機。現在轉到了航太總署官方頻道，太空梭亞特蘭提斯號在螢幕上，被泛光燈照得一片燦亮，周圍湧起幽靈般的蒸汽。艾瑪就要搭著它上太空了。他瞪著那個畫面，想著艙殼內幾哩長的電線、無數的開關，以及眾多的資料匯流排、螺絲、接頭，和O形環。幾百萬個可能出錯的東西。但實際出錯過的東西那麼少，真是個奇蹟。人類這麼不完美，卻能設計並建造出這麼可靠的飛行器，讓七個人甘心把自己綁在上頭。

拜託讓這次發射成為完美的其中一次吧，他心想。讓每個人都正確做好自己的事情，而且沒有一顆螺絲鬆掉。一定要完美才行，因為我的艾瑪會在上頭。

一個女人在他旁邊的吧台凳子坐下，開口說：「不曉得他們現在在想什麼。」

他轉過頭來看著她，被她裸露的大腿一瞥暫時抓住興趣。她是個時髦而陽光的金髮女郎，有那種乏味的完美臉蛋，分手一小時之內你就會忘記她的長相。「誰在想什麼？」他問。

「那些太空人啊。不曉得他們是不是想：『啊，狗屎，我怎麼會惹上這種麻煩？』」

他聳聳肩喝了口酒。「他們現在什麼都不想。他們全都睡著了。」

「換了我就睡不著。」

「他們的生理時鐘已經完全調整過來了。大概兩個小時前就去睡覺了。」

「不，我的意思是，換了我就完全都睡不著。我會清醒躺在那邊，努力想出各式各樣脫身的方法。」

他笑了。「我跟妳保證，如果他們還醒著，也只是因為他們等不及要爬上那個寶貝，趕緊發射。」

她好奇望著他。「你也是太空計畫的工作人員，對不對？」

「曾經是。太空人小組。」

「現在不是了？」

他舉杯湊向嘴邊，感覺到那些冰塊敲著他的牙齒。「我退休了。」他放下空杯子，站起來，看到那女人的雙眼中掠過失望。他讓自己思索片刻，想著如果自己留下來，繼續這段交談，接下來的夜晚會有什麼發展。他會有個宜人的伴侶，接下來還會有更多好處。

但他付了帳，走出希爾頓。

到了半夜十二點，他站在碼頭公園的沙灘上，凝視著河對面的三十九B發射台。*我在這裡，*他心想。*就算妳不知道，我還是在這裡陪著妳。*

他坐在沙灘上，等待黎明到來。

七月二十四日
休士頓

「墨西哥灣上頭有個高壓，卡納維爾角的天氣可望保持晴朗，所以返回發射基地過關。愛德華空軍基地是晴時多雲，不過到發射時應該會完全晴朗。西班牙薩拉戈薩的跨大西洋岸降落基地，目前還是適合降落且氣象預報過關。西班牙莫隆也適合降落且過關。摩洛哥的班吉爾目前有狂風和沙暴，目前不是適合的降落基地。」

今天的第一次氣象簡報同步轉播到卡納維爾角，結果很令人滿意，飛航控制主任卡本特也很開心。發射還是要照常舉行。班吉爾機場的惡劣降落狀況只是小問題，因為西班牙另外兩個跨大西洋岸降落基地都很晴朗。反正這些都是備胎中的備胎；這些基地只有在萬一發生大故障時，才會派上用場。

他瀏覽了周圍一圈，看發射組的人有沒有其他任何顧慮。飛航控制室的緊張氣氛很明顯，而且程度逐漸升高，就像每次發射前那樣，這是好事。要是哪一天大家不緊張了，那他們就會犯錯。卡本特希望手下都保持緊張，所有的神經突觸都繃緊了——在午夜時分，要保持這樣的警戒程度，就需要額外的腎上腺素。

卡本特跟其他人一樣神經緊繃，儘管倒數計時仍按照預定的計畫。甘迺迪太空中心的檢查小組已經完成工作。航空動力小組也確認過精密的發射時間。同時，配置在世界各地的幾千人都看著同樣的一個倒數時鐘。

在太空梭準備發射的卡納維爾角，飛航控制中心的發射室也同樣緊張，這裡有相同的各組人坐在控制台前，為發射做準備。一等到固態燃料助推火箭點火，就改由休士頓任務控制中心接手。儘管相隔一千哩，休士頓和卡納維爾角這兩個控制室卻由種種通訊設備緊密相連，就像是位於同一棟大樓內一樣。

在阿拉巴馬州杭茲維爾的馬歇爾太空飛行中心，研究人員正在等待他們的實驗品發射升空。卡納維爾角東北邊的一百六十哩外，海軍艦隊正在海上等著要回收固態燃料助推火箭，因為火箭內的燃料燒完之後，就會脫離太空梭，落到海上。

在世界各地的緊急降落基地和追蹤站，從科羅拉多州的北美防空司令部到非洲甘比亞的首都班竹，男男女女都望著倒數計時的時鐘。

就在此時，七個人正準備要把性命交到我們手上。

卡本特可以從閉路電視上看到那七個太空人，此刻正在其他人協助下，穿上橘色的發射與降落太空衣。這些影像是從佛羅里達現場連線過來的，但是沒有聲音。卡本特發現自己暫停一下，審視他們的臉。儘管他們沒有一個露出絲毫害怕，但他知道他們滿面笑容的表情底下，心中必然有恐懼。他們脈搏加速，神經緊繃。他們很清楚種種風險，一定會害怕。在螢幕上看到他們，也提醒了地面上的工作人員，有七條人命需要仰賴他們把自己的工作正確做好。

卡本特的目光從閉路電視的監視器轉開，回到自己的飛航控制人員身上。他們分別坐在十六個控制台前。儘管他知道每個成員的名字，但他都以各自的任務指揮位置稱呼他們，而且縮減到航太總署慣用的速記簡稱。導航官（guidance officer）是GDO。航空器通訊官（spacecraft communicator）是Capcom。推進系統工程師（propulsion systems engineer）是Prop。軌道官（trajectory officer）是Traj。飛航醫師（flight surgeon）則簡稱醫師。卡本特自己的代號，則是Flight（飛航）。

倒數計時三小時。任務還是照常進行。

卡本特一手插進口袋，攪動一下裡頭的酢漿草鑰匙圈。那是他自己的幸運儀式。就連航太工程師們，也都有他們自己的迷信。

不要有任何事情出錯吧，他心想。不要在我手裡。

卡納維爾角

從作業與檢查大樓到39Ｂ發射台，搭太空專車過去要十五分鐘。車上大家都反常地沉默，沒有人開口說太多話。才半個小時前換衣服時，他們還敏感又亢奮地不斷說說笑笑，聲調響亮而熱烈。從他們兩點半醒來的那一刻，那種緊張感就開始累積了。先是依傳統吃了牛排加炒蛋的早餐，接著聽取氣象簡報，然後著裝，再來就是發射前慣例的玩撲克牌比花色大小，一路下來他們都有點太吵又太歡樂了，每個人都信心十足地吵個不停。

現在他們都陷入沉默了。

專車停下來。坐在艾瑪旁邊的菜鳥錢諾威斯咕噥道：「我從來沒想到，這份工作的職業傷害，竟然還包括了尿布疹。」

她不禁笑了。每個人笨重的太空衣底下，全都穿著成人紙尿布；現在離起飛還有漫長的三小時。

在發射台技師的協助下，艾瑪下了車。她暫停在發射台片刻，往上驚奇地注視著三十層樓高的太空梭，在聚光燈之下閃耀。上一回她來發射台是五天前，當時唯一聽到的聲響就是海風和鳥叫。現在太空梭活了過來，隨著易揮發的推進燃料在燃料箱裡面猛烈燃燒，太空梭就像一隻睡醒的龍一般，轟隆作響又不斷冒煙。

他們乘電梯上到一九五呎那一層，踏上格柵空橋。現在仍是黑夜，但天空已經被發射台的燈光照得發亮，她只能勉強看到一眼頭頂的星星。黑暗的太空正在等待他們。

到了消毒過的白色房間，穿著無塵連身工作服的技師們協助太空人走過艙口，進入軌道飛行器，一個接一個。指揮官和駕駛員先就座。被分配坐在中層甲板的艾瑪則是最後進去的。她往後靠坐在有坐墊的椅子上，繫好所有安全帶，頭盔也戴上了，然後雙手豎起大拇指示意沒問題。

艙門關上，把他們關在裡面。

艾瑪聽得到自己的心跳。儘管她的通訊裝置裡傳來空對地通訊試音的嘈雜對話，甦醒的太空梭還不斷發出呼嚕嚕和轟隆隆的聲響，但她仍能聽到自己心臟持續地怦怦跳動。身為中層甲板的乘客，接下來兩小時她沒有什麼事情可做，只能坐在那邊胡思亂想；起飛前的檢查將會由上一層飛行甲板的人員執行。她這一層沒有窗子可以看到外頭，只能瞪著儲藏區和食品室。

在外頭，黎明很快就會照亮天空，成群的鵜鶘將會掠過美麗海灘的水面浪花。

她深吸一口氣，往後靠坐著，靜心等待。

傑克坐在海灘上，望著太陽升起。

他在碼頭公園上並不孤單。午夜前遊客就紛紛開車來到這裡，一長串車頭燈沿著五二八號州道緩緩爬行，有的往北轉向梅里特島野生生物保護區，有的則繼續越過香蕉河，到卡納維爾角市。這些地點的視野也都很好。他周圍的人群都處於假日心情，帶著海灘毛巾和野餐籃。他聽到笑聲和響亮的收音機和發睏孩童的哭鬧。環繞在歡慶人潮構成的漩渦中，只有他是獨自沉默一人，懷著自己的思緒和恐懼。

太陽升上地平線時，他往北邊的發射台注視。她現在應該登上亞特蘭提斯號，繫好安全帶在等待了。興奮又開心，還有一點恐懼。

他聽到一個小孩說：「那是壞人，媽咪。」於是轉頭看那個小女孩。兩人四目相對片刻，一個小小的金髮公主瞪著一個滿臉鬍碴的邋遢男子。她的母親趕緊把小女孩抱在懷裡，快步轉移到沙灘上另一處安全的地方。

傑克啼笑皆非地搖搖頭，目光再度望向北邊。望向艾瑪。

休士頓

飛航控制室陷入沉寂的假象。現在離發射還有二十分鐘——此時該確定是否仍照常發射了。所有靠後方的控制員都已完成系統檢查，現在靠前方的人員正在等著要進行逐一確認。

卡本特以冷靜的聲音唸出名單，要求每個前方控制員口頭確認。

「飛航動力官？」

「發射。」飛航動力官說。

「導航官？」

「發射。」

「醫師？」

「發射。」

「資料處理？」

「發射。」

等到卡本特逐一問過，也都收到每個控制員的肯定答覆，他便對整個房間輕快地點個頭。

「休士頓，可以發射嗎？」卡納維爾角的發射主任問。

「任務控制中心確定發射。」卡本特說。

傳統上，發射主任跟太空梭人員的這段對話內容，是休士頓任務控制中心所有人都聽得見的。

「亞特蘭提斯號，你們要發射了。卡納維爾角所有人員祝你們好運，一路順風。」

「發射控制中心，這裡是亞特蘭提斯號，」大家聽到凡斯指揮官回答，「謝謝你們幫這隻大鳥準備好。」

卡納維爾角

艾瑪把頭盔上的面罩闔起鎖上，打開氧氣輸送鈕。現在離發射還有兩分鐘，她整個人包覆在隔絕的太空衣裡，除了數時間也沒事可做。她感覺到主引擎震動著轉到了發射位置。

倒數三十秒。與地面控制中心的電路切斷，太空梭上的電腦接手控制。她的心跳加速，腎上腺素湧入血管。她聆聽著一秒秒的倒數計時，知道接下來會怎麼樣，心裡可以想像即將發生的一系列事件。

到了倒數八秒，幾萬加侖的水會倒入發射台下，以降低引擎的轟隆聲。

倒數五秒，太空梭上的電腦會開啟閥門，讓液態氧和液態氫輸入主引擎。

隨著主引擎點燃，她感覺到太空梭左右扭動，竭力要掙脫把機身牢牢釘在發射台的那些螺栓。

四，三，二……不能回頭了。

固態燃料推進火箭點燃時，她憋住氣，雙手抓緊。那震動搖撼入骨，轟響聲大得她都聽不見耳機裡在講什麼話。她還得咬緊牙關，免得上下排牙齒一直相撞。此時她感覺到太空梭轉向預定中的弧線，飛過大西洋上空，她的身體被加速至3g的重力緊壓在座位上。她的四肢沉重得幾乎沒法動，震動劇烈得彷彿軌道飛行器馬上就要顛散了。他們到達最大Q點了，也是震動的最高峰，凡斯指揮官宣佈他已經降低主引擎動力。不到一分鐘內，他又會將引擎動力加到全速。

隨著時間一秒秒過去，頭盔不斷咯咯震響，發射的力量像一隻堅定的手牢牢按著她的胸膛，她心中又生出一絲新的不安。當初挑戰者號就是在這個時間爆炸的。

艾瑪閉上眼睛，想起兩星期前跟著海柔進行的那次模擬。他們現在正逐步接近模擬時一切都開始出錯的那一刻，當時他們被迫進入「返回發射基地中斷」，然後克瑞吉無法控制軌道飛行器。這是發射過程中關鍵的時刻，但她什麼也沒法做，只能坐在這裡，期望真實狀況不要像模擬時那麼嚴苛。

她聽到耳機裡面傳來凡斯的聲音，「控制中心，這是亞特蘭提斯號。加速。」

「收到。亞特蘭提斯號。加速。」

當太空梭飛上天時，傑克站在那裡往上看，心臟跳到喉嚨口。他聽到固態燃料助推火箭噴出兩道火柱時的爆裂聲。太空梭逐漸成為發亮的一個小點，機尾排出的廢氣升得得愈來愈高。他周圍的群眾都鼓起掌來。完美的發射，他們全都這麼想。但傑克知道，還是有太多事情可能會出錯。

忽然間他恐慌起來，因為他沒注意發射幾秒鐘了。多少時間流逝了？他們已經過了最大Q點了嗎？他用手遮著眼睛上方以抵擋早晨的陽光，竭力要看清亞特蘭提斯號，但唯一能看到的，就是排出來的煙霧。

周圍的人群已經開始朝停車的地方走。

他還是站著不動，擔心地等待著。他沒看到可怕的爆炸。沒有黑煙，沒有夢魘。

亞特蘭提斯號平安地離開地球，現在衝過太空。

他感覺到兩行淚流過雙頰，但懶得擦掉。他任憑淚水落下，只是繼續望向天空，看著標示著他妻子飛上去的那道煙痕逐漸消散。

太空站

7

七月二十五日
內華達州，貝迪

薩樂文·歐比在電話鈴響中咕噥著醒來。他覺得好像有兩個鈸敲著他的腦袋，嘴裡一股舊菸灰缸的味道。他伸手去拿話筒，不小心碰翻了電話座。砰地一聲，害他頭痛得皺起臉。啊，算了，他心想，然後背過身子，把臉埋在一頭糾結的長髮裡。

一個女人？

他在早晨的亮光中瞇起眼睛，確認跟他躺在床上的確實是個女人。金髮妞。在打呼。他閉上眼睛，希望如果自己倒回去睡覺，等到再度醒來時她就會消失。

但他現在睡不著，因為掉下去的話筒裡傳來大吼的聲音。

他身子探到床緣外，抓起了電話。「什麼事，布里姬？」

「你為什麼沒在這裡？」布里姬問道。

「因為我在床上啊。」

「現在是十點半了，你約好要見新投資人的，記得嗎？我應該警告你，凱司培正在猶豫要把你釘在十字架上，還是把你勒死。」

投資人。要命。

薩樂文坐起身抱著頭，等待那股暈眩過去。

「聽著，你快點離開那個無腦辣妹，立刻趕過來，」布里姬說，「凱司培已經陪他們走到機棚那邊了。」

「十分鐘。」他說，然後掛掉電話，踉蹌著站起來。那個辣妹沒動。他不曉得她是誰，但讓她繼續在床上睡也無妨，反正他家也沒什麼好偷的。

沒有時間沖澡或刮鬍子了。他吞了三顆阿斯匹靈，又喝了杯微波爐加熱的咖啡，然後騎上他的哈雷機車。

布里姬在機棚外頭等他。她有典型愛爾蘭女人的名字，看起來也是典型的愛爾蘭姑娘，身材結實，一頭紅髮，還有跟頭髮相互輝映的火爆脾氣。很不幸，有時刻板印象的確有道理。

「他們就要離開了，」她用氣音說，「快點抬起屁股滾進去。」

「這兩個是誰，提醒我一下吧？」

「一位是盧卡斯先生，另一位是拉夏德先生。他們是十二位投資人的代表。你搞砸了這個，我們就完蛋了。」她暫停一下，厭惡地看著他。「啊，該死，我們已經完蛋了。看看你這副鬼德性。你就不能至少刮個鬍子嗎？」

「難不成妳要我現在回家？我還可以順路去租個禮服。」

「算了。」她把一疊報紙塞在他手裡。

「這什麼？」

「凱司培要的，拿去交給他。現在趕緊進去，說服他們開給我們一張支票。大支票。」

他嘆了口氣，走進機棚。從外頭亮烈的沙漠陽光下走進來，機棚內的黑暗讓他眼睛舒服多了。他花了好一會兒才看到那三個人，站在軌道飛行器「遠地點二號」表面的黑色隔熱陶片旁。兩個訪客都穿了西裝，跟周圍的飛機工具和設備顯得格格不入。

「早安，各位！」他喊道。「抱歉我遲到了，剛剛被一個電話會議絆住了。你們也曉得，有時候就是脫不了身……」他瞥見凱司培．穆霍蘭警告的眼神告訴他別再往下扯了，混蛋，於是把到了嘴邊的話硬吞回去。「我是薩樂文．歐比，」他說，「穆霍蘭先生的合夥人。」

「對於這架可重複使用的發射載具，歐比先生熟悉每一顆螺絲，」凱司培說，「他以前在加州，曾經和火箭工程學的前輩大師鮑伯．楚艾斯本人合作過。事實上，他對整個系統可以解釋得比我更好。在這裡，我們都說他是我們的歐比王。」

那兩位訪客只是眨眨眼睛。這可不是個好徵兆，因為電影《星際大戰》這種世界共通語言，居然沒能引出一個微笑。

薩樂文跟他們握手，先是跟盧卡斯，然後是拉夏德，儘管一顆心直往下沉，他還是咧嘴露出大大的笑容。面對著這兩位衣冠楚楚的紳士，想到自己和凱司培渴望他們的錢，他內心湧上一股厭惡。「遠地點工程公司」是他們的寶貝，也是他們過去十三年來培育的夢想，如今就快要破產了。只有找到新一批投資人，注入新的資金，才能挽救這家公司。他和凱司培現在必須拚了命推銷。要是推銷不出去，他們還不如收拾起工具，把這架軌道飛行器當成遊行花車賣掉算了。

薩樂文手勢花俏地指向「遠地點二號」，這架軌道飛行器看起來不太像是以火箭為動力的飛機，倒比較像是一具有窗子的肥胖消防栓。

「我知道它看起來可能不起眼，」他說，「但我們在這裡所打造的，是全世界現有最具成本效益、最實用的可重複使用發射載具。它使用一種輔助的單級入軌發射系統。在垂直起飛後，繼續爬升到十二公里的高度，在低動壓的狀況下，擠壓循環式的火箭引擎會讓載具加速到四馬赫的火箭脫離點。這架軌道飛行器完全可以重複使用，而且重量只有八噸半。它實現了我們對未來商業太空旅行的信念。更小，更快，更便宜。」

「你們用的是哪一款升空引擎？」拉夏德問。

「俄羅斯進口的雷賓斯克RD-38吸氣式引擎。」

「為什麼用俄國貨？」

「因為呢，拉夏德先生，偷偷告訴你，俄國人是全世界最懂火箭科學的人。他們已經開發出幾十種液態燃料火箭引擎，使用的先進材料可以在更高的壓力下運轉。至於我國，說來遺憾，從阿波羅之後，就只開發出一種新的液態燃料火箭引擎。這一行現在是國際性工業了。我們認為，一定要為我們的產品選擇最好的零件，不管這些零件是哪一國來的。」

「那麼這個……這個玩意兒怎麼降落？」盧卡斯先生問，半信半疑地望著那個消防栓飛行器。

「啊，這就是『遠地點二號』的美妙之處。你們會發現，它沒有機翼。它不需要跑道，而是直接落地，利用降落傘減低速度，同時用氣囊緩衝落地時的碰撞。它可以降落在任何地方，甚至在海上。再次，我們必須對俄國人致敬，因為我們有些特點是採用了他們以前的聯合號太空船。那是他們用了幾十年，最可靠又耐用的太空飛行器。」

「你們喜歡俄國佬的技術，嗯？」

薩樂文整個人僵住了。「我喜歡有用的技術。你愛怎麼批評俄國人都沒關係，但他們在這方面的確很內行。」

「所以你們製造出來的這個，」盧卡斯說，「是個混合體。聯合號加上太空梭。」

「非常小的太空梭。我們花了十三年，外加六千五百萬美元，就能發展到現在的地步——比起太空梭的成本，實在是便宜得驚人。以這個複合式飛行器，如果每年發射一千兩百次，我們相信可以達到每年百分之三十的投資報酬率。每次飛行的成本是八萬元；每公斤則是便宜到兩百七十元。更小，更快，更便宜。這就是我們的信條。」

「到底是有多小，歐比先生？你們的酬載容量有多少？」

薩樂文猶豫了。他一說出來，可能就會失去這兩位投資人了。「我們每次發射到低地球軌道的酬載量是三百公斤，外加一個駕駛員。」

接下來有好一陣子沉默。

拉夏德先生說：「就這麼多？」

「那是將近七百磅了。可以容納很多研究實驗在——」

「我知道三百公斤是多少。並不多。」

「彌補的方式，就是更頻繁地發射。你幾乎可以把它想成一架太空飛機。」

「事實上——事實上，我們已經引起航太總署的興趣了！」凱司培插嘴，口氣絕望。「他們可能將會買這種系統，好快速登上太空站。」

盧卡斯抬起一邊眉毛。「航太總署有興趣？」

「嗯，我們有內部管道。」

啊，要死了，凱司培，薩樂文心想。別扯那個了。

「薩樂文，把報紙給他們看。」

「什麼？」

「《洛杉磯時報》。第二版。」

薩樂文低頭看著布里姬剛剛塞給他的那份《洛杉磯時報》，翻到第二版，看到那篇文章：〈航太總署下一批太空人發射升空〉，底下是一張詹森太空中心高階主管在記者會上的照片。他認得裡頭那個大耳朵、醜髮型、其貌不揚的男子。那是高登．歐比。

凱司培搶過報紙，拿給兩位訪客看。「看看這個人，站在李若伊．孔耐爾旁邊的？他是飛行人員事務處的主任。歐比先生的哥哥。」

兩位訪客顯然被打動了，轉過來看著薩樂文。

「怎麼樣？」凱司培說，「兩位要談一下投資細節嗎？」

「有件事我們最好先說在前頭。」盧卡斯說，「拉夏德和我已經看過其他太空船公司所開發的飛行器。凱利太空船、羅頓、基斯勒K—1，我們都仔細看過了，也都印象深刻，尤其是K—1。不過我們覺得，也該給你們這家小公司一個推銷的機會。」

你們這家小公司。

操你的，薩樂文．歐比心想。他痛恨跟別人討錢，痛恨跪在那種自以為了不起的人面前。這是一場沒有希望的戰役。他的頭好痛，他的胃很不舒服，這兩個穿西裝的傢伙浪費了他的時間。

「告訴我們，為什麼我們應該押注在你們的馬身上。」盧卡斯說，「為什麼『遠地點二號』是我們的最佳選擇？」

「坦白說，兩位，我不認為我們是你們的最佳選擇。」薩樂文直率地回答，然後轉身離去。

「呃——失陪一下，」凱司培說，追在他的合夥人後面。「薩樂文！」他低聲道，「你到底在搞什麼鬼？」

「他們對我們沒興趣。你也聽到了。他們喜歡K—1。他們想要大火箭。才能配得上他們的大老二。」

「別搞砸了！快回去跟他們談。」

「為什麼？他們不會開支票給我們了。」

「要是失去了他們，我們就失去一切了。」

「我們已經失去了。」

「不，你可以說服他們的。你唯一要做的，就是說出實話。把我們真心相信的事情告訴他們。因為你知我知，我們的飛行器是最棒的。」

薩樂文揉揉眼睛。阿斯匹靈的藥效減弱了，他的頭痛得要命。他厭倦了乞求。他是工程師和飛行員，他很樂意自己的餘生都雙手沾滿黑黑的機油。但如果沒有新的投資人，沒有新的現金進來，這樣的事情就不會發生了。

他轉身走向那兩位投資人。讓他驚訝的是，那兩個人似乎對他生出了新的尊敬。或許因為他剛剛說了實話。

「好吧，」薩樂文說，整個人勇敢起來，反正他已經沒什麼好損失了，倒不如抬頭挺胸面對失敗。「我看這麼著吧。只要一次示範飛行，就可以證明我們所說的一切。其他公司有辦法隨時就能決定發射嗎？不，他們沒辦法。他們需要準備的時間。」他冷笑，「要準備好幾個月。可是我們隨時都可以發射。我們唯一要做的，就是把這個寶貝裝在推進火箭上頭，就可以把它發射到低地球軌道上。要命，我們還可以讓它上去跟太空站炫耀一下。所以你們給個日期，看你們希望哪一天發射，我們就照辦。」

凱司培臉色發白，白得像個鬼。還不是那種友善的鬼。薩樂文剛剛把他們自己逼到了孤立無援的險境。「遠地點二號」還沒有試飛過。這架飛行器放在這個機棚累積灰塵已經超過十四個月，等著他們到處找錢。而它的處女航，薩樂文居然就要把它發射到軌道上？

「事實上，我太有自信它可以通過測試了。」薩樂文說，把賭注加得更高，「所以我會親自坐在駕駛座上。」

凱司培抓著自己的肚子。「啊……兩位，這只是個誇張的說法而已。這架飛行器在無人駕駛的狀態下，也完全可以飛行得很好——」

「可是這樣就缺乏戲劇性了，」薩樂文說，「讓我駕駛吧。這樣對每個人來說都更有趣。你們覺得呢？」

我覺得你他媽的瘋了，凱司培用眼神告訴他。

那兩位投資人交換了一個眼色，又互相耳語幾句。然後盧卡斯說，「我們對示範飛行非常有興趣。不過我們得花時間通知所有的投資夥伴，協調大家的行程。所以暫時就訂在……一個月後吧。你們做得到嗎？」

他們是想確定他是不是說大話而已。薩樂文大笑。「一個月？沒問題。」他看向凱司培，但凱司培現在閉上雙眼，一臉痛苦。

「我們會跟你們保持連絡。」盧卡斯說，然後轉身朝門外走。

「如果不麻煩的話，我想問最後一個問題，」拉夏德先生說。他指著那架飛行器。「我注意到你們這架原型機是『遠地點二號』。那是不是有『遠地點一號』？」

凱司培和薩樂文面面相覷。

「啊，有的，」凱司培說，「的確有過……」

「那它怎麼了？」

凱司培沉默不語。

管他去死，薩樂文心想。跟這些人講實話好像很有用；不妨再試一次吧。

「墜地焚毀了。」他說。然後走出機棚。

墜地焚毀。一年半前那個寒冷、晴朗的上午所發生的事，也只能如此描述了。那個上午，他的夢想也跟著墜地焚毀。這會兒坐在公司裡他那張破爛的辦公桌後頭，喝著咖啡治療宿醉，薩樂文腦袋裡不禁回想起那一天種種令人痛苦的細節。載著航太總署官員們的那輛巴士停在發射台前。他哥哥高登露出驕傲的笑容。起飛前，十來個「遠地點公司」的員工和大約二十個投資人聚集在帳篷底下，喝著咖啡，吃著甜甜圈，充滿了歡慶的氣氛。

倒數計時，發射。每個人抬頭瞇起眼睛，看著「遠地點一號」衝向天空，拉出尾痕，然後縮小到只剩一顆發亮的小點。

然後是一道閃光，一切就結束了。

事後，他哥哥沒多說什麼，只是簡短慰問了兩句。他跟高登向來就是如此。每回只要薩樂文搞砸了——這種事似乎太常發生了——高登只會悲傷而失望地搖搖頭。高登是清醒而可靠的哥哥，是優秀的太空梭指揮官。

而薩樂文連太空人小組都沒能進去。儘管他是飛行員，也是航太工程師，但好像一輩子都運氣欠佳。只要他爬進駕駛艙，好像就會有電線短路或管線破裂。他常覺得自己前額該刺上不是我的錯的刺青，因為事情出問題，有時的確並不是他的錯。可是高登不這麼想。他向來一帆風順。高登認為，運氣壞的說法，只是掩飾無能的藉口而已。

「你為什麼不打電話給他？」布里姬說。

他抬頭看。她站在他的辦公桌旁，手臂交抱在胸前，像個不滿的老師。「打給誰？」他問。

「你老哥啊，不然還有誰？告訴他們要發射第二架原型機了。邀請他來看。說不定他會把航太總署的其他人都帶來。」

「我不希望有任何航太總署的人來。」

「薩樂文，如果我們讓他們留下深刻的印象，就能扭轉這間公司的命運了。」

「就像上次，嗯？」

「那是偶然的意外。我們已經修正那個毛病了。」

「或許還會有一次意外。」

「你這樣很觸霉頭耶，你知道吧？」她把電話推到他面前，「打給高登。如果我們要丟骰子，那倒不如把全部的家當都押上去。」

他看著電話，想著「遠地點一號」，想著一輩子的種種夢想都可能在瞬間蒸發。

「薩樂文？」

「算了吧，」他說，「我老哥忙得很，沒空跟我們這種窩囊廢瞎攪和。」然後他把剛剛那份報紙扔進垃圾桶。

七月二十六日
亞特蘭提斯號上

「嘿，瓦森，」凡斯指揮官朝下方的中層甲板喊道，「上來看看你的新家。」

艾瑪往上飄過梯子，來到飛行甲板，停在凡斯座位的後方。看到窗外的第一眼，她驚奇地猛吸一口氣。她從沒離太空站這麼近過。兩年半前第一次出太空任務時，他們並沒有跟國際太空站對接，只從遠處看過而已。

「美呆了，不是嗎？」凡斯說。

「我這輩子看過最美的東西。」艾瑪輕聲說。

的確。粗重的主桁架上頭展開了一排排巨大的太陽能板，整個太空站看起來就像是一艘雄偉的帆船，揚帆航過天際。由十六個國家所建造，零件經由四十五次發射任務送上太空。歷經五年時間，才一點接一點在軌道上組合起來。它不光是工程學的奇觀，也象徵著人類如果能放下武器、把目光轉向天空，可以達到什麼樣的成就。

「看看，這個房地產可真是不錯，」凡斯說，「我會說這是景觀公寓。」

「我們已經在會合的軌道半徑向量線上了。」太空梭駕駛員迪威特說，「飛航順利。」

凡斯離開指揮官座位，站在飛行甲板艙頂的窗前，看著太空梭逐漸靠近太空站的對接艙。在複雜的會合過程中，這是最需要小心處理的階段。亞特蘭提斯號原先是發射到比國際太空站稍低的軌道上，過去兩天來，一直和飛馳的太空站玩追趕的遊戲。軌道飛行器會從下方逼近太空站，利用反作用力控制系統中的噴射推進器，微調位置，以準備對接。此刻艾瑪聽得到噴射推進器點火的轟隆聲，感覺到軌道飛行器的震動。

「你瞧，」迪威特說，「那裡就是上個月被撞到的那排太陽能板。」她指著一列太陽能板，上頭有一道凹痕。太空中難以避免的危險之一，就是經常有流星雨和人造的太空垃圾。就連一個小小的碎片，在時速幾千哩的高速下，都有可能變成一枚致命的飛彈。

他們更接近時，太空站填滿了窗子，艾瑪覺得滿心敬畏又榮耀，淚水忽然衝進眼眶。家，她心想。我快到家了。

亞特蘭提斯號和國際太空站對接完成，氣閘門打開，一張褐色大臉在太空站那一頭咧嘴朝他們笑。「他們帶柳橙來了！」路瑟．安姆斯對他的太空站同伴們喊道，「我聞得到！」

「航太總署快遞服務。」凡斯指揮官面無表情地說，「你們的雜貨送來了。」凡斯提著一個裝了新鮮水果的尼龍袋，拋過亞特蘭提斯號的氣密艙，進入太空站。

這次對接十分完美。兩具太空飛行器在地球上空的軌道，以一萬七千五百哩的時速飛行，凡斯以每秒兩吋的精密速率接近國際太空站，把亞特蘭提斯號的對接艙對著國際太空站的對接埠，然後準確地、緊緊地鎖住。

現在艙門打開，亞特蘭提斯號的機上人員逐一飄浮著進入太空站，一個多月沒見過新面孔的太空站人員露出歡迎的微笑，上前和他們握手、擁抱。節點艙太小了，裝不下十三個人，於是機上人員很快就分散到鄰接的各艙去。

艾瑪是第五個進入太空站的。她飄出對接艙，吸入一股混合的氣味，那是人類被困在密閉空間裡太久、帶點酸味和肉味的氣息。第一個上來迎接她的，是以前曾一起接受太空人訓練的老友路瑟·安姆斯。

「我想是瓦森醫師吧！」他低沉有力地說，把她拉過來擁抱，「歡迎來到太空站。淑女愈多，歡樂愈多。」

「嘿，你知道我不是淑女的。」

他擠擠眼睛。「這個我們就別說出去了。」路瑟向來很棒，他的高昂心情可以感染所有人。每個人都喜歡路瑟，因為路瑟喜歡每個人。艾瑪很高興太空站上有他。

尤其當她轉身，看到了其他太空站的同伴。她首先和國際太空站的指揮官麥可·葛利格握手，發現他很有禮貌，但簡直像軍人似的冷冰冰。黛安娜·艾思提是歐洲太空總署派來的英國女人，她也沒有溫暖太多。雖然面露微笑，但她的雙眼是一種奇怪的冰河藍。冷淡又遙遠。

接下來艾瑪轉向俄國人尼可萊·盧登柯，他是在太空站裡待得最久的——將近五個月了。艙裡的燈光似乎把他臉上的所有血色都濾掉，變得像他夾雜著灰斑的鬍碴那種黃褐色。他們握手時，他的目光幾乎沒跟她的接觸。這個人得回家，她心想，他很消沉，已經累壞了。

接著上前迎接她的，是來自日本宇宙事業開發團的太空人平井健一。他至少臉上還掛著笑容，握手也很堅定。他結巴著打了招呼，然後趕緊離開。

此時艙房淨空了，大家都分散到太空站的其他各處。只剩下她和比爾·漢寧。

黛比三天前過世了。亞特蘭提斯號會帶比爾回家，不是到他妻子的病床邊，而是到她的葬禮上。艾瑪飄向他。「我很遺憾，」她輕聲說，「我真的很遺憾。」

比爾只是點點頭，別開目光。「好奇怪，」他說，「我們總以為，要是有個什麼萬一，那也會是發生在我身上。因為我是家裡的大英雄，是冒所有險的人。我們從來沒想到，她會是……」

他深吸了一口氣。艾瑪看到他正努力保持鎮靜，心知現在不是說什麼同情話的時候。甚至只是輕碰他一下，都可能毀掉他控制自己情緒的那股脆弱力量。

「好吧，瓦森，」最後他終於說，「我想我應該負責帶妳熟悉環境，因為妳要接替我的工作了。」

她點點頭。「等你準備好再說，比爾。」

「我們現在就開始吧。有好多事情要跟妳交代。但換班的時間又不多。」

儘管艾瑪很熟悉太空站的整個格局，但第一次看到內部實體的感覺卻是頭暈目眩。軌道上的無重力狀態表示沒有上或下，沒有地板或天花板。每個平面都是有用的工作空間，要是她在空中轉得太快，立刻就會失去所有方向感。再加上一陣陣反胃的噁心，使得她放慢動作，轉身時雙眼必須盯牢一個點。

她知道國際太空站核心的空間相當於兩架波音七四七飛機，但分佈在十來個巴士大小的艙裡，不同的艙像拼接玩具般連接起來，中間連接的部分就叫節點艙。太空梭是對接在二號節點艙。另外歐洲太空總署的實驗艙、日本實驗艙、美國實驗艙也都跟這裡連接，使得這個節點艙成為通往太空站其他部分的通道。

比爾帶著她走出美國實驗艙，進入連接的一號節點艙。他們在這裡暫停一會兒，望著穹頂的觀測窗外。地球在他們的下方緩緩旋轉，乳白色的雲盤旋在海洋上方。

「我有空的時候都待在這裡。」比爾說，「只是看著窗外。那種感覺幾乎是神聖。我把這裡稱之為『大地之母的教堂』。」他把目光從窗外收回來，指著節點艙的另一個閘門，「正對面就是艙外活動氣密艙。」他說，「我們下面的艙門則是通到居住艙。妳的睡眠區就在那裡。人員返航載具接在居住艙的另一端，那裡是緊急撤退口。」

「有三個人睡在這個艙？」

比爾點點頭。「另外三個人睡在俄羅斯服務艙。要從這邊這個閘口過去。我們現在就過去吧。」

他們離開一號節點艙，像兩條魚游過一片隧道迷宮，飄到了太空站屬於俄羅斯的那一半。

這裡是國際太空站最老舊的部分，在軌道上待得最久，老舊狀況也明白顯現出來。他們經過曙光號——可以供應電力和推進動力——之時，艾瑪看到了牆上的污漬，還有零星的刮傷和凹痕。原來在她腦中的一張張設計平面圖，現在有了材質和可以感知的細節。太空站不光只是一堆發亮的實驗艙所組成的迷宮，也是人類的家，長期居住後的使用痕跡處處可見。

他們飄進了俄國服務艙，艾瑪看到倒立的葛利格和凡斯。或者我才是倒立的？艾瑪心想，被這個上下顛倒的失重世界弄得好笑起來。就跟美國艙一樣，俄羅斯艙也有一個廚房、廁所，以及三個人員的睡眠區。在另一頭，她看到一個艙口。

「那裡是通往老聯合號嗎？」她問。

比爾點點頭。「我們現在把那裡用來儲存垃圾，反正也沒別的用處了。」聯合號太空船一度是太空站的緊急救生艇，現在已經淘汰，裡頭的電池也早就沒電了。

路瑟．安姆斯頭探進俄羅斯服務艙。「嘿，各位，作秀時間到嘍！在媒體會議中心表演集體抱抱。航太總署希望納稅人看到我們在這裡表演國際愛。」

比爾厭倦地嘆了口氣。「我們就像動物園裡的動物似的。每天都要對著那些該死的攝影機微笑。」

艾瑪是最後一個離開的。等她來到居住艙，裡頭已經擠了十二個人。看起來像一團纏結的胳臂和腿，每個人都上下晃動著，努力不要彼此碰撞。

葛利格正在設法安排每個人的位置時，艾瑪還留在一號節點艙，飄在半空中。她發現自己的目光緩緩飄向穹頂。窗外的景象美得讓她屏息。

那是壯麗的地球。弧形的地平線上方鑲著一圈星星，此刻正要入夜。再往下，她看到一些熟悉的地標沒入黑夜。休士頓。這是她第一次在太空站經過家鄉的夜空。

她湊近窗子，一手放在玻璃上。啊，傑克，她心想。真希望你也在這裡。真希望你能看到這個景象。

然後她揮手，心中毫不懷疑，在下方的某處，傑克也在朝她揮手。

8

七月二十九日

私人電子郵件收件人：艾瑪・瓦森博士（國際太空站）

寄件人：傑克・麥卡倫

就像夜空的一顆鑽石。從地球看，你們就是這個樣子。昨天夜裡我熬夜看妳掠過。給了妳一個大大的揮手。

今天早上的CNN把妳捧成了太空女先鋒。「女性太空人發射升空，半根指甲都沒斷。」或諸如此類誇張可笑的言論。他們訪問了伍迪・艾里斯和李若伊・孔耐爾，他們兩個都笑得像是驕傲的父親。恭喜，妳成為美國甜心了。

從畫面上看，凡斯那組人完美降落。比爾抵達休士頓時，被嗜血的記者團團包圍住。我在電視上看到他一眼——好像老了二十歲。黛比的葬禮是今天下午。我會去參加。

明天，我會駕著帆船在墨西哥灣上航行。

艾瑪，我今天收到離婚文件了，我得老實跟妳說，感覺很不好。不過話說回來，離婚的感覺本來就不會好，不是嗎？

總之，律師都準備好，只等我們簽字了。或許現在一切終於結束了，我們又可以回頭當朋友了。就像以往一樣。

傑克

P.S. 韓福瑞真是個小混蛋。妳得賠我一張新沙發。

私人電子郵件收件人：傑克・麥卡倫

寄件人：艾瑪・瓦森

美國甜心？拜—託—喔。這已經變成高空走鋼索表演了，地球上的每個人都等著看我搞砸。等到我真搞砸了，就會成為「當初該派個男人上去」的第一號範例。我好恨這點。

另一方面，我的確好愛這裡。真希望你能看到這片景象！當我往下看到地球有多美，就好想搖醒住在那兒的每個人，讓他們清醒一下。只要他們有機會看到地球有多麼小、多麼脆弱，在這片寒冷的黑暗太空中又有多麼孤單，他們就會更珍惜它了。

（看吧，她又來了，一講到地球就眼淚汪汪。當初該派個男人上去的。）

很開心可以告訴你，我的噁心感已經消失了。現在我可以迅速到各艙去，幾乎不會有什麼不舒服。每回意外看到窗外的地球，我還是會有一點暈眩。因為我的上下方向感被搞混了，每次都要花好幾秒鐘才能調整過來。我設法保持健身進度，但每天兩小時實在太花時間了，尤其我有好多事情要做。有幾十個實驗要監控，有幾百萬封來自酬載中心的電子郵件，每個科學家都要求你優先照顧他們的寶貝計畫。以後我會逐步增加健身量，但今天早上我實在太累了，居然連休士頓叫我們起床的音樂都沒把我吵醒。（路瑟說他們播的是華格納的《女武神的騎行》！）

至於離婚手續即將完成，我的感覺也不好受。不過，至少我們有過七年的好時光。這比大部分夫妻都好太多了。我知道你一定很希望趕緊把手續辦完。我保證一等我回去，就馬上簽字。

繼續跟我揮手啊。

艾瑪

P.S. 韓福瑞從來不會攻擊我的家具。你做了什麼惹毛牠了？

艾瑪關掉筆記型電腦。回覆私人電子郵件是今天的最後一件工作。她一直盼望得到家鄉的消息，但傑克提到離婚的事讓她很難過。所以他已經準備要展開新生活了，她心想。他準備要跟我「當朋友」了。

她鑽進睡袋並拉上拉鍊時，心裡很氣他，氣他這麼輕易就接受他們的婚姻告終。剛開始談離婚時，他們還吵得很兇，當時每次熱烈的爭執都令她有某種莫名的放心感。但現在他們的衝突結束了，傑克已經可以平靜接受了。沒有痛苦，沒有後悔。

而我，卻還在想念著你。這讓我好恨自己。

健一猶豫著要不要叫醒她。他徘徊在艾瑪的睡眠區隔簾外，不曉得自己是不是該再喊她一次。這實在是小事，他真不想打擾她。她晚餐時看起來好疲倦，手裡還拿著叉子就睡著了。在沒有重力的狀態下，失去意識時身體也不會垮下來，所以腦袋也不會扭動而把你驚醒。疲倦的太空人出了名地會在修理工作進行到一半、手裡還拿著工具時，就不小心睡著了。

他決定不要叫醒她，自己回到美國實驗艙。

健一每天所需睡眠從來不超過五小時，其他人都在睡覺時，他常常會徘徊在迷宮般的太空站裡，照看他的各式各樣實驗。四處檢查、探索。好像只有在其他同僚睡覺的時候，太空站才會表現出自己清晰的個性。整個太空站變成了一個會發出嗡嗡聲和滴答聲的自主個體，裡頭的電腦指揮著上千個不同的功能，各種電子指令迅速通過電線和迴路組成了神經系統。當健一飄過一個個隧道時，心想這裡的每一平方吋，都是無數人類動手辛勞的成果。電工和金屬工、塑膠製模工、玻璃工。因為他們的勞動，才能讓他這麼一個來自日本鄉村的農民之子，如今可以飄浮在地球上方兩百二十哩之處。

健一已經來到太空站一個月，但種種驚嘆之感始終未曾消失。

他知道自己在這裡的時間有限。他知道自己的身體正在逐漸付出代價：他骨骼裡的鈣質持續流失，他的肌肉逐漸變得虛弱，而且動脈和心臟由於不必對抗地心引力，原先的強度也在逐步降低。在國際太空站駐守的每一刻都很珍貴，他不想浪費任何一分鐘。於是，在排定睡覺的時間裡，他會在站內漫遊，流連在窗邊，去看看實驗艙的動物們。

他就是這樣發現那隻死老鼠的。

牠飄浮著，僵硬的四肢伸展開來，粉紅色的嘴巴張著。又是公的。這是十六天內死掉的第四隻公鼠了。

他確認了這些白老鼠的居住環境都功能正常，設定的溫度沒有被動過，空氣流通率依然維持在標準的每小時十二次。牠們為什麼還不斷死亡？會是飲水和食物遭到污染了嗎？幾個月前，太空站內曾因為有毒化學物質滲透到動物居住區的飲水中，造成十來隻老鼠死亡。

那隻老鼠飄浮在籠內。其他公鼠都縮在另一頭，好像很厭惡那具同伴的屍體。牠們似乎急著要遠離牠，腳爪緊抓著籠子。金屬網另外一邊的母鼠們也是一樣，全都聚集在一起。只有一隻例外，那隻母鼠抽搐著，緩緩在空中旋轉，爪子像是癲癇發作似的不斷痙攣。

又一隻生病了。

正當他觀看的時候，那隻母鼠彷彿受盡折磨似的吐出最後一口氣，然後忽然再也不動了。其他母鼠彼此靠得更緊了，一大團白色的毛皮恐慌地扭動著。他得趁著傳染給其他老鼠之前把屍體移走——如果這是傳染病的話。

他把老鼠居住的籠子接合到生物手套箱，戴上乳膠手套，然後雙手伸進連接在箱子上的橡膠手套內。他先伸手到公鼠那一邊，把屍體拿出來放進塑膠袋。接下來再打開母鼠那邊，去拿第二隻死老鼠。正要拿出來時，一團白毛衝出來，掠過他的手。

一隻母鼠逃進手套箱了。

他在半空中抓住那隻母鼠，但幾乎又立刻放開，手上傳來一陣尖銳的刺痛。那隻母鼠一口咬穿了手套。

他立刻把雙手抽出箱子，迅速剝掉手套，瞪著手指看。一滴血湧出來，這突如其來的景象令他覺得噁心想吐。他閉上眼睛，痛罵自己。這沒什麼——只不過是個小刺傷。也算是那隻老鼠報了仇吧，因為之前被他用針刺了那麼多回。他睜開眼睛，但那種噁心感還在。

我需要休息，他心想。

他再度抓住那隻掙扎的老鼠，丟回籠子裡。然後他把兩隻裝袋的鼠屍拿出來，放進冰箱。明天等他好過一點，再來處理這個問題。

七月三十日

「我今天發現這隻死了，」健一說，「是第六隻了。」

艾瑪皺眉望著動物區的那隻老鼠。牠們住在同一個籠子裡，公的和母的之間只有一道鐵絲網隔開。牠們呼吸同樣的空氣，食物和飲水也一樣。在公的那一邊，一隻死老鼠動也不動地飄浮著，四肢張開且僵硬。其他公鼠都擠在隔間的另一端，亂扒著籠身，好像急著想逃走。

「十七天內死了六隻老鼠？」艾瑪問。

「五隻公的，一隻母的。」

艾瑪審視剩下的活鼠，尋找生病的跡象。牠們顯然都很警覺，雙眼發亮，鼻孔沒流出黏液。

「我們先把這隻死的拿出來吧，」她說，「然後再仔細檢查其他的。」

她用手套箱伸手進籠子內，拿出那隻死掉的白老鼠。屍體已經處於屍僵狀態，雙腿僵硬，脊椎無法彎曲。半張的嘴巴裡探出一片粉紅色的舌尖。實驗室的動物死於太空並不稀奇，在一九九八年的一次太空梭飛行中，新生老鼠的死亡率將近百分之百。微重力是個陌生的環境，不是所有物種都能適應良好。

發射之前，這些老鼠都經過檢查，以確定牠們體內沒有某些細菌、真菌、病毒。所以如果這是傳染病，那麼牠們一定是在太空站染上的。

艾瑪把那隻死鼠放進塑膠袋，換了手套，然後伸手到籠裡抓另一隻活的。那隻老鼠精力旺盛地奮力扭動，一點都沒有生病的跡象。牠外觀的唯一異常之處，就是一邊耳朵被別的老鼠咬得破爛。艾瑪把那隻老鼠翻身過來看看腹部，驚訝地喊了起來。

「這隻是母的！」她說。

「什麼？」

「公的籠子那邊有一隻母鼠。」

健一湊過來，隔著手套箱看著那隻老鼠的外生殖器。證據很清楚。他羞愧得滿臉漲成暗紅色。

「昨天夜裡，」他解釋，「牠咬了我。我匆忙間就把牠放回去了。」

艾瑪同情地朝他微笑。「唔，最糟糕的狀況，就是會有一波意料之外的嬰兒潮。」

健一戴上手套，兩手伸進手套箱的另一對袖口內。「是我犯的錯，」他說，「我來補救。」

他們一起檢查籠內的其他老鼠，發現都沒有放錯邊，而且每一隻看起來都很健康。

「這真的很奇怪，」艾瑪說，「如果是傳染病，就應該有感染的跡象才對……」

「瓦森？」艙內的對講機傳來一個聲音。

「我在實驗艙，葛利格。」她回答。

「酬載中心傳了一封緊急電子郵件給妳。」

「我馬上去看。」她關上籠子，對健一說：「我去看一下郵件。你把放在冰箱裡的那隻死老鼠先拿出來，等一下我們一起檢查。」

健一點點頭，朝冰箱飄過去。

艾瑪來到工作站電腦前，找出給自己的那封緊急電子郵件。

收件人：艾瑪．瓦森

寄件人：海倫．柯尼格，研究計畫主持人

關於：實驗二十三號（古生菌細胞培養）

訊息：立刻中斷這項實驗。最近由亞特蘭提斯號送回的樣本顯示有黴菌感染。所有古生菌培養，連同盛裝的容器，應以站上的坩鍋焚毀，並將灰燼丟棄。

艾瑪把螢幕上的資訊讀了又讀。她從沒接到過這麼奇怪的要求。黴菌感染並沒有危險性。把培養焚化掉似乎是反應過度。她太專注想著這個令人不解的要求，因而沒留意正把死老鼠拿出冰箱的健一，直到聽見他猛吸一口氣，這才轉過去看。

一開始她只看到他震驚的臉，濺上了一片腐爛內臟形成的泥漿。然後她看到剛剛爆開的那個塑膠袋。他震驚間鬆開了手，塑膠袋現在飄浮在兩人之間的空中。

「那個是什麼？」艾瑪說。

他不敢置信地說：「那隻老鼠。」

但她看到袋子裡面並不是死老鼠。而是一團分解的組織，爛糊糊的肉和毛皮，此時還在滲出一顆顆發臭的水珠。

生物性危害！

她衝到艙內另一頭的警示操縱板，按下一個鈕以關閉各艙間的通風。健一已經打開了急救貨架，拿出兩個過濾式口罩。他丟了一個給艾瑪，她拿了罩在鼻子和嘴巴上。他們一句話都不必說，兩個人都知道該做什麼。

他們趕緊關上了兩頭的艙門，把這個實驗艙和整個太空站隔離開來。然後艾瑪拿出一個生物污染防護袋，小心翼翼移近那一袋飄浮的腐爛肉漿。表面張力使得那些液體仍形成一整團，要是她小心不要攪動空氣，就可以整團套進袋子裡，不會飛散四濺。她緩緩把生物污染防護袋往下壓，罩住那團飄浮在空中的樣本，然後趕緊封住。她聽到健一放鬆地嘆了口氣。危害物控制住了。

「冰箱裡有滲漏出來嗎？」艾瑪問。

「沒有。我拿出來之後才開始漏的。」他用一塊酒精棉擦著臉，然後把棉球封在袋子內準備丟掉。「那個袋子，剛剛……妳知道，脹得很大，像個氣球。」

袋內的東西之前受到了壓力，分解的過程會釋放出氣體。隔著塑膠防護袋，她看得到標籤上的死亡日期。不可能啊，她心想。才五天而已，屍體就爛成了一堆黑泥漿。那個袋子摸起來冷冷的，所以冰箱沒壞。儘管冰在冰箱裡，但有什麼加速了屍體的分解。是噬肉鏈球菌嗎？她很好奇。或是另一種具有同樣破壞性的細菌呢？

她看著健一心想，剛剛濺到他眼睛了。

「我們得跟你的研究主持人談談，」她說，「送這些老鼠來的那位。」

現在是美國太平洋時間清晨五點，但「太空飛行中老鼠的受孕與懷孕期」的研究計畫主持人麥可．魯米斯博士的聲音卻全神貫注，而且顯然十分擔心。他在加州的阿姆斯研究中心跟艾瑪通話。儘管她看不見他，但可以想像這個聲音尖細的男人長得什麼樣：高個子，精力充沛。對他來說，清晨五點是正常工作時間。

「我們監控這些動物一個多月了，」魯米斯說，「對動物來說，這個實驗的壓力比較低。我們本來計畫要在下星期讓公母鼠混合在一起的，希望牠們能成功交配並受孕。這個研究對於長期太空飛行、行星殖民的應用非常重要。妳可以想像，這些死亡讓我們非常困擾。」

「我們已經做了培養，」艾瑪說，「所有的死老鼠看起來都分解得太快。根據屍體的狀況，我很確定感染了梭狀芽孢桿菌或鏈球菌。」

「太空站有這麼危險的細菌？那問題就嚴重了。」

「一點也沒錯。尤其是在像我們這樣封閉的空間裡。我們全都有感染的危險。」

「能不能做屍體解剖呢？」

艾瑪猶豫了。「我們這裡的設備只能處理第二級的污染。更危險的就沒辦法了。如果這是嚴重的病菌，我不能冒險讓其他動物感染。或讓人類感染。」

魯米斯沉默了一會兒，然後說：「我明白了。我也不得不同意妳的說法。所以你們會安全處理掉所有屍體嗎？」

「馬上就進行。」艾瑪說。

七月三十一日

來到太空站以後，這是健一首次睡不著。他幾個小時前就鑽進睡袋，拉上拉鍊，但到現在還醒著，還在想著那些死老鼠之謎。儘管沒人責備他，但他仍覺得自己對那個實驗的失敗有責任。他努力思索自己可能做錯了什麼。或許他幫老鼠抽血採樣的時候，用了被污染的針頭？或是動物區的環境控制設置沒弄好？想著種種自己可能犯下的錯誤，令他難以入眠。

而且，他的頭一直陣陣作痛。

他初次感覺到不舒服是在今天早上，一開始只是一邊眼睛周圍有點刺痛。隨著時間慢慢過去，刺痛變成持續的疼痛，現在半邊頭都在痛。不是痛得難以忍受，只是覺得很煩。

他拉開睡袋的拉鍊。既然睡不著，倒還不如去察看一下那些老鼠的狀況。

他飄過尼可萊睡眠區的床簾外，穿過一連串相連的艙房，來到太空站內美國的那半邊。他一踏進實驗艙，就發現裡頭還有人沒睡。

鄰接的日本實驗艙裡有喃喃低語聲。他靜靜飄進二號節點艙，朝打開的艙門望去，看到黛安娜·艾思提和麥可·葛利格四肢交纏，嘴唇緊吻，飢渴地彼此探索著。他立刻不動聲色地退出來，為剛剛自己目睹到的畫面而尷尬得臉紅。

現在怎麼辦？他該回到自己的睡眠區，給他們清靜嗎？這樣子不對，他忽然生氣地心想，我是來這裡工作，來盡自己的責任的。

他飄到動物居住區。故意把那些貨架打開又關上，製造出一大堆噪音。過了一會兒，一如他的預期，黛安娜和葛利格忽然出現，看起來都臉紅了。想想他們剛剛做的事情，健一心想，他們的確該臉紅。

「離心機有點問題，」黛安娜撒謊道，「我們剛剛應該是修好了。」

健一只是點點頭，沒露出任何他知情的跡象。黛安娜依然冷靜得像塊冰，這點讓健一驚訝又憤怒。葛利格斯至少還有點品，露出了有點罪惡感的神色。

健一看著他們飄出實驗艙消失了。然後他回頭把注意力放在動物居住區，看向籠內。又死了一隻老鼠。是母的。

八月一日

黛安娜・艾思提冷靜地伸出手臂以便綁上止血帶，然後手掌用力合攏又打開幾次，好讓自己的肘前靜脈浮出。針頭刺入她皮膚時，她沒皺臉或別開目光；黛安娜表現得實在太冷漠了，簡直就像是在看別人抽血似的。每個太空人生涯中都會被戳刺很多次。在篩選太空人時，他們得忍受多次抽血、體檢，以及最刺探隱私的問題。他們的血清生化檢測結果、心電圖、細胞數，都留下了永久的紀錄，以供太空生理學家鑽研。他們胸部會貼著電極片在跑步機上喘氣流汗；他們的體液會被拿去做培養，還有內視鏡伸到他們的腹腔內；他們身上的每一吋皮膚都被檢查過。太空人不光是經過高度訓練的人員，也同時是實驗的對象。他們就像實驗室的白老鼠，在軌道上時，就得歷經一連串的測試，有時還頗為痛苦。

今天是樣本收集日。身為駐太空站的醫師，艾瑪得拿著針頭和注射器盡責。難怪大部分同僚看到她走近，都會發出哀號聲。

但黛安娜只是伸出手臂，乖乖讓她抽血。艾瑪等著注射器吸滿血液時，感覺到黛安娜正在打量她的手藝和技術。詹森太空中心裡頭流傳的笑話是，如果黛安娜王妃是英格蘭玫瑰，那麼黛安娜．艾思提就是英格蘭冰塊，她的冷靜狀態從來不曾動搖，就連真實災難的熱度都融化不了她。

四年前，亞特蘭提斯號太空梭的一個主引擎失靈時，黛安娜就在上頭。從當時的人員通話錄音檔中，可以聽到太空梭指揮官和駕駛員警戒地提高聲音，同時手忙腳亂地準備讓太空梭進行跨大西洋中斷程序。但黛安娜的聲音並沒有提高，當亞特蘭提斯號衝向北非準備降落時，只聽到她依然冷靜地唸著檢查表。確定她冰冷名聲的，是在控制中心所看到她的遙測顯示資料。那回發射時，所有太空梭人員身上都接上了監測血壓和脈搏的裝置。當其他人的心跳速率都高到破表時，黛安娜卻只加速到每分鐘九十六次。「因為她不是人類，」傑克曾開玩笑，「她其實是人形機器人，航太總署最新的太空人生產線所製造出來的第一個產品。」

艾瑪不得不承認，這個女人的確有些地方不太像人類。

黛安娜朝自己手臂上的針孔看了一眼，發現流血已經停止，於是很講求實際地又回去照顧她的蛋白質晶片生長實驗。她的確就像人形機器人一般完美，手腳修長，身材苗條，完美無瑕的皮膚因為在太空站待了一個月而褪成乳白色。除此之外，她還有天才的智商，這是傑克說的，他曾跟黛安娜一起為太空梭任務而受訓過。

黛安娜是材料科學博士，在成為太空人之前，曾發表超過一打主題為沸石（用於石油煉製中的一種結晶狀物質）的研究論文。現在她在太空站負責有機和無機晶體的研究。在地球上，晶體的形態會被重力扭曲。但在太空中，晶體生長得更大也更複雜，因而可以針對其結構做徹底的分析。幾百種人類蛋白質，從血管收縮素到絨毛膜性腺激素，在太空站都以晶體方式生長——這是極其重要的製藥研究，可以促成新藥的開發。

抽完了黛安娜的血，艾瑪離開歐洲實驗艙，飄進居住艙去找麥可．葛利格。「下一個該你了。」她說。

他呻吟著，不情願地伸出一隻手臂。「都是為了科學研究。」

「這回只抽一管血。」艾瑪說，綁緊了止血帶。

「我們身上有這麼多針孔痕，看起來活像有毒癮似的。」

艾瑪輕拍他的皮膚幾下，然後肘前靜脈出現了，在他肌肉發達的手臂上浮出了一根繩子似的藍色血管。葛利格對於保持健美簡直是上了癮——這在太空站上並不容易。太空中的生活會損害人類身體。太空人的臉會膨脹，因為體液的流動而腫起。他們的大腿和小腿肌肉會萎縮，到最後像是他們講的「雞腿」一樣，蒼白又乾瘦，從他們有如燈籠褲般的短褲底下伸出來。站上的任務讓人筋疲力竭，種種煩惱多得數不清。然後還有跟這幾個飽受壓力、很少洗澡、穿著髒衣服的同伴一起關在站上好幾個月，所造成情緒上的磨損。

艾瑪用酒精棉擦了擦他的皮膚，把針刺入血管。血液湧入針筒內。她瞥了他一眼，發現他別開目光。「你還好吧？」

「還好。我其實很感謝有個技術良好的吸血鬼。」

她鬆開止血帶，抽出針時聽到他放鬆地舒了一口氣。「你可以去吃早餐了。我已經快抽完每個人的血，只剩健一了。」她看了居住艙裡一圈。「他人呢？」

「今天早上沒看到他。」

「希望他還沒吃早餐。不然會影響他的血糖濃度。」

此時靜靜飄浮在角落吃早餐的尼可萊開口了，「他還在睡。」

「怪了，」葛利格說，「他向來起得比誰都早。」

「他睡得不好，」尼可萊說，「昨天夜裡，我聽到他吐了。我還問他要不要幫忙，他說不用。」

「我會去看他。」艾瑪說。

她離開居住艙，穿過長長的隧道，到健一睡眠區的俄羅斯服務艙。她發現他的床簾拉上了。

「健一？」她喊道。沒有回應。「健一？」她猶豫了一會兒，然後拉開床簾，看到他的臉。

他的雙眼是一片鮮豔的血紅。

「啊，天哪。」她說。

疾病

9

國際太空站任務控制室裡，坐在控制台前的飛航醫師是塔德．卡特勒，他有一張年輕的娃娃臉，因而太空人們都照電視影集《天才小醫生》裡面那位十來歲醫師主人翁，喊他「杜基．豪瑟」。但其實卡特勒已經三十二歲，大家公認他能力很強。艾瑪在太空站期間，就由卡特勒擔任她的私人醫師，在每週一次的醫療會談中，她會在保密通話中告訴他有關自己健康的私密細節。她相信塔德的醫術，此刻在詹森太空中心的國際太空站任務控制室裡，值班的飛航醫師正好是塔德，讓她鬆了一口氣。

「他兩眼的眼白都出血了，」她說，「我第一次看到時都快嚇死了。我想他是因為昨天夜裡吐得太厲害才會這樣的——因為壓力忽然改變，眼睛裡的血管破裂了。」

「眼前那還只是小問題。出血會自己消失的。」塔德說，「其他檢查呢？」

「他發燒到三十八點六度，脈搏一百二十下，血壓是一百／六十。心臟和肺臟的聲音聽起來都很好。他抱怨頭痛，但我找不出任何神經上的異常。真正讓我擔心的是他沒有腸蠕動音，腹部有廣泛壓痛。過去一個小時他就吐了好幾次——到目前為止還沒有吐出血。」她暫停一下。「塔德，他看起來病得很重。另外還有個壞消息。我剛剛驗了他的澱粉酶濃度。是六百。」

「啊，要命。妳想他有胰臟炎嗎？」

「因為澱粉酶濃度這麼高，所以當然有可能。」澱粉酶是胰臟所製造的一種酶，當胰臟發炎時，澱粉酶濃度通常就會暴增。但澱粉酶濃度，高也可能是其他急性的腹部毛病所造成的。例如腸穿孔或十二指腸潰瘍。

「他的白血球數字也很高，」艾瑪說，「我已經做了血液培養，以防萬一。」

「他的病史呢？有什麼值得注意的嗎？」

「兩件事。首先，他有一些情緒壓力。他的一個實驗搞砸了，他覺得自己有責任。」

「第二件事呢？」

「他兩天前被濺到眼睛，是一隻死掉的實驗室老鼠的體液。」

「再講詳細一點。」塔德的聲音變得很輕。

「他那個實驗中的老鼠一直死掉，原因不明。屍體的分解速率快得嚇人。我很擔心會有病菌，所以就取了那些體液做培養。但是很不幸，所有的培養都毀了。」

「怎麼會？」

「我想是黴菌污染。培養皿全都變成綠色的。查不出任何已知的病原體。我只好把那些培養皿都丟掉。另一個實驗也發生了同樣的狀況，是一種海洋生物的細胞培養。因為黴菌進入了培養試管，我們不得不中斷計畫。」

在太空站這樣封閉的環境裡，儘管有持續再循環的空氣，但很不幸，黴菌增生的問題並不稀奇。在以前的和平號太空站，窗戶上頭有時都蒙上一層模糊的黴菌。一旦太空飛行器內的空氣被這些生物污染，就幾乎不可能消滅。很幸運的是，這些黴菌大體上對於人類和實驗室動物並不會造成傷害。

「所以我們不曉得，他是不是暴露在任何病原體之下。」塔德說。

「沒錯。眼前看起來，他的狀況比較像是胰臟炎，而不是細菌感染。我已經幫他裝了靜脈注射管，另外我覺得該裝個鼻胃管了。」她暫停一下，接著不情願地補了一句，「我們得考慮一下緊急撤離的事情。」

兩人沉默了許久。這是每個人都很擔心的情況，沒有人想下這樣的決定。只要太空站上有人，就會有「人員返航載具」接在站上。這個載具夠大，可以容納站上全員六人一起撤離。由於現在聯合號太空艙已經失去功能，「人員返航載具」就成了太空站唯一的逃生設備。如果這個載具要離開，他們所有人都得跟著撤走。為了一個生病的人員，他們就得被迫拋下國際太空站，終止幾百項站上的實驗。這對整個太空站會是一大打擊。

但還有另一個選擇。他們可以等到下一趟太空梭來載走健一。於是一切就是看她的醫療決定。健一能等嗎？艾瑪知道航太總署仰賴她的臨床判斷，這個責任重重地壓在她的雙肩上。

「如果用太空梭撤離呢？」她問。

塔德．卡特勒明白這個兩難困境。「發現號已經在準備發射了，要出一六一號任務，現在是倒數十五天。但發現號這回要出的是軍事任務，進行衛星修正和修理。一六一號任務的組員沒準備要做太空站對接和會合。」

「那如果換成克瑞吉那組人呢？就是我以前一六二號任務的組員？原先排定那組人在七個星期後要跟這裡對接，他們會有周全的準備。」

艾瑪看了麥可・葛利格一眼，他正飄浮在附近，聽著他們的對話。身為國際太空站指揮官，麥可的首要目標就是維持太空站的正常運作，他是堅決反對放棄太空站的。此時他也加入談話。

「卡特勒，我是葛利格。如果我的人員都要撤離，實驗就報廢了，等於幾個月的努力全部化為烏有。最合理的做法，就是太空梭援救行動。如果健一需要回家，那你們就派人來接他。讓我們其他人留在站上，繼續做我們的工作。」

「可以等那麼久才去援救嗎？」塔德問。

「你們多快可以派太空梭過來？」葛利格說。

「這跟整個後勤狀況有關。發射空窗——」

「告訴我們要等多久就是了。」

卡特勒停頓了一下。「飛航主任艾里斯在這裡。你說吧，主任。」

本來是兩個醫師間的保密通話，現在卻加入了飛航主任。他們聽到伍迪・艾里斯說：「三十六小時。可以發射的最快時間，就是三十六小時後。」

三十六小時可能會有很多改變，艾瑪心想。潰瘍可能穿孔或出血。胰臟炎可能引發休克和循環衰竭。

「瓦森醫師是負責檢查病患的，」艾里斯說，「這件事我們要依靠她的判斷。妳臨床上的決定是什麼？」

艾瑪想了一下。「他沒有外科急性腹症——現在還沒有。但狀況有可能急速惡化。」

「所以妳不確定？」

「對。我不確定。」

「妳通知我們之後，我們還需要二十四小時加燃料。」

通知救援之後，還要等整整一天一夜才能發射，另外還要加上會合的時間。如果健一忽然急遽惡化，她能讓他撐那麼久嗎？整個狀況讓她覺得很掙扎。她是醫師，不是算命師。太空站沒有X光機，沒有開刀房。健一的身體檢查和血液檢測都有異常，但看不出特定病徵。如果她選擇延遲救援，健一有可能會死。但如果她太早求救，就會為了不必要的發射而浪費幾百萬美元。

不論做錯哪個決定，都會終結她在航太總署的事業生涯。

這正是傑克警告過她的走鋼索狀態。*我搞砸了，整個世界都會知道。他們正等著看我是不是夠資格。*

她低頭看著健一的血液檢驗所印出來的資料。上頭沒有一項能證明她該採取緊急行動。時候還不到。

她說：「飛航主任，我會繼續幫他注射點滴，另外會幫他插上鼻胃管。現在他的生命徵象看起來很穩定。我只希望能知道他的腹部到底是怎麼回事。」

「所以妳的意見是，還不必緊急發射太空梭？」

她吐了一口長氣。「對，還不必。」

「不過我們還是會準備好發射發現號，以防萬一有需要。」

「謝謝。稍後我會把最新的醫療狀況回報。」她切斷通訊，看著葛利格。「希望我做了正確的決定。」

「把他醫好就是了，好嗎？」

她去察看健一的狀況。因為他將會需要徹夜照顧，於是她把他搬出原來的居住區，移到美國實驗艙，免得打擾到其他人的睡眠。他躺在拉上拉鍊的睡袋裡，一個輸液泵浦持續把食鹽水注入他的靜脈中。他醒著，而且顯然很不舒服。

看到艾瑪出現，原先負責照顧的路瑟和黛安娜顯然鬆了一口氣。「他又吐了。」黛安娜說。

艾瑪撐好雙腳以固定位置，然後把聽診器塞進耳朵。她輕輕把聽頭放在健一的腹部。還是沒有腸蠕動音。他的消化道停擺了，液體會開始累積在他的胃裡。那些液體得排出來才行。

「健一，」她說，「我要把一根管子插進你胃裡。這樣會有助於減低疼痛，也或許能讓你停止嘔吐。」

「什麼——什麼管子？」

「鼻胃管。」她打開進階醫療包。裡頭是各式各樣的工具和藥物，完整得就像救護車上的設備。在標示著「氣管」的隔層裡是各式各樣的管子、抽吸工具、收集袋，還有一個喉鏡。她打開裝著長長鼻胃管的小袋。裡頭的細管子盤繞成圈，是由柔軟有彈性的塑膠製成的，末端有開孔。

健一血紅的雙眼睜大了。

「我會盡可能溫柔一點，」她說，「等一下我會叫你喝水，你就喝一口，這樣可以讓管子更快進去。我會把這一頭插進你的鼻孔裡，讓管子往下經過你的喉嚨後方，等你吞水的時候，管子就會跟著滑進入你的胃部。唯一會不舒服的就是剛開始沒多久，我把管子往下滑的時候。等到管子進入胃部之後，應該就幾乎不會有感覺了。」

「管子會留在裡頭多久？」

「至少一天。直到你的腸子恢復正常為止。」然後她又柔聲補了一句，「這真的有必要，健一。」

他嘆了口氣，點點頭。

艾瑪看了路瑟一眼，他顯然被這個管子的作用弄得愈來愈害怕。「他會需要喝水，你能不能去拿？」然後她看著飄浮在附近的黛安娜。一如往常，黛安娜一臉鎮定，對於這個危機依然冷靜地保持超然。「我得準備做鼻胃管抽吸。」

黛安娜聽了，立刻伸手到醫療包裡取出抽吸工具和收集袋。

艾瑪把盤繞的鼻胃管展開。首先她在管子尖端沾上潤滑膠，好讓管子更容易通過鼻咽。然後她把路瑟裝來的那包水遞給健一。

她鼓勵地捏了一下健一的手臂。但他雙眼仍然充滿恐懼，只是點了頭表示同意。

管子末端因為沾了潤滑膠而發亮。艾瑪把管子插入他的右鼻孔，輕輕推得更深，進入他的鼻咽。當管子滑下喉嚨後方，健一作嘔，眼中浮起淚水，開始要反抗地咳嗽。艾瑪把管子推得更深。現在他開始抽搐，強忍著推開她、把管子抽出鼻孔的龐大衝動。

「喝水。」她跟健一說。

他喘著氣，一隻顫抖的手把吸管送進嘴裡。

「吞下去，健一。」艾瑪說。

隨著一口水從喉嚨進入鼻咽，會咽軟骨就自動蓋住氣管的開口，免得水流入肺部，同時也將鼻胃管正確地導入食道。艾瑪一看到健一開始吞嚥，就靈巧地把管子往前推進，經過喉嚨，往下穿過食道，直到管子往前推進夠遠，確定管子的前端已經進入胃部。

「好了，」她說，用膠帶把管子貼在健一的鼻子上。「你做得很好。」

「準備好可以抽吸了。」黛安娜說。

艾瑪把鼻胃管末端接上抽吸器。他們聽到幾聲咕嚕，然後管子內忽然出現液體，從健一的胃部流出，進入收集袋。那是一種像膽汁的綠色；艾瑪看到沒有血，鬆了一口氣。或許他唯一需要的治療就是這個——讓腸子休息，用鼻胃管抽吸，並以靜脈注射點滴。如果他真的有胰臟炎，光是眼前的治療，就可以讓他再撐幾天，直到太空梭來接他。

「我的頭——好痛。」健一說，閉著眼睛。

「我會給你一些止痛藥。」艾瑪說。

「所以妳覺得怎麼樣？危機解除了嗎？」說話的是葛利格。他一直在艙口看著整個治療過程，儘管現在鼻胃管已經插入，葛利格還是沒有靠近，好像光是看到疾病就很反感。他甚至沒看健一，只牢牢盯著艾瑪。

「還得再觀察。」她說。

「我要怎麼跟休士頓那邊說？」

「我才剛插了鼻胃管。現在還太早。」

「他們得趁早知道。」

「我還不曉得啊！」她厲聲說。然後按捺下脾氣，比較冷靜地說：「我們可以去居住艙談嗎？」她留下路瑟照顧病人，出了艙口。

到了居住艙，除了她和葛利格之外，尼可萊也來了。他們圍著廚房餐桌，像是要一起吃飯似的。但其實，他們是要分攤對一個不確定狀況的挫折感。

「妳是醫學博士，」葛利格說，「難道不能做決定嗎？」

「我還在設法讓他穩定下來，」艾瑪說，「眼前我不曉得他得了什麼病。有可能一兩天內就解決掉，也有可能突然惡化。」

「所以妳沒辦法跟我們說接下來會怎麼樣。」

「沒有X光機，沒有開刀房，我看不到他體內發生了什麼事。現在我連明天的狀況都沒有辦法預測。」

「好極了。」

「但我認為他該回家。我希望他們能盡早發射太空梭。」

「那用人員返航載具呢？」尼可萊問。

「要載送生病的病患，精心操控下的太空梭當然是比較好。」艾瑪說。搭乘人員返航載具會一路顛簸，還要顧慮到地球上的天氣狀況，未必能在最適合醫療運送的地點降落。

「別考慮用人員返航載具了，」葛利格斷然說，「我們不會拋下太空站離開的。」

尼可萊說：「要是他的狀況變得很危急——」

「艾瑪只要讓他能撐到發現號抵達就行了。要命，這個太空站就像個軌道上的救護車！她應該可以讓他穩定下來的。」

「那如果她沒辦法呢？」尼可萊逼問，「一條人命應該比這些實驗更寶貴啊。」

「那是最後的選擇，」葛利格說，「我們全都跳上人員返航載具的話，就要丟掉幾個月的工作成果了。」

「聽我說，葛利格，」艾瑪說，「我跟你一樣不想離開太空站。我拚了命才上來這裡的，並不打算提早離開。但如果我的病人需要立即撤離，那就得由我決定了。」

「對不起，艾瑪，」黛安娜說，她飄浮在艙口。「我剛完成健一上次的血液檢驗。我想妳應該看看這個。」她把一張電腦印出來的紙遞給艾瑪。

艾瑪瞪著上頭的結果：肌酸激酶：二十・六（正常值——一三・〇八）。

這不光是胰臟炎，不光是胃腸不適而已。高肌酸激酶值表示他的肌肉或心臟受到損害了。

嘔吐有時是心臟病發的徵兆。

她看著葛利格。「我剛剛下了決定，」她說，「通知休士頓發射太空梭。健一得回家了。」

八月二日

傑克搖著曲柄以收緊前帆操控索，曬黑的雙臂因為汗珠而發亮。隨著轟地一聲，船帆繃緊了，「桑娜姬號」朝下風的方向傾斜，船首忽然前進得更快，駛過加爾維斯敦灣渾濁的水面。今天下午稍早他繞過波利瓦角，避開了加爾維斯敦島開出來的那艘渡輪，墨西哥灣遠遠被拋在後頭。此時他航行經過德克薩斯城沿岸的一連串煉油廠，往北駛向位於清水湖的家。

在墨西哥灣過了四天海上生活，讓他曬成一身褐色，頭髮蓬亂。之前他沒跟任何人提他的計畫，只是儲存了食物，揚帆駛入大海，直到看不見陸地。夜裡一片漆黑，星星的亮光都變得好刺眼。他躺在甲板上，墨西哥灣的海水輕輕搖晃著船身，他就這樣瞪著夜空看上好幾個小時。看著那一望無際的星空延伸到四面八方，他幾乎可以想像自己正在太空中航行，隨著每一波升起的海浪，都把他推向另一道銀河的更深處。他腦袋什麼都不想，只有星星和大海。然後一顆燦爛的流星劃過，他忽然想到艾瑪。他沒法丟開她不想。她總是在那兒，盤旋在他思緒的邊緣，趁他最沒防備、最不想要的時候偷溜進來。他整個人僵住，雙眼盯著流星軌跡消失之處，儘管其他一切都沒變，風向還是一樣，潮浪起伏也依舊，但他忽然感覺到深深的孤單。

天還沒亮時，他就升起船帆，朝著回家的方向了。

此刻，當他駕船沿著運河駛入清水湖時，望著落日光芒下的屋頂輪廓線剪影，忽然很後悔自己這麼早就回來。在墨西哥灣裡始終有微風吹拂，但這兒卻絲毫無風，只有一片令人窒息的溼熱。

他把船繫好，走上碼頭，雙腿因為多日在海上而有些不穩。他打算等晚上涼快一點，再來清理船上。至於韓福瑞，反正在貓旅館多過一天也不會怎麼樣。他提起行李袋，沿著碼頭往前走，經過船塢區的那家小雜貨店時，目光落在了報紙販賣機上。他鬆手，行李袋砸在地上。他瞪著《休士頓紀事報》的頭版標題：

「緊急太空梭開始倒數——明天發射。」

發生了什麼事？他心想。出了什麼錯？

他雙手顫抖著從口袋掏出一把兩毛五硬幣，丟進投幣孔，然後取出一份報紙。那篇報導搭配了兩張照片。一張是平井健一，日本宇宙事業開發團派出的太空人。另一張照片是艾瑪。

他抓起行李袋，衝出去找電話。

有三名飛航醫師來參加這個會議——於是傑克明白，他們所面對的危機是醫學性質的。他走進會議室之時，幾個人驚訝地轉過來看著他。從太空站飛航主任伍迪·艾里斯的雙眼中，他看得出那個沒開口的問題：傑克·麥卡倫回來做什麼？

塔德・卡特勒醫師說出了答案。「當初第一批太空站人員的標準醫療程序，是傑克協助開發出來的。我想他應該加入我們。」

艾里斯不安地說：「如果有私人感情的因素，會讓這個情況更複雜。」他指的是艾瑪。

「太空站上的每個成員都像我們的家人，」塔德說，「所以從某個角度來說，每個人都有私人感情的因素。」

傑克在塔德旁邊的位子坐了下來。參加會議的有太空運輸系統副主任、國際太空站任務作業主任、飛航醫師，以及幾位太空計畫主管。列席的還有航太總署的公關主任葛瑞琴・劉。除了發射前後那幾天，新聞媒體通常都不會在乎航太總署的日常運作。但今天，來自各個新聞單位的記者擠進了航太總署的公關大樓，等著葛瑞琴出現。一天之內竟然有這麼大的變化，傑克心想。公眾的注意力變化無常，只會關心爆炸、悲劇、危機。要是一切奇蹟般地運行得完美無缺，就不會有人注意了。

塔德把一疊紙遞給他，最上方有一行筆跡：「平井健一過去二十四小時的檢測與臨床狀況。歡迎歸隊。」

傑克一邊聽著會議進行，一邊翻閱那份醫療報告。他花了好一會兒，才弄清這份報告的要點。平井健一病得很重，他的檢測報告讓每個人都覺得很困惑。發現號太空梭預計在東岸夏令時間六點發射，由克瑞吉那組人負責操縱，太空梭上同時會帶著一名太空人醫師。倒數計時已經開始了。

「你們的建議有什麼改變嗎？」太空運輸系統副主任問三位飛航醫師。「你們還是認為平井健一可以撐到太空梭去接他嗎？」

塔德・卡特勒回答：「我們還是相信，派太空梭去接人是最安全的做法，這一點我們的建議沒有改變。國際太空站是一個設施相當完備的醫療場所，有各種藥物，也有心肺復甦術的所需設備。」

「所以你們還是認為，他是心臟病發？」

塔德看著另外兩名飛航醫師。「老實說，」他承認，「我們不完全確定。有一些狀況的確顯示是心肌梗塞——也就是一般所說的心臟病發。主要是因為他血液中各種心肌相關的酶指數上升。」

「那為什麼你們還是不確定？」

「心電圖只顯示出一些非特定的改變——幾個T波倒置。這不是心肌梗塞的典型模式。同時，平井健一在成為太空人之前，曾做過完整的心血管疾病篩檢。他並沒有這方面疾病的因子。坦白說，我們不確定發生了什麼事。但我們必須假設他是心臟病發，而派太空梭過去是最佳選擇。因為重返大氣層的震盪比較小，而且降落的狀況比較可以控制。比起使用人員返航載具，太空梭對病人的壓力要小得多。同時，國際太空站也可以處理他任何心律不整的問題。」

傑克原先低著頭瀏覽醫療報告，這會兒抬起頭來。「太空站上缺乏必要的檢驗設備，沒有辦法把這些肌酸激酶分離出來。所以我們怎麼能確定這些酶是來自心肌的？」

每個人都轉頭看著他。

「你說『分離』是什麼意思？」伍迪．艾里斯問。

「肌酸激酶是一種協助肌肉細胞儲存能量的酶，在橫紋肌和心肌裡面都有。當心臟細胞受損，比方因為心臟病發，血液中的肌酸激酶就會升高，所以我們假設他是心臟病發。但如果問題不是出在心臟呢？」

「那不然會是什麼？」

「其他形態的肌肉損傷。比方創傷，或者抽筋，或者發炎。事實上，光是肌肉注射，就有可能造成肌酸激酶升高。要分辨是不是心肌造成的，就得分離肌酸激酶。但太空站的設備沒辦法做這種檢測。」

「所以他可能根本不是心臟病發。」

「沒錯。另外還有一個細節讓人感到困惑。在急性肌肉損害之後，他的肌酸激酶應該會降回正常值。但是看看這個模式。」傑克翻著那疊報告，讀出數字。「過去二十四小時中，他的肌酸激酶值一直持續上升，這表示他的肌肉持續受到損害。」

「那只是更大謎團的一部分而已。」塔德說，「我們得到各式各樣的異常結果，沒有任何可以辨認的模式。肝酶指數、腎臟功能異常、沉降率、白血球細胞數。有些數值上升，有些數值下降。就好像不同的器官系統都輪流受到攻擊。」

傑克看著他。「攻擊？」

「只是一種形容而已，傑克。我不曉得這是怎麼回事，只知道不是檢測錯誤。我們檢查過其他太空站的人員，他們都完全正常。」

「可是他的病，嚴重到必須接回來的地步嗎？」提問的人是太空梭的任務作業主任。他對這個狀況很不滿。發現號原來的任務，是要去修理機密的魔羯座間諜衛星。現在卻被眼前這個危機逼得改變任務。「華府那邊很不高興我們延後修理衛星。你們硬讓發現號去扮演飛行救護車，真的有這個必要嗎？平井健一不可能在太空站恢復健康嗎？」

「我們無法預測。我們不知道他到底有什麼毛病。」塔德說。

「老天在上，你們上頭有個醫生啊。她難道沒法判斷嗎？」

傑克緊張起來，這是在攻擊艾瑪。「她又沒有X光眼睛。」他說。

「其他東西她幾乎全有了。你剛剛是怎麼形容太空站的，卡特勒醫師？『一個設施完備的醫療場所』？」

「平井健一必須回來，愈快愈好，」塔德說，「我們的立場就是這樣。如果你想質疑你的飛航醫師，那是你的選擇。我只能說，我從來不會去質疑推進系統的工程師。」

這句話很有效地終止了爭論。

太空運輸系統副主任說：「還有其他任何顧慮嗎？」

「天氣，」航太總署氣象預報員說，「我只是想提一下，瓜德路普島西邊有一個風暴正在發展，目前朝西移動得很緩慢。不會影響到發射，不過照目前路徑看來，下個星期應該會對甘迺迪太空中心產生影響。」

「謝謝你的提醒。」副主任看了會議室內一圈，確定大家都沒問題。「那麼發射就照樣在中部時區五點舉行。各位到時候見了。」

10

墨西哥，阿雷納角

在逐漸暗去的天光中，科泰茲海有如銀箔般閃耀。從她位於「三處女餐館」戶外露天平台上的餐桌，海倫・柯尼格可以看到駛向多彩角的返航漁船。這是一天中她最喜歡的時段，傍晚的涼風吹著她曬紅的皮膚，全身肌肉因為游泳一下午而疲勞卻滿足。一名侍者端著她點的瑪格麗特雞尾酒過來，放在她面前。

「謝謝，先生。」她喃喃用西班牙語說道。

有一刻兩人四目相對。她看到那侍者是個安靜且莊重的男子，雙眼疲倦，一頭夾雜銀絲的頭髮，她忽然感到一絲不安。美國北佬的罪惡感，她心想，望著侍者走回吧台。每回她開車南下到墨西哥的下加利福尼亞州時，總會體驗到這種感覺。她喝著雞尾酒，凝望著大海，聽著一個街頭樂隊的小喇叭在前頭沙灘奏出樂音。

今天天氣很好，她幾乎整天都待在海上。上午乘船潛水用掉兩個氣瓶，下午則在比較淺的地方潛水。然後趁著晚餐前，在閃著金光的海水中游泳。大海令她舒適，是她的庇護所。一向如此。不同於男人的愛，大海忠貞不變，從不令她失望。總是準備好擁抱她、撫慰她，在碰到危機的時刻，她總不自覺奔向大海的懷抱。

這就是為什麼她跑來下加利福尼亞。獨自一個人，在溫暖的海水中游泳，沒有人連絡得到她。連帕默．蓋布里爾都沒辦法。

瑪格麗特的強烈風味令她皺起嘴唇。她喝完了，又點一杯。酒精已經讓她覺得自己在漂浮。無所謂，她現在自由了。那個計畫結束了，中斷了。那些培養銷毀了。儘管帕默生她的氣，但她知道自己的做法很正確，很安全。明天她會睡到很晚，點熱巧克力和墨西哥牧場炒蛋當早餐。然後她會再去潛水，再度重返她海綠色情人的懷抱。

一個女人的笑聲吸引了她的注意。海倫望向吧台，那裡有一對男女在調情，那女人很苗條，曬得一身古銅色；那男人一身肌肉像鋼索。一段假日的露水情緣正在成形。他們大概會一起共進晚餐，手牽手在海灘上散步。然後他們會接吻、擁抱，還有種種充滿荷爾蒙的求偶儀式。海倫看著他們，同時懷著科學家的興趣和女人的羨慕。她知道這類儀式對自己不適用。她已經四十九歲，而且看起來就是四十九歲的樣子。她的腰很粗，頭髮已經一半以上轉白了；除了那雙智慧的眼睛之外，整張臉很平庸。那些曬得一身古銅色的俊美年輕男子，是不會多看她這種女人一眼的。

她喝完第二杯瑪格麗特。此時那種漂浮感擴散到全身，她知道該吃點東西了，於是打開上端印著「三處女餐館」的菜單。三處女。她在這裡吃東西很合適。她也算是處女吧。

侍者過來等她點菜。她抬頭看他，才剛點了燒烤鬼頭刀魚，目光就集中在吧台上方的電視機上，裡頭的影像是發射台上的太空梭。

「發生了什麼事？」她問，指著電視機。

那侍者聳聳肩。

「打開聲音，」她朝酒保喊道，「拜託，我一定要聽！」

酒保伸手轉了音量鈕，放出來的聲音是英語。美國的頻道。海倫跑到吧台前，瞪著電視機。

「……對太空人平井健一進行醫療撤離。航太總署沒有發表任何進一步資訊，但報告指出，他們的飛航醫師仍對平井健一的病情感到困惑。根據今天的血液測驗結果，他們覺得應該發射太空梭前往援救。發現號可望在明天東部下令時間六點發射。」

「女士？」那個侍者說。

海倫轉身，看到他還拿著點菜記事板。「要喝什麼飲料嗎？」

「不。不，我得離開了。」

「可是妳點的菜——」

「取消吧，拜託。」她打開錢包，遞給他十五元，然後匆忙走出餐廳。

回到旅館房間，她設法打電話給人在聖地牙哥的帕默．蓋布里爾。她試了六次才接上國際電話接線生，等到電話終於接通，又轉到了帕默的語音信箱。

「國際太空站有個太空人病了，」她說，「帕默，我當初怕的就是這個，我們得趕快行動。趁著……」她暫停，看了時鐘一眼。管他去死，她心想，然後掛斷。我得趕回聖地牙哥，只有我知道要怎麼對付這個狀況。他們會需要我的。

她把衣服扔進行李箱，到櫃台辦了退房手續，然後爬上一輛計程車，打算到十五哩外位於美景鎮的那個小飛機場。她已經訂好了一架小飛機，載她飛到拉巴斯，到了當地之後可以搭乘班機回聖地牙哥。

這趟車程很顛簸，路面凹凸不平又曲折迂迴，打開的車窗湧進沙塵。但她真正擔心的是接下來的飛行。她很怕搭小飛機。要不是急著趕回家，她寧可開著自己的車子沿著下加利福尼亞半島北上，但現在她的車還安全地停在度假村的停車場。她汗溼的雙手抓緊扶手，想像著接下來可怕的飛行航程。

然後她瞥了一眼夜空，清晰且有如黑色天鵝絨，她想到了太空站上的那些人。想到了其他更勇敢的人所冒的險。一切都只是觀點的問題。比起太空人所面對的危險，搭小飛機根本不算什麼。

這不是懦弱的時候。好幾條人命可能危在旦夕。而她是唯一知道該怎麼處理的人。

顛簸的路面忽然變得平順。他們現在來到柏油路面了，感謝上帝，沒隔幾哩外就是美景鎮了。

她的司機感覺到這趟行程的急迫性，因此不斷加速，風呼嘯著從打開的車窗吹進來，沙塵刺得她臉上隱隱作痛。她伸手把車窗玻璃搖起來，忽然間感覺到計程車往左轉，要超越一輛開得很慢的車。她往前看，驚駭地發現前面是轉彎。

「先生！慢一點！」她用西班牙語說。

此時他們跟另外一輛車並排前進，計程車才剛超前一點，司機不願意放棄領先狀態。前面的路彎向左邊，看不到了。

「別超車！」她說，「拜託，不要——」她的目光急轉向前，另一輛車眩目的車燈令她整個人僵住了。

她抬起雙臂掩住臉，想擋開那明亮的燈光。但當那對車頭燈朝他們衝來時，她卻擋不掉輪胎的尖嘯和她自己的尖叫。

八月三日

在擁擠的訪客席內，從他位於玻璃隔板後方的座位上，傑克往下可以清楚看到飛航控制室的一切，裡頭每個控制台前都坐了人，每個控制人員都為了電視攝影機而打扮得很整齊。儘管底下工作的人可能都很專注在自己的職責上，但他們從未完全忘記自己被觀察，公眾之眼對準了他們。透過他們身後那道玻璃牆，他們的每一個手勢、每一次緊張的搖頭，都可能被看見。才不過一年前，傑克也曾在一次太空梭發射時，坐在飛航醫師的控制台前，當時他感覺到陌生人的目光，像一道朦朧但不適的熱流瞄準他的頸背。他很清楚底下那些人現在的感受。

飛航控制室裡的氣氛看似冷靜至極，通訊頻道間傳來的聲音也一樣。這是航太總署竭力維持的形象，一群專業人員做著自己的工作，而且非常拿手。一般公眾很少看到的，是後頭那些控制室裡的種種危機時刻，那些差點釀成災難的狀況，一堆事情出錯、人人陷入慌亂。

今天不會，傑克心想。今天由卡本特指揮。一切都會很順利的。

今天率領起飛小組的是飛航控制主任蘭迪．卡本特。他年紀夠大也夠有經驗，職業生涯中處理過許多危機。他深信太空飛行悲劇通常不是一次大型故障造成的，而是由一連串小毛病累積起來，才會釀成大禍。於是他很在乎種種細節，因為任何小毛病都有可能演變成大危機。他的組員仰望他——這個說法頗為名副其實，因為卡本特身材高大，一九三公分加上一三五公斤，的確是個巨人。

公關主任葛瑞琴．劉坐在左後方最後一排的控制台前。傑克看到她回頭，朝觀察廳露出「一切順利」的微笑。她今天穿著一身上電視的行頭，海軍藍套裝加灰色絲巾。這次任務吸引了全世界的注意，儘管大部分媒體都聚集在卡納維爾角的發射基地，但詹森太空中心的任務控制室這邊還是有不少記者，把觀察廳擠得滿滿的。

到了倒數計時十分鐘。他們在耳機裡聽到最後的氣象預報過關，然後繼續倒數計時。傑克身體前傾，肌肉緊繃，等待著發射前的一系列步驟次第展開。昔日發射前的興奮又回來了。一年前，他退出太空計畫時，以為自己已經把這一切永遠拋開了。但現在他又回到這裡，再度被那種興奮、那個夢想攫住。他想像著太空梭人員綁在座位上，身體底下的飛行器顫抖著，外燃料箱內的液態氧和液態氫逐漸加壓。他想著他們關上頭盔面罩時那種幽閉恐懼症。氧氣嘶嘶送入太空衣內。他們的脈搏加速。

「固態燃料助推火箭點燃了，」甘迺迪太空中心發射控制中心的公關專員說，「發射！我們發射了！控制權現在轉移給休士頓的詹森太空中心……」

在中央螢幕上，太空梭沿著預定的飛行路線，往東劃出弧形的軌跡。傑克還是全身緊繃，心臟狂跳。在訪客席上方的電視螢幕上，是甘迺迪傳來的太空梭影像。通訊官和太空梭指揮官克瑞吉之間的通話用擴音機播放出來。發現號已經旋轉一百八十度，準備衝出大氣層，很快地，藍色的天空就會變暗，成為黑暗的太空。

「看起來很順利。」葛瑞琴在媒體頻道中說。她的聲音中有完美發射所帶來的勝利感。到目前為止，的確是很完美。過了最大Q點，固態燃料助推火箭分離，然後主引擎關閉。

在飛航控制室內，飛航主任卡本特站著一動也不動，目光仍緊盯著前方的螢幕。

「發現號，準備外燃料箱分離。」通訊官說。

「收到，休士頓。」克瑞吉說，「外燃料箱分離。」

卡本特龐大的頭猛地抬起，於是傑克知道有什麼狀況不對勁了。在飛航控制室內，一波騷動似乎立刻感染了所有控制人員。其中幾個人往旁邊瞥了卡本特一眼。而卡本特平常垮下的雙肩因為專注而挺起。葛瑞琴一手扶著耳麥，仔細聽著頻道裡的聲音。

有什麼出錯了，傑克心想。

地對空的通訊內容仍持續在訪客席播放。

「發現號，」通訊官說，「機械工程師通報，兩個臍狀門沒辦法關上。請確認。」

「收到，我們確認了。門沒有關上。」

「建議你們改為手動操控。」

接下來有一陣子不祥的沉默。然後他們聽到克瑞吉說：「休士頓，現在一切正常。門剛剛關起來了。」

那就好，傑克猛地呼出一口氣，這才發現自己原先一直憋著。到目前為止，這是唯一的小差錯。他心想，其他一切都很完美。但剛剛突然大量分泌的腎上腺素仍然殘留不去，他的雙手冒著汗。這件事提醒了他們，有多少事情可能出錯，他無法擺脫那種新升起的不安之感。

他往下瞪著飛航控制室，很好奇蘭迪．卡本特這位強手中的強手，是否也有同樣的不祥預感。

八月四日

感覺上就好像他腦袋裡的時鐘已經自動重設，把睡眠週期調整過，讓他在凌晨一點就自動警覺醒來。傑克躺在床上，眼睛大睜，床頭櫃時鐘上發亮的數字也瞪著他。就像發現號太空梭，他心想，我也拚命趕著要追上國際太空站。追上艾瑪。他的身體已經自動調整得和她同步。再過一個小時，她就會起床，開始一天的工作。而傑克則已經醒來，兩人的生活節奏幾乎同步了。

他沒試著回去睡，而是起床換衣服。

凌晨一點半，任務控制中心裡一片忙碌的輕聲嗡響。他先去飛航控制室看一眼，裡頭坐著太空梭控制人員。到目前為止，發現號上還沒有發生任何危機。

他沿著走廊到特殊載具作業中心，這是專屬於國際太空站的控制室。這裡比太空梭的飛航控制室小得多，裡頭有自己的控制台和人員。傑克直接走向飛航醫師控制台，在值班的醫師洛伊・布倫菲德旁邊坐下。布倫菲德驚訝地瞥了他一眼。

「嘿，傑克。看來你真的歸隊了。」

「就是離不開啊。」

「唔，不可能是為了錢。所以一定是因為這份工作帶來的刺激。」他往後靠，打了個呵欠。「今天晚上沒什麼刺激。」

「病人狀況穩定？」

「過去十二個小時都很穩定。」布倫菲德朝他控制台上的遙測資料點了個頭。平井健一的心電圖和血壓資料所代表的光點顯示在螢幕上。「節率穩得像顆石頭似的。」

「沒有新發展？」

「上次狀況報告是四小時前。他的頭痛更惡化了，發燒也沒退。抗生素對他好像沒什麼作用。搞得我們全都想不透是怎麼回事。」

「艾瑪有什麼想法嗎？」

「眼前，她大概累得沒辦法思考了。之前我叫她去睡一下，反正我們一直在監控。到目前為止都很無聊。」布倫菲德又打了個呵欠。「嘿，我得去上個小號。你能不能幫我看著控制台幾分鐘？」

「沒問題。」

布倫菲德離開了，傑克戴上耳麥。再度坐在控制台前，他覺得熟悉又舒適。聽著其他控制人員低聲的談話，看著前方的螢幕，太空站的軌道在地圖上劃出一道正弦波形線。這個座位雖然不是在太空梭上，但已是他所能爭取到最接近的了。我永遠無法碰觸到星星了，但我可以在這裡看著其他人碰觸。他震驚地領悟到，自己已經接受了這個人生的苦澀轉折。他可以站在自己昔日夢想的外圍，從遠處依然能夠欣賞那個夢境。

他的目光忽然集中在平井健一的心電圖上，身子往前湊。心跳軌跡迅速上下抖動了幾下，然後在螢幕上方完全變成直線。

傑克鬆了口氣。沒什麼好擔心的；他看得出這只是電訊異常——大概是心電圖的電極片掉了。血壓軌跡仍顯示在螢幕上，沒改變。或許病人移動了，不小心拉掉了一個電極片。或者艾瑪把監視器連線拔掉，好讓病人上廁所。現在血壓軌跡也忽然停止——更加顯示健一已經拔掉監視器連線。傑克繼續盯著螢幕看，等待資訊恢復顯示。

等了好一會兒都沒等著，於是他接上通訊頻道。

「通訊官，我是飛航醫師。我在病人的心電圖上看到電極片鬆掉的模式。」

「電極片鬆掉？」

「看起來他跟監視器斷線了。沒有心跳的軌跡。你可以跟艾瑪確認一下嗎？」

「收到，醫師。我會跟她聯繫。」

一個低聲的哀鳴把艾瑪從無夢的睡眠中拉出來，她感覺臉上沾了個冷冷溼溼的東西。她本來沒打算睡著的。儘管任務控制中心一直在遙測監控健一的心電圖，如果有任何變化就會通知，但她本來是打算都不睡，熬過太空站設定的睡眠時間。可是過去兩天她只短暫休息過，還常常被其他同僚打斷，問她有關病人狀況的種種問題。最後她筋疲力盡，加上失重狀態的完全鬆弛感，終於壓垮了她。她只記得自己看著健一的心律光點掠過螢幕，形成一道催眠的線，然後那條線逐漸褪成一片模糊的綠，再變成黑色。

她感覺臉頰上沾了一滴冷冷的水，睜開雙眼，看到一團小水珠飄向她，不斷旋轉的表面映出虹彩。她還茫然了好幾秒鐘，才明白那個小水球是什麼，又花了好幾秒鐘，才發現周圍還有其他幾十顆小水球也在空中飄舞，像裝飾聖誕樹的銀色小球。

她的通訊裝置傳來靜電雜訊，然後是人聲。「呃，瓦森，我是通訊官。實在很不想吵醒你，但我們得跟妳確定一下病人的心電圖電極片狀況。」

艾瑪疲倦而沙啞的嗓子回答，「我醒了，通訊官。我想是吧。」

「遙測資料顯示病人的心電圖異常。飛航醫師認為你們那邊有電極片鬆掉了。」

方。

她之前一直在飄浮，睡眠時在半空中旋轉過，現在她在艙內摸清方向，轉向健一該在的地方。

他的睡袋是空的。拉掉的靜脈注射管飄浮著，導管末端流出一滴滴食鹽水，飄散到空中。鬆開的電極線纏結著飄蕩。

她立刻關掉注射泵浦，迅速看了周圍一圈。「通訊官，他不在這裡。他離開艙房了！請稍待。」她朝牆壁一推，把身子撐開，衝進了二號節點艙，從這裡可以通往日本實驗艙和歐洲實驗艙。她看了各個艙口一眼，就知道他不在這裡。

「找到他了嗎？」通訊官問。

「沒有。我還在找。」

他是失去了方向感，迷糊間離開了嗎？艾瑪回到美國實驗室，迅速穿過節點艙的艙口。一滴液體濺在她臉上。她擦掉那滴小水珠，震驚地發現手指上沾了血。

「通訊官，他穿過一號節點艙。靜脈注射孔流出血了。」

「建議妳關掉各艙之間的通風開關。」

「收到。」她穿過居住艙的艙口，裡頭燈光黯淡，在那片昏暗中，她看到葛利格和路瑟，兩個人各自躺在拉上拉鍊的睡袋裡，聽起來都睡著了。沒有健一的影子。

別慌，她心想，關掉各艙間的通風開關。快想。他會去哪裡？

可能是回到他自己的睡眠區，位於俄羅斯那一端的艙房。

她沒吵醒葛利格或路瑟，離開了美國居住艙，迅速通過連接各艙房的隧道，眼睛左右猛看，尋找健一的蹤影。「通訊官，我還沒找到他。我現在經過曙光號，要前往俄羅斯服務艙。」

她進入俄羅斯服務艙，平常健一就睡在這邊。在昏暗中，她看到黛安娜和尼可萊都睡著了，飄在那裡像是溺水似的，雙手飄浮在睡袋外頭。健一的睡眠區是空的。

她的焦慮轉為真心的恐懼。

她搖了尼可萊一下。他緩緩醒來，睜開眼睛後，還花了好一會兒才明白她在說什麼。

「我找不到健一，」她重複道，「我們得搜查每個艙。」

「瓦森，」她耳麥中傳來通訊官的聲音。「工程組通報，一號節點艙所連接的氣密艙有間歇性異常。請確認狀況。」

「什麼異常？」

「斷續的資料顯示，設備室和人員室可能沒有完全關緊。」

健一。他在氣密艙。

像一隻飛翔的小鳥般，艾瑪衝到太空站另一頭，鑽進一號節點艙，尼可萊則緊跟在後。她慌亂地看向開著的艙門，看進設備室，驚駭地瞥見像是三個人體的形影。其中兩個其實只是太空衣，硬殼的身軀掛在氣密艙的牆上，好方便穿戴。

懸在半空中的那個形影則是健一，整個身體抽搐著往後彎。

「幫我把他弄出去！」艾瑪說。她繞到健一身後，雙腳撐在朝外的艙門上，把健一推向尼可萊，然後尼可萊把健一拉出氣密艙。接著兩人合作，一起把健一推向醫療設備所在的實驗艙。

「通訊官，我們找到病人了，」艾瑪說，「他顯然是癲癇大發作。我得跟飛航醫師通話！」

「請稍待，瓦森。說吧，飛航醫師。」

艾瑪聽到耳麥裡傳來一個驚人熟悉的聲音。「嘿，艾瑪。聽說妳在上頭有麻煩了。」

「傑克？你在那裡做什麼──」

「妳的病人怎麼樣了？」

儘管還在震驚中，但艾瑪設法把注意力集中在健一身上。她重新接上靜脈注射管和心電圖電極片時，心裡納悶傑克怎麼會在任務控制中心。他已經一年沒坐在飛航醫師的控制台前了；但現在他在通訊頻道上，聲音冷靜，甚至很輕鬆，問起健一的狀況。

「他還在發作嗎？」

「不。他現在做出有目的的動作了──在反抗我們──」

「生命徵象？」

「脈搏很快──一百二，一百三。他喘得好厲害。」

「很好。所以他還在呼吸。」

「我們才剛接上心電圖。」她看了一眼監視器，上頭心律軌跡迅速劃過螢幕。「竇性心搏過速，心跳速率一二四。偶爾有心室早期收縮。」

「我在遙測螢幕上看到了。」

「現在量血壓……」她把血壓計的壓脈帶充氣，當壓力逐漸釋放時，聽著肱動脈的脈搏。「九五／六十。沒有重大的——」

那一掌完全出乎她意料。健一的手揮過來擊中她的嘴，她痛得大叫，被那力道打得往後轉，飛到艙內另一邊，撞上了對面的艙壁。

「艾瑪？」傑克說，「艾瑪？」

她暈眩地伸手摸摸抽痛的嘴唇。

「妳流血了！」尼可萊說。

傑克慌亂的聲音從耳麥中傳來。「你們那裡到底發生了什麼事？」

「我沒事，」她喃喃說。然後又不耐地說了一遍。「我沒事，傑克。別大驚小怪了。」

但她的腦袋還在嗡嗡作響。尼可萊把健一綁在病人約束板上時，她沒上前，等著那股暈眩過去。一開始她還沒聽出尼可萊在說什麼。

然後她看到他不敢置信的眼神。「看看他的肚子，」尼可萊輕聲說，「妳看！」

艾瑪湊得更近。「那到底是什麼鬼啊？」她低聲說。

「說話啊，艾瑪，」傑克說，「告訴我發生了什麼事。」

她瞪著健一的腹部，那裡的皮膚似乎因波動而沸騰。「有個東西在移動——在他的皮膚底下——」

「什麼意思？移動？」

「看起來像是肌肉震顫。但是在整個腹部遊走……」

「不是腸壁蠕動？」

「不，不是。現在往上移動了。不是循著腸道。」她暫停。那扭動忽然停止，她瞪著健一平滑無波的腹部表面。

肌肉震顫，她心想。肌肉纖維不協調的抽搐。這是最可能的解釋，只有一個細節說不通：震顫不會呈波浪狀移動。

健一的眼睛突然睜開，瞪著艾瑪。

監視器發出警示聲。艾瑪轉過去，看到心電圖訊號在螢幕上成鋸齒狀反覆上下。

「心室心搏過速！」傑克說。

「看到了，我看到了！」艾瑪按下心臟電擊器的充電鈕，然後伸手去探健一的頸動脈。有了。很微弱，幾乎無法察覺。

他的眼睛往後翻，只看得到血紅的眼白。他還在呼吸。

她拿起心臟電擊板，放在健一的胸部，然後按下電擊鈕。一百焦耳的電流衝入健一的身體。他的肌肉劇烈而抽搐地收縮，雙腿猛敲著約束板。還好他綁在板子上，不然就會飛到艙內另一頭了。

「還是心室心搏過速！」艾瑪說。

黛安娜飛進艙裡。「我能幫什麼忙？」她問。

「準備好利多卡因[6]！」艾瑪大聲說，「在CDK抽屜，右邊！」

「找到了。」

「他沒有呼吸了！」尼可萊說。

艾瑪抓了急救甦醒球說：「尼可萊，撐住我！」

他調整好位置，雙腿固定在對面牆上，背部撐住艾瑪的後背，好讓她位於恰當的位置，以便使用氧氣面罩。在地球上實施心肺復甦術就已經夠吃力了；而在微重力的環境下，更成了一場複雜的雜耍夢魘，各種設備飄浮著，各種管子在半空中盤繞纏結，裝著珍貴藥物的注射器飄移著。光是把雙手壓在病人胸部這麼一個簡單的動作，都可能害你整個人跌到房間另一頭。儘管太空站人員都練習過這個過程，但任何排練都無法複製眼前的狀況：在封閉的空間裡，幾個人身體慌亂地擺出動作，跟快要停止跳動的心臟賽跑。

艾瑪把面罩套在健一的嘴巴和鼻子上，然後按壓甦醒球，把氧氣灌進他的肺裡。心電圖的線條持續在螢幕上下跳動。

「一安瓿利多卡因加入靜脈注射液了。」黛安娜說。

「尼可萊，再電擊他一次！」艾瑪說。

尼可萊只猶豫了一下，就拿起電擊板，放在健一的胸部，按下電擊鈕。這回是兩百焦耳。

---

[6] Lidocaine，一種廣泛使用的局部麻醉藥，亦可作為某些心律不整的急救藥物。

艾瑪看了監視器一眼。「他心室心搏過速了！尼可萊，開始做心臟按壓。我要幫他插管了。」

尼可萊放開電擊板，然後電擊板飄走了，懸在電線的末端。尼可萊雙腳撐在艙房對面牆上，雙手正要放在健一的胸骨上時，忽然又猛地抽走。

艾瑪看著他。「怎麼回事？」

「他的胸部。妳看他的胸部！」

他們都瞪著看。

健一胸部的皮膚在沸騰、蠕動。剛剛電擊板接觸過的地方，出現了兩個突起的圓圈，現在逐漸擴散，像是石頭丟進水裡所引起的漣漪。

「心搏停止！」艾瑪耳麥裡傳來傑克的聲音。

尼可萊還僵在那裡，瞪著健一的胸部。

結果是艾瑪旋轉就位，背部抵著尼可萊的背。

心搏停止。心臟停止跳動了。如果不幫他按壓心臟，他就會死了。

她沒感到什麼在移動，沒有什麼異常之處。皮膚之下只有胸骨。*肌肉震顫，她心想。一定是肌肉震顫。沒有別的解釋。*她撐好身體位置，開始做胸部按壓，用她的雙手代替健一的胸部，把血液輸送到他的重要器官。

「黛安娜，一安瓿腎上腺素！」艾瑪命令道。

黛安娜把腎上腺素加入靜脈注射管內。

他們全都看著監視器，祈禱著，希望螢幕上能出現跳動的光點。

11

「一定要進行驗屍解剖。」塔德·卡特勒說。

飛航人員事務處主任高登·歐比不耐地看了他一眼。會議室中還有其他幾個人也輕蔑地朝卡特勒點了個頭，因為事情很明顯，根本不必他講。驗屍解剖當然是要進行的。

這個危機會議有超過一打人來參加。解剖驗屍是他們最不關心的事情。眼前，歐比要處理更迫切的問題。平常話很少的他，忽然發現自己處於一個很不自在的位置，因為只要他出現在公開場合，就有一堆記者把麥克風湊到他面前。究責的痛苦過程才剛開始。

對於這個悲劇，歐比必須承擔一部分的責任，因為每位飛航人員的挑選，都是經過他批准的。要是飛航人員搞砸了，在本質上，就等於是他搞砸了。他挑選艾瑪·瓦森這件事，現在看起來也似乎是大錯特錯了。

至少，這一點是他在這個會議中所聽到的訊息。艾瑪·瓦森是太空站上唯一的醫師，應該要曉得平井健一病危了。當初要是立刻以人員返航載具撤離的話，或許還能救他一命。現在太空梭已經發射了，花了幾百萬的救援行動變成只是去運屍體而已。華府會急著找代罪羔羊，外國媒體也會問一個政治上很煽動的問題：如果生病的是美國太空人，航太總署會讓他死掉嗎？

事實上，這個會議的討論主題之一，就是公關的後續影響。

葛瑞琴．劉說：「派瑞許參議員已經發表公開聲明了。」

詹森太空中心的主任肯恩．布蘭肯緒哀嘆。「我都不敢問他講些什麼了。」

「CNN亞特蘭大總部把聲明稿傳真過來了。我引用他講的話：『人員返航載具的研發，花了幾百萬元納稅人的血汗錢，但航太總署卻選擇不要用。他們太空站有個病危的人，本來有機會救他一命的。現在那位勇敢的太空人死了，顯然是因為有人犯了一個可怕的大錯。一個人死在太空中都嫌太多，這件事應該要展開國會調查。』」葛瑞琴面色凝重地抬起頭。「我們最喜歡的參議員這麼說。」

「我很好奇有多少人還記得，他當初還想刪掉我們這個人員返航載具計畫？」布蘭肯緒說，「我現在真想公開問問他。」

「不行，」李若伊．孔耐爾說。身為航太總署的署長，他的第二天性就是權衡所有的政治後果。他是負責聯繫國會和白宮的管道，而且一定會考慮到華府的遊戲規則。「你如果直接攻擊參議員，事情就會鬧得不可收拾了。」

「他在攻擊我們啊。」

「這又不是新鮮事，每個人都知道的。」

「一般大眾不知道，」葛瑞琴說，「他是想用這些攻擊，搶佔媒體版面。」

「這就是他的目的——參議員想得到媒體注意。」孔耐爾說，「我們反擊的話，只是讓媒體更有炒作的話題。聽我說，派瑞許從來就不是我們的朋友。我們每次要求增加任何預算，他都要反對。他想買武裝直升機，而不是太空飛行器，我們從來就沒法改變他這一點。」孔耐爾深吸了一口氣，看了會議室裡一圈。「所以我們倒還不如好好研究他的批評。問問我們自己，他講的是不是有道理。」

整個會議室沉默了片刻。

「很顯然，錯誤已經造成。」布蘭肯緒說，「醫學判斷上出了些差錯。我們為什麼不知道他病得有多重？」

歐比看到兩位飛航醫師彼此不安地互看一眼。人人現在都把注意力集中在醫療團隊的工作表現上。也集中在艾瑪．瓦森身上。

她人不在這裡，無法為自己辯護；歐比得替她說話才行。

但塔德．卡特勒搶在他前面開口了。「瓦森在上頭面對的工作狀況很不利。任何醫師都是這樣，」他說，「沒有X光機，沒有開刀房。事實上，我們沒有人知道平井健一為什麼會死掉。這就是為什麼必須解剖，因為我們得知道是什麼出了錯，也要搞清楚微重力是不是致死原因。」

「解剖當然是要做的，」布蘭肯緒說，「這一點每個人都同意。」

「不，我會提起的原因，是因為……」卡特勒降低聲音，「保存的問題。」

全場沉默了一會兒。歐比看到大家紛紛垂下眼睛，不安地思索著這句話的意思。

「他指的是太空站缺乏冷藏設備，」歐比說。「沒辦法在正常氣壓的環境下，儲存像人類屍體那麼大的東西。」

太空站飛航主任伍迪・艾里斯說：「太空梭再過十七個小時就要進行會合了。到時候屍體會惡化到什麼程度？」

「太空梭上也沒有冷藏設備，」卡特勒指出，「病人已經死亡七個小時了。加上會合的時間、搬運屍體和其他貨物的時間，以及對接的時間。所以屍體會在室溫中至少放三天。這還是一切進展順利的狀況下。而我們都知道，一切不見得會進展順利。」

三天。歐比想著死掉的屍體兩天內可能會變成什麼樣。想到他有時把雞肉扔在垃圾桶裡，才過了一夜就會臭爛到什麼地步……

「你是說，發現號得馬上回來，連延遲一天都不行？」艾里斯說，「我們本來還希望有時間進行其他任務。太空站上有很多實驗還等著要送回來。地球上有很多科學家在等。」

「如果屍體腐爛的話，解剖就沒什麼用處了。」卡特勒說。

「沒有其他辦法保存嗎？比方做防腐處理？」

「那就一定會改變屍體的化學性質。要做驗屍的話，屍體必須沒有經過防腐處理，而且要趕快送回來。」

艾里斯嘆了口氣。「一定有個折衷辦法。可以讓他們跟太空站對接時，還能順便完成其他事情。」

葛瑞琴說：「從公關的觀點，這樣看起來很不妙。太空梭的中層甲板就放著一具屍體，你們還去處理其他平常的事務。何況，這樣不是會，呃，危害到健康嗎？然後還有……那個臭味。」

「屍體已經封在塑膠袋裡面了。」卡特勒說，「他們可以放在一個睡眠區裡面，拉上窗簾，這樣就看不到了。」

這個話題變得太可怕了，因而會議室裡大部分的人都一臉蒼白。他們可以談論政治的後續影響和媒體危機。他們可以談論敵意的參議員和機械異常。但死屍、臭味和腐爛的肉，就不是他們想談的了。

李若伊．孔耐爾終於打破沉默。「卡特勒醫師，我了解你急著想把屍體運回來做解剖。另外我也明白公關的角度。如果我們還是繼續進行平常任務，好像太……冷血了。但有些事情我們非做不可，就算因此要付出代價。」他看了會議桌一圈。「這是我們的主要目標，是我們這個組織的長處之一，不是嗎？無論出了什麼錯，無論傷得有多重，我們總是能設法完成任務。」

就在這一刻，歐比感覺到會議室裡的氣氛忽然變了。在此之前，他們都籠罩在悲劇的痛苦和媒體矚目的壓力下。他在這些人的臉上看到了沮喪和挫敗，還有防衛心。現在那塊罩布揭開了。他迎上孔耐爾的目光，感覺到以往對這個人的不屑消失了一些。歐比從來不信任像孔耐爾這類口才便給的人。他認為航太總署的署長是必要之惡，只要他們別插手行動上的決定，他就願意容忍。

有時，孔耐爾會跨過那條線。但今天，他卻幫了大家一個忙，因為他讓在場的人後退一步，看清大局。每個來參加這個會議的人，都有自己關心的重點。卡特勒希望有新鮮的屍體可供解剖。葛瑞琴．劉希望媒體做出正確的報導。太空梭管理團隊希望發現號能完成更多任務。

孔耐爾剛剛提醒了他們，他們的目光必須超越這樁死亡，超越他們個人關心的事務，專注在對太空計畫最好的選擇。

歐比同意地輕輕點了個頭，會議桌旁的其他人都看到了。獅身人面像終於表示意見了。

「每次成功的發射，都是上天所賜予的禮物，」他說，「我們可別浪費了這個禮物。」

八月五日

死了。

艾瑪的運動鞋有節奏地踩著跑步機，她的腳掌踏在轉動跑帶上的每一下，震動她骨頭、關節和肌肉的每一個衝擊，都是她對自己的一種懲罰。

死了。

我失去了他。我搞砸了，於是失去了他。

我早該曉得他病得有多重。我早該要求搭乘人員返航載具。但我拖延了，因為我以為自己可以處理。我以為我可以保住他的命。

她肌肉疼痛，前額冒出一粒粒汗珠，繼續懲罰自己，很氣自己的失敗。之前三天因為忙著照顧健一，她都沒使用跑步機。現在她要彌補，於是綁上了約束帶，打開跑步機，開始跑步。

在地球上，她很喜歡跑步。她跑得並不特別快，但耐力不錯，也學會了在跑步中陷入長跑者那種催眠的出神狀態，讓幸福感壓倒肌肉的灼痛。她一天接一天鍛鍊出這種耐力，逼迫自己堅持下去，跑得更久、更遠，總是要比上一次更進步，絕對不能放過自己。她從小就是這樣，個子比其他人小，卻比別人更嚴厲。她一輩子都很嚴厲，但最嚴厲就是對自己。

我犯了錯。現在我的病人死了。

汗水溼透她的襯衫，雙乳間的那塊汗漬愈來愈擴大。她的小腿跟大腿已經不光是灼痛而已了。她的肌肉在抽搐，由於持續的緊繃而快要崩潰了。

一隻手伸過來關掉了跑步機的開關。跑帶忽然顫抖著停下來。她抬頭看，迎上了路瑟的雙眼。

「我想妳跑得已經夠久了，瓦森。」他平靜地說。

「還不夠。」

「妳已經跑三個多小時了。」

「我才剛開始而已。」她冷冷地咕噥道，又打開跑步機的開關，雙腳再度奔跑在跑帶上。

路瑟看了她一會兒，身軀飄浮在她眼睛的高度，躲不掉他的目光。她痛恨被打量，甚至在那一刻，她痛恨他，因為她覺得他可以看穿她的痛苦，她的自我憎惡。

「妳乾脆用腦袋去撞牆，不是會快一點嗎？」他說。

「快一點沒錯。但是不夠痛苦。」

「我懂了。要懲罰自己，就是要痛才行，嗯？」

「沒錯。」

「如果我跟妳說，這根本是狗屎，會有差別嗎？因為的確是。妳只是在浪費精力而已。健一死掉，是因為他病了。」

「而我正該治好他的病。」

「可是妳救不了他。所以現在妳成了太空人小組的搞砸大王了，嗯？」

「沒錯。」

「唔，妳錯了。因為我比妳早取得這個封號。」

「這是什麼比賽嗎？」

路瑟再度關掉跑步機的開關。跑帶又再度停下來。他瞪著她的眼睛，眼神憤怒，跟她的一樣嚴厲。

「還記得我搞砸的那回嗎？在哥倫比亞號？」

她沒說話，也不必說。航太總署的每個人都記得。那是發生在四年前的一次任務，要修理一枚通訊衛星。路瑟當時是任務專家，負責在修理完畢後重新配置那枚衛星。當時太空梭人員把衛星從酬載隔間中的托架中彈射出去，看著它飄遠。火箭在預定的時間點燃，把衛星送入正確的高度。

結果那枚衛星對於任何指令都沒有回應。在軌道上完全廢掉，成了一個花費幾百萬元的垃圾，徒勞地繞著地球旋轉。誰該對這個災難負責？

責難幾乎立刻就落在路瑟．安姆斯的雙肩上。通訊衛星的民營包商宣稱，他匆忙配置時，忘了輸入關鍵的軟體密碼。路瑟堅持他輸入了密碼，說犯錯的是那家衛星製造商，他只是代罪羔羊而已。儘管一般大眾不太曉得這個爭議，但在航太總署內部，人人都知道這件事。路瑟再也沒有接到飛行派令。他被判成為太空人鬼魂，依然在小組內，但在那些選派太空梭人員的主管眼中，他是不存在的。

讓情勢更為惡化的因素是，路瑟是黑人。

有整整三年，他被人遺忘了，心中的怨恨愈來愈深。要不是其他太空人好友的支持——尤其是艾瑪——他早就退出了。他知道自己沒犯錯，但航太總署裡很少有人相信他。他知道大家在背後議論他。有些歧視的偏執狂說他是少數種族「不是那塊料」的證據。他努力想維持自己的自尊，卻覺得愈來愈絕望。

然後真相終於水落石出。那顆衛星本來就有瑕疵。路瑟．安姆斯被正式免除罪責。才一個星期，高登．歐比就指派他參加一項飛航任務：在國際太空站上駐守四個月。

但即使到現在，路瑟還是能感覺到他聲譽上的污點殘留不去。他很清楚艾瑪現在的心情。

他把臉湊到她面前，逼她看著自己。「妳不完美，行嗎？我們都只是凡人而已。」他暫停一下，然後冷冰冰地補充，「唯一可能例外的，就是黛安娜．艾思提。」

她忍不住笑了出來。

「懲罰結束了。該往前走了，瓦森。」

她的呼吸恢復正常了，但心臟還是跳得好厲害，因為她還在生自己的氣。不過路瑟說得沒錯；她得往前走。現在該去處理她錯誤的後續影響了。她還得完成總結報告，傳回休士頓。包括醫療摘要、臨床過程。診斷。死亡原因。

醫師搞砸了。

「兩個小時內發現號就要對接了，」路瑟說。「妳有得忙了。」

過了一會兒，她點點頭，解開跑步機的約束帶。該去工作了，靈車快到了。

八月七日

繩子拴住的屍體封在屍袋裡，緩緩在黑暗中旋轉。周圍環繞著雜亂的閒置設備和多餘的鋰罐，健一的屍體就像另一個不需要的太空站零件般，堆在老聯合號太空艙裡。聯合號已經一年多沒運轉了，太空站人員把其中的服務隔間當成儲存空間使用。健一的屍體放在這裡好像很不敬，但大家都被他的死亡弄得心情波動。如果要在平常工作或睡覺的艙裡，一再面對他飄浮的屍體，實在太難受了。

艾瑪轉向發現號太空梭的克瑞吉指揮官和歐黎瑞醫官。「他死亡之後，我立刻把屍體封存起來，」她說，「之後就沒人碰過。」她暫停一下，目光又回到屍體身上。屍袋是黑色的，上頭鼓起一個個小小的塑膠囊，遮掩了裡頭的人類形體。

「他身上的管線都還在？」歐黎瑞問。

「是的。兩個靜脈注射管，還有氣管插管和鼻胃管。」她什麼都沒動，知道病理學家做驗屍解剖時會希望一切都保留原狀。「所有的血液培養，還有我們從他身上所取得的所有樣本，全都在裡頭了。」

克瑞吉臉色凝重地點了個頭。「動手吧。」

艾瑪解開繩子，伸手去抓屍體。摸起來僵硬、膨脹，好像屍體的組織已經開始進行厭氧的分解過程。她拒絕去想健一在那個黑色塑膠袋裡會變成什麼樣子。

那是個沉默的行列，嚴肅得就像葬禮隊伍，送葬者有如鬼魂般飄浮著，護送著屍體穿過各個艙所構成的長隧道。克瑞吉和歐黎瑞走在最前面，輕柔地引導著屍體穿過一個個艙口。跟在後面的是吉兒·休伊特和安迪·梅塞爾，沒有人開口說話。當太空梭飛行器一天半前對接時，克瑞吉和機上組員帶來了笑容和擁抱、新鮮蘋果和柳橙，還有大家等待已久的週日版《紐約時報》。這些人是艾瑪以前的老隊友，曾一起訓練了一年，再度相見就像是苦樂交織的家人團圓。現在這場團圓結束了，要搬進發現號的最後一樣東西正像鬼魂一樣，飄近對接艙。

克瑞吉和歐黎瑞帶著屍體穿過發現號門口，進入中層甲板。屍體將會存放在這個太空梭人員睡覺和吃飯的地方，直到降落。歐黎瑞把屍體推進一個水平的睡鋪。在發射之前，這個睡鋪才重新改裝成醫療區，好讓病人休息。但現在這裡將成為臨時的棺材，讓他們把屍體運回地球。

「放不進去，」歐黎瑞說，「我想屍體膨脹得太大了。是不是之前曾暴露在熱氣中？」

「沒有。聯合號的溫度一直保持不變。」

「問題出在這裡，」吉兒說，「屍袋卡到通風口了。」她伸手拉開塑膠袋。「再試試看。」

這回屍體放得進去了。歐黎瑞把拉門關上，這樣大家就不會看到裡面了。

接著兩邊人員進行了一場隆重的道別。克瑞吉把艾瑪擁入懷中，在她耳邊低語道：「下回出任務，瓦森，妳是我的第一人選。」兩人分開時，艾瑪哭了。

最後是克瑞吉和葛利格兩位指揮官依照傳統慣例握手。艾瑪又看了太空梭人員——她的老友——最後一眼，揮手道別，然後兩邊的艙門關上了。儘管接下來二十四小時，發現號還會繼續接在國際太空站上，同時上頭的人員會休息並準備分離，但氣閘門關上後，雙方人員就不可能有任何肢體接觸了。他們再度成為兩個不同的載具，只是暫時連在一起，就像兩隻蜻蜓在太空中的求偶之舞中彼此交合。

吉兒．休伊特駕駛員睡不著。

失眠對她是新鮮事。即使在發射前一夜，她都有辦法完全進入熟睡，仰賴一輩子的好運氣讓她睡到第二天。她很自豪從不需要安眠藥。只有那些為一千種恐怖的可能性而緊張兮兮的娘娘腔，還有神經過敏和強迫症患者，才需要吃藥。海軍飛行員出身的吉兒，早已見識過太多致命的危險。她曾在伊拉克出任務飛行，曾駕著損壞的噴射機降落在一艘擁擠的航空母艦上，曾飛入暴風雨中的大海。她猜想自己騙過死神太多次，因而死神一定是放棄要抓她，認輸回家了。因此，她夜裡總是睡得很安穩。

但今夜，睡眠卻遲遲不來。都是因為那具屍體的關係。

沒有人想靠近那具屍體。儘管拉門已經關上，遮住了屍體，但他們都感覺得到它的存在。死人分享他們的生活空間，為他們的晚餐投下一道陰影，壓制了他們平常的說笑。那具屍體成了他們不想要的第五名成員。

彷彿要避開似的，克瑞吉、歐黎瑞、梅塞爾都放棄平常的睡眠區，搬到上一層的飛行甲板。只有吉兒還留在中層甲板，好像要向那些男人證明她不像他們那麼神經脆弱，證明她一個女人不會被一具屍體所煩擾。

但現在，隨著艙房的燈光暗下來，她發現睡眠遲遲不來。她一直想著那扇關上的門板後頭放的東西。一直想著平井健一，想他活著的樣子。

她還清楚記得他皮膚蒼白、講話溫和，一頭黑髮硬得像鋼絲。有一回在失重訓練時，她不小心擦過他的頭髮，很驚訝像豬鬃般剛硬。她很好奇他現在的模樣，心中忽然湧上一股病態的好奇心，想知道他的臉變成什麼樣子，死神在他身上留下什麼痕跡。她從小就有這種好奇心，偶爾在樹林裡看到動物死屍時，她就會拿樹枝去戳戳看。

她決定搬得離那具屍體遠一點。

她抱著自己的睡袋到左舷，把睡袋固定在通往飛行甲板的梯子後面。這樣已經盡可能遠離了，但依然在中層甲板。她再度把睡袋的拉鍊拉上。明天她會需要每一種本能反應、每一個腦細胞，好讓自己保持最佳狀態，準備重返大氣層與降落。她用意志力逼自己陷入沉睡狀態。

當那道發出虹彩的旋轉液體開始滲出平井健一的屍袋時，她已經睡著了。

一開始，只是幾滴發亮的小水珠滲出塑膠袋上的一道小裂縫，那裂縫是在屍袋卡住時扯破的。幾個小時後，壓力愈來愈大，塑膠袋緩緩膨脹起來。現在裂口更大了，流出一道漩渦狀發光的彩帶。從睡鋪的通風口溜出來後，彩帶破碎為一顆顆藍綠色的小水珠，在失重狀態下短暫地恣意飛舞，然後凝結為更大的水球，在黯淡的艙房內起伏波動。發出乳白色光芒的液體持續流出，一顆顆水球乘著柔和的循環氣流不斷擴散，飄到艙房另一頭，來到吉兒·休伊特身邊。她在熟睡中，沒發現那發光的雲朵籠罩著她，沒發現自己每次輕柔呼吸中都吸入了那細霧，也沒發現那些小水珠彷彿凝結般停歇在她臉上。她只短暫驚擾一下，拂去臉頰上朝眼睛流過去的發光水珠。

那些飛舞的水珠隨著氣流上升，經過甲板間通道的開口，開始散佈到昏暗的飛行甲板裡。在這一層甲板上，三個男人飄浮著完全放鬆，正在失重狀態裡熟睡著。

12

八月八日

幾天前，那個不祥的氣旋開始在東加勒比海上空成形。一開始只是高空的一個短波槽，由赤道附近的海水蒸發，然後形成一片柔和起伏的雲帶。碰到了一團來自北方的冷空氣後，那些雲就開始環繞著中央的一團乾空氣旋轉。現在它已經確定成為螺旋形，而且根據同步氣象衛星每次所傳來的新影像，似乎變得愈來愈大。美國國家海洋暨大氣總署所屬的國家氣象局，也從這個氣旋的生成之初就開始追蹤，看著它緩慢而曲折地行進，漫無方向，離開了古巴東端。現在最新的氣象浮標資料剛進來，還有氣溫、風速、風向等估計資料，更確定了氣象學家在他們電腦螢幕上所看到的。

這是個熱帶風暴。朝向西北邊移動，正對著佛羅里達南端而來。

這種新聞正是太空梭飛航主任蘭迪．卡本特所害怕的。他們可以修補工程方面的問題，可以解決多重系統故障的毛病。但面對大自然的力量，他們就束手無策了。任務管理團隊會議今天早上第一個要討論的，就是決定太空梭是否要脫離軌道；他們本來計畫，太空梭要在六個小時後脫離太空站，並離開軌道、重返地球，但氣象簡報改變了一切。

「國家海洋暨大氣總署的飛行氣象組報告說，這個熱帶風暴正往北北西移動，朝向佛羅里達礁島群。」氣象預報員說，「根據派克空軍基地的雷達和國家氣象局位於墨爾本的下一代都卜勒雷達，顯示徑向風速最高達到六十五節，而且雨勢愈來愈強。雷文送觀測氣球[7]和棘面氣球。都確定了這個狀況。另外，卡納維爾角附近的電場強度計網絡和閃電監測定位系統，都顯示閃電活動愈來愈頻繁。這些狀況大概會持續四十八小時，說不定更久。」

「換句話說，」卡本特說，「我們不能在甘迺迪中心降落了。」

「甘迺迪是鐵定不行了。至少接下來三、四天。」

卡本特嘆了口氣。「好吧，我們多少也猜到了。那聽聽愛德華的狀況吧。」

愛德華空軍基地位於加州內華達山脈東邊的一個谷地，並非他們心目中的第一選擇。在愛德華降落的話，就會耽誤到下一次太空梭任務的流程與回返，因為太空梭得由七四七噴射機背負，運回甘迺迪太空中心。

「很不幸，」氣象預報員說，「愛德華基地也有問題。」

卡本特的胃開始打結。他有預感，這會是一連串壞事的起點。身為領頭的太空梭飛航主任，他曾回頭檢視紀錄中的每一個小事故，並分析哪裡出了錯。事後回頭去看，他通常都可以倒回

[7] Radio-wind-sonde，又稱無線電探空儀或探空氣球，用於高空氣象觀測。

去，透過一連串不當但當時看似無害的決定，追溯出問題源頭。有時是源自工廠裡一個不專心的技師，一個接錯線的儀表板。要命，就連哈伯望遠鏡這麼巨大又昂貴的裝置，一開始也是出了錯。

現在他無法擺脫那種感覺，擔心日後他會回想起這場會議，問自己，我當初該有什麼不同的做法？我能做什麼以防止一場大災難？

他開口問：「愛德華的狀況怎麼樣？」

「現在的雲幕高是七千呎。」

「那當然就沒辦法降落了。」

「對。向來陽光普照的加州居然會這樣。不過接下來二十四小時到三十六小時之內，還是有可能局部轉晴，我們只要等下去，說不定就能等到勉強可以降落的狀況。否則，就得在新墨西哥州降落了。我剛剛查過氣象互動資料顯示系統，白沙基地那邊看起來不錯。天空晴朗，逆風五到十節。沒有不利的氣象預測。」

「所以就是選擇問題了，」卡本特說，「看要等到愛德華那邊放晴，或者就在白沙降落。」

他看了會議室一圈，看其他人有什麼意見。

一位太空計畫主管的成員說：「他們目前在上頭沒問題。我們可以讓他們繼續跟國際太空站保持對接，等到天氣適當再說。我不認為有必要讓他們趕著回來，降落在不盡理想的基地。」

不盡理想的說法太保守了。白沙基地那邊，也不過就是一條裝設了航向校正圓柱的降落跑道而已。

「我們得把屍體盡快運回來，」塔德．卡特勒說，「驗屍解剖才會有用。」

「這點我們都知道，」那位太空計畫主管說，「但衡量種種缺點，白沙有種種限制。要是降落出了什麼問題，那裡沒有任何民間醫療後援。事實上，考慮到各種狀況，我建議我們等更久一點，等到甘迺迪中心放晴。以後勤方面來說，這樣對整個太空計畫是最好的。因為飛行器回返更快，當場就可以回到發射基地，準備下次發射。而接下來幾天，太空梭人員就可以把國際太空站當成旅館。」

幾個太空計畫主管點點頭。他們都贊成最保守的做法。機上人員目前都很安全；比起在白沙降落所產生的各種問題，把平井健一的屍體運回來的急迫性就不算什麼了。卡本特思索著，萬一降落在白沙演變成一場大災禍，那麼事後他會如何被質疑？他設身處地，想著如果他是旁觀者，會如何檢討飛航主任的決定。*你為什麼不等到天氣放晴？為什麼急著要他們回地球？*

正確的決定，就是風險最低，又符合任務目標。

他決定選擇中間地帶。

「等三天太久了，」他說，「所以甘迺迪中心出局了。我們等愛德華基地吧。或許明天天氣就會好轉了。」他看著氣象預報員。「讓那些雲趕緊飄走吧。」

「是啊，我去跳反向祈雨舞就好了。」

卡本特看了牆上的時鐘一眼。「好吧，再過四個鐘頭就要叫太空梭人員起床了。到時候我們會把消息告訴他們。他們暫時還不能回家。」

八月九日

吉兒・休伊特喘著氣醒來。她第一個清醒的念頭是自己溺水了，隨著每次呼吸，她都吸進了水。

她睜開雙眼，恐慌地看到周圍像是有一大群水母飄浮著。她咳嗽，終於設法吸進一大口氣，然後又咳。猛咳出來的空氣吹得所有水母都翻滾著飄遠了。

她爬出睡袋，打開艙房的燈，然後驚詫地瞪著發光的空氣。

「鮑伯！」她喊道，「有東西漏出來了！」

她聽到歐黎瑞在上頭的飛行甲板說：「天啊，這是什麼鬼玩意兒？」

「拿出口罩！」克瑞吉命令道，「先確定這個東西沒毒再說。」

吉兒打開急救櫃，拿出防止污染工具箱，把裡頭的口罩和護目鏡扔給來到中層甲板的克瑞吉、歐黎瑞和梅塞爾。他們沒時間穿衣服了，每個人都還剛睡醒，只穿著內衣褲。

戴上眼鏡後，他們瞪著那一顆顆飄浮在周圍的藍綠色小水珠。

梅塞爾伸手抓住一顆。「好詭異，」他說，在指尖搓一搓。「感覺很稠。黏黏的，像是某種黏液。」

身為醫官的歐黎瑞也抓住一顆，湊近護目鏡仔細看。「不是液體。」

「我看像是液體啊，」吉兒說，「看起來很像。」

「比較像凝膠。幾乎像是——」

響亮的音樂忽然播放出來，把他們都嚇了一跳。貓王柔滑的嗓音唱著〈藍色麂皮鞋〉。那是任務控制中心叫醒他們的起床音樂。

「早安，發現號，」通訊官愉快的聲音傳來。「該起床啦，各位！」

克瑞吉回答，「通訊官，我們已經醒了。我們呢，呃，碰到一個非常奇怪的狀況。」

「狀況？」

「艙裡有某種滲漏，我們正在設法查出到底是什麼。那是一種黏黏的物質，粉藍綠色的。看起來幾乎就像是小小的蛋白石飄浮在空中，已經散佈到兩層甲板了。」

「你們都戴上口罩了嗎？」

「戴上了。」

「知道是哪裡滲漏出來的嗎？」

「完全不曉得。」

「好吧，我們正在諮詢環境控制與維生系統的人員。他們或許會曉得那是什麼。」

「不管是什麼，好像沒有毒。剛剛我們都在睡覺，這些玩意兒就飄在空中。我們好像都沒人生病。」克瑞吉看了一下戴了口罩的其他人，大家紛紛搖頭表示沒事。

「那個滲漏物有什麼臭味嗎？」通訊官問，「環境控制與維生系統的人員想知道，會不會是從廢物收集系統漏出來的。」

吉兒忽然覺得反胃。他們剛剛吸進去、泡在裡頭的這玩意兒，會是從馬桶廢棄物裡面漏出來的嗎？

「呃——我想我們得有人聞聞看，」克瑞吉說。他看看其他人，大家只是瞪著他。「老天，各位，難道就沒有人志願一下嗎？」他喃喃道，最後拔掉口罩。他手指搓搓一顆小球，聞了一下。「我不認為這是污水。也沒有化學氣味。至少不是石油產品。」

「聞起來像什麼？」通訊官問。

「有點……魚腥味。就像鱒魚身上的黏液。或許是廚房漏出來的？」

「也可能是從哪個生命科學酬載物裡頭漏出來的。你們從太空站帶了幾個實驗要送回來。裡頭是不是有封起來的水族箱？」

「這玩意兒倒是讓我想到青蛙卵。我們會去檢查那些箱子，」克瑞吉說。他四下看了艙內一圈，看著一團團發光的物質黏在牆上。「現在到處都是了。我們得清理一陣子。所以重返大氣層的時間會延遲了。」

「啊，發現號，真不想告訴你們這個消息，」通訊官說，「不過無論如何，重返大氣層的時間要延後了。你們還得等一等。」

「有什麼問題嗎？」

「這裡的天氣不太好。甘迺迪的側風達到四十節，附近還有砧狀雷雨雲。熱帶風暴正從東南邊逼近。這個風暴已經對多明尼加共和國造成災害了，目前正朝向佛羅里達礁島群撲來。」

「那愛德華呢？」

「他們回報說目前的雲幕高是七千呎。接下來兩天內應該會放晴。所以除非你們急著想降落在白沙基地，否則就得延後至少三十六小時。我們可以讓你們重新打開艙門，跟太空站的人員會合。」

克瑞吉看著飄過的小球。「不用了，通訊官。這些滲漏物會污染太空站。我們得清理一下才行。」

「收到。這裡有航空醫師待命，你們要確認一下人員沒有負面影響，對不對？」

「這些滲漏物看起來似乎無害。沒有人出現生病的跡象。」他揮走一團小球，那些小球像四散的珍珠般滾動著飄走。「其實看起來還挺漂亮的。可是我很擔心會黏在電子設備上，所以我們最好趕緊動手清理了。」

「如果天氣有變化，我們會通知你們的，發現號。現在趕緊拿出拖把和水桶吧。」

「是啊，」克瑞吉笑了。「我們是高空清潔公司。連窗子都幫你擦得乾乾淨淨呢。」他摘下口罩。「我想拔掉應該很安全。」

吉兒也摘下她的口罩和護目鏡，飄到另一頭的急救櫃。她才剛把東西收好，發現梅塞爾瞪著她看。

「怎麼了？」她說。

「妳的眼睛——發生了什麼事？」

「我的眼睛怎麼了？」

「妳最好自己去看一下。」

她飄到衛生站。看到鏡中的第一眼令她很震驚。她一隻眼睛的眼白變成血紅色。不光是有血絲，而是一整片深紅色。

「天啊，」她喃喃道，被鏡中的自己嚇住了。*我是駕駛員。我需要我的眼睛。可是現在有一隻看起來像一包鮮血。*

歐黎瑞握住她的雙肩，把她轉過來檢查那隻眼睛。「沒什麼好擔心的，好嗎？」他說，「只是眼白出血而已。」

「*而已*？」

「一點血進入了妳的眼白，其實沒有看起來那麼嚴重。它自己就會好，不會對視力有任何影響。」

「為什麼會這樣？」

「有可能是顱內壓力突然改變。有時只要劇烈咳嗽或嚴重嘔吐，就可能造成一根小血管爆裂。」

她鬆了口氣。「那一定是了。我就是被那些小球嗆住，咳嗽給咳醒的。」

「是啊，沒什麼好擔心的。」他拍拍她肩膀。「這樣總共五十元。下一位！」

吉兒放心地回頭去看鏡子。只是一點血，她心想。沒什麼好擔心的。但鏡中的那個模樣嚇壞她了。一隻眼睛很正常，另一隻則是鮮紅色的邪惡眼睛。好詭異，像魔鬼似的。

八月十日

「他們真是地獄來的訪客，」路瑟說，「我們已經當他們的面關上門了，可是他們還是不肯離開。」

廚房裡的每個人都笑了起來，連艾瑪也笑了。過去幾天國際太空站沒什麼歡樂氣氛，聽到有人再度說笑真是一大紓解。自從健一的屍體運到發現號之後，大家的心情似乎也開朗了些。他裝在屍袋裡的身軀，不斷讓人想到陰沉的死亡，現在艾瑪鬆了口氣，不必再面對自己失敗的證據了。她可以重新專注在自己的工作上。

甚至聽到路瑟的打趣，她也笑得出來了，儘管他開玩笑的主題——太空梭的軌道飛行器沒離開——其實不太好笑。因為他們也受到了連累。他們本來以為發現號昨天上午就會脫離的。現在過了一天，發現號還在，而且接下來至少十二個小時都無法離開。發現號離去的時間不確定，也連帶使得太空站的工作安排陷入了不確定。脫離不光是軌道飛行器離開飛走而已。那是以時速一萬七千五百哩飛馳的兩個巨大物件之間精密的舞蹈，需要軌道飛行器和太空站雙方人員的合作。

在脫離之時，太空站的控制軟體必須暫時改為鄰近作業模式，於是太空站人員的許多研究活動就得暫緩。每個人都得專心處理軌道飛行器的離去。

以避免大災難的發生。

現在加州一處空軍基地的多雲天氣耽擱了一切，破壞了太空站的工作時間安排。但太空飛行本來就是這樣；唯一可以預測的就是不可預測。

一滴葡萄汁飄過艾瑪腦袋旁。這又是個不可預測的狀況，艾瑪笑著心想，看著笨手笨腳的路瑟拿著吸管去追那滴葡萄汁。只要稍微一不注意，一個不可或缺的工具或一滴果汁就會飄走。沒了重力，任何沒有約束好的物件都可能不曉得飄到哪裡去。

這正是發現號機上人員眼前所面對的狀況。「這些黏呼呼的玩意兒，沾滿了我們後頭的數位自動駕駛程式控制台。」她聽到克瑞吉在無線電那頭說，他跟葛利格正在空對空頻道上對話。「我們還在設法清理撥動式開關，但這玩意兒乾掉之後就像很稠的黏液。我只希望沒塞住任何資料埠。」

「查出是哪裡滲漏嗎？」葛利格問。

「我們在蟾魚箱發現了一個小裂縫。不過看起來不像漏出很多東西——還不足以飛滿整個駕駛艙。」

「還有可能是哪裡滲漏出來的？」

「現在正在檢查廚房和便桶。我們一直忙著清理，還沒有機會去找出來源。我只是想不出這玩意兒到底是什麼，覺得有點像青蛙蛋。圓圓的一團，黏黏綠綠的。你應該看看我們這組人——他們就像在電影《魔鬼剋星》裡沾上了史萊姆。另外休伊特還有一隻邪惡的紅眼睛。老天，我們看起來真可怕。」

邪惡的紅眼睛？艾瑪轉向葛利格。「休伊特的眼睛出了什麼事？」她說，「我之前都沒聽說。」

葛利格轉告了這個問題。

「只是眼白出血，」克瑞吉回答，「歐黎瑞說沒什麼嚴重的。」

「讓我跟克瑞吉談。」艾瑪說。

「說吧。」

「鮑伯，我是艾瑪，」她說，「吉兒是怎麼會眼白出血的？」

「她昨天醒來的時候在咳嗽。我們認為是咳出來的。」

「她有沒有肚子痛？頭痛？」

「她剛剛抱怨過頭痛，肌肉痠痛是每個人全都有。畢竟我們在這邊忙得跟狗似的。」

「噁心？想吐？」

「梅塞爾有反胃的狀況。怎麼了？」

「健一也有過眼白出血。」

「可是歐黎瑞說，」克瑞吉指出，「這沒什麼大不了的。」

「不，讓我擔心的是這一連串症狀，」艾瑪說，「健一的病是從嘔吐和眼白出血開始的。還有腹痛，頭痛。」

「妳的意思是，這是某種傳染病？那麼為什麼你沒被傳染？當初是你照顧他的啊。」

好問題。她回答不了。

「這是什麼疾病？」克瑞吉問。

「我不知道。我只知道健一在初步症狀出現後，一天之內就病倒了。你們得趕緊脫離對接，馬上回家。趁發現號上還沒人病倒之前。」

「沒辦法。愛德華基地還是雲層太厚。」

「那就去白沙。」

「眼前不是個好選擇。他們的塔康系統有一個壞掉了。嘿，我們沒事的。只要等到天氣放晴就能回家了。應該不會超過二十四小時。」

艾瑪望著葛利格。「我想跟休士頓通話。」

「他們不會只因為休伊特有一隻紅眼睛，就決定降落在白沙的。」

「那可能不只是眼白出血而已。」

「他們怎麼會染上健一的病？他們從沒接觸到他啊。」

屍體，她心想。健一的屍體在軌道飛行器上。

「鮑伯，」她說，「又是我，艾瑪。我要你去檢查屍袋。」

「什麼？」

「檢查健一的屍袋，看有沒有裂縫。」

「妳自己也看到過，封得很緊啊。」

「你確定現在還是這樣？」

「好吧，」他嘆了口氣。「我得承認，自從屍體運上來之後，就沒人去檢查過。我猜想大家都有點心裡發毛。我們把睡鋪的拉門關起來，免得還要看到他。」

「那個屍袋看起來怎麼樣？」

「我正在想辦法把拉門打開。好像有點卡住了，可是……」沉默了一會兒，然後是喃喃低語。「天啊。」

「鮑伯？」

「是從屍袋滲漏出來的！」

「那是什麼？血液？組織液？」

「塑膠袋上有個裂口。我看得到它正在往外漏！」

什麼正在往外漏？

她聽到背景裡的其他聲音。厭惡的大聲抱怨，還有人乾嘔的聲音。

「封起來。趕快封起來！」艾瑪說。但他們沒回答。

吉兒・休伊特說：「他的身體摸起來像爛糊。好像他……融化了。我們該查清楚到底是怎麼回事。」

「不！」艾瑪喊道。「發現號，不要打開屍袋！」

讓她鬆了一口氣的是，克瑞吉終於回應了，「收到，瓦森。歐黎瑞，封起來。我們不會再讓任何……那個玩意兒……漏出來。」

「或許我們該把屍體扔出去。」吉兒說。

「不，」克瑞吉回答，「他們想要做驗屍解剖。」

「那是什麼樣的液體？」艾瑪問，「鮑伯，回答我！」

他沉默了好一會兒，才說：「我不曉得。但不管那是什麼，我希望沒有傳染性。因為我們全都暴露了。」

二十八磅的鬆弛肌肉和毛皮。那是韓福瑞，牠像個肥胖的古代大官般四肢張開，趴在傑克的胸口。這隻貓想謀殺我。傑克心想。往上瞪著韓福瑞惡毒的綠色眼珠。之前他在沙發上睡著了，再度恢復意識時，就發現一噸重的貓脂肪壓著他的肋骨，把他肺部的空氣全都擠出來了。

韓福瑞打著呼嚕，一隻爪子緊扣著傑克的胸口。

隨著一聲痛喊，傑克把牠推開，韓福瑞砰地四肢著地。

「去抓隻老鼠吧。」傑克咕噥道，翻身側躺想繼續入睡，卻毫無希望。韓福瑞哀號著要吃飯。又餓了。傑克打了個哈欠，拖著身軀離開沙發，踉蹌走進廚房。他一打開放貓食的碗櫥，韓福瑞就開始哀號得更大聲。傑克在貓碗裡倒滿喜躍貓乾糧，嫌惡地站在那裡看著韓福瑞低頭大吃。現在才下午三點，傑克還沒補足睡眠。他昨天晚上熬了一整夜，在太空站控制室的飛航醫師控制台值班。然後回家坐在沙發上溫習太空站的環境控制與維生系統。他又回到航太總署的團隊裡了，感覺非常好。甚至在閱讀一份枯燥而艱深的任務作業指揮官訓練手冊時，他都覺得感覺很好。但後來疲勞終於來襲，他在中午時睡著了，周圍環繞著一疊疊飛航手冊。

韓福瑞的碗已經半空了。真難以相信。

傑克轉身要離開廚房時，電話響了。

是塔德．卡特勒。「我們正在集合醫療人員，要去白沙基地等發現號降落。」他說，「飛機三十分鐘後在艾林頓機場起飛。」

「為什麼在白沙降落？發現號不是要等到愛德華基地放晴嗎？」

「太空梭上有醫療狀況，我們沒辦法等到天氣放晴。他們再過一個小時就會脫離軌道。我們要準備好預防傳染病的措施。」

「什麼傳染病？」

「還不曉得，我們只是想小心一點。你要一起去嗎？」

「要，我跟你們一起去。」傑克說，一刻都沒有猶豫。

「那你最好趕緊動身，免得趕不上飛機。」

「等一下。病人是哪一個？誰生病了？」

「全部。」卡特勒說，「所有的機上人員。」

13

預防傳染病的措施。緊急脫離軌道。我們面對的是什麼狀況？

大風捲起沙塵，傑克大步穿過柏油路面，走向等待的噴射機。他在飛揚的砂礫中瞇起眼睛，爬上了階梯，鑽進飛機裡。這一架是灣流四型噴射機，結實而可靠，有十五個乘客座，航太總署擁有一整個機隊，用來運載人員往來各處的作業中心。機上已經有一打人了，包括幾個飛航醫療診所的護士和醫師。其中幾個人朝傑克揮手招呼。

「我們得起飛了，」副駕駛員說，「麻煩你趕緊繫上安全帶吧。」

傑克挑了前排一個靠窗的位置。

洛伊．布倫菲德是最後一個登機的，他一頭明亮的紅髮被飛吹得豎起來。一等布倫菲德坐下，副駕駛員就關上機艙門。

「塔德不來了嗎？」傑克問。

「他要負責降落時的控制台。看起來我們要當突擊部隊了。」

飛機開始在跑道上滑行。他們沒有時間可以浪費了，飛到白沙的航程要一個半小時。

「你知道發生了什麼事嗎？」傑克問，「因為我還一頭霧水。」

「我聽了簡短的概要報告。你知道昨天在發現號上的滲漏物嗎？就是他們一直想搞清是什麼的？結果是從平井健一的屍袋裡漏出來的液體。」

「那個袋子封得很緊，怎麼會漏呢？」

「被扯破了。太空梭人員說裡頭的屍體好像受到壓力，已經分解得很嚴重了。」

「克瑞吉說那種液體是綠色的，只有一點魚腥味。聽起來不像腐爛屍體流出來的。」

「我們全都想不透。那個屍袋已經重新封好了，我們得等他們降落，才能看到裡頭是怎麼回事。這是我們第一次碰到微重力之下的人類屍體。或許分解的過程會有些不同。或許厭氧菌死掉了，所以才會沒臭味。」

「太空梭上的人員病得有多重？」

「休伊特和克瑞吉都抱怨頭痛得厲害。梅塞爾現在吐得像隻狗似的，歐黎瑞則是肚子痛。我們不確定有多少是心理因素。如果你發現自己吸進了同事腐爛的屍體，情緒上難免會受到影響。」

心理因素一定會把狀況弄得更複雜。每次只要有食物中毒爆發，就會有一部分的病人其實是沒有受到感染的。暗示的力量太強大了，甚至能讓人吐得跟真正生病的人一樣嚴重。

「他們脫離太空站的時間不得不延後。白沙基地一直有問題——有一個塔康系統之前會傳送錯誤的訊號。他們需要幾個小時去調整，才能重新運作。」

塔康（TACAN）就是戰術空中導航定位系統，是一連串位於地面的發射器，可以提供軌道飛行器最新的導航路線。塔康訊號錯誤的話，有可能導致太空梭完全降落在跑道之外。

「現在他們決定，不能再等下去了，」布倫菲德說，「過去一個小時，機上人員就已經病得更重了。克瑞吉和休伊特兩個人都眼白出血。當初平井健一就有這個症狀。」

他們的飛機開始要升空了。引擎的隆隆聲響徹他們耳邊，然後飛機離開地面。

傑克在噪音中喊道：「那太空站呢？上頭有任何人病了嗎？」

「沒有。兩邊連接的艙門一直都關著，免得滲漏物蔓延。」

「所以生病的只限於發現號？」

「據我們所知，目前是這樣。」

那麼艾瑪沒事了，他心想，吐出一口大氣。艾瑪很平安。但如果這種接觸傳染原是從平井健一的屍體帶到發現號上的，那為什麼太空站的人員沒有感染到？

「太空梭的估計抵達時間是什麼時候？」他問。

「他們現在正在脫離太空站。再過四十五分鐘就要進入大氣層，降落地面的時間應該是下午五點左右。」

所以地面人員的準備時間並不多。他凝視著窗外，看著飛機穿過雲層，進入一片金色陽光。所有狀況都對我們不利，他心想。緊急降落。損壞的塔康系統。機上人員都生病了。

而這一切，都將發生在荒僻地帶的一條跑道上。

吉兒．休伊特頭好痛，而且眼球疼得要命，都快看不清脫離作業的檢查表了。過去一個小時，疼痛入侵到她身上的每一塊肌肉，現在感覺上好像有一道道閃電劈過她的背部和大腿。她兩眼的眼白都變成紅色了；克瑞吉也是，看起來就像兩包鮮血似的。他也全身都在痛；從他的動作可以看得出來——那種緩慢而警戒地轉動頭部的模樣。他們飽受疼痛折磨，但兩個人都不敢注射麻醉劑。脫離對接狀態和降落都需要全神警戒，他們不能冒險失去任何一絲敏感度。

帶我們回家吧。帶我們回家吧。吉兒腦袋裡重複唸著這句話，同時努力堅守崗位，儘管身上的襯衫已經汗溼，疼痛啃噬著她的專注力。

他們迅速確認過起飛檢查表。她把IBM ThinkPad筆記型電腦的傳輸線插進太空梭後端控制台的資料埠，開機，然後開啟「會合與接近作業程式」。

「沒有資料傳輸過來。」她說。

「什麼？」

「資料埠一定是被那些滲漏物黏住了。我去中層甲板試試脈衝編碼調節主單元。」她拔掉傳輸線，拿著那台ThinkPad經過甲板之間的通道，臉上的每塊骨頭都痛得不得了。她的雙眼抽痛得好厲害，感覺上好像要爆出眼眶了。到了中層甲板，她看到梅塞爾已經穿上橘色的發射與降落太空衣，繫好安全帶，準備要重返大氣層。他已經失去意識——大概是因為打了麻醉劑。歐黎瑞也已經繫好安全帶，雖然還醒著，但看起來很恍惚。吉兒飄到中層甲板的資料埠，把筆記型電腦的傳輸線插進去。

還是沒有資料傳輸。

「狗屎。狗屎！」

她努力保持專注，回到飛行甲板上。

「還是不行嗎？」克瑞吉問。

「我換一下傳輸線，再試試這個資料埠。」她的頭痛得好厲害，淚水盈滿眼眶。她咬緊牙關，拔出傳輸線，換一條新的。重新開機。進入Windows畫面，然後打開「會合與接近作業程式」。

會合與接近作業程式的標誌出現在螢幕上。

她唇上冒出汗水，開始輸入任務時程。日、時、分、秒。她的手指不太聽使喚，遲鈍又笨拙。她不得不退回去改正數字。最後她終於選了「接近作業」，然後點了「ＯＫ」。

「會合與接近作業程式開始，」她放鬆地說，「準備處理資料。」

克瑞吉說：「通訊官，可以開始脫離了嗎？」

「請稍待，發現號。」

這段等待真是酷刑。吉兒・休伊特低頭看著手，看到指頭開始抽搐，她前臂的肌肉也開始收縮，皮膚底下像是有十幾條蠕蟲似的。彷彿有個什麼活物正在她的肉裡面鑽挖。她努力想讓雙手保持平穩，但手指卻不斷強烈痙攣。帶我們回家吧。趁我們還有辦法駕駛這隻大鳥的時候。

「發現號，」通訊官說，「可以進行脫離了。」

「收到。數位自動駕駛程式設定在低Z模式。準備進行脫離。」克瑞吉深感解脫地看了吉兒一眼。「現在讓我們回家吧。」他喃喃道，抓住了操縱桿。

飛航主任蘭迪．卡本特站在那裡像個巨型雕像，雙眼定定看著前面的大螢幕，在他工程師的腦袋裡，冷靜地監督著各個同時發生的視覺資訊和通話頻道。一如往常，卡本特的思考總是領先好幾步。對接艙現在已經減壓了。把軌道飛行器與太空站連接在一起的那些對接閂將會打開，對接系統上的預載彈簧會輕輕將兩者推開，讓它們飄離彼此。飄到相距兩呎後，發現號的反作用力控制系統噴射引擎才會啟動，好控制軌道飛行器離開。在這一系列精密的過程中，任何時候都可能出錯，但針對每種可能的失敗，卡本特都有因應的計畫。如果對接閂沒能打開，他們就會點燃煙火炸藥，把對接閂炸斷。要是這招還行不通，就會有兩位太空站人員待命進行艙外活動，用手打開那些對接閂。他們有很多備用再備用的計畫，好因應各種失敗狀況。

至少，是他們所能預測到的各種失敗。卡本特擔心的，是沒人想得到的小毛病。眼前，他一如在每個新任務階段一開始的老習慣，問自己同樣那個老問題：要是我們沒能預料到什麼狀況呢？

「軌道對接系統已經成功脫離了，」他聽到克瑞吉宣佈。「對接閂已經打開。我們現在要飄走了。」

卡本特旁邊的飛航控制員握起拳頭，勝利地對空輕揮一下。

卡本特已經往前想到了降落。白沙基地的天氣依然很穩定，逆風十五節。塔康系統會及時修好並運轉，引導太空梭降落。地面人員此時正紛紛趕往跑道。眼前沒有看得見的新問題，但他知道很快就會有了。

他心中想著這一切，但臉上表情絲毫不露痕跡。飛航控制室裡面的人員完全看不出他的憂心像酸苦的膽汁一般，已經冒到了喉嚨口。

在國際太空站，艾瑪和其他人員也在觀察與等待。所有的研究工作暫時停擺，他們都聚集在一號節點艙的穹頂，看著巨大的太空梭脫離。葛利格同時還監看著一部IBM的ThinkPad筆記電腦上的作業，上頭顯示的「會合與接近作業程式」畫面，跟休士頓的任務控制中心所看到的一樣。

隔著穹頂的窗子，艾瑪看到發現號逐漸遠離，不禁放鬆地嘆了一口氣。太空梭的軌道飛行器現在隨意飄浮著，就要回家了。

醫療官歐黎瑞在麻醉劑的昏茫中飄浮。他已經在自己的手臂上注射了五十毫克的配西汀，只夠壓低他劇烈的疼痛，讓他可以幫梅塞爾繫好安全帶，讓整個艙房準備好重返大氣層。不過這點劑量的麻醉劑，仍然讓他的思緒變得遲鈍。

他坐在中層甲板的座位上，準備好要脫離軌道。整個艙房似乎時而清晰、時而模糊，彷彿他是在水裡看著這一切。光線令他雙眼發痛，於是他閉上。沒多久前，他覺得他看到吉兒．休伊特拿著ThinkPad筆記型電腦飄過去；現在她離開了，但他聽得到耳麥傳來她緊張的聲音，還有克瑞吉和通訊官的聲音。他們脫離太空站了。

即使腦袋變得遲鈍，他還是感覺到一種無能，一種羞愧，因為自己像個病人般綁在座位上，但他的同僚卻在上面的飛行甲板上辛苦工作，好讓他們都能回家。他出於自尊，奮力從睡眠的舒適解脫感中掙扎出來，看到了中層甲板強烈的燈光。他摸索著解開自己的安全帶，飄出座位。他感覺周圍的景物開始旋轉，不得不閉上眼睛，好壓下那股突如其來的噁心感。*戰勝它*，他心想。*心靈勝過實質。我向來都有個鐵胃的。*但他沒法睜開眼睛，去面對這個茫然旋轉的房間。

直到他聽到那聲音。是個吱嘎聲，好近，他還以為一定是梅塞爾在睡眠中翻動。歐黎瑞轉向那個聲音——發現那不是梅塞爾。而是平井健一的屍袋。

屍袋鼓起來，變大了。

我的眼睛，他心想。*是我的眼睛產生錯覺了。*

他眨眨眼睛，重新集中焦點。那屍袋依然脹大，屍體腹部的塑膠袋像吹氣球般鼓起。幾小時前，他們已經把裂縫貼起來；現在袋子裡的壓力一定又開始變大了。

他在如夢般的朦朧中移動，飄到那個睡鋪前，一手放在膨大的屍袋上。

然後驚駭地猛縮回手。因為在那接觸的短暫片刻間，他感覺到屍袋還在膨脹，收縮，然後又膨脹。

那屍體正在搏動。

吉兒·休伊特唇上迸出汗珠，隔著頭頂上的窗子，看著發現號脫離國際太空站。他們和太空站之間的距離緩緩拉大，她看了電腦螢幕上跑個不停的資料。相距一呎。兩呎。要回家了。疼痛忽然刺穿她的頭部，痛得她難以忍受，覺得自己就要昏過去了。她努力掙扎，像一隻頑強的鬥牛犬般，設法保持清醒。

「脫離完成。」她咬著牙說。

克瑞吉回答：「轉到反作用力控制系統程式，低Z模式。」

克瑞吉利用反作用力控制系統噴射推進器，小心翼翼引導軌道飛行器遠離太空站，預定要移到太空站下方三千呎的位置。由於兩者位於不同軌道，這樣就會自動使得他們離太空站更遠。

吉兒聽到噴射推進器轟的一聲點燃，感覺到軌道飛行器開始顫抖，同時位於機尾控制台的克瑞吉緩緩地引導軌道飛行器往後，降到會合的軌道半徑向量線上。他努力想控制那隻顫抖的手，因而整張臉緊繃著。現在駕駛軌道飛行器的不是電腦，而是他，只要控制桿稍微亂扭一下，就可能害他們歪出既定的路線。

相距五呎。十呎。此時他們已度過了關鍵的分離階段，離太空站愈來愈遠了。

吉兒開始放鬆。

然後她聽到中層甲板傳來的尖叫。那是一種驚駭而不敢置信的喊聲。歐黎瑞。

她回頭，剛好看到一具陰森的人類遺骸噴上飛行甲板，朝她飛過來。

克瑞吉離甲板間的通道最近，因此首當其衝，他被衝擊力道撞得往後飛，離開那根旋轉的手控制桿。吉兒也整個人往後跌，耳麥飛走了，發臭的腸子與皮膚碎片，以及一團團還黏在頭皮上的黑色頭髮，紛紛擊中她身上。健一的頭髮。她聽到火箭推進器燃燒的轟響，軌道飛行器好像開始傾斜。飛行甲板上遍佈著一大片碎裂的人類殘骸，一道惡夢般的銀河旋轉著，裡頭飄浮著塑膠屍袋的碎片和破爛的器官和那些奇怪的綠色團塊。一片像葡萄的團塊飄過來，濺在旁邊的艙壁上。

在微重力狀態下，水珠撞上平滑表面時，會黏在上頭，短暫地顫抖一下，然後就靜止不動。但眼前這些濺出物卻沒有靜止下來。

她難以置信地望著那些濺出物顫抖得愈來愈厲害，彷彿水面上的漣漪。然後這才看見深埋在那片黏膠狀的團塊中，有個會動的黑色核心。像蚊子的幼蟲般扭動著。

忽然間，一個新影像吸引了她的注意力，而且更令人驚駭。她往上看著飛行甲板上方的窗子外頭，看到了太空站迅速變大，近得她幾乎看得到太陽能板桁架上的鉚釘。

在恐慌中，她朝艙壁一推，穿過那片碎裂屍骨的陰森烏雲。她雙手拚命往前伸，想去抓軌道飛行器的控制桿。

「即將相撞！」葛利格朝著空對空無線電頻道大喊，「發現號，你們就要撞上我們了！」

沒有回應。

「發現號！趕快後退！」

艾瑪驚駭地看著大災難迎面而來。透過太空站的穹頂窗，她看到太空梭的軌道飛行器往上衝，同時朝右舷翻轉。她看到發現號的三角翼朝他們切過來，那種動能足以穿透太空站的鋁製艙殼。她看到相撞即將發生，目睹著自己的死亡逼近。

軌道飛行器鼻翼處的向前噴射推進器上，突然冒出發動的白煙。發現號開始往下降，把動能減低。同時右舷的三角翼也往上轉，但還不夠快，沒法完全躲過太空站的太陽能板主桁架。她覺得自己的心跳凍結。

又聽到路瑟低語：「我的老天啊。」

「人員返航載具！」葛利格恐慌地大叫，「每個人趕緊撤離到載具上！」

大家七手八腳撤出節點艙，手臂和雙腿在半空中滑動，兩腳朝各個方向飛舞。尼可萊和路瑟率先出了艙口，進入居住艙。艾瑪才剛抓住艙口的扶手，忽然聽到金屬裂開的尖嘯，軌道飛行器撞上了太空站，鋁製艙殼發出扭彎、變形的呻吟。

太空站震動著，在緊隨而來的搖晃中，艾瑪看到節點艙的艙壁傾斜了，葛利格的ThinkPad筆記型電腦在半空中旋轉，還有黛安娜驚恐的臉，因為汗溼而光滑。

艙裡的燈閃了幾下，然後熄滅了。在黑暗中，一個紅色的警示燈閃爍著。刺耳的警笛響起。

14

太空梭飛航主任蘭迪・卡本特看著前方大螢幕上的死亡。軌道飛行器撞擊的那一刻，他感同身受，彷彿有人一拳擊中他的胸骨，他不禁舉起一手，按住自己的胸口。

有好幾秒鐘，飛航控制室陷入一片死寂。一張張震驚的臉瞪著前方的牆上。中央的大螢幕是世界地圖和太空梭的軌道線。右邊螢幕是凍結的「會合與接近作業程式」，發現號和國際太空站各自以線框圖形表示。軌道飛行器現在像個壓爛的玩具般，嵌入國際太空站的輪廓裡。卡本特覺得自己的肺部忽然膨脹，這才發現自己驚駭中都忘記呼吸了。

飛航控制室忽然亂成一團。

「飛航主任，沒收到下傳的音訊，」他聽到通訊官說，「發現號沒有回應。」

「飛航主任，我們還繼續收到熱量控制系統傳來的資料——」

「飛航主任，軌道飛行器的艙壓沒有下降。沒有跡象顯示氧氣外洩——」

「那太空站呢？」卡本特厲聲問，「有他們下傳的資訊嗎？」

「太空站的飛航控制室正在設法跟他們聯繫。太空站的氣壓在下降——」

「降到多低？」

「降到七百一十……六百九十。該死，他們正在急速減壓中！」

太空站艙殼破裂了！卡本特心想。但他不必負責補救這個問題，那是走廊上另一頭的特殊載具作業中心要處理的。

推進系統工程師的聲音忽然出現在通訊頻道。「飛航主任，我看到反作用力控制系統的幾個噴射推進器發動了，分別是向前的F2U、F3U，還有F1U。有人在操作軌道飛行器的控制台。」

卡本特猛地抬起頭來。「會合與接近作業程式」的顯示螢幕依然凍結，沒有出現新的影像。但推進系統那邊報告說，發現號上頭操縱方向的噴射推進器剛剛點燃了。那一定不是碰巧而已；上頭有一名人員正在設法讓軌道飛行器遠離國際太空站。但在通訊恢復之前，他們無法確定軌道飛行器上人員的狀況，無法確定他們還活著。

這是最恐怖的情況，也是他最害怕的。那就是太空梭在軌道上，但機上人員全數死亡。儘管休士頓可以透過地面指令，控制大部分的飛行操作，但如果要讓太空梭回到地球降落，就一定要有機上人員的協助。他們必須有一個能操作的人類去撥動一些開關，好讓太空梭脫離軌道，進入大氣層。得有一隻手去展開空氣資料探管，放下起落架，以便降落。沒有一個人在飛行器的控制台前執行這些工作的話，發現號就只能繼續待在軌道上，成為一架靜靜繞著地球旋轉的鬼船，直到幾個月後軌道衰竭，然後化為一道火光墜入地球。隨著一秒秒過去，這個惡夢就在卡本特的腦袋裡上演，飛航控制室裡也愈來愈恐慌。他沒辦法去考慮太空站了，儘管裡頭的人員現在可能正處在減壓而死的劇烈痛苦中。他得把注意力繼續放在發現號上。機上的人員由他負責，但隨著每一秒沉默地過去，他們生還的機會似乎愈來愈渺茫了。

然後，忽然間，他們聽到聲音了。很軟弱，很無力。

「控制中心，這裡是發現號。休士頓。休士頓……」

「是休伊特！」通訊官說，「請說，發現號！」

「……重大異常……無法避免碰撞。軌道飛行器的結構損害看起來很小……」

「我們需要國際太空站的畫面。」

「無法調動Ku波段天線——閉合線路故障了。」

「妳知道他們損壞的程度嗎？」

「撞擊扯壞了他們的太陽能板桁架。我想我們在他們的艙殼上撞出一個洞……」

卡本特覺得反胃。他們還是沒聽到太空站人員傳來的音訊。無法確定他們是否還活著。

「你們其他組員的狀況呢？」通訊官問。

「克瑞吉幾乎沒有反應。他的頭撞到了後控制板。至於中層甲板的組員——我不曉得他們——」

「那妳的狀況呢，休伊特？」

「我在設法……啊，老天，我的頭……」一聲輕輕的嗚咽。然後她說：「還活著。」

「繼續說。」

「那東西四處飄浮著——從屍袋裡面溢出來的東西。在我四周移動。進入我體內了。我可以看到它在我皮膚底下移動，它是活的。」

一股寒氣沿著卡本特的脊椎往上爬。幻覺。頭部受傷了。她快撐不下去了，而軌道飛行器完整回到地球的唯一希望，也快要失去了。

「飛航主任，正在靠近理想軌道，」飛航動力官警告道，「千萬不能錯過啊。」

「叫她準備脫離軌道。」卡本特下令。

「發現號，」通訊官說，「進行輔助動力系統啟動前檢查。」

沒有回應。

「發現號？」通訊官重複，「妳要錯過妳的理想軌道了！」

時間一秒秒過去，又超過了一分鐘，卡本特的肌肉繃緊，覺得自己的神經像通了電的電線。最後休伊特終於回應時，他不禁吐了口大氣。

「中層甲板人員都處於降落位置。他們兩個人都失去意識了。我已經幫他們繫好安全帶。可是我沒辦法讓克瑞吉穿上橘色太空衣——」

「別管他的橘色太空衣了！」卡本特說，「別錯過理想軌道。趕快讓那隻大鳥下來就是了！」

「發現號，建議妳直接開始進行輔助動力系統啟動前檢查。坐在左舷的座位，繫好安全帶，然後進行脫離軌道。」

他們聽到一個痛苦而粗啞的嘆息。然後休伊特說：「我的頭——沒辦法集中精神……」

「收到了，休伊特。」通訊官的聲音變得更溫柔，幾乎是撫慰。「聽我說，吉兒。我們知道妳現在坐在指揮官的位置。我們知道妳很痛。但我們可以引導妳自動著陸，一路直到輪子停止。只要妳保持清醒。」

她發出一聲痛苦的嗚咽。「輔助降落系統啟動前檢查完成，」她低聲說，「載入程式三──○──二。時間到了跟我說，休士頓。」

「進行脫離軌道的噴射點火吧。」卡本特說。

通訊官轉告這個命令，「進行脫離軌道的噴射點火，發現號。」然後輕聲補了一句，「接下來，我們接妳回家吧。」

在那片地獄般的黑暗中，艾瑪準備好要迎接降壓的衝擊。她完全知道接下來會怎樣，知道自己會怎麼死。空氣將會呼嘯著洩出艙殼。她的耳膜將會忽然爆裂。她的肺臟將會膨大，肺泡脹破，同時帶來遽增的疼痛。當氣壓降到接近真空時，液體的沸點也跟著下降，直到沸點與結冰點相同。這一刻，血液沸騰了；下一刻，又在血管裡凍結了。

紅色的警示燈，尖響的警笛聲，全都確定了她最可怕的恐懼。這是第一級緊急狀況。他們的艙殼破了，空氣正洩入太空中。

她感覺自己的耳膜爆響。*趕緊撤離！*

她和黛安娜衝進居住艙，裡頭一片黑暗，只有警示板上閃爍的紅燈發著光。警笛聲大到每個人都得扯著嗓子，彼此大喊。在恐慌中，艾瑪撞到路瑟身上，路瑟趕緊抓住她，免得她彈飛到另一個方向。

「尼可萊已經進入人員返航載具了。接下來是妳和黛安娜！」路瑟吼道。

「等一下。葛利格人呢？」黛安娜說。

「進去就是了！」

艾瑪轉身，在紅色警示燈的迷幻閃光中，他看到居住艙裡沒有其他人。葛利格沒跟著他們過來。昏暗中似乎有一片奇怪的細霧飄動著，但是沒有猛烈的空氣嘶嘶作響，把他們往裂縫吸。而且沒有疼痛，她忽然意識到。她感覺耳膜裡啪啪響，但胸口沒發痛，沒有減壓而造成肺泡爆裂的症狀。

我們可以救回這個太空站。我們還有時間隔離那個漏洞。

她像游泳般迅速轉身，雙腳朝艙壁蹬開，往回飛向節點艙。

「嘿！搞什麼屁啊，瓦森？」路瑟吼道。

「別放棄這條船！」

她飛得好快，撞上了艙口的邊緣，手肘撞得好痛。這才真叫痛，不是因為減壓，而是因為她自己的愚蠢和笨拙。手臂仍抽痛之際，她已經又蹬開，進入節點艙。

葛利格不在裡頭，但她看到他的ThinkPad筆記型電腦在傳輸線的末端飄浮。螢幕閃著一道亮紅色的「減壓」警語。空氣壓力降到六百五十了，而且還在繼續往下降。在他們的腦子停擺之前，只剩幾分鐘可以利用了。

他一定是去找漏洞了，她心想。他要去關閉受損的艙房。

她進入美國實驗艙，穿過那層濃厚的白霧。那真的是霧嗎？還是她的眼睛因為缺氧而看不清？表示她即將失去意識的警訊？她衝過黑暗，被那些閃個不停的警示燈搞得茫然不知方向。她撞上了另一頭的艙口。她的協調性出狀況了，身體也更加笨拙。她穿過了艙口，進入二號節點艙。

葛利格在裡頭，正努力要解開連接著日本艙和歐洲艙之間那一堆纏結的電線。

「裂縫在日本艙！」他在警笛的尖嘯聲中喊道，「如果我們把這個艙口的電線都拔掉，關上這道艙門，就可以隔離掉那個實驗艙。」

她上前去幫他拔開那些電線，沒多久發現一條沒法拔開的。「這怎麼回事？」她說。所有通過艙口的電線都應該很容易拔開，以備萬一有緊急狀況發生。但她手上這條卻是沒有接口的——違反了安全規則。「這條沒辦法很快解開！」她喊道。

「幫我找把刀子，我來割斷。」

她轉身，回到美國實驗艙。刀子，哪裡能找到刀子？在閃爍的紅光中，她看到了醫藥櫃。解剖刀。她拉開櫃子，手伸進工具盤，然後又飛回二號節點艙。

葛利格拿了解剖刀，開始去割電線。

「我可以幫什麼忙嗎？」路瑟的吼聲傳來。

艾瑪轉身看到他，還有尼可萊和黛安娜，全都緊張地停留在艙口。

「裂縫在日本艙！」艾瑪說，「我們要關掉那個艙！」

一陣煙火般的火星忽然射出。葛利格痛叫著甩掉那根電線。「狗屎！上頭還通著電！」

「我們得把電線割斷！」艾瑪說。

「然後被電死？我可不認為。」

「那我們要怎麼封鎖這個艙口？」

路瑟說：「往後退！往後退回美國實驗艙！我們要關閉這整個節點艙。把這一頭的太空站全部隔離。」

葛利格看著那條發出火星的電線。他不想關掉二號節點艙，因為這意味著要犧牲掉日本艙和歐洲艙，從此這兩個艙都會完全降壓，無法進入。同時也意味著要犧牲掉連接在二號節點艙的太空梭對接埠。

「各位，氣壓在下降！」黛安娜喊道，看著一個手持氣壓計。「現在已經降到六百二十五毫米了！媽的大家後退就是了，趕緊關閉節點艙！」

艾瑪已經可以感覺到自己呼吸更快，努力要喘過氣來。缺氧。如果不趕快想辦法，他們很快就都會昏過去。

她拉著葛利格的手臂。「往後退！只有這樣才能救太空站！」

他震驚地點了個頭，然後跟著艾瑪退入美國實驗艙。

路瑟拉著艙門想關上，門卻一動也不動。現在他們在二號節點艙外頭，不能用推的，而是得用拉的，才能關上艙門。但這麼一來，他們就同時還要對抗往外滲漏的氣流，而且是在急速下降的氣壓中。

「這個艙也得放棄了！」路瑟喊道，「退到一號節點艙，去關下一個艙門！」

「不行！」葛利格說，「我不要放棄這個艙！」

「葛利格，沒有別的辦法了。我關不上這個艙門！」

「那就讓我來關！」葛利格抓住艙門把手，使盡力氣要拉上，但那艙門只移動了幾吋，接著他就力竭而不得不鬆手。

「你他媽為了救這個艙，會把我們全都害死！」路瑟吼道。

這時尼可萊忽然喊出了解答。「和平號！補充漏氣！補充漏氣！」他衝出美國實驗艙，移向俄羅斯那一頭的太空站。

和平號。每個人都立刻明白他的意思。一九九七年，進步號太空船撞上了和平號太空站的光譜艙。艙殼上撞出了一道裂縫，和平號裡面珍貴的空氣開始漏到太空去。當時操縱太空站上有較多年經驗的俄羅斯人，就準備好他們的緊急反應：補充漏氣。他們把多餘的氧氣灌入光譜艙，以提高氣壓。這樣不但能爭取更多時間，也可能把氣壓梯度縮小一些，讓他們可以把艙門拉起來關上。

尼可萊拿著兩個氧氣筒飛進來。他手忙腳亂地把氣閥整個打開。即使在警笛的尖響中，他們還是聽得到筒內的氣體呼嘯著洩出。尼可萊把兩個氧氣筒都扔進二號節點艙。補充漏氣。他們正在提高艙門另一端的氣壓。

但他們努力補充氧氣的那個艙裡頭，也有一根通電的電線，艾瑪想起了那些火花。這樣有可能引起爆炸。

「快點！」尼可萊喊道，「試試看關上艙門！」

路瑟和葛利格兩個人一起抓住門把開始拉。不曉得是因為他們兩個人加起來的力氣，還是因為那兩個氧氣筒成功地降低了艙門兩端的氣壓梯度，艙門緩緩開始關上了。

葛利格把門鎖上。

有好一會兒，他和路瑟只是無力地飄浮在空中，兩個人都累得一個字也說不出來。然後葛利格轉身，在閃爍的紅燈下，他汗溼的臉發著光。

「現在去把那個該死的警笛關掉吧。」他說。

那台ThinkPad筆記型電腦還飄浮在一號節點艙。葛利格看著發光的螢幕，迅速輸入一連串指令。然後警笛聲停止，大家都鬆了一口氣。閃爍的紅燈也熄滅了，只剩警示操縱板上的黃色亮光。他們終於可以不必吼著講話了。

「氣壓上升到六百九十，還在繼續上升，」葛利格說，放鬆地笑了一聲。「看起來我們脫離險境了。」

「那為什麼我們還在第三級警示狀況？」艾瑪問，指著螢幕上的黃燈。第三級警示狀況有三種可能：一是他們的備用導航電腦壞了；二是他們的控制動作陀螺儀有一個失靈；三是他們失去了跟任務控制中心的S波段無線電聯繫。

葛利格又敲了幾個鍵。「是S波段，沒有訊號了。發現號一定是撞到我們的左一桁架，把無線電給撞掉了。看起來他們也撞到我們左邊的太陽能電池板。我們失去了一組光伏模板。所以現在電力不夠。」

「休士頓一定急瘋了，不曉得我們發生了什麼事。」艾瑪說，「現在他們又沒法跟我們聯繫。那發現號呢？他們怎麼樣了？」

黛安娜已經在測試空對空無線電，此時她說：「發現號沒回應。他們可能已經脫離超高頻範圍了。」

或者他們全死了，才會沒反應。

「我們可以讓這些燈恢復電力嗎？」路瑟說，「把主電源改道？」

葛利格又開始敲起鍵盤。太空站設計上的一大優點，就是備援系統。每條電力管道的裝配，都是要為特定的負載提供電力，但這些電力管道可以視需要而重新安排路線——也就是改道。雖然他們失去了一組光伏模板，但他們還有其他三組可以供電。

葛利格說：「我知道這很老套，但是『要有光。』」[8]然後他按了一個鍵，艙裡的燈微微亮起，不過已經足以讓他們看清艙口。「我已經重新設定電力的路線。非必要的負載功能都排除在外。」他吐出一口大氣，看著尼可萊。「接下來我們得連絡休士頓。換你表演了，尼可萊。」

尼可萊立刻明白自己該做什麼。莫斯科任務中心一直有自己的獨立通訊管道和太空站聯繫。剛剛的撞擊，應該沒影響到太空站的俄羅斯那一頭。

尼可萊簡短地點點頭。「希望莫斯科那邊有繳電費。」

ITEM 3-7-EXEC

ITEM 3-7-EXEC

OPS 3-0-4-PRO

吉兒．休伊特逐一按下控制板上的這些鍵，每按下一個，她就輕輕發出一聲短促的嗚咽。她覺得自己的頭像個熟透了的甜瓜，快要爆開了。她的視野縮小到好像是往下看著一條長長的黑色隧道，控制台後退到幾乎難以碰觸。她得用盡自己的每一分專注力，才有辦法看清自己必須撥動的每一個開關，按下每一個在她手指下搖晃的按鈕。現在她掙扎著要看清飛行姿態儀，但她的視野好模糊，方向顯示球似乎瘋狂地旋轉。我看不見。我讀不到縱搖角或航偏角的偏差量……

「發現號，妳已經位於入口界面了，」通訊官說，「機體襟翼轉到自動模式。」

❽ 聖經《創世紀》中，敘述太初之時，上帝於混沌黑暗中創造天地，命令：「要有光。」於是光就出現。

吉兒瞇眼看著控制板，手伸向那個開關撥動，但感覺上卻似乎好遙遠。

「發現號？」

她顫抖的手指碰到開關，撥到「自動」模式。「確認。」她低聲說，兩邊肩膀垮下來。現在由電腦接手駕駛這架軌道飛行器了。她信不過自己有能力駕駛，她甚至不曉得自己能保持清醒多久。她視野中的黑色隧道愈來愈縮小，吞沒亮光。她第一次聽得到掠過艙殼的空氣呼嘯聲，感覺得到自己的身體被往後推，緊緊貼著座位。

通訊官沒聲音了。現在已經進入通訊中斷期，因為太空船衝過大氣層時的高熱，使得電子從空氣分子中脫離出來。這種電磁暴會阻斷所有的無線電波，切斷一切通訊。接下來十二分鐘就只有她、這艘軌道飛行器，還有轟響的空氣。

她從沒覺得這麼孤單過。

她感覺到自動駕駛系統開始進行第一個大角度轉彎，將軌道飛行器翻滾為側邊向下，然後減速。她想像著駕駛艙窗外的高熱強光，感覺得到那種溫暖，就像陽光照在她臉上。

她睜開眼睛。只看到一片黑暗。

那些光呢？她心想。窗外的強光呢？

她眨著眼睛，一遍又一遍。然後她揉揉雙眼，好像要逼眼睛去看，強迫她的視網膜吸引光線。她朝控制板伸出手。除非她把那些開關都正確撥動了，除非她展開空氣資料探管，把起落架放下，否則休士頓沒法讓這架軌道飛行器降落。他們無法讓她活著回家。她的手指拂過一堆令人心煩意亂的轉盤和按鍵，不禁絕望地哀號起來。

她瞎了。

15

白沙導彈測試場位於海拔四〇九三呎，空氣乾燥而稀薄。飛機降落跑道劃過了沙漠谷地中的古代乾涸海床遺跡，谷地東邊是聖禮山與瓜達洛普山，西邊是聖安得烈山脈。此處地形荒涼不毛，只有最頑強的沙漠植物才能存活。

這個區域長期都是戰鬥機飛行員的訓練基地。幾十年來，也曾有過別的用途。在二次世界大戰期間，這裡有一個德國戰俘營。另外三位一體核子試驗的基地也在這裡，當初美國的第一枚原子彈在不遠的新墨西哥州洛斯阿拉莫斯裝配好之後，就運到這裡來試爆。帶刺的鐵絲網和沒有標識的政府大樓，在這片沙漠谷地中冒出來，其功能連住在附近阿拉莫戈多城的居民都不曉得。

傑克拿著雙筒望遠鏡，可以看到降落跑道在遠處的熱氣下發著微光。這條一六／三四方向的跑道，比正南北向稍稍往東偏斜一點。跑道長度一萬五千呎，寬度三百呎——大得足以容納最大型的噴射機，即使在這種稀薄的空氣中，飛機起降的滑行距離都會比較遠，也不會有問題。

傑克和醫療團隊在降落點的西邊集合，連同一小隊航太總署和聯合航太聯盟公司的車輛，等待著發現號的到來。他們有擔架、氧氣、電擊器，還有高級心臟救命術的工具包——所有現代救護車上的設備都一應俱全，甚至還更多。要是降落在甘迺迪中心，會有超過一百五十人的地面人員準備迎接太空梭的軌道飛行器。但在此處，這條沙漠跑道上，他們才勉強湊齊三打人，其中八個是醫療人員。有些地面人員穿著自閉式耐環境保護服，以隔絕任何可能的燃料外漏。他們將會是第一批迎接軌道飛行器的人，帶著大氣感應儀，迅速評估是否有爆炸的可能性，接下來才能讓醫師和護士上前。

一個遙遠的轟隆聲讓傑克放下望遠鏡，往東邊看去。好多直升機出現，多得像是一群不祥的黑腳細腰蜂。

「這是什麼狀況？」布倫菲德說，也注意到那些直升機。現在其他地面人員紛紛望向天空，其中很多人迷惑地喃喃議論著。

「有可能是後援人員。」傑克說。

地面領隊聽著自己的通訊耳麥，搖搖頭。「任務控制中心說不是我們的人。」

「這片領空應該要淨空的。」布倫菲德說。

「我們正在設法跟那些直升機連絡，但是他們沒回應。」

隆隆聲愈來愈大，現在連傑克的骨頭都能感覺到了，低沉而持續地連續輕敲著他的胸骨。那些直升機即將侵入軌道飛行器的領空了。再過十五分鐘，發現號就會從天而降，而這些直升機佔領了飛航路線。傑克聽得到領隊急迫地朝他的通訊耳麥說話，感覺得到地面人員們開始恐慌起來。

「他們停下來了。」布倫菲德說。

傑克舉起他的雙筒望遠鏡。他數了一下，有將近一打直升機，此時的確停止前進了，像一群禿鷹似的紛紛降落，就在軌道飛行器預定著陸點的正東邊。

「你想這是怎麼回事？」布倫菲德問。

通訊中斷期還有兩分鐘才會結束。離著陸還有十五分鐘。

蘭迪．卡本特正感受到第一波樂觀的情緒。他知道他們可以帶領發現號平安降落。除非發生一場災難性的電腦大當機，否則他們將可以引導那隻大鳥飛下來了。關鍵在於休伊特。她必須保持清醒，必須在正確的時間撥動兩個開關。很小的任務，但很關鍵。上次無線電通話是十分鐘前，當時休伊特聽起來很警覺，但是很痛苦。她是個優秀的飛行員，由美國海軍精心焠鍊出來，擁有鋼鐵般的鬥志。她唯一要做的，就是保持清醒。

「飛航主任，我們有航太總署通訊網傳來的好消息，」地面控制官說，「莫斯科任務控制中心剛剛透過俄羅斯S波段無線電系統，跟太空站連絡上了。」

太空站上的俄羅斯S波段無線電系統是獨立的，完全跟美國系統分開，透過俄羅斯的地面站和他們的射線號衛星網運作。

「通話很短。他們位於射線號衛星通訊網的末端，」地面控制官說，「不過人員沒有傷亡，全都很平安。」

卡本特這下子更樂觀了，他緊握起肥胖的手指，朝空中勝利地揮了一拳。「損害報告呢？」

「日本艙有一處破裂，必須關閉二號節點艙和連接的其他艙。另外他們也損失了至少兩組太陽能板和幾段桁架。不過沒有人受傷。」

「飛航主任，我們快要脫離通訊中斷期了。」通訊官說。

卡本特的注意力立刻轉回發現號。國際太空站的消息令他很開心，但他首要的責任還是太空梭。

「發現號，聽到了嗎？」通訊官說，「發現號？」

時間緩緩過去，太久了。忽然間卡本特又回到了恐慌邊緣。

導航官說：「第二次S形轉彎完成。所有系統看起來都很正常。」

那為什麼休伊特沒有回應？

「發現號，」通訊官重複，聲音現在變得很急迫，「聽到了嗎？」

「開始第三次S形轉彎。」導航官說。

休伊特失去意識了，卡本特心想。

然後他聽到她的聲音。虛弱而不穩。「這裡是發現號。」

通訊官放鬆地嘆了口大氣。「發現號，歡迎回來！真高興聽到妳的聲音！現在妳得展開妳的空氣資料探管了。」

「我——我正在努力找開關。」

「妳的空氣資料探管。」通訊官重複道。

「我知道，我知道！我看不見控制板！」

卡本特覺得自己的血液彷彿在血管裡凍結了。老天在上，她瞎了。而且她現在坐在指揮官的位置，而不是她習慣的駕駛員位置。

「發現號，妳得趕快展開！」通訊官說，「控制板C3——」

「我知道哪個控制板！」她喊道。接下來沉默了一會兒，然後是她痛得嘶嘶吐氣的聲音。

「探管展開了，」機械工程師說，「她辦到了。她找到開關了！」

卡本特終於又可以呼吸，又可以懷抱希望了。

「第四次S形轉彎，」導航官說，「現在進入末端能量管理程式界面。」

「發現號，妳現在怎麼樣？」通訊官說。

離著陸一分鐘，三十秒。發現號現在的飛行速度是時速六百哩，高度是八千呎，正在急速下降。太空梭駕駛員們稱之為「飛行的磚塊」——沉重，沒有引擎，只靠三角翼滑翔。沒有第二次機會，沒有辦法中斷，或繞回頭再試一次。無論如何，一定要降落了。

「發現號？」通訊官說。

傑克看得到它在天空中發亮，從偏擺噴射推進器噴出來的煙霧拖曳在後面。它最後一次轉彎，對準跑道時，看起來像一枚發亮的銀片。

「加油，寶貝。你看起來真棒！」布倫菲德高喊。

三十來個地面人員也全都跟他一樣熱情。每次太空梭降落都是一件喜事、一次勝利，地面人員常會感動得熱淚盈眶。現在每隻眼睛都望著天空，每顆心都怦怦直跳，大家看著那枚銀片，他們的寶貝，滑翔著飛向跑道。

「太棒了。老天，它好美！」

「唷呵！」

「完全對齊了！一點也沒錯！」

地面領隊聽著耳麥裡跟休士頓控制中心的頻道，忽然整個人挺立起來，脊椎警戒地打直了。

「啊，狗屎，」他說，「起落架沒放下！」

傑克轉向他。「什麼？」

「機上的人員沒有把起落架放下！」

傑克忙轉過頭去，瞪著飛近的太空梭。現在離地面只有一百呎了，以時速三百哩以上的速度飛行。他看不見輪子。

人群忽然陷入一片死寂。他們的慶祝心情轉為不敢置信，驚駭極了。

放下來。把那些輪子放下來！傑克想大喊。

太空梭現在位於跑道上方七十五呎，完全對齊。離著陸還剩十秒鐘。只有機上人員才有辦法放下起落架，這個工作得由人類的手完成，地面電腦無法控制。電腦救不了他們。

離地面只剩五十呎，時速依然超過兩百哩。

傑克不想看最後一幕，但沒有辦法，他無法別開視線。他看到發現號的機尾先撞地，噴出一片火星和破碎的防熱陶瓷瓦。接著發現號的鼻翼摔下地，人群發出尖叫和啜泣。太空梭開始歪向一邊滑行，拖著一大片混亂的殘骸。一邊的三角翼斷掉了，像一把黑色的長柄大鐮刀般飛過空中。太空梭仍刮著地面，繼續歪著滑行，帶著震耳欲聾的刺耳聲音。

另一邊的三角翼也斷了，滾動著，化為碎片。

發現號滑出柏油跑道，來到沙漠的沙地上。一陣旋風般的風沙飛起來，讓傑克看不清最後幾秒的景象。耳邊傳來人群的尖叫聲，但他卻完全無法發出聲音。他也動不了，震驚讓他全身麻痺，他感覺自己彷彿在某種夢魘的狀況下，靈魂脫離了肉身，幽靈般地在上空盤旋。

然後那陣煙塵開始平息，他看到太空梭了，像一隻破碎的大鳥躺在地上，四周散佈著殘骸。

忽然間，地面車隊人員動了起來。車輛引擎轟響著發動，傑克和布倫菲德跳上了醫療車的後座，開始顛簸著駛過沙漠的地面，朝向墜機點駛去。但在車隊引擎的隆隆聲中，傑克還聽到了另一個有節奏而不祥的聲音。

那些直升機也朝墜機點接近了。

他們的車子忽然煞車停下。傑克和布倫菲德都抓著急救醫療箱，在飛揚的塵沙中跳下車。發現號還在一百碼外。那些直升機已經著陸，圍著太空梭形成一圈，擋住了車隊。

傑克開始跑向發現號，準備要鑽過那些呼呼作響的螺旋槳。但還沒到達那圈直升機前，他就被擋了下來。

「這是怎麼回事？」布倫菲德喊道，看著一個個穿制服的軍人忽然湧出直升機，形成一道武裝人牆，擋住了地面人員。

「後退！後退！」一名軍人吼道。

地面領隊擠到前面去。「我的人員必須趕到軌道飛行器那邊！」

「你們往後退！」

「這裡不歸你們管！這是航太總署的行動！」

「每個人他媽的馬上給我後退！」

那些軍人忽然舉起步槍，槍管指著面前沒有武器的地面人員。航太總署的人開始後退，所有人都瞪著那些槍，其中隱含著大屠殺的威脅。

傑克的視線掠過那些軍人，看著發現號艙門外迅速罩上一座白色的塑膠帳篷，和外頭隔離開來。兩架直升機上走出十來個全身穿著亮橘色防護衣、頭戴兜帽的人，走向軌道飛行器。

「那是拉凱爾公司的生物太空衣。」布倫菲德說。

軌道飛行器的艙門現在完全被那個塑膠帳篷封住了。他們看不見打開的艙門，看不見那些穿著太空衣的人走進中層甲板。

裡頭是我們的飛航人員，傑克心想。我們的人在那架軌道飛行器上可能快死了。但我們卻沒辦法趕過去。我們有醫師和護士站在這裡，還有一卡車的醫療器材，但他們卻不讓我們去盡忠職守。

他擠向那排軍人，走到那位看起來是領頭的陸軍軍官面前。「我的醫療人員要過去。」他說。

那名軍官只是冷笑。「我看是不行，先生。」

「我們是航太總署的人。我們是醫生，要為那些飛航人員的健康和福祉負責。你想要的話，可以朝我們開槍。但這麼一來，你就得把這裡其他人也全部殺掉，因為他們都是目擊證人。我不認為你們會這麼做。」

軍官舉起步槍，槍管正對著傑克的胸部。傑克喉嚨發乾，心臟猛跳，但他繞過那名軍官，從直升機的螺旋槳底下鑽過去，繼續往前走。那名軍人下令時，他甚至沒有回頭看。

「站住，不然我就要開槍了！」

他繼續走，眼睛盯著前方鼓起的帳篷。他看到那些穿著拉凱爾太空衣的人回頭，驚訝地瞪著他。他看到風吹起一陣沙塵，捲過他前方。他快走到帳篷時，聽到布倫菲德大喊。

「傑克，小心！」

他頭骨底部挨了一記重擊。他跪下，腦袋爆痛。第二記擊中他的腰窩，他往前撲倒，熱得像灰燼的沙子撲到他臉上，進了他嘴裡。他翻身臉朝上，看到那名軍人在他上方，步槍的槍托舉起來，打算再敲一記。

「夠了，」一個被蒙住的奇怪聲音說，「別打了。」

那名軍人後退。現在另一張臉映入眼簾，隔著拉凱爾的透明兜帽，往下看著傑克。

「你是誰？」那名男子說。

「傑克・麥卡倫醫師。」他開口，冒出來的只是氣音。他坐起身，視線突然模糊了，眼前發黑。他抓住頭，逼著自己保持清醒，努力跟那片要吞沒他的黑暗奮戰。「那架軌道飛行器上有我的病人，」傑克說，「我要求去看他們。」

「不可能。」

「他們需要醫療——」

「他們死了，麥卡倫先生。全都死了。」

傑克僵住了。他緩緩抬起頭，迎上那個人在透明面罩後的雙眼。裡頭毫無表情，對失去四條人命的悲劇毫無反應。

「很遺憾你們失去了太空人同事。」那人說，然後轉身要離開。

傑克掙扎著站起身。儘管搖搖晃晃又暈眩，但他還是設法撐著站好。「你他媽的是誰？」他問道。

那人暫停一下，轉過身來。「我是陸軍傳染院（USAMRIID）的艾札克・羅蒙醫師，」他說，「那架軌道飛行器現在是熱區。由陸軍接管。」

USAMRIID。羅蒙醫師當成一個字彙唸，但傑克知道這幾個字母代表什麼。美國陸軍傳染病醫學研究院（United States Army Medical Research Institute of Infectious Diseases）。為什麼陸軍會跑來這裡？這件事什麼時候變成軍事行動了？

傑克瞇著眼睛望向飛揚沙塵，腦袋因為剛剛那一記重擊仍在耳鳴，同時努力消化這個令人困惑的資訊。彷彿過了好久，眼前像是慢動作播放著一連串超現實的畫面。穿著拉凱爾防護衣的人大步走向軌道飛行器。那些軍人面無表情瞪著他。隔離帳篷在風中鼓起來，像個活的、會呼吸的生物。他看著那一圈軍人，還是把地面人員擋在外面。他看著軌道飛行器，看到那些穿太空衣的人從帳篷裡抬出第一個擔架。屍體封在塑膠袋子裡。上頭重複印著鮮紅色的生物性危害標誌，就像一朵朵花撒在屍體上。

看到那個擔架，讓傑克重新集中注意力。他說：「你們要把屍體帶去哪裡？」

羅蒙醫師連回頭看他都懶得，只是指揮著士兵把擔架搬上一架等待的直升機。傑克開始朝軌道飛行器舉步，再度碰到一名軍人站在他面前，步槍的槍托舉起來要再打他。

「嘿！」地面人員中傳來一個叫聲。「你敢再打他，我們這裡可有三十個證人！」

那軍人回頭，瞪著那些憤怒的航太總署與聯合航太聯盟公司職員，他們現在正湧上前，憤怒地拉開嗓門。

「你們以為這裡是納粹德國嗎？」

「你們以為可以隨便亂打人嗎？」

「你們究竟是什麼人啊？」

那些緊張的軍人彼此靠得更緊，看著地面人員繼續往前逼近，吼叫著，腳下攪動起沙塵。一把步槍對空開火。人群站著不動了。

這裡出了很嚴重的事情，傑克心想。我們不了解的事情。這些軍人完全準備好要開槍，要殺人。

地面人員的領隊也明白這一點了，因為他恐慌地衝口而出：「我正在跟休士頓通話！現在就有一百個人在那邊的任務控制中心聽著！」

那些軍人緩緩垂下步槍，看向他們的軍官。接下來是一段很長的沉默，只有風聲，以及砂石偶爾撞上直升機的叮噹聲。

羅蒙醫師來到傑克旁邊。「你們不了解狀況。」他說。

「那就請你跟我們解釋啊。」

「我們正在處理一個很嚴重的生物性危害。白宮安全委員會依照一項國會法案，成立了陸軍的生物緊急應變小組，麥卡倫醫師。我們是奉白宮的命令來這裡的。」

「什麼生物性危害？」

羅蒙猶豫了。他朝航太總署的地面人員看了一眼，那些人仍緊緊聚在軍人的封鎖線外頭。

「危害的生物是什麼？」傑克又問了一次。

最後羅蒙的雙眼終於隔著塑膠面罩看向傑克。「這項資訊是機密。」

「我們是醫療人員，對機上人員的健康有責任。為什麼沒人告訴我們這件事？」

「航太總署不知道他們要處理的是什麼。」

「那你怎麼會知道？」這個問題很關鍵，但羅蒙沒有回答。

又一個擔架從帳篷裡抬出來。那是誰的屍體？傑克很想知道。四名機上人員的臉閃過他的心頭。現在他們全死了。他很難接受這個事實，無法想像那些活生生、健康的人，現在只剩一堆破碎的骨頭和內臟。

「你們要把屍體送去哪裡？」他問。

「送到一個第四級生物安全機構去驗屍解剖。」

「誰負責解剖？」

「我。」

「我是機上人員的飛航醫師，我應該在場。」

「為什麼？你是病理學家嗎？」

「不是。」

「那麼我看不出來你能有什麼貢獻。」

「你幫多少死亡的飛行員驗屍過？」傑克反擊，「你調查過幾樁空難？太空飛行器創傷是我的專業領域，我有這方面的訓練。你可能會需要我。」

「我不認為。」羅蒙說，然後轉身離去。

傑克氣得全身僵硬，緩緩走回航太總署地面人員那邊，對布倫菲德說：「陸軍接管這個地方了，他們要帶走屍體。」

「誰授權給他們的？」

「他說是白宮直接下令。他們已經成立了一個叫做生物緊急應變小組的單位。」

「那是反恐小組，」布倫菲德說，「我聽說過。那是要對付恐怖份子活動的。」

他們看著一架直升機升空，載著兩具屍體。到底發生了什麼事？傑克心想。他們瞞著我們什麼？

他轉向領隊。「能不能幫我連絡詹森太空中心？」

「有特定要找誰嗎？」

傑克想著自己可以信任的人，而且在航太總署的職位要夠高，可以往上直達署長。

「找高登・歐比吧。」他說，「飛航人員事務處。」

驗屍

16

高登・歐比走進視訊會議中心，準備要打一場血腥的戰役，但坐在桌邊的人沒有一個察覺到他有多憤怒。這也難怪；歐比還是尋常的撲克臉，在桌邊坐下時也沒說一個字，他隔壁的公關主任葛瑞琴・劉哭得眼睛都腫了。每個人看起來都仍處於震驚之中，連高登進來都沒留意到。

在場的還有航太總署署長李若伊・孔耐爾、詹森太空中心的主任肯恩・布蘭肯緒，以及六名航太總署的高階官員。所有人都面色凝重地盯著兩個視訊顯示螢幕。第一個螢幕上的人，是一位陸軍的羅倫斯・哈里森上校，人在馬里蘭州的戴崔克堡。第二個螢幕上的，則是一位面容嚴肅、深色頭髮、身穿著平民服裝的男子，自稱是「白宮安全委員會的傑瑞德・普拉菲」。他看起來不像個官僚，哀傷的雙眼和那張憔悴的、近乎苦修者的面容，還比較像個中世紀的隱修士，被送到現代社會來，不情願地穿上了西裝和領帶。

布蘭肯緒正在說話，直接對著哈里森上校。「你們的軍人不光是阻止我們的人盡責，還拿著槍威脅他們。我們一位飛行醫師被攻擊了——被步槍的槍托打得倒在地上。我們有三打目擊證人——」

「麥卡倫醫師闖進了我們的封鎖線。我們命令他停下，但是他拒絕，」哈里森上校反擊，「我們要保護熱區。」

「所以現在美國陸軍是準備好要攻擊、甚至射殺平民了？」

「肯恩，我們試著站在陸軍的觀點來看吧，」孔耐爾說，一手安撫地放在布蘭肯緒的臂膀上。外交官的手腕，高登厭惡地想著。孔耐爾可能是航太總署在白宮的發言人，也是他們說服國會給更多預算的最佳人才，但航太總署很多人從未真心信賴過他。他們可能永遠不會信任一個想法比較像政客、而非工程師的人。「保護熱區是一個很充分的理由。」孔耐爾說，「麥卡倫醫師的確侵入了封鎖線。」

「而且可能引起災難性的後果，」哈里森在螢幕上說，「我們的情報顯示，這個馬堡病毒可能是刻意被安排上到太空站的。馬堡病毒跟伊波拉是同科的病毒。」

「它怎麼會上到太空站？」布蘭肯緒問，「每個實驗計畫都審查過，確定是安全的。每個實驗的動物也都檢查過，保證是健康的。我們不會把生物性危害送上去的。」

「貴署檢查過，那是當然。但你們收到的實驗酬載來自全國各地的科學家。你們可能篩選過他們的計畫，但是在太空梭發射之前，你們不可能逐一檢查每一種細菌或組織培養。為了讓生物性物質存活，酬載物品都是直接送上太空梭。如果其中一個實驗遭到污染呢？要把一個無害的細菌培養跟一個像馬堡病毒這麼危險的生物掉包，其實是很容易的。」

「你的意思是，這是精心策劃的活動，想要破壞太空站？」布蘭肯緒說，「是個生物恐怖主義行動？」

「就是這個意思沒錯。我來描述一下感染這種病毒的狀況。首先，你的肌肉會開始疼痛，而且會發燒。那種疼痛很嚴重，很痛苦，連別人碰你一下都會痛得受不了。肌肉注射會讓你痛得尖叫。然後你的雙眼會變成紅色，腹部會開始發痛，還會不斷嘔吐。接下來你會開始吐血，一開始是黑色的，因為有消化過程。然後嘔吐愈來愈急，吐出來的血變成紅色的，而且就像抽水機噴出來似的。你的肺臟會腫大，破裂。你的腎臟會衰竭。你的內臟都被摧毀了，變成發臭的黑色爛糊。然後忽然間，完了，你的血壓驟降。接著你就死掉了。」哈里森暫停一下。「這就是我們可能要對付的狀況，各位。」

「這是狗屎！」高登・歐比衝口而出。

會議桌上的每個人都驚訝地瞪著他。獅身人面像開口了。歐比在會議上很少發言，偶爾講點話，通常也是沒有抑揚頓挫，只是傳達資料和訊息，而非情緒。因此這樣的情緒爆發，讓所有人都嚇到了。

「可以請教剛剛說話的是誰嗎？」哈里森上校問。

「我是高登・歐比，飛行人員事務處主任。」

「啊。太空人的大頭目。」

「可以這麼說。」

「為什麼你剛剛說這是狗屎？」

「我不相信這是馬堡病毒。我不曉得是什麼，但我知道你沒告訴我們實情。」

哈里森上校的臉凍結成一個僵硬的面具，他什麼話都沒說。

接著開口的是普拉菲。他的聲音完全就是高登所預期的，又細又尖。哈里森很霸道，但普拉菲則是寧可以知識和理性說服他人。「我了解你的挫折感，歐比先生，」普拉菲說，「因為保密的考慮，有很多事情我們不能告訴你。但對於馬堡病毒這種東西，我們可不能掉以輕心。」

「如果你們已經知道那是馬堡病毒，那為什麼不讓我們的飛航醫師參與驗屍？怕我們知道真相嗎？」

「高登，」孔耐爾平靜地說，「我們私下再討論這件事吧？」

高登不理他，照樣對著螢幕說話。「這到底是什麼疾病？傳染病嗎？毒素嗎？或許是跟著軍事酬載登上太空梭的？」

眾人沉默了片刻。然後哈里森咆哮道：「那是航太總署的瘋狂偏執！任何事情出了錯，你們都喜歡怪罪給軍方。」

「那不然，為什麼你們拒絕讓我們的飛航醫師參與驗屍？」

「你們指的是麥卡倫醫師嗎？」普拉菲問。

「沒錯。麥卡倫有飛航創傷和病理學方面的訓練。他是飛航醫師，而且也曾經是太空人小組的成員。你拒絕讓他或任何我們的醫師看驗屍過程，這個事實讓我們不禁懷疑，你們不想讓航太總署看到什麼。」

哈里森上校往旁邊看了一下，好像是在看房間裡的某個人。等到他的目光重新對著攝影機時，他的臉色漲紅，非常憤怒。「這真是太荒謬了。你們這些人才剛摔壞了一架太空梭！你們搞砸了降落，害死你們的機上人員，居然還來指控我們陸軍？」

「太空人小組裡的所有成員都對這件事很憤怒，」高登說，「我們想知道自己的同事到底發生了什麼事。我們堅持，該讓我們派一個醫師去看那些屍體。」

李若伊·孔耐爾再度試著當和事佬。「高登，你不能提出這種不合理的要求，」他低聲說，「他們知道自己在做什麼。」

「我也知道自己在做什麼。」

「我得要求你別再說下去了。」

高登看著孔耐爾的雙眼。孔耐爾是航太總署跟白宮交涉的代表，是航太總署在國會的代言人。違抗他就是自毀前程。

但他還是違抗了。「我是代表太空人說話的，」他說，「他們是我的人。」他轉向視訊螢幕，雙眼看著哈里森上校冷酷的臉。「我們不反對把自己的顧慮告訴媒體。這種事我們不會隨便做的——暴露航太總署的機密資訊。太空人小組向來很謹慎，但如果逼不得已，我們會要求進行公開調查。」

葛瑞琴·劉張大嘴巴。「高登，」她低聲說，「你到底在搞什麼啊？」

「做我必須做的事情。」

全場整整有一分鐘都沒人講話。

然後，令所有人驚訝的是，肯恩·布蘭肯緒說：「我站在我們的太空人這邊。」

「我也是。」另一個人說。

「還有我——」

「——跟我。」

高登看著圍繞著會議桌的同事。大部分都是工程師和太空計畫管理人員，他們的名字很少出現在媒體上，偶爾還會跟太空人起衝突，他們向來認為這些飛行員都太自我中心了。太空人得到了所有的榮耀，但這些執行幕後不起眼工作、讓太空飛行得以實現的人，才是航太總署的心臟與靈魂。而現在他們一致支持高登。

李若伊・孔耐爾臉色很難看，這位領導人被他自己的軍隊拋棄了。他的自尊很強，眼前對他是一種公然的羞辱。他清了清嗓子，緩緩挺直雙肩。然後他面對著螢幕上的哈里森上校。「我別無選擇，只能支持我的太空人了，」他說，「我堅持驗屍時，必須有我們的飛航醫師在場。」

哈里森上校沒吭聲。最後下結論的是傑瑞德・普拉菲，他顯然才是真正負責的人。他轉頭跟一個螢幕外的人商談，然後轉回來對著攝影機點點頭。

兩個螢幕同時變黑。視訊會議結束了。

「唔，這下子你可真的是讓陸軍很難看了。」葛瑞琴說，「你看到哈里森的表情有多火大嗎？」

沒有，高登心想，腦中浮現起螢幕變黑前哈里森上校的表情。*我在他臉上看到的不是憤怒，而是恐懼。*

傑克原先以為，那些屍體會送到馬里蘭州戴崔克堡，也就是陸軍傳染院的總部所在。但結果沒有，而是送到白沙基地北邊才六十哩外，一棟沒有窗子的水泥磚建築物裡——很像這個乾燥的沙漠谷地裡其他幾十棟毫無特色的政府建築物。但這一棟有個與眾不同的特點：屋頂伸出了一連串通風管。外頭的圍牆上裝了帶刺的鐵絲網。他們開車經過軍事檢查哨時，傑克聽到那些高壓電線所發出的嗡響。

在一名武裝警衛的陪同下，傑克走向建築物的前門——這是唯一的入口。門上有個令人膽寒的熟悉標誌：鮮紅色花朵狀的生物性危害徽記。*這個機構位於這麼荒僻的地方，是在做什麼？*他納悶著。然後他的目光掠過遠處毫無特色的地平線，明白了答案。這座建築物之所以位於這裡，正是因為很荒僻。

那位警衛帶著他進門，經過一連串毫無裝飾的走廊，深入這棟建築物的中心。他看到有些人穿著陸軍制服，有些人穿著實驗袍。所有的光線都是人工燈光，照得每張臉都帶著泛青的病容。

警衛停在一扇標示著「男性更衣室」的門外。

「進去吧，」警衛告訴他，「完全按照手寫的指示做。然後走進下一扇門。他們在等你。」

傑克進了門。裡頭有衣物櫃，洗衣推車裡裝著各種尺寸的綠色外科刷手服，架子上放著紙帽，還有一個水槽，一面鏡子。牆上貼著一張指示事項，第一條是「脫去身上**所有**原來的衣服，包括內衣褲。」

他脫掉衣服，放在沒鎖的櫥櫃裡，接著穿上一套刷手服。然後他推開下一扇門，門上同樣貼著全球通用的生物性危害標誌，裡頭亮著紫外線燈。他進去後暫停等著，不曉得接下來該做什麼。

對講機傳來一個聲音，「你旁邊有一個襪子架。穿上一雙，走過那扇門。」

他照做了。

下一個房間有個穿著刷手服的女人在等他。她臉上毫無笑容，很不客氣地叫他戴上無菌手套。接著她氣呼呼地撕下一段段膠帶，封住他的袖口和褲管口。陸軍雖然接受了傑克的來訪，但他們可不打算友善接待他。她又把一個頭戴式耳麥套到他頭上，然後給了他一頂像泳帽的遮耳帽，好固定他的耳機。

「接下來要著裝了。」她兇巴巴地說。

該穿上太空衣了。這一套是藍色的，上頭已經接著手套。那個帶有敵意的女人把頭盔罩在他身上時，傑克忽然一時焦慮起來。她的憤怒有可能危及這個著裝的過程，要是沒確實幫他完全封住，就無法防止污染了。

她封上他胸部的開口，把他接在牆上的一條軟管上，他感覺到空氣灌入他的太空衣。現在擔心有什麼可能出錯，也已經太遲了。他已經準備好要進入熱區了。

那女人拔掉管子，指著下一扇門。

傑克走進那個氣密式房間。門在他身後轟然關上。一名穿著太空衣的男子正在等著他。他沒講話，只是打手勢示意傑克跟著他走進另一邊的門。

他們穿過這扇門，經過一道走廊，來到解剖室。

裡頭是一張不鏽鋼解剖檯，上頭放著一具屍體，還封在屍袋裡。兩名穿著太空衣的男子已經站在屍體的兩側。其中一個是羅蒙醫師。他轉過身來看著傑克。

「什麼都別碰。不要插手。你只是來觀察的，麥卡倫醫師，所以不要礙事。」

好熱情的歡迎啊。

那名穿著太空衣帶傑克進來的男子，把牆上的一根軟管插入傑克的太空衣，空氣再度衝進他的頭盔裡。要不是有耳麥，他根本就聽不到其他人在說什麼。

羅蒙醫師和他的兩位同事打開屍袋。

傑克覺得自己屏住呼吸，喉嚨發緊。屍袋裡的人是吉兒．休伊特。她的頭盔已經拿掉了，但還是穿著橘色的壓力太空衣，上面印著她的名字。但即使沒有那個名字，傑克還是認得出那是吉兒，因為她的頭髮。柔軟光滑的栗子色，剪成短短的鮑伯頭，裡頭夾雜著灰絲。她的臉奇異地未受損傷，雙眼半睜，兩邊的眼白都是可怕的鮮紅色。

羅蒙和同事拉開壓力太空衣的拉鍊，開始脫掉。那太空衣的材質是防火的，堅韌得無法割開，所以只能設法剝下來。他們的動作很有效率，評論就事論事，不帶一絲情緒。把衣服脫掉後，吉兒看起來就像個摔壞的玩偶。兩隻手都因為骨折而變形，變成兩團壓碎的骨頭。她的雙腿也是，骨折而歪扭，小腿彎成怪異的角度。兩根斷掉的肋骨尖端刺穿了她的胸廓，原先繫著安全帶的地方留下了一條條帶狀的黑色瘀血痕。

傑克感覺到自己的呼吸太快了，必須努力壓下高漲的驚駭。他親眼看過很多次解剖，某些屍體狀況比眼前糟得多。有的駕駛員屍體跟燒焦的樹枝所差無幾，還有的頭骨因為腦部高熱的壓力而爆開。他還見過一具屍體的臉被直升機的尾槳削掉。也見過一名海軍飛行員因為被彈出座位時，座艙蓋沒有打開，因而脊椎斷成一半且往後折疊。

但眼前的解剖更遠遠可怕得多，因為他認識死者。他記憶中的吉兒・休伊特是個活生生的、會呼吸的女人。他的驚駭中夾雜了憤怒，因為這三個男人這麼冷酷而客觀地對待吉兒赤裸的身體。她只是一塊放在解剖檯上的肉，如此而已。他們忽視她身上的損傷，她骨折的怪異四肢。對他們來說，致死原因是擺在第二位的。他們更有興趣的，是躲在她屍體上搭便車的微生物。

羅蒙開始進行Y字形切口。他一手握著解剖刀；另一手安全地套在鋼絲手套裡。第一刀從右肩開始，斜劃過胸部，來到胸骨下端的劍突。另一刀從左肩斜劃過胸部，同樣劃到劍突，跟前面那條切口相接。然後切口往下到腹部，在肚臍處繞個小彎，最後停在接近恥骨處。他切斷肋骨，取出胸骨，露出了整個胸腔。

於是死因就一望即知了。

飛機墜毀時，或是汽車撞牆時，或是為情所困的人從十樓往下跳時，都會碰上同樣的減速力量。高速前進的人體忽然停下，這種衝擊本身就可能使得肋骨碎掉，進而讓骨頭碎片像子彈般衝入重要器官。這種力道可以讓身體撞上儀表板，造成肋骨、脊髓、頭骨的破裂。就算駕駛員繫好安全帶，完全固定在座位上，而且戴著頭盔；即使他們的身體完全沒有撞到飛機的機體，光是減速的力量，就可能致命。因為儘管軀體以安全帶拴住了，體內的器官卻沒有。心臟和肺臟和大血管都只靠連接的組織懸吊在胸腔內。當軀體忽然停下，心臟還繼續像個鐘擺般往前晃，力道之大足以切開組織，扯斷主動脈。爆開的血液就會充滿縱膈和胸膜腔。

吉兒．休伊特的胸部就是泡在一片血泊中。

羅蒙把血抽吸掉，皺眉望著心臟和肺臟。「我看不到出血點在哪裡。」他說。

「我們乾脆把這一整塊都取出來吧，」他的一個助手說，「這樣可以看得更清楚。」

「血管撕裂的地方，最可能是在上行主動脈，」傑克說，「有百分之六十五的機率。就位於主動脈瓣的上方。」

羅蒙不耐煩地看了他一眼。在此之前，他都設法不理會傑克；現在他很不高興他插嘴說話。他一聲不吭，拿起解剖刀要割斷大血管。

「我建議在切割之前，」傑克說，「先在原來的位置檢查心臟。」

「她出血的位置和方式，並不是我最關心的。」羅蒙反駁道。

他們其實並不在乎她的死因，傑克心想。他們只想知道她體內可能有什麼生物在成長、繁殖。

羅蒙割開氣管、食道、大血管，然後把心臟和肺臟一整塊取出來。肺臟上頭滿佈著出血。是創傷還是感染造成的？傑克不知道。接下來羅蒙檢查了腹部的器官。小腸就跟肺臟一樣，上頭滿佈著黏膜出血。他取出那一圈圈發著光澤的小腸，放在一個碗裡。他切除了胃臟、胰臟、肝臟。所有器官都會切片並以顯微鏡檢查。所有的組織都會做細菌和病毒培養。

屍體中的所有內臟幾乎全部取出了。吉兒．休伊特，海軍飛行員，三項運動好手，喜歡 J&B 蘇格蘭威士忌、高賭注的撲克和金．凱瑞的電影，現在只剩一副空蕩的軀殼了。

羅蒙直起身子，看起來似乎稍微輕鬆了些。到目前為止，這次的解剖沒有出現什麼預期之外的東西。傑克沒看到馬堡病毒的明顯證據。

羅蒙繞著屍體，來到頭部旁。

這部分是傑克害怕的。他硬逼自己看著羅蒙割開頭皮，從一邊耳朵上方橫割到另一邊耳朵。他把頭皮往前翻，疊在臉部，一排栗子色的瀏海往下罩在她的下巴。他們用一把骨鉗剪開頭骨。第四級生物性危害的解剖不能用骨鋸，免得骨塵四處亂飛。他們撬開了頭骨的頂部。

一個拳頭大小的血塊掉出來，落在不鏽鋼解剖檯上。

「好大的硬腦膜下血腫，」羅蒙的一個助手說，「是創傷引起的嗎？」

「我想不是，」羅蒙說，「你也看到了主動脈——她幾乎是在撞擊的瞬間就當場死亡的。我想她的心臟沒跳得那麼久，能造成這麼大的顱內出血。」他戴著手套的手指輕輕滑進顱腔，摸索著灰色物質的表面。

一團凝膠狀的東西滑出來，掉在解剖檯上。

羅蒙嚇得往後一縮。

「那是什麼玩意兒？」他的助手說。

羅蒙沒回答。他只是瞪著那一團組織，其表面蒙著一層藍綠色的薄膜。隔著那層發亮的膜，那個團塊呈不規則狀，像一堆沒有形狀的肉。他正要把那層膜割開，然後又停下來，朝傑克看了一眼。「那是腫瘤，」他說，「或者是囊腫。這可以解釋她報告過的頭痛。」

「才不是。」傑克大聲說，「她的頭痛是忽然出現的——幾個小時內。腫瘤要好幾個月才會長大。」

「你怎麼知道她沒在過去這幾個月隱瞞症狀？」羅蒙反駁，「說不定她一直在保密，免得從發射名單上被刷掉。」

傑克不得不承認，是有這個可能性。太空人往往太想參加飛行任務，很可能隱瞞任何會害他們被刷下來的症狀。

羅蒙望著解剖檯對面的那個同事，對方點點頭，把那團東西撥進一個特製容器中，然後拿出房間。

「你們不打算做切片嗎？」傑克問。

「要先幫它定形和染色。如果我現在就做切片，有可能破壞細胞組成的結構。」

「你們還不曉得那是不是腫瘤。」

「不然還會是什麼？」

傑克沒辦法回答。他從沒見過這樣的東西。

羅蒙繼續檢查吉兒．休伊特的顱腔。顯然剛剛那團東西——不管那是什麼——增加了她腦部的壓力，使得她的腦部變形。它在裡頭多久了？幾個月？幾年？吉兒怎麼可能有辦法正常工作，而且要駕駛太空梭這麼複雜的飛行器？傑克腦中想著這些，一面看著羅蒙取出腦部，放進一個不鏽鋼盆內。

「她的腦組織嵌進天幕，快要形成腦疝脫了。」羅蒙說。

難怪吉兒的眼睛看不見。難怪她沒放下起落架。她那時已經失去意識，她的腦部已經像是牙膏一樣，快要被擠出顱底了。

吉兒的屍體——剩下的部分——被裝進一個新的屍袋中，連同裝著她器官的生物性危害容器，一起放在輪床上，推出房間。

第二具屍體送進來，是安迪．梅塞爾的。

羅蒙在太空衣的手套外戴上了新手套，換了把乾淨的解剖刀，開始做Y字形切口。他這回動作比較快，彷彿剛剛的吉兒只是暖身，現在他才真正上了軌道。

傑克看著羅蒙的解剖刀劃過皮膚和皮下脂肪，想起梅塞爾曾嘔吐，還抱怨肚子痛。他不像吉兒那樣抱怨頭痛，不過他有發燒，還咳了一點血。他的肺臟會有馬堡病毒感染的跡象嗎？

再一次，羅蒙兩道斜切線在劍突下方會合，接著往下沿著腹部劃到恥骨。他再度切斷了肋骨，拿出遮住心臟的三角形護盾，又取出了胸骨。

他倒抽一口氣，踉蹌後退，解剖刀落下。刀子嘩啦砸在解剖檯上，他的兩個助手不敢置信地僵立在那兒。

梅塞爾的胸腔內有一串藍綠色囊腫，跟吉兒・休伊特腦部的那些一模一樣。那些囊包集中在他的心臟周圍，像是一顆顆半透明的小卵。

羅蒙動也不動站在那兒，雙眼瞪著打開的軀體。然後他的目光移到發亮的腹膜上。腹膜膨脹著，充滿了血，朝腹部切口鼓出來。

羅蒙走近屍體，瞪著外翻的腹膜。剛剛他下刀切穿腹腔壁時，解剖刀也割破了腹膜表面。一滴滴帶著血色的液體滲出來。一開始只是幾滴，然後，就在他們看著的同時，點滴流淌的液體變得源源不絕。那個小切口忽然爆開，變成一個大破洞，血不斷湧出來，夾帶著滑溜溜的藍綠色囊包。

隨著羅蒙發出一個驚駭的叫聲，那些囊包啪地落在地上，形成一片片血跡和黏液。其中一個囊包滾過水泥地，擊中傑克的橡皮靴。他彎腰，用戴著手套的手去碰觸。忽然間他被往後猛地一拉，羅蒙的兩個同事把他從解剖檯旁拉開。

「把他帶出去！」羅蒙下令，「帶出這個房間！」

那兩名男子把傑克推向門。他掙扎著，推開抓著他肩膀那隻戴手套的手。那個人踉蹌後退，撞翻了一盤手術器具，整個人跌在地上，身上沾了滑溜溜的囊包和血。

另一名男子扯開傑克太空衣上的空氣管，舉起管口。「麥卡倫先生，我建議你跟我們一起出去，」他說，「趁你還有一點空氣的時候。」

「我的太空衣！耶穌啊，上頭有一道裂縫！」剛剛撞翻手術器具盤的男子說。這會兒他驚駭地瞪著他袖子上一道兩吋長的裂口——那隻袖子上沾滿了梅塞爾的體液。

「溼掉了。我感覺得到。我裡面的袖子溼掉了——」

「出去！」羅蒙吼道，「馬上去清除污染！」

那人解開自己太空衣上的空氣管，恐慌地跑出房間。傑克跟著他走過氣閘門，兩個人都進入清除污染淋浴間。頭上的管口噴出水來，像大雨打在他們肩頭。然後消毒劑開始沖下來，滔滔的綠色水流打在他們的塑膠頭盔上。

等到水終於停下來，他們走過下一道門，脫掉身上的太空衣。那個人立刻脫下他已經溼掉的刷手服，把一隻手臂伸到打開的水龍頭下，沖走剛剛滲進袖子裡的體液。

「你身上有任何破皮嗎？」傑克問，「割傷？指甲的肉刺？」

「我女兒的貓昨天晚上抓傷我了。」

傑克低頭看著那人的手臂，看到了抓傷的痕跡，手臂內側有三道結痂的線。剛剛太空衣破裂的地方，就在那隻手臂上。他看著那人的雙眼，看到了恐懼。

「接下來怎麼辦？」傑克問。

「隔離吧。我要被關起來了。狗屎……」

「我已經知道那不是馬堡病毒了。」傑克說。

那人吐出一口長氣。「沒錯，不是馬堡病毒。」

「那到底是什麼？告訴我，我們在對付的這是什麼東西？」傑克說。

那人雙手抓住水槽邊緣，往下瞪著水咕嚕咕嚕流進排水管。他輕聲說：「我們也不曉得。」

17

薩樂文．歐比在火星上騎著他的哈雷機車。

半夜十二點，在滿月的照耀下，坑坑疤疤的沙漠在他前方開展，他可以想像火星的風撲打著他的頭髮，紅色的火星塵土在他輪胎下翻攪。這個幻想始自他的孩提時代，當時早慧的歐比兄弟曾對天發射他們自製的火箭，用硬紙板製作他們的登月小艇，穿上錫箔紙製造的太空衣。當時他和高登就曉得，他們的未來將會是在天上。

那些偉大的夢想就是這樣的下場，他心想。喝龍舌蘭酒喝得爛醉，跑到沙漠來飆車。他不可能去火星了，連月球都去不了。而且他搞不好連該死的發射台都還沒離開，就被當場炸得粉碎。痛快的、壯觀的死法。管他去死；總比七十五歲死於癌症要好。

他減速停下，車輪下噴起塵土。隔著月光照耀下的起伏沙地，他望向遠處的「遠地點二號」，像一道銀色閃電般發出光芒，鼻錐指著天上的群星。他們昨天把「遠地點二號」搬到發射台上了。那是個緩慢而興高采烈的隊伍，遠地點公司的一打員工開車按著喇叭、敲打著車頂，一路跟在平板拖車後面穿越沙漠。等到這架飛行器終於吊上發射台就位，每個人都抬起頭來，在眩目的陽光下瞇起眼睛望著它，全場忽然陷入一片沉默。他們全都知道，這是賭最後一把了。三個星期後，當「遠地點二號」發射時，將會載著他們所有的希望和夢想。

還有我可憐的屍體，薩樂文心想。

當他明白他可能正看著自己的棺材時，不禁感到一陣寒意。

他騎著哈雷迴轉，回頭朝道路駛去，衝過沙丘，飛下斜坡。他放縱地騎著，龍舌蘭酒的酒力讓他更為鹵莽。而且他忽然不可動搖地相信自己已經是個死人，相信三星期後他就會乘著那個火箭衝向永別。而在那之前，沒有什麼能碰觸他，沒有什麼能傷害他。

必死的保證讓他所向無敵。

他加速，飛過他童年幻夢中荒涼的月球表面。如今我駕著月球車，高速駛過寧靜海。衝上月球上的山丘。飛到天上，輕柔地降落……

他感覺地面變得好遙遠，感覺到自己往上飛進黑夜，哈雷機車在兩膝之間怒吼著，月球在他眼中發亮。他還在飛。要飛多遠？多高？

他撞上地面，力道大得他失去控制，往旁邊翻倒，哈雷機車壓在他身上。一時之間他目瞪口呆躺在那裡，身子底下一片平坦的岩石，身上壓著機車。唔，這個姿勢還真他媽的蠢。

然後疼痛襲來。痛得難以忍受，彷彿他的臀部都摔碎了。

他大叫一聲往後倒，臉轉向天空。明亮的月光照下來，嘲弄著他。

「他的骨盆有三處斷裂，」布里姬說，「醫生昨天夜裡幫他固定好了。他們說他至少得在床上躺六個星期。」

凱司培・穆霍蘭幾乎聽得到他種種夢想破滅的聲音，就像一顆氣球破掉那麼響亮。「六個……星期？」

「然後他還要花三、四個月做復健。」

「四個月？」

「老天在上，凱司培。別老學我講話，自己想一點來講吧。」

「我們完了。」凱司培一掌拍在前額上，好像要懲罰自己竟敢夢想他們能成功。那個古老的遠地點詛咒又來了，正當他們要抵達終點線時，又活生生砍斷他們的腳踝。那個詛咒曾炸掉他們的火箭。燒掉他們的第一個辦公室。而現在，又把他們唯一的飛行員搞得不能上飛機。他在等待室裡面踱步，思考。從來沒有一件事對我們有利。他們投入了所有的存款、所有的聲譽，還有過去十三年的青春。這是上帝在告訴他們要放棄。趁著更大的禍患發生之前，趕緊認賠殺出。

「他當時喝醉了。」布里姬說。

凱司培停下腳步，轉身看著她。她雙臂堅定地交抱，一頭紅髮像復仇天使頭上燃燒的火焰光環。

「醫生告訴我的，」她說，「血液酒精濃度零點一九。醉得像條死魚。這不是我們照例運氣背而已，而是我們親愛的薩樂文又搞砸了。唯一讓我覺得安慰的是，接下來六個星期，會有一根大管子套在他的老二上。」

凱司培一言不發走出訪客等待室，經過走廊，進入薩樂文的病房。「你這智障。」他說。

薩樂文抬起頭看著他，雙眼被嗎啡弄得暈糊糊的。「謝謝你的同情。」

「你不配得到任何同情。離發射三個星期，你還跑去沙漠裡面耍什麼該死的特技？你為什麼不乾脆做到底？乾脆把腦袋給摔爛算了？要命，反正根本就沒差！」

薩樂文閉上眼睛。「對不起。」

「你老是對不起。」

「我搞砸了。我知道……」

「你跟他們保證會有飛行員駕駛，進行試飛。這不是我的主意，是你提出來的。現在他們很期待，還興奮得要命。上回有投資人為我們興奮是什麼時候的事情了？這回有可能改變一切。只要你別去碰酒瓶——」

「我很害怕。」

薩樂文聲音好輕，凱司培甚至不確定自己是不是真聽到了。「什麼？」

「有關發射。我有種……不好的感覺。」

不好的感覺。凱司培緩緩跌坐在床邊的椅子上，所有的憤怒瞬間消失。一般男人不會輕易承認害怕的。而行徑向來有自我毀滅傾向的薩樂文，現在居然會承認害怕，這個事實讓凱司培覺得很震撼。

而且，總算有點同情了。

「你們不需要我也可以發射。」薩樂文說。

「他們期望能看到有個駕駛員爬進駕駛艙。」

「你們可以把一隻猴子放在我的座位上，他們也不會曉得有什麼差別。它不需要駕駛員，凱司培。你可以從地面上控制一切行動。」

凱司培嘆了口氣。眼前他們也沒別的辦法；這次發射一定得無人駕駛了。顯然他們有充分的理由，但投資人會接受嗎？或者他們會因此認為遠地點公司沒有自信，不敢冒險讓駕駛員坐在上頭？

「我想我就是失去了勇氣，」薩樂文輕聲說，「所以昨天晚上喝多了。就是停不下來……」

凱司培了解他的恐懼——就像他了解一次失敗會無可避免地導致另一次、再一次，直到最後你確定這輩子做什麼都只會失敗。難怪薩樂文會害怕；他已經失去對夢想的信心，也失去對公司的信心了。

或許他們全都失去信心了。

凱司培說：「我們還是可以發射。即使駕駛艙裡沒有猴子也行。」

「是啊。你可以改派布里姬上去。」

「那誰來接電話？」

「那隻猴子啊。」

兩個人都笑了起來。他們就像兩個老兵，在確定戰敗的前夕擠出最後一絲喜悅。

「所以我們還是要照常進行？」薩樂文問，「還是要發射？」

「做了火箭，就是為了要發射啊。」

「好吧，」薩樂文深吸一口氣，臉上又出現了以往那種逞能的表情。「既然要做，就認真做好。發消息給所有通訊社。弄個大型帳篷派對，提供香檳。唉，就去邀請我那聖人老哥和他的航太總署哥兒們吧。如果那架飛行器要在發射台上爆炸，害我們倒閉，那至少也要搞得轟轟烈烈。」

「是啊，我們向來都太轟轟烈烈了。」

兩個人都咧嘴笑了。

凱司培站起來要離開。「好好養傷，薩樂文，」他說，「我們的『遠地點三號』會需要你的。」

凱司培出去，發現布里姬還坐在訪客的等待室。「所以現在怎麼辦？」她問。

「我們照常發射。」

「無人駕駛？」

他點點頭。「由我們在控制室指揮。」

讓他驚訝的是，布里姬吐了一口大氣，如釋重負。「哈利路亞！」

「妳怎麼這麼高興？我們的駕駛員現在躺在醫院的病床上呢。」

「一點也沒錯。」她把包包揹上肩，轉身離去。「這表示發射時他不會在上面，就不會把事情搞砸了。」

八月十一日

尼可萊．盧登柯在氣密艙裡飄浮，看著路瑟扭動臀部，努力要把自己塞進太空衣的下半身。對於個子小的尼可萊而言，路瑟是個奇特的異國巨人，肩膀好寬，雙腿像兩根活塞。還有他那身皮膚！在國際太空站裡待了幾個月，尼可萊的皮膚已經變得灰白，但路瑟還是發亮的深褐色，跟其他人蒼白的臉形成強烈的對比。尼可萊已經著裝完畢，現在他飄浮在路瑟旁邊，準備要幫他塞進艙外活動太空衣的上半身。他們彼此沒說什麼話；兩個人都沒有閒聊的心情。

他們兩個人已經在氣密艙裡面睡了一夜，好讓身體適應較低的氣壓，現在氣壓是十．二psi，為太空站裡的三分之二。他們太空衣裡面的氣壓還更低，只有四．三psi。太空衣裡面的氣壓沒法再高了，否則他們的四肢就會太僵硬且笨拙，關節難以彎曲。從完全加壓的太空船內，忽然轉換到艙外活動太空衣這樣的低壓環境裡面，就像是從深海裡急速浮上水面一樣。太空人很可能因此得到減壓症。此時血液內會出現氮氣的氣泡，阻塞住微血管，使得珍貴的氧氣無法傳送到腦部和脊髓，引發毀滅性的後果：癱瘓或中風。就像深海潛水伕一樣，太空人必須給他們身體一些時間，去適應壓力的改變。太空漫步的前一夜，艙外活動人員會以百分之百的純氧清洗肺部，然後關進氣密艙裡「露營」。接下來好幾個小時，他們將會困在一個已經塞滿各種設備的小室內。這可不是有幽閉恐懼症的人能待的地方。

太空衣硬殼式的上半身固定在氣密艙的牆上，路瑟雙手舉到頭的上方，扭動著把自己塞進去。這個過程令人筋疲力竭，就像是扭動著鑽進一個超小的隧道裡。最後他的腦袋終於從頸部的圓洞冒出來，尼可萊幫忙他關上腰環，上下半身於是接合起來。

他們戴上頭盔。尼可萊把頭盔固定在太空衣的軀體部分時，往下看到頸環邊緣有個發亮的東西。只是唾沫，他心想，把頭盔鎖緊，接著戴上手套。著裝完畢、完全封閉在太空衣內之後，他們打開設備室的艙門，飄進鄰接的人員室，然後再關上後頭的艙門。人員室更小了，幾乎只能容納兩個人和他們笨重的維生背包。

接下來是三十分鐘的「預備呼吸」。他們吸進純氧，滌淨血液裡任何殘留的氮，此時尼可萊閉著眼睛飄浮，為即將來臨的太空漫步做心理準備。如果他們沒法鬆開貝塔轉軸頭，把太陽能板的角度重新調整到正對著太陽，他們就會嚴重缺電，形同殘廢了。尼可萊和路瑟接下來六個小時的工作成果，很可能決定太空站未來的命運。

儘管這份重責大任壓在他疲倦的肩膀上，但尼可萊還是急著想打開艙門，飄出氣密艙。進行艙外活動就像是重生，當你游入廣闊的太空時，就像胎兒搖晃著身上連著的安全繩，從那個小小的開口冒出來。要不是眼前的情勢這麼嚴峻，他會很期待，想到能自由飄浮在一片沒有牆的宇宙中，耀眼的藍色地球在他下方旋轉，他會興奮得昏頭。

但閉上眼睛等著三十分鐘過去時，他心中浮現的畫面，卻不是太空漫步，而是一張張死者的臉。他想像發現號從天空往下衝。他看到機上人員身上綁著安全帶，身體搖晃得像玩偶，脊椎折斷，心臟爆裂。儘管任務控制中心沒告訴他們這場大災難的細節，但他腦中仍充滿種種惡夢的畫面，讓他心臟猛跳，嘴裡發乾。

「兩位，三十分鐘到了，」耳麥中傳來艾瑪的聲音。「該降壓了。」

尼可萊冒汗的雙手溼黏，他睜開眼睛，看到路瑟打開降壓泵浦。空氣被吸掉，人員室的氣壓緩緩下降。如果他們的太空衣有任何裂縫，現在就可以察覺到了。

「一切正常嗎？」路瑟問，檢查兩人安全繩上面的拴扣。

「我準備好了。」

路瑟讓人員室的氣壓降到跟太空一樣，然後打開門閂，推開艙門。最後一些空氣嘶嘶流出去。

他們暫停片刻，抓著艙口邊緣，敬畏地看著外頭。然後尼可萊游出去，進入黑暗的太空。

「他們出來了，」艾瑪看著閉路電視說，畫面上那兩個人從人員室冒出來，安全繩拖在後頭。他們從氣密艙外的儲存箱拿出工具。然後抓住一個接著一個的扶手，把自己往前拉，逐漸接近主桁架。他們經過裝在桁架底下的那架攝影機時，路瑟揮了揮手。

「在收看我們的節目嗎？」他的聲音透過超高頻系統傳來。

「外頭的攝影機可以清楚拍到你，」葛利格說，「不過你太空衣的攝影機沒有訊號傳過來。」

「尼可萊的也沒有嗎？」

「兩個都沒有。以後再想辦法查清原因吧。」

「好吧，我們正接近桁架，要去檢查損壞狀況。」

兩個人離開第一架攝影機的拍攝範圍了。有好一會兒都看不到他們。然後葛利格說：「看到了。」指著另一個螢幕，兩個穿著太空衣的男子正朝第二架攝影機接近，他們沿著桁架上方，兩手輪流抓著一個個扶手，把自己逐步往前拉。接著他們進入那架損壞攝影機的拍攝範圍，看不到了。

「兩位，快到了嗎？」艾瑪問。

「快到了——就快到了。」路瑟說，聽起來喘不過氣。*慢慢來，她心想。調整一下步調。*

接下來的等待彷彿漫長得沒有盡頭，兩個艙外活動的人員一直保持沉默。艾瑪覺得自己的脈搏加快了，心裡也愈來愈焦慮。太空站已經嚴重損壞，亟需電力。這回的修理工作絕對不能出任何差錯。*要是傑克在這裡就好了*，她心想。傑克是個很厲害的修補匠，有辦法修好任何帆船引擎，或是從廢品堆積場撿來零件，組裝出一台短波收音機。在太空的軌道上，最寶貴的工具就是一雙靈巧的手。

「路瑟？」葛利格說。

沒有回應。

「尼可萊？路瑟？請回答。」

「狗屎，」路瑟的聲音傳來。

「怎麼了？你看到什麼了？」葛利格問。

「我現在正看著出毛病的地方，慘了，一塌糊塗。主桁架最尾端的左舷六號那段歪七扭八的。發現號一定是撞斷了2—B那一列太陽能板，扯彎了主桁架尾端。然後轉過來，打掉了S波段天線。

「你覺得怎麼樣？有辦法修嗎？」

「S波段天線沒問題。我們有一套天線的替換組件，只要換掉就行了。可是左舷的那列太陽能板——別想了。我們需要一整段全新的桁架。」

「好吧。」葛利格疲倦地搓搓臉。「好吧，所以我們有一組太陽能板確定不能用了，我想應該還可以忍受。不過左舷四號翼列的角度必須轉正，不然我們就慘了。」

接下來有短暫的沉默，路瑟和尼可萊沿著主桁架回頭。忽然間，他們又回到攝影機的拍攝範圍內；艾瑪看到他們緩緩經過，穿著笨重的太空衣，揹著龐大的背包，像是深海的潛水伕在水中移動。他們停在左舷四號翼列旁。其中一個人往下飄到桁架下方，盯著龐大的太陽能板翼列連接到主桁架的接頭。

「轉軸頭彎了，」尼可萊說，「沒辦法旋轉。」

「能不能修好？」葛利格問。

他們聽到路瑟和尼可萊迅速商量了一下。然後路瑟說：「你們希望修得多精密？」

「修好就行。我們急著需要電力，不然就麻煩了。」

「我想我們可以試試汽車修理廠的方法。」

艾瑪看著葛利格。「會是我想的那個意思嗎？」

路瑟回答了這個問題。「我們要拿出槌子，把這混帳玩意兒敲回原形。」

他還活著。

艾札克．羅蒙醫師望著觀察窗裡，那位不幸的同事現在正坐在一張病床上看電視。信不信由你，居然是卡通，尼克羅頓兒童頻道。那男子極其專注地盯著電視螢幕。一名穿著太空衣的護士進去，把沒動過的午餐盤收走，那男子看都沒看她一眼。

羅蒙按了對講機按鈕。「奈森，你今天覺得怎麼樣？」

奈森．賀辛格醫師驚訝地轉過頭來，望著觀察窗，這才發現羅蒙站在玻璃窗的另一頭。「我很好，完全健康。」

「沒有任何症狀嗎？」

「剛剛說過了，我好得很。」

羅蒙審視了他一會兒。他看起來頗健康，但那張臉蒼白而緊繃。很害怕。

「我什麼時候可以結束隔離？」賀辛格問。

「現在才剛滿三十個小時。」

「那些太空人十八個小時就出現症狀了。」

「那是在微重力狀態。我們不曉得在這裡會是什麼樣，也不能冒險。你很清楚的。」

賀辛格忽然把頭一轉，又回去盯著電視看了，但在他別開臉之前，羅蒙看到他眼中泛出的淚光。「今天是我女兒的生日。」

「我們已經用你的名義送了一個禮物給她，也通知你太太說你沒法回去了。說你上了飛機要趕去肯亞。」

賀辛格苦笑起來。「你們還真是遮掩得天衣無縫，是吧？那如果我死了呢？你們會怎麼告訴她？」

「說你死在肯亞了。」

「死在那裡，也沒什麼不好吧。」他嘆了口氣。「你們送了什麼給她？」

「你女兒嗎？我想是一個醫生芭比娃娃。」

「正好就是她想要的。你們怎麼會知道？」

羅蒙的手機響了。「我會再來看你。」他說，然後轉身去講電話。

「羅蒙醫師，我是卡洛斯。我們得到一些DNA結果了。你最好過來看看。」

「我馬上過去。」

他發現卡洛斯・密克斯陶坐在實驗室電腦前。螢幕上是一連串連續的資料：

GTGATTAAAGTGGTTAAAGTTGCTCATGTTCAATTATGCAGTGTTGCGGTTGCTTAGTGT

CTTTAGCAGACACATATGAAAAGCTTTAGATGTTTGAATTCAATGAGTTGGTTATTGTCAAACTTTAGCAGATGCAAGAGAAATTCCTGAATGCGATATTGCTTAGTTGAAGGCTCTGT…

資料由四個字母組成，G、T、A、C。那是一個核苷酸序列，每個字母各自代表一種構成DNA的單位，而DNA是所有生物的基因藍圖。

聽到羅蒙的腳步聲，卡洛斯轉過身來，他臉上的表情清楚無誤。那是害怕。*就跟賀辛格一樣，羅蒙心想。每個人都很害怕。*

羅蒙在他旁邊坐下。「就是這個嗎？」他問，指著螢幕。

「這是來自感染平井健一的那種生物。從我們有辦法採到的殘餘物……發現號的艙壁上刮下來的。」

用「殘餘物」來描述平井健一剩下的屍體，的確很貼切。整個飛行器的艙壁上，都潑濺著破爛的組織團塊。「大部分DNA殘餘物都無法辨識。我們不曉得那些基因碼代表什麼生物。但這段序列，就是螢幕上的這個，我們可以辨識。這是輔酶F420的基因。」

「那是什麼？」

「一種古生菌域特有的酶。」

羅蒙往後靠，覺得有點想吐。「所以確定了。」他喃喃道。

「對。這種生物體絕對有古生菌的DNA。卡洛斯暫停一下。「我恐怕要告訴你一個壞消息。」

「什麼意思，『壞消息』？這個消息還不夠壞嗎？」

卡洛斯敲了鍵盤，螢幕上的核苷酸序列換成另外一段。「這是我們找到的另一個基因叢集。一開始我以為一定是搞錯了，但後來我確認過。這個基因碼跟 *Rana pipiens* 一樣，也就是北美豹蛙。」

「什麼？」

「沒錯。天曉得它是怎麼取得蛙類的基因。接下來是真正可怕的。」卡洛斯叫出基因組裡的另一個片段。「另一個可辨識的基因叢集。」他說。

羅蒙感覺到一股寒氣沿著他的脊椎往上爬。「這些基因是什麼？」

「這個 DNA 是 *Mus musculus* 特有的。也就是小家鼠。」

羅蒙瞪著他。「不可能啊。」

「我確認過了。這個生命形態不曉得怎麼搞的，把哺乳動物的 DNA 納入了它的基因組裡。它加上了新的酶性能。它正在改變，在演化。」

演化成什麼？羅蒙很想知道。

「還沒完呢。」卡洛斯又敲了敲鍵盤，一組新的核苷酸鹼基序列出現在螢幕上。「這個叢集也不是古生菌。」

「那是什麼？老鼠的另一段 DNA ？」

「不。這部分是人類。」

寒氣沿著羅蒙的脊椎往上衝到頂。他頸背上的寒毛豎起。他愣愣地伸手去拿電話。

「幫我接白宮，」他說，「我得跟傑瑞德·普拉菲談。」

電話響到第二聲就有人接了。「我是普拉菲。」

「我們分析出DNA了。」羅蒙說。

「結果呢？」

「情況比我們原先想的還糟。」

18

尼可萊暫停下來休息，雙手累得直發抖。在太空裡生活了幾個月，他的身體已經變得虛弱，不習慣體力勞動了。在微重力狀態下，沒有任何重量需要舉起，肌肉也很少會用到。過去五個小時，他和路瑟不停工作，修理了S波段天線，把太陽能板的轉軸頭拆開並重新組合。現在他累壞了。身上穿著臃腫的艙外活動太空衣，連彎一下手臂都要額外使勁，因而讓簡單的工作都變得困難。

穿著太空衣工作本身就是個折磨了。為了要讓人體隔離在攝氏負一五七到正一二一度的極端溫度之外，同時還要在太空的真空環境中維持氣壓，他們身上的太空衣有很多層材質，包括多層鍍鋁Mylar絕緣薄膜、多層抗撕裂尼龍，最外層是一種Ortho-fabric布料，外加一層壓力氣囊。在太空衣裡面，太空人穿著裝了水冷式細管的內衣。另外他還要揹著一個維生背包，裡面裝了水、氧氣、自我援救的噴射推進器，以及無線電設備。本質上，艙外活動太空衣就是一艘個人太空船，笨重而難以操縱，光是要鎖緊一顆螺絲，都很費力又勞心。

這趟差事把尼可萊累得筋疲力盡。他的雙手在笨拙的太空衣手套裡面抽筋了，同時一身大汗。

而且還好餓。

他從太空衣裡面的吸管口喝了點水，重重吐了一口氣。雖然水的滋味有點怪，簡直有魚腥味，但他也沒多想。在微重力之下，任何東西嚐起來都很奇怪。他又喝了一口，覺得下巴有點溼溼的。他不能伸手到頭盔裡面擦掉，所以就沒理會，往下看著地球。一開始忽然瞥見，看到壯麗動人的地球在他下方出現，他覺得有點頭暈，有點想吐。他閉上眼睛，等著那種暈眩感過去。那是暈船之類的暈動病，如此而已；通常不小心看到地球時，就會這樣。等到噁心感消失，他又感覺到新的東西：剛剛漏出來的那滴水現在沿著他的臉頰往上流。他抽動臉部肌肉，想甩掉那滴水，但那個水滴繼續流淌過他的皮膚。

可是我是在微重力環境，沒有上下之分。水應該根本不會流動啊。

他開始甩頭，又用戴著手套的手敲敲頭盔。

但他還是覺得那滴水往上移動，在他下顎留下一道溼溼的痕跡，流向耳朵。現在流到他罩住通訊耳麥的軟帽下端了。帽子的布料一定會吸掉那滴水，防止它再往前流……

忽然間，他的身體僵住了。它滑進帽子下緣，現在正蠕動著滑向他的耳朵。那不是一滴水，不是喝水漏出來的，而是很堅定地在移動著。*那是個活物。*

他扭向左，然後向右，想把它甩掉。他用力敲擊頭盔，但還是感覺它在動，在他的耳麥底下滑行。

他看到令人暈眩的地球，又看到黑暗的太空，接著又是地球，同時整個人瘋狂地又甩又扭。那溼溼的玩意兒溜進他耳朵裡了。

「尼可萊？尼可萊，拜託回答我！」艾瑪說，看著電視監視器上的他。他不斷轉圈，戴了手套的手瘋狂敲著頭盔。「路瑟，他看起來好像是癲癇發作了！」

路瑟出現在畫面裡，迅速過去幫忙。尼可萊還在不斷扭動，前後甩著頭。艾瑪聽得到他們的聲音，路瑟拚命問他，「怎麼回事？怎麼回事？」

「我的耳朵——在我的耳朵裡——」

「痛嗎？你耳朵痛嗎？看著我！」

尼可萊又拍著他的頭盔。「更裡面了！」他尖叫，「把它弄出來，把它弄出來！」

「他是怎麼回事？」艾瑪喊道。

「我不曉得！老天啊，他好恐慌——」

「他太接近工具柱了。趕快把他弄走，免得他扯破太空衣！」

在電視監視器上，路瑟抓住尼可萊一隻手臂。「走吧，尼可萊！我們回氣密艙去。」

尼可萊忽然抓住自己的頭盔，好像要拔下來。

「不！不要！」路瑟大叫，抓住他兩隻手臂，拚命想阻止他。兩個人扭在一起，安全繩圍著他們纏繞。

葛利格和黛安娜也來到電視監視器前，三個人驚駭地看著這場戲在太空站外上演。

「路瑟，工具柱！」葛利格說，「小心你的太空衣！」

就在他說的這一刻，被路瑟抓住的尼可萊忽然猛烈扭動，頭盔撞上了工具柱。一道看似白霧的細流從他的面罩噴出來。

「路瑟！」艾瑪喊道，「檢查他的頭盔！檢查他的頭盔！」

路瑟瞪著尼可萊的面罩。「狗屎，上頭有裂縫！」他大叫，「我看得到空氣外洩！他在減壓中！」

「打開他的緊急氧氣，馬上把他弄進來！」

路瑟伸手到尼可萊的太空衣上，撥開緊急氧氣供應的開關。額外增加的氧氣可以讓太空衣內保持壓力，或許足以撐到尼可萊回太空站。路瑟還在努力制伏尼可萊，開始把他拖向氣密艙。

「快點，」葛利格喃喃道，「耶穌啊，快點。」

路瑟花了好幾分鐘，才把尼可萊拖進人員室，關上艙門，開始增加氣壓。他們沒先進行平常的氣密艙完整性檢查程序，而是直接把氣壓加到一個標準大氣壓。

艙門打開，艾瑪飄進了設備室。

路瑟已經拿下尼可萊的頭盔，又手忙腳亂地想把他拉出上半身的硬殼。他們聯手合作，設法把尼可萊身上的太空衣脫掉。艾瑪和葛利格把他拖到太空站另一頭的俄國服務艙，那邊的電力和燈光都還保持正常。一路上尼可萊還在不斷尖叫，抓著頭上保護通訊設備的軟帽左側。他腫起的雙眼閉上，眼皮往外鼓起。艾瑪摸摸他的雙頰，感覺到有碾軋聲——這表示他因為急速減壓，而造成皮下組織裡面出現氣泡。他的下巴有一條發亮的唾液。

「尼可萊，冷靜！」艾瑪說，「你沒事了，聽到了嗎？你沒事了！」

他尖叫著摘掉軟帽，帽子飛走了。

「幫我把他綁在板子上！」艾瑪說。

所有人聯手把醫療約束板安置好，脫掉尼可萊身上的水冷式長袖內衣褲，繫上約束帶，把他完全固定在板子上。就連艾瑪檢查他的心臟、肺臟、腹部時，他還繼續嗚咽著，腦袋左右轉著。

「是他的耳朵。」路瑟說。他已經脫掉笨重的太空衣，睜大眼睛看著痛苦的尼可萊。「他說過他耳朵裡有東西。」

艾瑪更仔細察看尼可萊的臉。那條唾液線源自他的下巴，往上經過左下頜，到他的左耳。一滴液體抹過他的耳廓。

她打開裝了電池的耳鏡，插進尼可萊的耳朵。

她第一個看到的是血，很鮮亮的一滴，在耳鏡的光線下發亮。然後她的注意力轉到鼓膜。上頭穿孔了。不是發著微光的健康鼓膜，而是一個裂開的黑洞。她的第一個想法是氣壓創傷。是剛剛急速降壓，害他的鼓膜破裂嗎？她檢查了另一邊耳朵，發現完全沒事。

她困惑地關掉耳鏡的燈，看著路瑟。「剛剛在外頭發生了什麼事？」

「我也不曉得。當時我們兩個正停下來稍微喘口氣。然後就要帶著工具回來。前一分鐘他還好好的，下一分鐘他就恐慌起來。」

「我得看看他的頭盔。」

她離開俄國服務艙，返回設備室。她打開艙門往裡看，看到兩件艙外活動太空衣，剛剛路瑟又重新固定在牆上了。

「妳在做什麼，瓦森？」跟在她後面的葛利格說。

「我想看看那道裂縫有多大，剛剛降壓的速度有多快。」

她走到那件比較小的、標示著「盧登柯」的太空衣前，取下頭盔。她看著裡面，看到裂開的面罩上有一小塊溼氣。她從口袋裡拿出一根棉花棒，碰觸那滴液體的頂端。那液體很濃稠，像凝膠。是藍綠色的。

一股寒氣竄上她的脊椎。

健一來過這裡，她忽然想起來了。就在他死掉的那一夜，我們在這個氣密艙裡發現了他。他當時就污染了這裡。

她立刻慌張地後退，撞到艙口的葛利格。「出去！」她叫道，「馬上出去！」

「怎麼了？」

「我想我們有生物性危害！關上艙門！關上！」

他們手忙腳亂地退出氣密艙，進入節點艙。接著兩人一起關上艙門，緊緊封住。然後兩人緊張地彼此互看一眼。

「妳覺得什麼外洩了嗎？」葛瑞格說。

艾瑪掃視著節點艙，尋找著任何盤旋在空中的水滴。乍看沒看到什麼，然後有個洩密的亮光一閃而過，似乎在她眼角的視野最邊緣飛舞。

她轉過去瞪著看。結果不見了。

特殊載具作業中心內，傑克坐在飛航醫師的控制台前，看著前方螢幕上的時鐘，隨著每過去一分鐘，他也愈來愈緊張。耳麥裡傳來地面控制人員和負責太空站的飛航主任伍迪．艾里斯互相報告目前狀況的對話，迅速而斷續，帶著新的急迫性。這個房間跟太空梭的飛航控制室位於同一棟大樓，格局也類似，只是更小、更專門化，而且有一組專門監控太空站活動的工作人員負責。自從發現號撞上國際太空站之後，過去三個小時以來，這個房間就愈來愈焦慮，不時還有一陣恐慌。房間裡有這麼多人，又歷經那麼久未曾緩解的壓力，因而整個空氣都聞得出危機——汗臭混合了走味咖啡的氣味。

尼可萊．盧登柯正飽受減壓傷害之苦，顯然必須趕緊撤離。因為太空站只有一艘救生艇——人員返航載具——所以太空站上的所有駐站人員都要回家了。這將會是精心安排下的撤離行動。不能抄捷徑，不能犯錯，不能慌張。航太總署過去曾模擬過這個狀況很多回，但從來沒真正執行過，更別說上面還載著五個活生生、會呼吸的人。

載具脫離的時間愈來愈逼近。他們將會花二十五分鐘逐漸遠離太空站，並取得全球衛星定位導航資料，然後花十五分鐘準備反向點火脫離軌道。接下來花一個小時降落。

不到兩個小時後，艾瑪就會回到地球上了。*無論以什麼形式*。這個想法忽然猝不及防襲來，他不禁想起吉兒·休伊特開膛的屍體躺在解剖檯上的可怕情景。

他雙手握拳，逼自己專心監視尼可萊·盧登柯的遙測顯示資料。心率很快，但是很規律；血壓也一直保持穩定。拜託，加油。趕快帶他們回家吧。

他聽到葛利格在太空站上報告，「通訊官，我們全都登上人員返航載具，艙門也關上了。這裡有點擠，不過我們準備好要上路了。」

「準備啟動。」通訊官說。

「準備啟動。」

「病人狀況怎麼樣？」

聽到艾瑪的聲音從耳機中傳來，傑克的心臟猛地跳了一下。「他的生命徵象維持穩定，但定向感混亂，無法說出現在的時間、日期、地點。碾軋聲已經轉移到頸部和上軀幹，也造成了他的一些不舒服。我已經又給了他一劑嗎啡。」

突然的降壓造成尼可萊的軟組織內出現氣泡。這個情況很痛苦，但對人體無害。傑克真正擔心的是神經系統裡出現了氣泡。這會是造成尼可萊意識混淆的原因嗎？

伍迪·艾里斯說：「進行啟動吧。開始脫離太空站。」

「國際太空站，」通訊官說，「現在你們要——」

「停止行動！」一個聲音插入。

傑克抬起頭，困惑地看著飛航主任艾里斯。艾里斯同樣一臉困惑。他轉過頭去，看著剛走進控制室的詹森太空中心主任肯恩．布蘭肯緒，旁邊還跟著一名穿西裝的深色頭髮男子和六名空軍軍官。

「對不起，伍迪，」布蘭肯緒說，「相信我，這不是我決定的。」

「什麼決定？」艾里斯問。

「撤離行動取消了。」

「我們上頭有個人生病了！人員返航載具已經準備要出發——」

「他不能回來。」

「這是誰的決定？」

那個深色頭髮的男子往前站。他開口，帶著幾乎是無言的歉意口氣說：「是我的決定。我是白宮安全委員會的傑瑞德．普拉菲。請告訴你們上面的人員，重新打開艙門，離開人員返航載具。」

「我們上面有人生病了。」艾里斯說，「我要帶他們回家。」

軌道官插話，「飛航主任，我們現在得馬上進行脫離，否則就沒法降落在目標地點了。」

艾里斯對通訊官點點頭。「進行人員返航載具啟動作業，開始脫離太空站吧。」

通訊官還沒來得及說任何一個字，他的耳麥就被拉掉，整個人也被從椅子上拖走，推到一邊。一名空軍軍官佔住了他在控制台前的位置。

「嘿！」艾里斯大喊，「嘿！」

其他空軍軍官立刻在控制室內呈扇形散開，所有飛航控制人員都當場僵住了。沒有人掏出槍，但那種威脅意味很明顯。

「國際太空站，不要啟動，」新的通訊官說，「撤離行動取消了。重新打開艙門，退出人員返航載具。」

困惑的葛利格回應，「我沒聽懂，休士頓。」

「撤離行動取消了。退出人員返航載具。太空站軌道控制員和導航控制員的電腦都出了問題。飛航主任決定最好暫緩撤離。」

「要延後多久？」

「不確定。」

傑克猛地站起來，準備要去扯走那個新通訊官的耳麥。

傑瑞德．普拉菲忽然走到他面前，擋住他的去路。「你不明白情況有多嚴重。」

「我太太在太空站上。我們要帶她回來。」

「不行，他們可能全部感染了。」

「感染什麼？」

普拉菲沒回答。

傑克憤怒地衝向他，但被兩個空軍軍官拉住了。

「感染什麼？」傑克喊道。

「一種新的生物，」普拉菲，「一種喀邁拉。」

傑克望著布蘭肯緒苦悶的臉，又看看那幾個擺出接管控制台姿態的空軍軍官。然後他發現另一張熟悉的臉：李若伊．孔耐爾，才剛走進房間來。孔耐爾看起來蒼白而震驚。這時傑克才明白，這件事是最高層的人決定的。他或布蘭肯緒或伍迪．艾里斯說什麼，都不可能改變。

現在航太總署不再由他們作主了。

喀邁拉

19

八月十三日

他們聚集在傑克的屋子裡，所有的窗簾都拉上了。他們不敢在詹森太空中心碰面，因為一定會被注意到。航太總署的太空計畫行動忽然被接管，把他們全都嚇呆了，一時之間不知該如何反應。無論是他們的內部作業手冊或應急計畫，都沒教過他們如何處理這種危機。傑克只邀了五個人，全都是航太總署太空計畫的核心人物：塔德·卡特勒、高登·歐比、飛航主任伍迪·艾里斯和蘭迪·卡本特，以及酬載處的麗茲·吉昂尼。

門鈴響了，每個人都緊張起來。

「他到了。」傑克說，然後打開門。

航太總署生命科學處的伊萊·佩綽維奇博士走進來，手裡抓著一個裝筆記型電腦的公事包。消瘦而虛弱的他，過去兩年來一直與淋巴瘤奮戰。現在看起來，他顯然已經輸了。他大部分的頭髮掉光了，只剩少數幾撮白髮。他的皮膚看起來像是發黃的羊皮紙，繃在突出的臉部骨頭上。但身為科學家永不懈怠的好奇心，讓他雙眼發出興奮的光芒。

「弄到了嗎？」傑克問。

佩綽維奇點點頭，拍拍他的公事包。他瘦骨嶙峋的臉上露出微笑，看起來像個食屍鬼。「陸軍同意給我們一些資料。」

「一些？」

「不是全部。大部分基因組都還是機密。他們只給我們一部分序列，中間還有很多空缺。他們給的只夠證明這個情況的確很嚴重。」他把筆記型電腦放到餐桌上，打開來，每個人都圍過去看。佩綽維奇開機，然後插入一張磁碟片。

電腦螢幕上開始跑出一堆資料，一行行看似隨機排列的字母以驚人的速度掠過螢幕。那不是文章，那些字母沒有拼出字彙，只是一組編碼。同樣的四個字母一再出現，只是順序不同：A、T、G、C，分別代表線嘌呤（adenine）、胸腺嘧啶（thymine）、鳥嘌呤（guanine）、胞嘧啶（cytosine）這四種核苷酸，為構成DNA的基本要素。這串字母是一套基因組，也是某一種生物的化學藍圖。

「這個，」佩綽維奇說，「就是他們的喀邁拉。也就是害死平井健一的生物。」

「我一直聽到『喀邁拉』，這是什麼玩意兒？」蘭迪．卡本特問，「我們這些工程師很無知，你或許可以幫我們解釋一下？」

「沒問題，」佩綽維奇說，「而且不必覺得無知。這是分子生物學的專有名詞，其他地方很少用到。這個字彙源自古希臘。喀邁拉（Chimera）是神話中的一種怪獸，據說是不可能擊敗的。這隻噴火怪獸有獅子的頭、山羊的身體，還有大蛇的尾巴。最後這隻怪獸被一個名叫柏勒洛豐的英雄殺死。但這位英雄贏得並不光明正大，因為他作弊。他騎在一隻飛馬佩格索斯上面，從上方朝下面的喀邁拉射箭。」

「這個神話很有趣，」卡本特不耐地插嘴道，「但是有什麼關聯嗎？」

「古希臘的喀邁拉是一種怪異的生物，由三種不同的動物所構成。獅子、山羊、大蛇結合為一。而我們現在所看到的這條染色體中，恰恰就是如此。這種生物跟柏勒洛豐所殺死的那隻怪獸一樣怪異。這是一種生物性的喀邁拉，它的DNA來自至少三種不相關的物種。」

「你能鑑別出這些物種嗎？」卡本特問。

佩綽維奇點點頭。「過去多年來，世界各地的科學家已經累積起一個基因定序的資料庫，裡面有各式各樣的物種，從病毒到大象。但收集這些資料的過程緩慢而冗長。光是分析人類基因組，就要花上幾十年時間。所以各位可以想像，有很多物種還沒定序。這種喀邁拉的基因組有很大的部分無法鑑別，因為資料庫裡面還不存在。不過這裡是我們到目前為止有辦法鑑別的。」他點了「符合物種」那個標誌。

螢幕上出現了以下字樣：

小家鼠（*Mus musculus*）

北美豹蛙（*Rana pipiens*）

人類（*Homo sapiens*）

「這種生物一部分是老鼠，一部分是兩棲類，還有一部分是人類。」他暫停一下。「就某種意義來說，」他說，「敵人就是我們自己。」

全場陷入一片沉默。

「我們的基因有哪部分在那條染色體內？」傑克輕聲問，「喀邁拉有哪部分是人類？」

「這個問題很有趣，」佩綽維奇說，讚許地點著頭。「應該要給你一個有趣的答案。你和卡特勒醫師一定看得出這份清單的意義。」他敲了敲鍵盤。

螢幕上出現了：

澱粉酶
脂酶
磷脂酶
胰蛋白酶
胰凝乳蛋白酶
彈性蛋白酶
腸激酶

「老天，」塔德．卡特勒喃喃道，「這些全是消化酶。」

這種生物準備好要吃光它的宿主，傑克心想。它會利用這些酶從內部開始消化掉我們，把我們的肌肉和器官、連接的組織化為一灘臭泥。

「吉兒．休伊特——她說過平井健一的屍體分解了，」蘭迪．卡本特說，「我本來還以為那是她的幻覺。」

傑克忽然說：「這一定是一種生物工程有機體！有人在實驗室裡面培育出來的。找一種細菌或病毒，再把其他物種的基因移植到這上頭，把它變成一種更厲害的殺人武器。」

「但是哪種細菌？哪種病毒？」佩綽維奇說，「這是最大的謎團。如果沒能檢視更多的基因組資料，我們就無法鑑別他們一開始用的物種是什麼。陸軍那邊不肯分享這個生物染色體最重要的部分。也就是能鑑別這個殺手生物的部分。」他看著傑克。「你是我們在場這些人裡頭，唯一去看過驗屍的人。」

「只看了一眼。他們太快就把我推出驗屍間，我根本沒仔細看到什麼。我只看到外形像是某種包囊的東西。大小跟珍珠一樣，嵌在一片藍綠色的基質上。它們出現在梅塞爾的胸部和腹部，還有休伊特的顱腔。我從沒見過這樣的東西。」

「有可能是包蟲病嗎？」佩綽維奇問。

「那是什麼？」伍迪問。

「是指感染了一種棘球屬寄生性絛蟲的幼蟲。會造成包囊出現在肝臟和肺臟。說起來，其實任何器官都有可能出現。」

「你認為這可能是一種寄生蟲？」

傑克搖搖頭。「包蟲病要好幾個月，甚至幾年的時間，才會長出包囊。幾天之內是不可能的。我不認為這是包蟲病。」

「或許那根本就不是包囊，」塔德說，「或許那是孢子，黴菌球。是麴黴屬或隱球菌屬的。」

酬載處的麗茲．吉昂尼插話了，「太空站人員報告過有黴菌感染。有個實驗因為黴菌增生而必須銷毀。」

「哪個實驗？」塔德問。

「我得去查。我記得是某個細胞培養。」

「但是一般的黴菌感染不可能造成這些死亡，」佩綽維奇說，「別忘了，和平號上始終都有黴菌飄浮，也沒有人因此死掉。」他看著電腦螢幕。「這個基因組讓我們知道，我們所面對的是一種全新的生命形態。我贊成傑克的說法，這一定是某種生物工程製造出來的。」

「所以這就是生物恐怖行動了，」伍迪．艾里斯說，「有人破壞我們的太空站。一定是放在某個酬載裡面送上去的。」

麗茲．吉昂尼用力搖頭。她向來好鬥又急切，參加任何會議都是個令人生畏的角色，這會兒她滿懷信心地開了口。「每個酬載都經過安全審核。包括危險性報告、所有阻絕設備的三階段分析。相信我，這麼危險的東西，我們一定會打回票的。」

「那也要你們知道東西是危險的啊。」艾里斯說。

「我們當然知道！」

「如果保全有漏洞呢？」傑克說，「很多實驗酬載是直接從科學計畫的主持人那邊送來的。我們不曉得他們的保全怎麼樣。我們不曉得是不是有個恐怖份子在他們實驗室裡面工作。如果他們最後一刻把一份細菌培養掉包，我們一定會知道嗎？」

麗茲首度出現了不確定的神色。「這……這不太可能。」

「但是有這個可能。」

儘管她不肯承認這個可能性，眼中卻流露出喪氣。「我們會去盤問每個計畫主持人，」她說，「每個送實驗酬載過來的科學家。如果他們的保全上有漏洞，我他媽的一定會查出來。」

大概真的會，傑克心想。跟其他在場的人一樣，他也有點怕麗茲．吉昂尼。

「有個問題我們還沒問，」高登．歐比首度開口。在此之前，他還是往常那個獅身人面像，只聽不說，靜靜吸收資訊。「那就是為什麼？為什麼有人要破壞太空站？是誰對我們有積怨嗎？還是狂熱反對科技的極端份子？」

「生物版的大學炸彈客。」塔德．卡特勒說。

「那為什麼不把這個生物放在詹森太空中心，殺光我們所有人呢？這樣比較容易，也合邏輯得多。」

「邏輯不能套用在那種極端份子身上。」卡特勒指出。

「邏輯可以套用在任何人身上，包括極端份子在內。」高登回答，「只要你了解他們思考的架構就行。讓我想不透的就是這一點。所以我很想知道，這真的是個破壞行動嗎？」

「如果不是破壞行動，」傑克說，「那還會是什麼？」

「還有另一個可能性。不過也同樣令人恐懼。」高登說，憂慮的目光抬起來迎上傑克的視線。「那是個錯誤。」

艾札克．羅蒙醫師在走廊上奔跑，皮帶上的呼叫器猛叫，他很擔心自己即將看到的場面。他關掉呼叫器的鈴聲，打開通往第四級隔離區的門。他沒進入病房，而是安全地站在外頭，看著觀察窗另一頭恐怖的那一幕。奈森．賀辛格醫師癲癇發作，躺在汪著血的地板上，牆上也濺了血。兩個護士和一名醫師穿著太空衣，正試圖要阻止他傷害自己，但他發作得太劇烈又太有力氣，他們抓不住他。他一腿踢出去，一名護士被踢倒在地，滑過滿是鮮血的水泥地板。

羅蒙按了對講機按鈕。「該死！衣服破了嗎？」

那護士緩緩站起身時，羅蒙看得到她驚駭的表情。她低頭看看自己的手套、衣袖，然後看著輸氣管與太空衣的連接處。「沒有，」她說，幾乎是放心得嗚咽起來。「沒有破。」

鮮血濺到窗子上。羅蒙趕緊往後一退，看著鮮亮的血淌下玻璃。賀辛格現在腦袋敲著地板，他的脊椎放鬆，然後又過度伸直。角弓反張。這種怪異的姿勢雷蒙以前只見過一次，是一個番木鱉鹼中毒的病人，身體像拉緊的弓弦般往後彎。賀辛格又發作了，頭骨往後敲著水泥地。鮮血噴到兩個護士的面罩上。

「後退！」羅蒙透過對講機下令。

「他在傷害自己！」那個醫師說。

「我不希望再有其他人暴露了。」

「只要我們可以控制他的癲癇——」

「你們做什麼都救不了他。我要你們全部馬上退開。免得受到傷害。」

兩個護士不情願地後退。那個醫師則頓了一下，也退開了。他們沉默不動，望著恐怖的一幕在他們眼前發生。

新的一波抽搐讓賀辛格的頭往後猛甩。頭皮綻開了，就像沿著接縫撕開的布。那一灘血更加擴大。

「啊，老天，看看他的眼睛！」一個護士喊道。

他的雙眼外凸，像兩個大彈珠竭力要衝出眼眶。外傷性眼球凸出，羅蒙心想。他的顱內壓力大增，把兩顆眼珠往外擠，眼皮被撐開，雙眼睜得大大的。

癲癇仍持續著，未曾減緩，他的頭猛砸地板。骨頭碎片飛起，紛紛擊中窗戶。他好像想把自己的頭骨砸開，好釋放出裡面困住的東西。

又砸一下，又飛濺出一波鮮血和碎骨。

他應該已經死了。為什麼還在癲癇發作？

但就連砍掉頭的雞都還會繼續抽搐而扭動，賀辛格的垂死掙扎也還沒結束。他的頭抬離地板，脊椎向前彎曲，像個繃太緊而即將斷掉的彈簧。他的脖子往後猛甩。喀啦一聲，頭蓋骨像顆蛋似的砸破了。碎片飛散。一堆灰質飛濺在窗子上。

羅蒙倒抽一口氣，踉蹌後退，一股反胃感湧上喉嚨。他低下頭，奮力掙扎著不要崩潰，不要讓逼近的黑暗遮蔽他的視野。

他渾身是汗顫抖著，設法抬起頭，再度看向玻璃窗內。

奈森．賀辛格終於躺著不動了。他殘餘的頭部歇在一片血泊裡。血實在太多了，因而羅蒙一時無法集中焦點，只看到那一灘鮮紅色。然後他的視線定在死者的臉上。看著黏在他前額那一片顫抖的包囊。

喀邁拉。

八月十四日

「尼可萊？尼可萊，拜託回答我！」

「我的耳朵——在我的耳朵裡——」

「痛嗎？你耳朵痛嗎？看著我！」

「更裡面了！」他尖叫。「把它弄出來，把它弄出來……」

白宮安全委員會的科學顧問傑瑞德・普拉菲按下放影機的停止按鈕，看著圍坐在桌旁的眾人。所有人都一臉驚駭的表情。「尼可萊・盧登柯碰到的事情，不光是減壓的意外而已。」他說。「這就是為什麼我們會採取之前的行動，而且強烈要求你們所有人配合到底。這個風險太大了。在我們弄清這種生物如何繁殖、如何傳染之前，我們不能讓那些太空人回家。」

全場一片震驚的沉默。就連航太總署的署長李若伊・孔耐爾，都只是一聲不吭坐在那兒——本來會議剛開始前，他還曾強烈抗議航太總署被接管的事。

頭一個提問的是總統。「我們對這種生物知道些什麼？」

「陸軍的艾札克・羅蒙博士比我更能回答這個問題。」普拉菲說，然後朝羅蒙點點頭。羅蒙沒坐在桌旁，而是在外圍，房間裡大部分的人都沒注意到他。這會兒他站起來，免得大家看不見。他個子很高，滿頭灰髮，雙眼帶著筋疲力竭的神色。

「我恐怕沒辦法給各位好消息，」他說，「我們把喀邁拉注射到一些不同的哺乳類生物身上，包括狗和蜘蛛猴。結果九十六個小時之內，所有動物都死了。死亡率百分之百。」

「沒有辦法治療嗎？試過什麼都沒用嗎？」國防部長問。

「都沒用。這點就已經夠可怕了。但還有更壞的消息。」

整個房間一片死寂，恐懼擴散到每張臉上。還能更壞嗎？

「我們幫最新繁衍的幾代做了DNA分析，從蜘蛛猴身上採集來的。喀邁拉已經取得的新基因，已經確定是學名*Ateles geoffroyi*的這種生物，也就是蜘蛛猴。」

總統滿臉蒼白，他看著普拉菲。「這是我想的那個意思嗎？」

「這是毀滅性的情況，」普拉菲說，「每回這個生命形態在新宿主身上歷經一次生命循環，製造出新的一代，似乎就會得到新的DNA。而藉著取得前所未有的新基因、新能力，它就有辦法領先我們幾步。」

「它怎麼有辦法做到？」參謀長聯席會議的摩瑞將軍問。「會取得新基因的生物？不斷翻新自己？好像不太可能。」

羅蒙說：「不是不可能。事實上，類似的過程也發生在自然界。細菌常常彼此共用基因，利用病毒當載體，把基因傳來傳去。這就是為什麼細菌可以這麼快發展出對抗生素的抗藥性。它們會散播抗藥性的基因，把新的DNA加入它們的染色體。就像大自然的其他萬物，為了要活下去，為了物種的存續，它們會利用各種必要的武器。而這種生物所做的也是一樣。」他走到桌首，那裡展示著一張電子顯微照相術的放大照片。「你們可以看到，在這張細胞照片裡面，看起來像小顆粒的東西，就是一團團輔助病毒。這些病毒擔任載體的角色，進入宿主的細胞，突襲其中的DNA，再把零碎的基因物質帶回喀邁拉。把新的基因、新的武器加入自己的兵工廠裡。」羅蒙看著總統。「這個生物變得有能力適應任何環境狀況。它唯一要做的，就是襲擊身邊動物的DNA。」

總統一臉病容。「所以它還在改變，還在演化。」

會議桌的周圍傳來惶恐不安的低語聲。還有驚恐的眼神、椅子的吱呀聲。

「那位感染的醫師怎麼樣了？」一名來自五角大廈的女人問。「就是陸軍放在第四級隔離區的那位？他還活著嗎？」

羅蒙暫停一下，眼中露出痛苦的神色。「賀辛格醫師昨天深夜死了。我親眼看到了臨終事故，他死得非常……可怕。他開始抽搐，劇烈得我們都不敢制止他，因為怕有人的太空衣會被扯破，又多一個人暴露。我從來沒見過像他這樣的發作。那就像是他腦子裡每個神經元都忽然著火，形成一個巨大的電風暴。他撞斷了床欄，整個完全折斷掉。他滾下床墊，開始——開始把他的頭往地板上砸。砸得好用力，我們都可以……」他吞嚥著。「我們都可以聽到頭骨破裂的聲音。這時候鮮血已經飛得到處都是。他的頭繼續往地板上砸，簡直就像是要把頭骨給砸開，好釋放出裡面累積的壓力。但他的外傷只讓狀況更惡化，因為他的血開始流進腦中。到最後，顱內壓力實在太大了，逼得他雙眼都凸出眼眶。像個卡通角色。也像是路上被輾斃的動物。」他深吸一口氣。「他的臨終事故，」他靜靜地說，「就是這樣。」

「我們所面對的這個可能的傳染病，現在你們都有所了解了，」普拉菲說，「這就是為什麼我們不能軟弱或輕忽，或是感情用事。」

接下來又是一段漫長的沉默。每個人都看著總統。大家都在等待——或是希望——一個明確的決定。

但他卻只是旋轉椅子，看著窗外。「有一度，我也想成為太空人。」他哀傷地說。

我們不都是這樣嗎？普拉菲心想。在這個國家，有哪個小孩沒夢想過乘著火箭上太空呢？

「約翰．葛連搭乘的太空梭發射時，我也在場，」總統說，「當時我哭了。跟其他人一樣。該死，但是我哭得像個小嬰兒。因為我好以他為榮，以這個國家為榮，以同樣身為人類為榮……」他暫停一下，深深吸了口氣，一隻手揉過雙眼。「我怎麼能宣判這些人死刑？」

普拉菲和羅蒙彼此互看一眼，神色凝重。

「我們沒有辦法，」普拉菲說，「這是拿五條人命跟全地球不曉得多少條人命做比較。」

「他們是英雄啊，貨真價實的英雄。而我們卻要把他們丟在那邊等死。」

「問題是，總統先生，我們很可能根本救不了他們。」羅蒙說，「他們大概都已經感染了。或者很快也會感染。」

「所以有些人可能沒有感染？」

「我們不曉得，現在只知道盧登柯確定感染了。我們相信他是在穿著艙外活動太空衣的時候暴露的。如果各位還記得，十天前平井健一就去過艙外活動的設備室裡，還在那裡發生癲癇。這可以解釋那件太空衣為什麼會遭到污染。」

「那為什麼其他人還沒發病？為什麼只有盧登柯？」

「我們的研究指出，這種生物需要一段潛伏期，才會達到傳染的階段。我們認為它傳染力最強的時間，是在宿主快要死亡時，或者之後，此時它會從屍體上釋放出來。但我們不確定。我們不能冒著犯錯的危險。我們必須假設他們全都是帶原者。」

「那麼在你們確定之前，就把他們關在第四級隔離室。至少讓他們回地球吧。」

「總統先生，風險就是在這裡產生的，」普拉菲說，「在於把他們帶回地球時。人員返航載具不像太空梭，可以引導他們降落到一條特定的跑道。他們回到地球的這個載具，要難以控制得多——基本上只是個有降落傘的分離艙。要是出了什麼錯呢？要是人員返航載具在大氣層解體了，或在降落時墜毀呢？這種生物就會散佈到空氣中。風會把它吹得到處都是！到那時候，它的基因組裡已經有太多人類的DNA了，我們根本無法擊敗它，因為它太像我們了。任何用來對付它的藥物，也會同時殺死人類。」普拉菲暫停一下，讓大家消化一下他所說的這些話。「我們不能讓情感影響我們的決定。因為這個風險太大了。」

「總統先生，」李若伊．孔耐爾插話，「恕我冒昧，請容我指出，這麼做會造成政治上的大災難。讓五個英雄死在太空，一般大眾不會接受這種事情的。」

「眼前，政治是我們最不該考慮的！」普拉菲說，「我們的第一優先是大眾的健康！」

「那為什麼要保密？為什麼你們不讓航太總署參與？那個生物的基因組，你們只給我們一部分而已。我們的生命科學家們已經準備好，也願意貢獻他們的專業知識。我們跟你們一樣想找到治癒的方法，甚至更想。只要陸軍傳染院願意跟我們共享所有資訊，我們就可以一起合作了。」

「我們是基於安全考量，」摩瑞將軍說，「要是落到一個有敵意的國家手中，就會把這個變成一種毀滅性的生物武器。公佈喀邁拉的基因碼，就像是交出這種武器的製造藍圖。」

「你的意思是，你信不過航太總署能保密了？」

摩瑞將軍正眼對上孔耐爾的目光。「航太總署的新哲學是跟所有小國家分享資訊。這可不會讓貴署成為一個守密的好夥伴。」

孔耐爾氣得滿臉漲紅，但是沒說話。

普拉菲看著總統。「總統先生，五個太空人不得不被留在那邊等死，的確是個悲劇。但我們得把眼光放大，想想有可能發生規模遠遠更大的悲劇。一個我們才剛開始了解的生物，造成了一場遍及世界的流行病。陸軍傳染院現在正不眠不休，二十四小時在研究這種生物的關鍵性質。在研究出來之前，我建議各位堅守命令到底。航太總署沒有能力應付生物性的大災難。他們有一個行星環保官，只有一個。陸軍的生物緊急應變小組，正可以應付這類危機。至於航太總署的運作，就交給美國太空司令部指揮吧，由美國第十四空軍支援。航太總署跟這五位太空人有太多個人情感和情緒的牽扯。我們需要一隻堅定的手來掌舵。我們需要保持最高的紀律。」普拉菲緩緩看著長桌周圍的人一圈。其中他真正尊敬的沒有幾個。有些人只對名望和權力有興趣而已，有些人能有今天的職位只是因為政治關係好，還有些人老是輕易被大眾的意見牽著鼻子走。很少人的動機像他這麼單純。

很少人會飽受他那些惡夢的折磨，在黑暗中滿身汗溼地醒來，被他們可能要面對的恐怖景象而嚇得渾身顫抖。

「所以你的意思是，那些太空人永遠不能回來了。」孔耐爾說。

普拉菲看著孔耐爾蒼白的臉，真心覺得同情。「等我們找到治癒的方法，等我們知道可以殺死這種生物，才能考慮把你的人接回來。」

「如果他們還活著的話。」總統喃喃說。

普拉菲和羅蒙彼此看了一眼，但沒有人答腔。事實已經很明顯了，他們將無法及時找出治癒方法。那些太空人無法活著回家了。

傑瑞德・普拉菲在酷熱難耐的大白天還穿外套、打領帶走在戶外，但他幾乎沒感覺到天氣的炎熱。其他人可能會抱怨華府的夏天有多難受，但他並不在乎高溫。真正令他害怕的是冬天，因為他特別怕冷，碰到嚴寒的天氣，他的嘴唇會發紫，穿戴著一層層厚圍巾和毛衣還是會發抖。即使在夏天，他辦公室裡也還是放著一件毛衣以抵禦冷氣。今天的天氣有三十幾度，他走在街上，看到的每張臉上都閃著汗水，但他沒脫掉外套或鬆開領帶。

剛剛的會議，讓他從身體寒到心底。

他手裡拿著一個棕色紙袋，裡面是他早晨上班前在家裡裝好的午餐，內容每天都一樣。他走的路線也是老樣子，往西到波多馬克河，左邊是倒映池。這些日常慣例的熟悉事物，令他覺得安心。這些年他的生活中少有令他覺得太安心的事情。年紀愈老，他就發現自己愈堅守某些老習慣，很像教會裡的隱修士，堅守每天固定的工作、祈禱和冥想時段。在很多方面，他就像那些古代的苦修者，吃東西只為了維持體力，穿衣服只為了保暖。財富對他毫無意義。

即使姓普拉菲（Profitt）[9]，也不能改變他這個人的實質。

他沿著起伏的草地經過越戰紀念碑時，放慢了速度，望著一排肅穆的遊客拖著步伐經過那片鐫刻著死者姓名的牆。他知道當他們面對著那些黑色花崗岩石板，思索著戰爭的恐怖時，心裡都在想什麼：這麼多名字。這麼多死者。

而他心想，你們不曉得，這還不算多呢。

他在樹蔭下找到一張空的長椅，坐下來吃飯。他從褐色紙袋裡面拿出一個蘋果、一角切達乳酪，還有一瓶水。不是依雲或沛綠雅那些時髦的礦泉水，而是一般自來水。他緩緩吃著，觀看那些觀光客從這個紀念碑走到那個紀念碑。我們用這些來榮耀我們的戰爭英雄，他心想。這個社會樹立雕像、鐫刻石板、升起旗幟。想到戰爭雙方所失去的人命有多少，就令人驚懼顫抖。越戰時死了兩百萬軍民。二次世界大戰死亡人數達到五千萬。一次大戰則是兩千一百萬。這些數字太驚人了。大家可能會問：還有比人類自己更致命的敵人嗎？

答案是有。

儘管人類看不見這個敵人，但敵人就在你的周圍，你的體內。在你呼吸的空氣中，在你吃的食物裡。綜觀人類歷史，這個敵人始終是人類無法打敗的對手，而且等到人類從地表上消失，這個敵人照樣還會存活下去。這個敵人就是微生物世界，多個世紀以來，它所害死的人，比所有戰

❾ 近似profit，利潤、盈餘。

爭加起來的還多。

西元五四二到七六七年，四千萬人死於查士丁尼大瘟疫中的鼠疫。

一三〇〇年代，黑死病再度流行，死了兩千五百萬人。

一九一八年和一九一九年，三千萬人死於流行性感冒。

然後在一九九七年，艾美・索倫森・普拉菲，四十三歲，死於鏈球菌引起的肺炎。

他吃完蘋果，把剩下的核放回紙袋裡，然後仔細地把垃圾捲成緊緊的一捆。儘管午餐的份量很少，但他覺得很滿足，他又繼續在長椅上待了一會兒，喝著最後一點水。

有個觀光客經過，是個淡褐色頭髮的女人。她轉身到一個特定的角度，光線斜照過臉上，看起來就像艾美。她感覺到他的目光，朝他看過來。他們彼此打量了一會兒，她很提防，他帶著無聲的歉意。然後她走開了，而他則判定她其實長得不像他的亡妻。沒有人像，沒有人可以。

他站起來，把垃圾扔進垃圾桶，然後開始循原路往回走。經過越戰紀念碑。經過那些穿制服守夜的老兵，現在已經一頭蓬亂的白髮了。榮耀死者的記憶。

但就連記憶也會褪色，他心想。餐桌對面她微笑的影像，她迴盪的笑聲——這一切都隨著時光久遠而變得模糊。只有痛苦的記憶仍堅持不去。一個舊金山的飯店房間。一通深夜的電話。一幕幕狂亂的畫面，機場、計程車、電話亭，他忙著橫越整個國家，終於及時趕到西岸的畢士大醫院。

壞死性的鏈球菌有自己殺人的時間表。就像喀邁拉。

他吸了口氣，很好奇剛剛有多少病毒、多少細菌、多少黴菌才進入他的肺，而其中又有哪些可能殺了他。

20

「依我看，管他們去死，」路瑟說。對地面的頻道已經關掉，所以任務控制中心聽不到他們的對話。「我們回人員返航載具，撥動開關，出發。他們就沒辦法要我們掉頭回去了。」

一旦他們離開太空站，就沒辦法回頭了。基本上，人員返航載具是一架有減速拖曳傘的滑翔機。跟太空站分離之後，就會繞著地球轉，頂多轉四圈後，就不得不脫離軌道降落。

「控制中心要我們耐心等，」葛利格說，「所以我們會照做。」

「遵守那些愚蠢的狗屎命令？如果我們不把尼可萊弄回家，他就要死在我們手上了！」

葛利格看著艾瑪。「瓦森，妳的意見呢？」

過去二十四小時，艾瑪都守在病人旁邊，監視著尼可萊的狀況。他們全都看得出來，他的情況很危險了。他被綁在醫療約束板上，抽搐又發抖，四肢有時揮動得好猛烈，艾瑪都擔心他要骨折了。他看起來像個拳擊手，在繩圈裡被對手無情地痛擊。皮下氣腫讓他臉部的軟組織鼓脹，擠得他的眼睛只剩兩道細縫，裡頭的眼白是惡魔般的鮮紅色。

她不曉得尼可萊能聽到多少、了解多少，也不敢冒險說出心裡的想法。所以她比劃著，示意其他人員離開俄國服務艙。

他們在居住艙會合，這樣尼可萊就聽不到了，而且他們可以安全地取下護目鏡和口罩。

「休士頓得趕緊讓我們撤離，」她說，「不然他就撐不下去了。」

「他們知道狀況，」葛利格說，「但是要等白宮點頭，他們才能准許我們撤離。」

「所以我們就只能待在這裡，看著彼此一個個生病？」路瑟說，「如果我們直接上了人員返航載具離開呢？他們能怎麼辦？把我們打下來嗎？」

黛安娜靜靜地說：「有可能。」

這是實話，大家聽了都沉默不語。每個上過太空梭、熬過倒數時間的太空人都知道，甘迺迪太空中心的一個地下碉堡裡，坐著一群空軍軍官，他們唯一的任務就是炸掉太空梭，把上頭的人員全部化為灰燼。萬一駕駛系統在發射時方向出了錯，萬一太空梭轉向人口密集的區域，這些發射場安全官的職責就是按下摧毀鈕。他們認識太空梭裡的每一個飛行人員，大概還看過那些太空人家人的照片。他們很清楚自己要殺掉的是什麼人。這個責任很可怕，但沒有人懷疑，這些空軍軍官會執行他們的任務。

同樣的道理，如果他們接獲命令要摧毀人員返航載具，幾乎可以確定，他們也會照做。在面對一種新的、致命的傳染病威脅時，五個太空人的性命似乎是微不足道的。

路瑟說：「我很願意打賭，他們會讓我們安全降落。為什麼不呢？我們有四個人還很健康，沒有染上什麼病啊。」

「但我們已經暴露了，」黛安娜說，「我們呼吸同樣的空氣，生活在同樣的空間。路瑟，你和尼可萊還一起睡在氣密艙裡頭過。」

「我覺得一點毛病也沒有。」

「我也是。還有葛利格和瓦森也是。但如果這是傳染病，我們可能已經處於潛伏期了。」

「所以我們要遵守命令，」葛利格說，「還是乖乖留在太空站吧。」

路瑟轉向艾瑪。「妳也贊成這種當烈士的鬼想法嗎？」

「不，」她說，「我不贊成。」

葛利格驚訝地看著她。「瓦森？」

「我考慮的不是自己，」艾瑪說，「而是我的病人。尼可萊沒辦法說話，所以我得幫他發言。我希望他能住進醫院，葛利格。」

「妳也聽到休士頓那邊說什麼了。」

「我聽到的狀況是一團混亂。他們先是命令我們撤離，然後又取消。首先他們跟我們說那是馬堡病毒，然後又說那根本不是病毒，而是某種由生物恐怖份子培育出來的新生物。我不曉得他們下頭到底發生了什麼事。我只知道，我的病人……」她忽然壓低聲音。「他快死了，」她輕聲說。「我首要的責任，就是設法保住他的命。」

「而我的責任，則是要有個太空站指揮官的樣子，」葛利格說，「我必須相信休士頓盡力做出最好的指令。除非情況真的很重大，否則他們不會讓我們冒這種險的。」

艾瑪無法反駁。任務控制中心的那些控制人員她都認識，也很信任。*而且傑克也在那裡，*她心想。在這世上，她最信任的人就是他。

「剛剛有資料傳上來了，」黛安娜說，看了電腦一眼。「是給瓦森的。」

艾瑪飛到艙裡另一頭，去看螢幕上發亮的訊息。是航太總署生命科學中心發過來的。

瓦森醫師：

我們覺得應該讓妳知道妳所對付的是什麼——我們所有人在對付的是什麼。這是感染平井健一那種生物的DNA分析。

艾瑪打開附加檔案。

她花了好一會兒，才有辦法看懂掠過螢幕上的那些核苷酸序列。又花了幾分鐘，才有辦法相信隨之而來的結論。

同一個染色體上，有來自不同物種的基因。豹蛙、老鼠，還有人類。

「這是什麼生物？」黛安娜問。

艾瑪輕聲說：「一種新的生命形態。」

這是個科學怪人式的怪物。令人憎惡的生物。她的注意力忽然集中在「老鼠」這個詞上，心想，老鼠。牠們是最早生病的。過去一個半星期，那些白老鼠持續死亡。上一回她去檢查籠子時，只剩一隻母鼠還活著。

她離開居住艙，更深入那半邊電力不足的太空站深處。

美國實驗艙一片昏暗。她飄過黑暗，來到放動物的架子旁。那些白老鼠是這種生物的原始帶原者，把喀邁拉帶到太空站上來的嗎？或者牠們只是意外的受害者，因為暴露在太空站上別的東西前，而受到感染的？

另外，最後那隻老鼠還活著嗎？

她拉出抽屜式架子，看著籠子裡剩下的那隻老鼠。

她的心往下一沉。那隻老鼠死了。

這隻一邊耳朵被咬爛的母鼠，艾瑪已經逐漸把牠當成鬥士了。純粹憑著一股頑強，這個好鬥的倖存者比其他籠友都活得更久。此刻艾瑪望著那個死沉沉的身體飄浮在籠子另一頭，感覺到一股突如其來的深切哀痛。牠的腹部已經腫起。得趕緊把這個屍體拿走，和其他被污染的垃圾一起丟掉。

她把籠子跟手套箱接合，雙手伸進手套裡，去抓那隻老鼠。她的手指才剛握住牠，那屍體就忽然開始亂扒著復活了。艾瑪驚訝得尖叫，鬆開了手。

那老鼠翻過身來，瞪著她，鬍鬚不耐地抽動著。

艾瑪吃驚地大笑一聲。「原來你沒死。」她喃喃道。

「瓦森！」

她轉向剛剛傳出聲音的對講機。「我在實驗艙。」

「快來這裡！俄國服務艙這邊。尼可萊在發作！」

她飛出實驗艙，在艙壁間反彈著，衝向俄國那一頭。進入俄國服務艙後，她第一個看到的是其他同事的臉，即使在護目鏡後頭，他們的驚駭還是很明顯。然後他們讓到一旁，她看到了尼可萊。

他的左手臂正在痙攣地抽搐著，力氣大得整個約束板都在顫抖。癲癇在他身軀左半邊往下蔓延，左腿也開始猛踢。隨著癲癇勢不可擋地蔓延到全身，他的臀部歪了，往上推離約束板。他扭動得愈來愈嚴重，手腕的約束皮帶把他的皮膚刮出血來。艾瑪聽到一個可怕的喀啦聲，他的左前臂骨折了。右手腕的約束帶被掙開，他不受拘束的手臂拍擊著。手背的骨頭和肉猛拍著板子邊緣。

「把他按住！我要幫他打煩寧鎮靜劑！」艾瑪喊道，手忙腳亂地在醫藥箱內翻找。

葛利格和路瑟一人抓住一邊手臂，但就連路瑟也按不住尼可萊。他那隻沒綁住的手臂像根鞭子似的揚起，把路瑟揮到一旁。路瑟翻滾著，一腳掃到黛安娜的臉頰，把她的護目鏡撞歪了。

尼可萊的頭忽然猛往後頭的板子撞。他咕嚕嚕吸了口氣，上漲的胸部充滿空氣，然後從喉嚨裡咳出來。

一口痰噴灑而出，飛到黛安娜臉上。她厭惡地哀叫一聲，鬆開了手往後飄，擦拭暴露在外的眼睛。

一球藍綠色的黏液飛過艾瑪身邊。在那一團凝膠狀裡頭，有個梨子狀的核仁。直到它飄過燈光系統的照明器，艾瑪才明白那是什麼。如果把一顆雞蛋對著燭火，就可以看到蛋殼裡面的內容。現在照明器就像是蠟燭，它的光亮穿透了核仁外不透明的薄膜。

在裡頭，有個活生生的東西在移動。

心臟監視器發出尖銳的長鳴。艾瑪轉頭看著尼可萊，發現他已經停止呼吸。監視器上只有一條水平的直線。

八月十六日

傑克把通訊耳麥戴到頭上。現在控制中心後方的小房間裡只剩他一個人，這段談話應該是保密的，但他知道他和艾瑪今天所談的，還會有其他人聽到。他猜想，現在所有對太空站的通訊，都有空軍和美國太空司令部在監聽。

他說：「通訊官，我是飛航醫師。我準備好要進行私人家庭會議了。」

「收到，飛航醫師，」通訊官說，「地面控制官，地對空頻道進入保密狀態。」暫停一下，然後：「飛航醫師，可以進行私人家庭會議了。」

傑克的心臟怦怦跳。他深吸一口氣說：「艾瑪，是我。」

「如果我們把他帶回去的話，他可能還活著，」她說，「他可能還有機會。」

「取消撤離的人不是我們！航太總署的決定一再被推翻。我們一直在爭取要讓你們盡快回來。只要你們撐下去——」

「來不及了，傑克。」她靜靜地說，一副實際的口吻。那些話讓他冷入骨髓。「黛安娜感染了。」她說。

「你確定嗎？」

「我剛剛檢查過她的澱粉酶，指數在上升。我們正在觀察她，等著第一批症狀出現。那玩意兒之前飛得艙房裡到處都是。我們清理過了，但不確定還有誰暴露了。」她暫停一下，他聽得到她顫抖的吸氣。「你知道嗎，那些你在安迪和吉兒體內看到的東西、你原先以為是囊腫的？我在顯微鏡底下切開一個，剛剛把照片傳回生命科學中心了。那不是囊腫，傑克。也不是孢子。」

「那是什麼？」

「是卵。裡頭有東西，正在生長。」

「生長？妳是說，那是多細胞生物？」

「沒錯，我的意思就是這樣。」

他愣住了。他本來假設他們在對付的是一種微生物，頂多就是單細胞的細菌。人類最致命的死敵向來就是微生物——細菌、病毒和單細胞原生動物，小到人類的肉眼看不見。如果喀邁拉是多細胞生物，那就遠比單純的細菌要高太多等級了。

「我看到的那個還沒成形，」她說，「比較像是一群細胞，但是有血管。還有可收縮的動作。好像整個東西在搏動，就像心肌細胞的培養。」

「或許那真的是培養。一群單細胞黏在一堆而已。」

「不。不是的，我想那是同一個生物。而且還很幼小，還在成長中。」

「長大會變成什麼？」

「陸軍傳染院知道，」她說，「這些東西是在平井健一的屍體裡長大的。分解了他的器官。他的屍體爆裂時，這些東西一定濺得整個軌道飛行器裡到處都是。」

當初軍方立刻把軌道飛行器隔離了，傑克心想，回憶起那些直升機，還有那些穿著太空衣的人。

「它們也在尼可萊的屍體裡生長。」

他說：「丟棄他的屍體，艾瑪！千萬別耽誤時間。」

「我們正要丟。路瑟在準備要把屍體從氣密艙丟出去。我們只能希望太空的真空狀態能殺死這個玩意兒。這是個歷史事件，傑克。第一個埋葬在太空的人類。」她發出怪異的笑聲，但很快就恢復沉默。

「聽我說，」他說，「我會帶妳回家的。就算要我自己搭上一艘火箭上去接妳都行。」

「他們不會讓我們回地球的。現在我明白了。」

他從沒聽過她的口氣如此喪氣，因而覺得憤怒又絕望。「別在我面前這麼懦弱，艾瑪！」

「我只是務實罷了。我看過敵人，傑克。喀邁拉是一種複雜的多細胞生物。它會動，會繁殖。它利用我們的DNA、我們的基因，來對抗我們。如果這是利用生物工程製造出來的生物，那麼那些恐怖份子剛剛製造出最完美的武器了。」

「那他們一定也設計出了一種防禦的辦法。沒有人會釋出一種新武器，卻不曉得如何保護自己抵擋這種武器的。」

「說不定是個狂熱份子做出來的。這個恐怖份子唯一感興趣的就是殺人——很多很多人。而這個喀邁拉就可以做到。它不光會殺人，還會繁殖、擴散。」她暫停一下，聲音裡有深深的倦意。「在這樣的情況下，很明顯，我們沒法回地球了。」

傑克拔掉通訊耳麥，臉埋在雙手裡。他獨自坐在那個小房間裡好久，艾瑪的聲音依然迴盪在他心中。*我不知道該怎麼救妳*，他心想。*連從哪裡開始著手都不知道。*

他沒聽到門打開，直到酬載處的麗茲．吉昂尼喊他的名字，他才終於抬起頭。

「我們查到一個名字。」她說。

他困惑地搖搖頭。「什麼？」

「我跟你們說過，我要查出哪個實驗因為黴菌過度繁殖而被銷毀了。結果是一個細胞培養。研究主持人是海倫．柯尼格，一位加州的海洋生物學家。」

「她怎麼樣？」

「她失蹤了。兩個星期前，她從她任職的海洋科學公司實驗室辭職。從此沒有人曉得她的下落。另外，傑克，精采的在這裡。我剛剛跟海洋科學公司的一個人談過。她說聯邦調查員在八月九號突襲柯尼格的實驗室，帶走她所有的檔案。」

傑克坐直了身子。「柯尼格的實驗是什麼？她送上去的是哪種細胞培養？」

「一種單細胞海洋生物。叫做古生菌。」

21

「原先預定的實驗期間應該是三個月，」麗茲說，「要研究古生菌在微重力狀態下如何繁殖。但是那些培養開始出現一些怪異的結果。生長迅速，成團塊狀結構。繁殖速度快得嚇人。」

他們沿著詹森太空中心園區裡一條迂迴的小徑往前走，經過了一個噴水池，裡頭的水花噴灑到沉滯無風的空氣中。這一天悶熱得令人難受，可是他們覺得在外面談話比較安全；至少可以私下談話。

「在太空裡，細胞的表現會不一樣。」傑克說。這一點正是把細胞實驗送上太空站的原因。在地球上，組織會長成平的，像床單一樣，蓋住培養皿的表面。但在太空，由於缺乏重力，讓組織可以朝三度空間生長，呈現出地球上不可能的形狀。

「這些發展很令人興奮，」麗茲說，「沒想到實驗在六個半星期前就忽然叫停。」

「是誰叫停的？」傑克問。

「海倫．柯尼格直接下令的。那些古生菌樣本後來交由亞特蘭提斯號帶回地球，她分析之後顯然發現，這個實驗被黴菌污染了，於是下令把太空站上的培養給銷毀。」

「結果銷毀了嗎？」

「銷毀了。但詭異的是銷毀的方式。通常碰到非危害性的生物時，都只是把東西裝袋、扔到受污染的溼垃圾裡。但柯尼格要求他們把培養放在坩鍋裡焚毀，然後再把灰燼扔掉。」

傑克停下來瞪著她。「如果海倫·柯尼格是生物恐怖份子，那為什麼要摧毀自己的武器？」

「你的猜測跟我一樣。」

他想了一會兒，試圖找出合理的解釋，卻一個都想不出來。

「有關她的實驗，再多告訴我一些吧，」傑克說，「古生菌到底是什麼？」

「佩綽維奇和我查閱了科學文獻。古生菌是一種怪異的單細胞生物，被稱之為『嗜極生物』，意思是喜歡極端的環境。這種生物在二十年前才被發現，它們生存並繁衍的地方，是在海底靠近滾燙的火山口。另外在南北極冰帽底下和地殼深處的岩石裡面，也發現了這種生物。都是你以為生命不可能存在的地方。」

「所以它們有點像是耐寒的細菌？」

「不，兩者是完全不同的生物分支。從名稱上，古生菌的意思就是古代的生物。非常古老，起源年代可以追溯到全世界所有生命的祖先。當時連細菌都還沒出現。古生菌是地球的第一批居民，大概也是最後能存活下來的。無論發生了什麼事——核子大戰、彗星撞地球——在我們滅絕之後許久，它們還是會存在。」她暫停一下。「就某種意義來說，它們是地球最終極的征服者。」

「它們有傳染性嗎？」

「沒有。對人類無害。」

「那麼，這就不是我們要找的殺手生物。」

「但如果那份培養裡面，其實是其他別的東西呢？如果她把酬載運給我們之前，拿別的生物掉包了呢？我覺得很有趣的是，這個危機正愈演愈烈時，海倫．柯尼格也碰巧消失了。」

傑克好一會兒都沒說話，專心思索海倫．柯尼格為什麼會忽然下令，把自己的實驗品焚毀。他回想起高登．歐比開會時說過的話。或許這根本不是破壞行動，而是同樣可怕的——是個錯誤。

「這還沒完呢，」麗茲說，「這個實驗還有別的引起我的注意。」

「是什麼？」

「得到資金的方式。凡是來自航太總署以外的實驗，就得互相競爭，爭取太空站的空間。科學家要填申請書，解釋這個實驗可能的商業用途。我們會審核這些申請，然後請各個委員會討論，最後挑出優先可以上去的。這個過程要很久——至少一年，或更久。」

「那個古生菌的申請花了多久？」

「六個月。」

傑克皺起眉頭。「這麼快？」

麗茲點點頭。「走快速管道。不必像大部分實驗那樣，爭取航太總署的資助。商業上可以報銷，有人付費把這個實驗送上去。」

這其實是航太總署籌措國際太空站經費的方式之一——把太空站的酬載空間賣給商業用戶。

「那為什麼一個公司會花大錢——真的是很多錢——去培養一個基本上是沒有價值的生物呢？科學上的好奇？」她懷疑地冷哼一聲。「我可不認為。」

「付錢的是哪家公司？」

「柯尼格博士工作的那家。加州拉荷亞的海洋科學公司。他們的業務是開發來自海洋的商業產品。」

原本絕望中的傑克，忽然感覺到一絲曙光。現在他有資訊可以著手，有個可以行動的計畫了。至少他可以做點事情。

他說：「我需要海洋科學公司的地址和電話，還有你談過那個職員的名字。」

麗茲輕快地點了個頭。「沒問題，傑克。」

八月十七日

黛安娜從不得安寧的睡眠中醒來，她的頭好痛，剛剛的那些夢依然籠罩在她心頭。她夢到英格蘭，她童年在康瓦爾郡的家。夢到了通往前門那條整齊的磚砌小徑，門上方的蔓性玫瑰懸垂下來。在她的夢裡，她推開了那扇小小的柵門，門就像往常一樣發出吱呀聲，鉸鏈該上油了。她沿著小徑走向石砌小屋。再走六步就到前門廊，可以推門進屋了。然後她可以喊著我到家了，終於到家了。她想要母親的擁抱，母親的原諒。但那六步變成十二步。又變成二十四步。她始終到不了那棟石砌小屋，腳下的小徑延伸得愈來愈長，直到屋子後退得像個玩具屋那麼小。

黛安娜兩隻手臂往前伸，然後醒來，喉嚨冒出一聲絕望的呼喊。

她睜開眼睛，看到麥可・葛利格盯著她。儘管他的臉有部分被防護口罩和護目鏡遮住而看不清，但她看得出他的表情很震驚。

她拉開睡袋拉鍊，飄到俄國服務艙的另一頭。但在看到鏡中的自己之前，她就曉得會看到什麼了。

一片鮮紅色濺滿了她左眼的眼白。

艾瑪和路瑟一起飄浮在燈光黯淡的實驗艙，兩人壓低了嗓子講話。太空站裡大部分的地方依然電力不足；只有俄國那半邊因為有獨立的電力供應系統，所以仍然處於電力正常模式。美國這半邊褪成了一片幽暗隧道所組成的詭異迷宮，在昏暗的實驗艙裡，最亮的光源就是電腦螢幕，上頭現在顯示著環境控制與維生系統的圖表。艾瑪和路瑟已經很熟悉這套系統了，在地球受訓時，他們就已經熟記其中的各個組成部分和子系統。現在他們有個急迫的原因要檢視整個系統。太空站有某種接觸性傳染病，而他們無法確定整個太空站是否都受到污染了。之前尼可萊咳嗽時，把那種生物的卵噴得整個俄國服務艙到處都是，當時的艙門是開著的。幾秒鐘之內，太空站裡原本設計來防止空氣滯留的循環系統，就會把那些空中的小水滴傳送到太空站的其他地方。但環境控制系統會一如設計，把那些空中的微粒過濾掉嗎？或者現在這種傳染病已經遍及各處，每個艙都有了？

電腦螢幕上是太空站氣流進出的圖表。氧氣由幾個獨立的來源提供，主要來源是俄羅斯的電子生成器，可以把水電解為氫氣和氧氣。備用來源則是一個使用化學性藥筒的固體燃料生成器，還有太空梭所補充的氧氣儲存槽。一套管線系統會把氧氣和氮氣混合，輸送到太空站各處，另外各艙之間有風扇，以保持空氣循環。抽風風扇裡面裝了刷子和濾網，可以去除掉二氧化碳、水，以及空氣中的微粒。

「這些高效能微粒空氣濾淨器，應該會在十五分鐘內就收集到每個經過的卵或幼體。」路瑟說，指著電腦圖表中的高效能微粒空氣濾淨器。「這個系統發揮了百分之九十九點九的效率。任何大於三分之一微米的東西，都應該會被過濾下來。」

「如果那些卵是在空中的話，」艾瑪說。「問題是，它們會依附在各種表面上。而且我一直看到它們在移動。它們可以爬進縫隙，躲在鑲板後面我們看不到的地方。」

「要拆開每一片鑲板去找，得花上好幾個月時間。就算全部拆開來看過後，我們可能還是會漏掉幾個。」

「別去想拆掉鑲板了吧，沒希望的。我會換掉其他空氣濾淨器的濾網，明天再檢查一次微生物空氣樣本。我們必須假設這樣就夠了。但如果那些幼體爬進了電路管線，我們絕對找不到它們。」她嘆了口氣，疲倦得連思考都很吃力。「無論我們怎麼做，可能都沒有差別。一切說不定都太遲了。」

「對黛安娜來說，肯定太遲了。」路瑟輕聲說。

今天，黛安娜的雙眼已經出現眼白出血了。她現在被安置在俄國服務艙。艙口掛著一面塑膠布，每個人都要戴著過濾式口罩和護目鏡才能進去。根本沒有用，艾瑪心想。他們所有人都呼吸著同樣的空氣，也都碰觸過尼可萊。或許他們全都已經感染了。

「我們必須假設，俄國服務艙現在被污染的狀況，是完全沒藥救了。」艾瑪說。

「在所有可以居住的艙房裡，那是唯一電力供應正常的。我們不能把那邊完全關閉。」

「那麼我想，你知道我們必須怎麼做了。」

路瑟疲倦地嘆了口氣。「再來一次太空漫步。」

「我們得讓這半邊的太空站恢復正常電力供應。」她說，「你得把那個貝塔轉軸頭的修理工作完成，否則我們就會面臨大災難了。要是我們現在的電力供應再出什麼錯，接下來就會失去環境控制系統，或者導航電腦組。」俄國人以前都把這種情形稱之為「棺材狀況」。太空站沒有電力以確定方位，就會開始失控地旋轉。

「就算我們能恢復正常電力，」路瑟說，「也還是解決不了真正的問題──就是生物污染。」

「如果我們可以把污染限制在俄國那半邊──」

「可是幼體現在正在她身上孵化！她就像個炸彈，等著要爆炸。」

「等到她一死，我們就立刻把她的屍體丟出去，」艾瑪說，「在她釋放出任何卵或幼體之前。」

「這樣可能還不夠快。尼可萊還活著的時候，就咳出那些卵了。如果我們等到黛安娜死掉……」

「那你的建議是什麼，路瑟？」葛利格的聲音把他們兩個都嚇了一跳，他們轉過身來看著他。他在門口瞪著他們兩人，黑暗中的那張臉閃著微光。「你是說，要把她活活推出去嗎？」

路瑟飄進黑暗更深處，好像要避開攻擊。「天啊，我不是那個意思。」

「那你是什麼意思？」

「我只是說，那些幼體——我們知道在她體內。我們知道只是遲早的問題。」

「或許我們體內全都有了那些幼體。或許它們就在你體內。現在正在生長、壯大。那我們應該把你丟出去嗎？」

「如果這樣能防止它們擴散的話，那就丟啊。聽我說，我們都知道她快死了，沒有辦法救得了她。我們得預先想好——」

「閉嘴！」葛利格撲過來，抓住路瑟的襯衫。兩個男人撞到艙壁上，又彈出來。他們在半空中轉了又轉，路瑟想撬開葛利格的雙手，但葛利格就是不肯放。

「別鬧了！」艾瑪喊道，「葛利格，放開他！」

葛利格鬆手，兩個男人飄浮著分開，還是喘得很厲害。艾瑪飄到他們兩個中間，像裁判似的。

「路瑟說得沒錯，」她對葛利格說，「我們得預先想好。有些事我們可能不想做，但是也沒辦法。」

「如果換作是妳呢，瓦森？」葛利格吼回去，「如果我們在討論要怎麼處理妳的屍體，妳會作何感想？妳希望我們多快把妳裝進屍袋丟掉？」

「我會希望你們擬定這些計畫！現在還有其他三條人命遭受到威脅，這點黛安娜也知道的。我正在盡力保住她的命，但眼前，我根本不曉得什麼辦法有用。我只能給她打滿抗生素，等待休士頓給我們一些答案。在我看來，我們現在只能靠自己。我們得做好計畫，為最壞的狀況做準備。」

葛利格搖搖頭。他的眼圈發紅，憔悴的臉充滿哀傷。他輕聲說：「還能更壞了嗎？」

艾瑪沒回答。他看著路瑟，在他眼中看到了跟自己同樣的思緒。最壞的狀況還沒到呢。

「國際太空站，飛航醫生正在待命，」通訊官說，「請說，太空站。」

「傑克？」艾瑪說。

結果回應的是塔德．卡特勒，令她很失望。「是我，艾瑪。傑克已經離開詹森太空中心，今天不會再進來。他和高登去加州了。」

該死，傑克。她心想。我需要你啊。

「我們這裡都贊成你們進行艙外活動，」塔德說，「非進行不可，而且要快。我的第一個問題是，路瑟．安姆斯狀況怎麼樣？身體和心理上，都能勝任嗎？」

「他很累。我們全都很累。過去二十四小時我們幾乎都沒睡覺，忙著清理艙房。」

「如果讓你們休息一天，他有辦法進行艙外活動嗎？」

「眼前，休息一天好像是個不可能的夢。」

「可是這樣的時間夠嗎？」

她想了一會兒。「我想應該夠。他只是得補充睡眠而已。」

「好。那麼接下來我要問第二個問題。妳可以勝任艙外活動嗎？」

艾瑪驚訝地停頓了一下。「你要我去當他的同伴？」

「我們不認為葛利格能勝任。他已經取消跟地面所有的通訊。我們的心理學家認為他眼前的狀況太不穩定了。」

「他很難過，塔德。而且很怨你們不讓我們回地球。你們可能不曉得，但他和黛安娜……」她暫停下來。

「我們知道。而且這些情緒也嚴重破壞了他的能力，會提高艙外活動的危險性。所以妳得當路瑟的同伴。」

「那太空衣呢？其他艙外活動太空衣對我都太大了。」

「聯合號上還有一件俄國製的海鷹太空衣。那是以前艾蓮娜・莎維茨卡雅穿過的，幾次任務前留在那兒。艾蓮娜的身高和體重跟妳差不多，妳穿應該會合身。」

「這是我第一次艙外活動。」

「妳受過無重力環境的整套訓練，不會有問題的。路瑟只需要妳在旁邊協助而已。」

「那我的病人怎麼辦。如果我在外頭進行艙外活動，誰來照顧她？」

「葛利格可以幫她換靜脈注射液，做一些基本的照顧。」

「如果有醫療危機呢？如果她開始抽搐呢？」

塔德平靜地說：「她快死了，艾瑪。不管妳做什麼，都改變不了這個事實。」

「那是因為你們不給我任何有用的資訊去想辦法！你們比較有興趣的是讓這個太空站繼續運作！你們好像比較關心那些該死的太陽能板，而不是我們這些人。我們得找出治癒的方法，塔德，不然我們全都會死在這裡。」

「我們沒有治癒的方法。還沒有——」

「那就讓我們回家啊！」

「妳以為我們想把你們留在上頭嗎？妳以為我們有辦法嗎？這裡就像納粹黨的高壓統治！他們派了一堆空軍的混蛋在任務控制中心到處站崗，而且——」

他忽然沒聲音了。

「醫師？」艾瑪說，「塔德？」

還是沒回答。

「通訊官，我沒有醫師的訊號了。」艾瑪說，「我得跟他恢復通訊。」

暫停了一下，然後，「請稍等，太空站。」

感覺上好像等了好久。塔德的聲音終於又傳來時，變得比較小聲，似乎很膽怯，艾瑪心想。

「他們在聽，對吧？」她問。

「這點是可以確定的。」

「這次通話應該是私下的醫藥會談！是保密的！」

「再也沒有什麼保密了。記住這點。」

她艱難地吞嚥著，壓抑自己的憤怒。「好吧，我就不抱怨了。告訴我，你們對這個生物有什麼了解。看我可以利用什麼來對付它。」

「恐怕能告訴妳的不多。我剛剛才跟陸軍傳染院談過，跟一位艾札克．羅蒙醫師，他負責這個喀邁拉專案。他沒有什麼好消息。他們所有的抗菌和抗蠕蟲試驗都失敗了。他說喀邁拉有太多外來的DNA，現在整個基因組其實最接近哺乳動物，而不是其他的生物。這表示任何我們用來對付它的藥物，也會摧毀我們自己的身體組織。」

「他們試過抗癌藥物嗎？這個生物繁殖得好快，就像腫瘤一樣。我們可以用抗癌藥物來試試看嗎？」

「陸軍傳染院試過抗有絲分裂藥物，希望能在細胞分裂的階段殺掉它。很不幸，需要的劑量太高了，到最後也會害死宿主。整個胃腸黏膜會脫落，宿主動物會大量出血。」

你所能想像最可怕的死法，艾瑪心想。腸子和胃部會大量出血，從嘴巴和直腸排出。她在地球上看過病人這樣死掉。在太空，狀況還會更恐怖，巨大的血球會充滿艙房，像一顆顆鮮紅的氣球，濺在每個表面、每個人員身上。

「所以什麼都沒用了。」她說。

塔德沒吭聲。

「有什麼治癒方法嗎？不會害死宿主的？」

「他們只提到一個。但羅蒙認為那只有短期效果，無法治癒。」

「是什麼樣的療法？」

「高壓艙。需要至少十個大氣壓力。等於是潛水到超過三百多呎深。受感染的動物持續待在這樣的高壓下，暴露六天以後還活著。」

「至少要十個大氣壓力嗎？」

「要是再少，傳染病就會繼續發病，宿主會死掉。」

她挫敗地喊了一聲。「就算我們能把壓力打到那麼高，十個大氣壓力也超過太空站的承受極限了。」

「只要兩個大氣壓力，就會造成艙殼變形，」塔德說，「更何況，你們需要的是氫氧混合的空氣，但在太空站無法複製。所以我剛剛才不想提。以你們現在的狀況，這個資訊根本沒用。我們已經在想辦法，看能不能運個高壓艙到太空站去，但這麼笨重的設備——要有辦法製造出這麼大的氣壓——只有奮進號的貨艙才有辦法運。問題是，現在奮進號不是水平狀態，要花至少兩個星期，才能把壓力艙裝上去發射。這表示軌道飛行器要對接在太空站。發現號和上面的人員會暴露在你們的污染之下。」他暫停。「陸軍傳染院說這個辦法不行。」

艾瑪沉默了，她的挫敗轉為憤怒。他們唯一的希望就是高壓艙；但要使用高壓艙，他們就得回到地球。這個辦法也不行。

「這個資訊一定能加以利用的，」她說，「解釋給我聽。為什麼高壓治療有用？為什麼陸軍傳染院會想到要用這個來測試？」

「我問過羅蒙醫師同樣的問題。」

「結果他怎麼說？」

「他說這是一種新的怪異生物，所以我們得考慮非傳統療法。」

「他沒有回答你的問題。」

「他只能跟我說這麼多。」

十個大氣壓力已經接近人類所能承受的上限了。艾瑪很喜歡水肺潛水，但她也從來不敢潛到一百二十呎以下。若是潛到三百呎的深度就太不知死活了。陸軍傳染院為什麼要測試這麼極端的壓力呢？

他們一定有個原因，她心想。他們掌握了這種生物的某些資訊，才會認為這個方法可能有用。

但他們不肯告訴我們這個資訊。

22

難怪大家說高登．歐比是獅身人面像，在他們飛到聖地牙哥的這一路上，這個綽號的原因再明顯不過了。他們從艾林頓機場開著一架T-38噴射教練機離開，歐比擔任駕駛員，傑克則擠在後頭唯一的乘客座。他們在空中幾乎沒交談，這點並不意外。T-38噴射教練機上頭並不適合交談，因為乘客和駕駛員的座位是一前一後，就像兩顆豆子擠在一個豆莢裡。但就連中間在艾爾帕索暫停加油時，兩人爬出飛機，伸展一下在狹窄飛機上擠了一個半小時的四肢，傑克還是沒法逗歐比講話。只有一次，他們站在柏油跑道上，喝著機棚販賣機買來的胡椒博士汽水時，他自動說了句感想。當時他瞇起眼睛看著過午的太陽，然後說：「如果她是我太太，我也會嚇得半死。」

然後他把空罐扔進垃圾桶，走回飛機。

降落在聖地牙哥國際機場後，由傑克駕駛租來的車子，往北沿著五號州際高速公路開到拉荷亞。一路上高登幾乎都沒說話，只是看著窗外。傑克向來覺得高登比較像個機器，而不是人類，於是他想像著高登電腦般的腦子裡，把沿途風景當成點滴資料般處理：山丘。高架橋。住宅開發區。雖然高登也是太空人出身，但太空人小組裡沒有人真正了解他。所有社交活動他都會盡責出席，但只是獨自站在一邊，獨自安靜地喝著他最喜歡的胡椒博士汽水，不會喝任何酒精類飲料。他似乎對自己的沉默怡然自得，接受了這是自己個性的一部分，就像他接受自己滑稽的招風耳和爛髮型。如果沒人真正了解高登．歐比，那也是因為他看不出有什麼理由要顯露真正的自己。

這也是為什麼他在艾爾帕索的那句感想，讓傑克很驚訝。如果她是我太太，我也會嚇得半死。

傑克無法想像獅身人面像會有害怕的時候，也無法想像他結婚。據他所知，高登一直是單身。

等到他們沿著拉荷亞的海岸線迂迴北上時，午後的霧氣已經從海上飄來。他們差點錯過了海洋科學公司的入口；那條岔路前只有一個小標示牌，往下的路似乎通到一片尤加利樹林。他們開了半哩，才看到那棟建築物，是一棟超現實、幾乎像堡壘的白色水泥複合式建築，俯瞰著底下的海面。

一個穿著白色實驗袍的女人來接待櫃台迎接他們。「我是麗貝卡．古爾德，」她說，跟他們握手。「我跟海倫的辦公室在同一條走廊。我早上才跟你通過電話。」麗貝卡一頭短髮和矮胖的身材，看起來很中性，就連低沉的嗓音都很男性化。

他們搭電梯到地下室。「我還是不太明白你們為什麼堅持要來這裡，」麗貝卡說，「我在電話裡也跟你說過了，陸軍傳染院已經把海倫的研究室清過了。」她指著一扇門。「你們可以自己進去看看，裡頭沒剩什麼了。」

傑克和高登走進實驗室，沮喪地看了一圈。空的檔案櫃抽屜沒關上。架子和長桌上的所有設備都被清空了，連一個試管架都沒留下。只有牆上的裝飾品沒拿走，大部分都是裱框的旅遊海報，裡頭是誘人的熱帶海灘和棕櫚樹，還有褐色皮膚的女人在陽光下發亮。

「他們來的那天，我就在走廊前面我的實驗室裡。聽到這邊吵吵鬧鬧的，還有玻璃碎掉的聲音。我走到我門口往外看，看到幾個男人用推車運走檔案和電腦。他們搬走了所有東西。裝著細胞培養的培養器，海水樣本架，就連她養在那個玻璃箱裡的幾隻青蛙都拿走了。我的助理想阻止他們，還被拖到旁邊問話。於是我當然就打電話到樓上蓋布里爾博士的辦公室。」

「蓋布里爾？」

「帕默．蓋布里爾。我們公司的董事長。他親自下來，帶著一位海洋科學公司的律師。他們也阻止不了，那些軍人就是帶著他們的紙箱進來，把所有東西搬走。他們還連我們員工的午餐都拿走了！」她打開冰箱，指著裡頭空蕩的架子。「我不曉得他們以為能查出什麼。」她轉過身來面對他們。「也不曉得為什麼你們會來這裡。」

「我想我們都在找海倫．柯尼格。」

「我說過，她辭職了。」

「妳知道為什麼嗎？」

麗貝卡聳聳肩。「陸軍傳染院的人也一直在問。問她是不是很氣海洋科學公司，是不是精神不穩定，但我完全看不出來。我覺得她只是累了。在這裡一週工作七天，天曉得這樣持續了有多久，我想她就是筋疲力盡了。」

「現在沒人找得到她。」

麗貝卡憤怒地昂起頭。「離家出門幾天又不犯法，這並不表示她就是生物恐怖份子。但陸軍傳染院把這裡當成了犯罪現場，好像她在這裡培養伊波拉病毒或什麼的。海倫是研究古生菌的，這種海洋微生物根本對人類無害。」

「妳確定這個研究室只研究古生菌？」

「我又沒在監視海倫，怎麼會曉得？我忙我自己的工作都來不及了。可是海倫還能做別的什麼？她花了很多年在古生菌的研究上。送上國際太空站的那個品種，就是她發現的。她認為那是她個人的勝利。」

「古生菌有什麼商業上的應用機會嗎？」

麗貝卡猶豫了。「這我倒是不知道。」

「那麼為什麼要在太空研究這種生物？」

「你聽過純科學嗎，麥卡倫醫師？研究只是為了求知？古生菌是很神祕、很迷人的生物。海倫的那些古生菌，是在加拉巴哥海底裂谷找到的，靠近一個火山熱泉噴口，深度一萬九千呎。在六百個大氣壓力和沸點的溫度之下，這種生物卻蓬勃生長。這證明了生命多麼能夠適應環境。你很自然就會想知道，如果把這個生命形態帶離原來極端的環境，放到一個比較友善的環境中，不曉得會發生什麼事。沒了幾千磅的壓力壓垮它，甚至沒有重力扭曲它的生長方向。」

「打岔一下，」高登開口了，他們兩個人都轉過去望著他。他一直在實驗室裡面到處走，看看空抽屜和空垃圾桶。現在他站在牆上的海報旁，指著一張貼在相框角落的照片。上頭是一架大飛機停在跑道上。機翼底下有兩個飛行員對著鏡頭擺姿勢。「這張照片是哪裡來的？」

麗貝卡聳聳肩。「我怎麼知道？這裡是海倫的實驗室啊。」

「這架是KC–135。」高登說。

現在傑克明白為什麼高登會注意到那張照片了。航太總署就是用KC–135這種飛機來模擬微重力的狀況，以訓練太空人。當這種飛機飛出大拋物線時，就像空中的雲霄飛車一般，每次可以製造出最多三十秒的失重狀態。

「柯尼格博士的研究中，有用到KC–135嗎？」傑克問。

「我知道她去過新墨西哥州的一個機場，待了四星期。但是不曉得那邊是用什麼飛機。」

傑克和高登交換著意味深長的眼色。四個星期的KC–135研究，那可是一大筆花費。

「像這樣的費用，會是誰授權的？」傑克問。

「一定是蓋布里爾博士親自批准的。」

「我們可以跟他談談嗎？」

麗貝卡搖搖頭。「他可不是隨時見得到的。就連在這裡工作的科學家，都難得看到他。他在全國各地都有研究機構，所以說不定現在根本不在這邊。」

「再問個問題，」高登插話。他已經走到那個空的玻璃箱上方，這會兒正往下看著箱底排列的青苔和圓石。「這裡頭本來是養什麼的？」

「幾隻青蛙。剛剛我說過了，記得嗎？是海倫的寵物。陸軍傳染院也帶走了。」

高登忽然直起身子來看著她。「哪種青蛙？」

她詫笑起來。「你們航太總署的人，老是問這種奇怪的問題嗎？」

「我只是很好奇，什麼樣的青蛙會被養來當寵物。」

「我想那是某種豹蛙。至於我，我建議養隻貴賓狗，比較不會黏答答的。」她看了手錶一眼。「那麼，兩位，還有其他問題嗎？」

「我想應該是沒有了，謝謝。」高登說。然後他沒再多說一個字，就走出了實驗室。

他們坐在租來的那輛車上，海霧正旋轉著經過車窗外，玻璃蒙上了一層溼氣。豹蛙，傑克心想，北美豹蛙。喀邁拉基因組裡的三個物種之一。

「它就是從這裡來的，」他說，「這個實驗室。」

高登點點頭。

「陸軍傳染院一個星期前就知道這個地方了，」傑克說，「他們是怎麼發現的？他們怎麼知道喀邁拉的來源是海洋科學公司？一定有個辦法，可以逼他們跟我們分享資訊。」

「如果牽涉到國家安全，那就沒辦法了。」

「航太總署不是他們的敵人啊。」

「說不定他們認為我們是。說不定他們相信威脅就來自航太總署內部。」高登說。

傑克看著他。「我們內部的人？」

「國防部不讓我們參與機密，有兩個原因，這是其中之一。」

「那另外一個原因呢？」

「因為他們是混蛋。」

傑克笑了起來，往後靠在座位上。有好一會兒，兩個人都沒說話。這一天把他們累壞了，但他們還得飛回休士頓。

「我覺得自己好像對著空氣揮拳，」傑克說，一手撫著雙眼。「我不曉得我在跟什麼對打，但也不能不奮戰下去。」

「換了我，也不會放棄她這樣的女人。」高登說。

他們兩個都沒提名字，但都曉得說的是艾瑪。

「我還記得她到詹森太空中心的第一天，」高登說。在霧溼車窗外透進來的黯淡光線中，高登那張平凡的臉在灰暗的背景中也一片灰暗。他一動也不動，雙眼看著正前方，憂鬱又沒有色彩。「他們的第一堂太空人課程是我上的。我看著整個教室的新面孔。她就坐在那兒，第一排中間的位子。不怕被點名，不怕被羞辱。什麼都不怕。」他暫停下來，輕輕搖了一下頭。「我不想派她上去。每回她被選中出任務，我都想把她的名字劃掉。不是因為她不夠優秀，老天，絕對不是。我只是不想看著她登上發射台，因為我知道我所曉得的一切都可能出錯。」他忽然停住。傑克從來沒聽過他一口氣說這麼多話，也沒見過他表露那麼多情感。但他說的一切，傑克都不覺得意外。他想著艾瑪種種讓自己喜愛之處。誰會不愛她呢？他心想。連高登・歐比都不例外。

他發動車子，雨刷刮掉溼霧，擋風玻璃一片清晰。現在已經五點了，他們得在黑夜裡飛回休士頓。他開出停車格，駛向出口。

才開了一半，高登說：「搞什麼飛機啊？」

在霧中，一輛黑色房車高速衝向他們，傑克猛踩下煞車。接下來第二輛車也發出尖響駛入停車場，然後滑行著停下，前保險槓正好貼著他們的。四名男子下了車。

傑克旁邊的車門被拉開，他全身僵住。一個聲音命令道：「兩位，請下車。兩個都是。」

「為什麼？」

「馬上下車。」

高登輕聲說：「以我看，這是沒得商量的。」

他們兩個不情不願地下了車，對方很快幫他們全身拍搜一遍，拿走了他們的皮夾。

「他想跟兩位談談。進去後座吧。」開口的那名男子指著一輛黑車。

傑克回頭看了那四名男子一眼。抗拒無效大概可以總結他們的狀況。他和高登走到那輛黑車旁，進了後座。

一名男子坐在前座。他們只能看到他的後腦勺和肩膀。他一頭濃密的銀髮往後梳，身穿灰色西裝。他旁邊的車窗玻璃迅速往下降，兩個被沒收的皮夾遞進來交給他。他又把車窗關上，不讓外頭看見車裡的動靜。有兩三分鐘，他只是審視著皮夾裡裝的東西。然後他轉過頭來面向後座。他的眼珠是深色的，簡直像黑曜石，而且好像不會反光，只是兩個吞沒光線的黑洞。他把皮夾扔到傑克的膝上。

「原來兩位是大老遠從休士頓來的。」

「一定是在艾爾帕索轉錯彎了。」傑克說。

「航太總署的人跑來這裡做什麼？」

「我們想知道，你們送上去的那份細胞培養到底是什麼。」

「陸軍傳染院的人已經來過了。他們把那地方清得一乾二淨，什麼都拿走了。柯尼格博士的研究檔案，她的電腦。如果你們有任何問題，我建議該去問他們才對。」

「陸軍傳染院不肯跟我們談。」

「那是你們的問題，不是我的。」

「海倫．柯尼格是你的員工，蓋布里爾博士。你難道不曉得你的實驗室裡面在進行什麼嗎？」

從對方的表情裡，傑克知道自己猜對了。這位就是海洋科學公司的老闆，帕默．蓋布里爾。儘管他的姓跟聖經裡的天使加百列（Gabriel）一樣，但他的雙眼卻毫無亮光。

「我手下有幾百個科學家員工。」蓋布里爾說，「我在麻州和佛羅里達都有研究機構，不可能知道那些實驗室裡面發生的所有事情，也不能為這些員工所犯的任何罪負責。」

「這可不是隨便什麼罪。這是生物工程製造出來的喀邁拉——這種生物已經害死一整組太空梭人員了。當初就是出自你的實驗室。」

「我的研究員主持自己的計畫。我不會插手。我自己也是個科學家，麥卡倫博士，我知道科學家完全獨立自主時，工作才能做得最好。這種自由可以滿足他們的好奇心。無論海倫做什麼，都是她自己的事。」

「為什麼要研究古生菌？她希望能發現什麼？」

蓋布里爾的臉轉回去往前看，他們又只看到他的後腦勺，還有那些往後梳的銀髮。「知識總是有用的。一開始我們可能看不出其中價值。比方說，知道海參的繁殖習性能有什麼用處？但我們研究得知，可以從那些平凡無奇的海參中，萃取出很多珍貴的荷爾蒙。然後忽然間，海參的繁殖就變得很重要了。」

「那麼古生菌有什麼重要性呢？」

「問題就在這裡，不是嗎？我們在這裡就是做這個。研究一種生物，直到我們曉得它的用處。」他指著他的研究機構，現在籠罩在迷霧中。「你們會發現它就在海邊。我的所有建築物都位於海邊。這是我的油田。我就在這樣的地方尋找下一種癌症新藥，下一個神奇療法。面對大海是完全合理的，因為我們人類就是源自大海。那是我們的出生地。所有的生命都源自大海。」

「你還沒回答我的問題。古生菌有任何商業價值嗎？」

「目前還在研究。」

「那為什麼要送上太空？她在那些KC–135的飛行中，在無重力的狀態下，發現了什麼嗎？」

蓋布里爾搖下車窗，朝外頭的男子示意。後門被拉開。「請下車。」

「等一下，」傑克說，「海倫．柯尼格人在哪裡？」

「她辭職以後，我就沒有她的消息了。」

「她為什麼要下令焚毀她那些細胞培養？」

傑克和高登被拖出後座，推向他們自己的車子。

「她在怕什麼？」傑克大喊。

蓋布里爾沒回答。車窗搖上了，他的臉消失在暗色玻璃後方。

23

路瑟打開人員室通往太空的艙門，讓最後一絲空氣洩入太空。「我先出去，」他說，「妳慢慢來。第一次出去總是會覺得很可怕的。」

看到空蕩門外的第一眼，讓艾瑪恐慌地抓住艙口邊緣。她知道這種感覺很正常，而且會過去的。幾乎每一個首次進行太空漫步的人，都會有這種恐懼所造成的短暫麻痺。他們的腦袋會難以接受廣闊的太空，以及缺乏上與下的方向感。幾百萬年來的演化，讓人類的腦部深深烙印著墜落的恐懼，現在艾瑪竭力要克服的就是這點。種種直覺都告訴她，如果她放開手，如果她冒險踏出艙口，她就會尖叫著掉進無止盡的墜落。但理性上，她知道這種事不會發生。她有安全繩連接著人員室。如果安全繩斷了，她還可以利用噴射背包的推動力，讓自己回到太空站。除非發生一連串獨立的不幸事故，才可能導致大災難。

但現在這個太空站正是如此，她心想。一連串不幸事故接踵而來。他們在太空裡演出自己的鐵達尼號。她甩不掉那種預感，老覺得還會有另一樁大災難要發生。

他們已經被迫違反既定程序了。平常太空漫步前得先在氣密艙的減壓環境下過一夜，但他們這回只花了四小時。理論上，四個小時應該足以防止減壓症的發生，但改變任何正常程序，都會增加額外的風險。

她深呼吸了幾口氣，覺得那種麻痺逐漸退去。

「妳覺得怎麼樣？」她聽到耳麥裡傳來路瑟的問話。

「我只是……花點時間享受這片視野。」她說。

「沒問題吧？」

「沒問題。一切都很順利。」她放開雙手，飄出艙外。

黛安娜快死了。

葛利格看著閉路電視上播放路瑟和艾瑪在太空站外工作的畫面，心中愈來愈悲憤。工蜂，他心想。順從的機器人，乖乖聽休士頓的命令行事。這麼多年來，他也是一隻工蜂。但現在他明白自己在更大格局下的位置。他和其他人一樣，都是可以丟棄的。他只不過是個太空站的零件組，真正的功用就是維修航太總署這具偉大的硬體。我們可能全都要死在這兒了，但是沒問題，長官，我們會把這個地方維持得井井有條！

他們別指望他了。航太總署背叛了他，背叛了他們所有人。讓瓦森和安姆斯去扮演好士兵吧，他再也不陪他們玩了。

他唯一在乎的，就是黛安娜。

他離開居住艙，前往太空站俄羅斯那一端。他從艙口掛的塑膠布底下穿過，進入了俄國服務艙。他沒費事去戴上口罩和護目鏡，有什麼差別呢？他們反正都會死了。

黛安娜被綁在診療板上。她的雙眼浮腫，眼皮膨脹。她一度平坦而結實的腹部現在鼓起來了。充滿了卵，他心想。他想像那些卵在她體內長大，在那層蒼白的皮膚之下擴大。

他輕觸她的臉頰。她睜開充滿血絲的雙眼，努力想看清他的臉。

「是我，」他耳語道，看到她努力想掙脫綁住手腕的束縛帶，於是抓住她的手。「妳的手臂得固定才行，黛安娜。因為有靜脈注射。」

「我看不到你。」她啜泣起來。「我什麼都看不到。」

「我在這裡。有我陪著妳。」

「我不想這樣死掉。」

他眨掉淚水，想騙她說她不會死，自己不會允許的，但張開嘴巴，卻說不出話來。他們一向對彼此誠實，眼前他也不會對她撒謊。於是他什麼也沒說。

她說：「我從來沒想到……」

「什麼？」他柔聲問。

「沒想到……會發生這樣的事。沒機會當英雄。只是生病，一點用都沒有。」她笑了一聲，然後痛得皺起臉。「我本來以為，自己會死得轟轟烈烈……化為一道燦爛的火焰。」

燦爛的火焰。每個太空人想像中，死在太空都會是這樣。只要經歷短暫的驚駭，就會死得很快。忽然減壓或著火。他們從沒想過眼前這樣的死法，隨著身體被另一種生物蠶食、分解，他們也緩慢而痛苦地衰弱下去。被地面人員遺棄，為了全人類更大的福祉而沉默地犧牲。

犧牲品。他自己可以接受，卻無法接受黛安娜被遺棄。他無法接受自己即將失去她的事實。難以相信的是，他們剛認識時，在詹森太空中心一起受訓，他還以為她很冷漠又討人厭，只是個自信過頭的冰冷金髮妞。她的英國腔也令他敬而遠之，因為聽起來優越感十足。比起他一口德州拖腔，要顯得清脆而有教養。第一個星期時，他們彼此就看不順眼，幾乎沒交談過。

到了第三個星期，在高登的堅持下，他們不情願地講和了。

到了第八個星期，葛利格到她家。一開始只是喝杯酒，兩個專業人士討論他們即將來臨的任務。然後專業談話逐漸變成比較私人性質的談話。談到葛利格不幸福的婚姻，還有他和黛安娜各式各樣的共同興趣。到最後，當然，不可避免的事情就發生了。

他們的戀情瞞著詹森太空中心的所有人。只有在這裡，在太空站，其他同事才發現他們在交往。如果上太空之前有一絲懷疑，布蘭肯緒絕對會把他們從任務中除名。即使是在這個時代，太空人離婚依然是個污點。而如果離婚是因為跟另一個太空人鬧婚外情，那麼以後就別想再出飛行任務了。葛利格就會成為太空人小組裡的鬼魂，再也出不了頭。

過去兩年，他都愛著她。過去兩年，每回躺在他熟睡的妻子身邊，他都渴望著黛安娜，規劃著以後兩個人在一起的種種美景。有一天，他們會在一起的，即使他們得離開航太總署。就是這個夢，支撐著他熬過那些不快樂的夜晚。即使跟她在太空站的封閉空間裡過了兩個月，即使兩人偶爾會發脾氣，他還是愛著她。他還是沒放棄那個夢，直到此刻。

「今天星期幾？」她喃喃道。

「星期五。」他又開始撫著她的頭髮。「在休士頓，現在是下午五點半了。快樂時光。」

她微笑。「感謝上帝，今天是星期五了。」

「他們現在正坐在酒吧裡，吃洋芋片、喝瑪格麗特調酒。老天，我真希望來一杯烈一點的調酒，還有漂亮的夕陽。妳和我，坐在湖邊……」

她睫毛上晶亮的淚水幾乎令他心碎。他再也不管生物污染了，再也不管自己也有感染的危險。他手上沒戴手套，就去擦掉那些淚水。

「痛嗎？」他說，「還需要更多嗎啡嗎？」

「不。省下來吧。」她沒說的是，不久就會有其他人需要了。

「告訴我妳想要什麼。我能幫妳做什麼。」

「好渴，」她說，「聽你講那些瑪格麗特調酒的事情。」

他笑了一聲。「我去調兩杯吧。不含酒精的版本。」

「麻煩你了。」

他飄到小廚房旁，打開食物櫃。裡頭裝滿了俄羅斯的補給品，跟美國居住艙那邊的東西不太一樣。他看到真空包裝的醃魚、香腸、各式各樣俄羅斯主食，還有一小瓶伏特加——是俄羅斯人帶上來的，表面理由是有醫學用途。

這可能是我們共飲的最後一杯酒了。

他搖了些伏特加到兩個飲料袋內，又把酒瓶放回櫃子裡。然後他在袋內加了水，把她那袋沖得比較淡，這樣就幾乎是非酒精飲料了。只是有點味道，他心想，帶回一些歡樂的回憶。讓她想起他們共度的那些夜晚，在她家露台上看著日落。他用力搖了搖兩個飲料袋，好讓水和酒混合。然後他轉身過來面對她。

她嘴邊冒出一個鮮紅色的血球。

她在抽搐，雙眼往後翻，牙齒往下咬住舌頭。舌頭一角幾乎被咬掉了，只剩一小絲組織還沒斷。

「黛安娜！」他嘶喊道。

那個血球斷了，光滑的小球飄走了。破掉的傷口還在往外冒血，另一個血球立刻開始成形。

他抓下一個已經黏在約束板上的塑膠口咬器，想塞進她的上下牙之間，好防止她的軟組織進一步受傷。他沒法撬開她的牙齒。人類下頜的肌肉是全身最有力量的肌肉之一，這會兒她的牙關咬得很緊。他抓起一根裝滿煩寧鎮靜劑的注射管，預先估計著準備注射，然後把針頭插入靜脈注射活塞裡。正當他推著柱塞時，她的癲癇開始減弱了。他把整劑都打了進去。

她的臉放鬆了，下頜軟綿綿地垂下。

「黛安娜？」他說。但她沒有反應。

新的血球開始從她嘴裡冒出來。他得施加壓力幫她止血。

他打開醫藥箱，找到無菌紗布，拆開包裝，裡頭有幾片飛走了也不管。他站在她頭部後方，輕輕打開她的嘴，露出咬開的舌頭。

她咳嗽，想別開臉。她被自己的血嗆到了。把血吸進了肺裡。

「別動，黛安娜。」他右手腕壓下她的下排牙齒，想讓她的下頷打開，然後左手拿著一團紗布，開始把血擦掉。她的脖子忽然繃緊，又開始抽搐了，下巴也啪地闔上。

他大叫，手掌被她咬住，痛得他眼前都開始發黑。他感覺溫暖的血濺到臉上，看到一顆鮮紅的血球冒出來。他的血，混合了她的。他想抽回手，但她的牙齒咬得好緊。血不斷冒出來，血球膨脹到像籃球那麼大。咬到動脈了！他沒法撬開她的下頷；癲癇讓她的肌肉繃得很緊，力量超乎常人。

他眼前愈來愈黑了。

絕望之餘，他用空著的那隻手去捶她的牙齒。但她的下頷沒放鬆。

他又捶。籃球大小的血球飄開，碎成十來個比較小的血球，濺在他臉上、眼睛上。他還是沒法弄開她的下頷。四周現在有好多血，感覺上他像是在一片血池裡浮沉，吸不到乾淨的空氣。

他盲目地朝她的臉揮出拳頭，感覺到骨頭碎了，但被咬住的那隻手還是抽不出來。那疼痛太可怕了，難以負荷。他恐慌起來，完全無法思考，只求那疼痛停止。他幾乎沒意識到自己在做什麼，就又揮拳打她，一次又一次。

隨著一聲尖叫，他終於抽出手來，往後飛去。他抓著手腕，傷口飄出一股股鮮紅色的血帶，圍繞著他。他在艙壁間彈撞了好一會兒才停下來，視線也終於恢復清晰。他看著黛安娜受傷的臉，還有她嘴裡血淋淋的斷齒。都是他的拳頭造成的。

他絕望的嚎叫在艙壁間迴盪，耳邊充滿了自己憤怒的聲音。我做了什麼？我做了什麼啊？

他飄到她身邊，雙手捧住她破碎的臉。他再也感覺不到自己傷口的疼痛；那根本沒什麼，比不上自己對她所造成的更大的傷害。

他又嚎叫了一聲，這回是憤怒。他一拳捶著艙壁。把遮著艙口的塑膠布扯下來。反正我們都會死！然後他把注意力轉到醫藥箱上頭。

他伸手，抓起了一把解剖刀。

飛航醫師塔德．卡特勒瞪著自己的控制台，忽然覺得一陣恐慌。螢幕上是黛安娜的遙測顯示資料。她的心電圖軌跡忽然出現一連串迅速上下震盪的鋸齒圖形。然後令他放鬆的是，並沒有持續。但同樣突然地，軌跡線又回復到急遽的竇性心律。

「飛航主任，」他說，「病人的心律目前出現問題。她的心電圖出現了一波五秒鐘的心室心搏過速。」

「意思是什麼？」伍迪．艾里斯簡潔地問。

「這樣的心律如果持續下去的話，可能會致命。眼前她又恢復竇性心律了。速率大約是一三〇。這比她跑步時還要快。不危險，但是我很擔心。」

「那你的建議是什麼，醫師？」

「我會給她抗心律不整的藥物。她需要靜脈注射利多卡因或臟樂得。他們的高等急救包裡這兩樣藥物都有。」

「安姆斯和瓦森都還在外頭進行艙外活動。得由葛利格施藥。」

「我會教他怎麼做的。」

「好吧。通訊官，叫葛利格加入通話。」

等待葛利格回應時，塔德仍留意看著監視器。他所看到的令他很擔心。黛安娜的脈搏上升到一三五，一四〇。還短暫衝到了一六〇，顫動著幾乎沒有上下震盪，可能是病人移動或有電子干擾。上頭發生了什麼事？

通訊官說：「葛利格指揮官沒回應。」

「她需要利多卡因。」塔德說。

「我們沒法連絡上他。」

他要不是聽不到我們呼叫，就是拒絕回答，塔德心想。他們一直擔心葛利格的情緒不穩。他會完全退縮到不理會緊急通訊嗎？

塔德的視線忽然盯著眼前控制台的螢幕。黛安娜‧艾思提出現了陣發性的心室心搏過速。她的心室收縮太快了，無法有效率地把血液打出去，也無法維持她的血壓。

「她需要那些藥物，馬上就要！」他厲聲說。

「葛利格沒有回應。」通訊官說。

「那就叫艙外活動的人員進去！」

「不行，」飛航主任插進來，「他們正修理到關鍵點，不能打斷他們。」

「她的狀況很危急。」

「要是把艙外活動人員叫回來，接下來二十四小時都不能進行修理了。」艙外人員不能就這樣忽然進來一下，又直接出去。他們需要時間調整，要額外的時間重複減壓流程。儘管伍迪・艾里斯沒說出口，但他大概跟控制室裡每個人都有同樣的想法：就算他們把艙外的兩個人叫進去幫忙，對黛安娜・艾思提來說也沒有太大差別。她的死亡已經是無可避免的了。

令塔德驚駭的是，心電圖現在持續處於心室心搏過速。沒有恢復。

「她在惡化了！」他說，「馬上找他們其中一個進去！叫瓦森進去吧！」

飛航主任猶豫了一秒鐘，然後說：「好吧。」

為什麼葛利格不回應？

艾瑪手忙腳亂，抓住一個接一個扶手，沿著主桁架盡快把自己往前拉。穿著那件俄國製的海鷹太空衣，她覺得緩慢又笨拙，雙手因為在笨重的手套裡面努力彎曲而發痛。剛剛的修理工作已經讓她很累了，現在新的一波汗水溼透了太空衣的襯裡，她的肌肉因為疲勞而顫抖。

「葛利格，回答啊。該死，回答啊！」她厲聲朝著自己的耳麥講話。

太空站那邊還是一片沉默。

「黛安娜的狀況怎麼樣？」她喘著氣問。

塔德的聲音回答：「還是處於心室心搏過速。」

「狗屎。」

「別急，瓦森。不要掉以輕心！」

「她撐不住了。媽的葛利格跑哪兒去了？」

現在她喘得好厲害，簡直沒法講話了。她逼自己專心抓住下一個扶手槓，專心別讓安全繩纏在一起。爬下了主桁架後，她撲向梯子，但忽然被猛地扯住。她的袖子鉤到工作平台邊緣了。

放慢速度。妳會害死自己的。

她小心翼翼地拉開袖子，看到上頭沒刺穿。她心臟怦怦跳，繼續爬下梯子，把自己拉進氣密艙。接著她趕緊把艙門關上，打開均壓閥。

「告訴我吧，塔德，」趁著氣密艙開始加壓，她朝耳麥大聲說。「心律怎麼樣了？」

「她現在處於大振幅的心室纖維顫動。還是連絡不到葛利格。」

「她快要不行了。」

「我知道，我知道！」

「好吧，我現在增壓到五psi——」

「氣密艙完整性檢查。不要跳過去。」

「我沒時間了。」

「瓦森，他媽的不要抄捷徑。」

她暫停下來，深吸了口氣。塔德說得沒錯。在太空這個險惡的環境中，絕對不能抄捷徑。她做了氣密艙完整性檢查，完成增壓，然後打開下一個艙門，進入設備室。她在裡頭迅速脫掉手套，俄國製的海鷹太空衣比美國的艙外活動太空衣容易穿脫，但要解開後方的生命維持系統、設法脫掉，還是得花時間。我絕對來不及了，她心想，一邊拚命蹬著雙腳，好擺脫下半身太空衣。

「病人狀況，飛航醫師！」她朝自己的耳麥吼道。

「她現在處於小振幅的心室纖維顫動。」

這是終末心律了，艾瑪心想。這是他們救黛安娜的最後機會了。

這會兒身上只穿著水冷式內衣，她打開了通往太空站的艙門。因為急著要趕到病人身邊，她往艙壁一推，頭朝前穿過艙口。

一片潮溼潑到她臉上，模糊了她的視線。她沒抓到扶手，撞到另一頭的艙壁上。有好幾秒鐘，她困惑地飄浮著，眨眨刺痛的眼睛。我眼睛沾到什麼了？她心想。不要是卵。拜託，不要是卵……她的視力漸漸恢復，但仍然搞不懂眼前是怎麼回事。

在陰暗的節點艙裡，她周圍飄滿了巨大的水球。她感覺又有一片潮溼拂過她的手，低頭看著滲入袖子的那塊黑色污漬，還有沾在她水冷式內衣上到處都是的暗色斑點。她抬起袖子，湊近節點艙的燈光下。

那污漬是血。

她驚駭地瞪著飄浮在陰影中的那些巨大水球。好多啊……

她趕緊關上艙門，免得污染擴散到氣密艙。現在已經來不及保護太空站其他地方了，那些水球已經擴散得到處都是。她進入居住艙，打開人員污染防護包，戴上口罩和護目鏡。或許那些血沒有傳染性。或許她還可以保護自己。

「瓦森？」塔德．卡特勒說。

「血……到處都是血！」

「黛安娜已經處於臨終心律——救她的機會不多了！」

「我馬上過去！」她衝出節點艙，進入隧道般的曙光號。比起一片陰暗的美國那一端，這個俄羅斯艙似乎亮得眩目，一顆顆血球就像歡樂的氣球般飄浮在空中。有些撞上艙壁，把曙光號濺得一片鮮紅。艾瑪衝出曙光號另一端的艙口，躲不開前頭一顆大血球。她直覺地閉上眼睛，水球濺在她護目鏡上，模糊了她的視野。她茫然飄浮著，袖子擦拭過護目鏡，把血清掉。

這才發現眼前是麥可．葛利格灰白的臉。

她尖叫。驚駭中她四肢拚命滑動，徒勞地想避開。

「瓦森？」

她看著還掛在他脖子傷口上的那顆血球。這就是所有鮮血的來源——劃開的頸動脈。她逼自己去碰觸他脖子完好的那一側，探探看有沒有脈搏。結果沒有。

「黛安娜的心電圖變成一直線了！」塔德說。

艾瑪的目光轉向另一頭艙口，那裡通往俄羅斯服務艙，黛安娜應該被隔離在裡頭。但艙口的塑膠布不見了，現在門戶洞開。

在恐懼中，她進入了俄羅斯服務艙。

黛安娜還綁在病人的約束板上。她的臉已經被打得認不出來了，牙齒都被打得碎裂了。嘴裡還冒出一個血球。

心臟監視器的尖嘯終於吸引到艾瑪的注意。一條水平的直線橫過螢幕。她伸手想關掉機器，手卻僵在半空中。電源開關上有個藍綠色凝膠狀的發亮小團塊。

卵。黛安娜身上已經流出卵了，她已經把喀邁拉釋放到空中了。

監視器的警示音吵得令人受不了，但艾瑪還是動也不動，瞪著那一團卵。它們似乎發著微光，變得模糊起來。她眨眨眼，視線再度恢復清晰，想起了剛剛她衝出氣密艙的艙口時，擊中她的臉、令她眼睛刺痛的那片潮溼。當時她沒戴護目鏡。她還可以感覺到臉頰上的那片潮溼，冰冷而發黏。

她伸手碰自己的臉，然後看看指尖，上頭沾著那些卵，像是顫抖的珍珠。

監視器的尖嘯已經變得令人無法忍受。她關掉開關，警示音沒了。隨之而來的寂靜卻同樣令人驚心。她聽不見排氣風扇的嘶嘶聲。那些風扇應該要吸走空氣，經過高效能微粒空氣濾淨器加以淨化。空氣裡有太多血了，血把所有濾淨器都堵塞住了。由於經過濾淨器的空氣壓力增加，觸動了裡頭的感應器，於是過熱的風扇便自動關閉了。

「瓦森，請回答！」塔德說。

「他們死了。」她的聲音哽咽了。「兩個人都死了！」

這時路瑟也加入通話。「我要進來了。」

「不，」她說，「不要——」

「撐著點，艾瑪。我馬上進來。」

「路瑟，你不能進來！裡頭到處都是血和卵。這個太空站不適合居住了。你得待在氣密艙。」

「這不是長期的解決辦法。」

「現在根本沒有什麼長期的解決辦法！」

「聽我說。我現在進了人員室，正要關上外艙門。開始加壓——」

「抽風機全都停擺了，我們沒辦法把空氣清乾淨了。」

「我已經加壓到五psi了。暫停等著做氣密艙完整性檢查。」

「如果你進來，你也會受到污染的！」

「加壓快完成了。」

「路瑟，我已經受到污染了！我眼睛沾到了。」她深吸一口氣，吐出來時變成了嗚咽。「只剩你一個人了，你是唯一還有活命機會的。」

接下來好長一段沉默。「天啊，艾瑪。」他喃喃道。

「好，聽我說。」她暫停一下好讓自己冷靜，能理性思考。「路瑟，我要你移到設備室。那裡應該是比較乾淨的，你也可以拿掉頭盔。然後取下你的通訊設備。」

「什麼？」

「你就照做吧。我正要去一號節點艙。等一下就會在艙口的另外一邊，到時候再跟你通話。」

這會兒塔德插嘴了：「艾瑪？艾瑪，別切斷地對空的通訊頻道——」

「抱歉了，飛航醫師。」她喃喃道，然後關掉了通訊。

過了一會兒，她聽到路瑟透過太空站的對講機系統說：「我在設備室了。」現在他們可以私下討論了，地面的任務控制中心無法再監聽他們的談話內容。

「你現在還剩一個選擇，」艾瑪說，「也是你一直爭取的。我沒辦法做這個選擇，但你可以。你還沒被污染，你不會把這個疾病帶回去。」

「我們已經講好了，不會丟下任何人的。」

「你穿著艙外活動太空衣，裡頭還剩三個小時乾淨的空氣。如果你戴上頭盔，搭上人員返航載具，直接脫離軌道，就可以及時回到地球。」

「那妳就被困在這邊了。」

「我無論如何都被困在這裡了！」她又深呼吸一口氣，更冷靜地開了口。「聽我說，我們都知道這是違抗命令。這個主意可能很糟糕，我們也不曉得他們會有什麼反應——這是賭博。但是，路瑟，你自己要做出選擇。」

「這樣妳就沒辦法撤出了。」

「不必考慮我。連想都不要想。」然後她輕聲說。「我已經死定了。」

「艾瑪，不——」

「你自己想怎麼做？回答這個問題就好。只要考慮你自己。」

她聽到路瑟深吸了一口氣。「我想回家。」

我也想，艾瑪心想，眨掉淚水。啊，老天，我也想。

「戴上頭盔吧，」她說，「我會打開艙門。」

24

傑克奔上通往三十號大樓的樓梯，跟警衛亮出他的識別證，然後直接趕到特殊載具控制室。

高登・歐比在控制室外頭攔下他。「傑克，等一下。如果你跑進去鬧，他們只會把你直接轟出來。花點時間冷靜一下，否則你根本幫不了她。」

「我要我太太馬上回家。」

「每個人都希望他們回家！我們正在盡力，但現在情況不一樣了。整個太空站都污染了。空氣過濾系統關閉了。艙外活動人員始終沒機會修復太陽能板的轉軸頭，所以電力還是不足。加上現在他們又不肯跟我們連絡了。」

「什麼？」

「艾瑪和路瑟已經關掉對地面的通訊了。我們不曉得上頭發生了什麼事。這就是為什麼他們催你趕回來——好幫我們連絡上他們。」

傑克隔著打開的門看進去，特殊載具控制室裡的那些人坐在各自的控制台前，一如往常執行勤務。這些飛航控制人員依然能保持這麼冷靜有效率，忽然激怒了他。又有兩名太空人死了，好像也不能改變他們冷靜的職業特性。控制室裡每個人冷靜的舉止，只是更增強了他的悲傷和恐懼。

他走進門，兩個穿軍服的空軍軍官站在飛航主任伍迪・艾里斯旁邊，監控著通訊頻道。他們的出現令人心煩，卻也提醒大家，這個控制室並非由航太總署控制。當傑克沿著最後一排走向飛航醫師的控制台時，幾個控制人員同情地看著他。他什麼話都沒說，只是坐在塔德・卡特勒旁邊的椅子。他很清楚就在他後方的觀察樓座裡，其他來自美國太空司令部的空軍軍官都正在監視著這個房間。

「你聽到最新的消息了嗎？」塔德輕聲問。

傑克點點頭。螢幕上沒有心電圖軌跡了。黛安娜死了。葛利格也死了。

「半個太空站還處於電力不足的狀態。現在裡頭到處飄浮著卵。」

還有血。傑克可以想像太空站上的情景。燈光昏暗。散發著死亡的惡臭。鮮血濺在艙壁上，堵塞了空氣濾淨器。像個地球軌道上的恐怖之屋。

「我們得跟她連絡上，傑克。讓她告訴我們上頭發生了什麼事。」

「他們為什麼不肯連絡？」

「不曉得。也許他們在生我們的氣。他們有這個權利。或許他們受到的創傷太深了。」

「不，他們一定有個理由。」傑克看著前頭的大螢幕，上頭顯示著太空站在地球上方的軌跡。妳在想什麼，艾瑪？他戴上耳麥說，「通訊官，我是傑克・麥卡倫。我準備好了。」

「收到，飛航醫師。請稍待，我們會再試著連絡他們。」

他們等著。國際太空站沒有回應。

在第三排的控制台，忽然有兩個控制人員回頭看著飛航主任艾里斯。傑克從耳麥裡沒聽到他們開口，但他看到負責太空站上資訊網路的那名控制員站起來，身子前傾，去跟第二排的控制人員咬耳朵。

然後第三排的行動控制員拿掉他的耳麥，站起來伸了個懶腰。他走到側邊走廊，輕鬆走著，好像要去上廁所。經過飛航醫師控制台時，丟了一張紙條在塔德的膝上，然後一步不停地繼續走出去。

塔德打開紙條，震驚地看了傑克一眼。「太空站把他們的電腦重設到人員返航安全模式了，」他低聲道。「他們已經啟動了人員返航載具的分離程序。」

傑克不敢置信地看著他。把電腦重設為人員返航安全模式，表示太空站人員要撤離了。他迅速看了控制室內一圈，沒有人在通訊頻道中提一個字。傑克只看到一排排挺直的肩膀，每個人都專心盯著自己的控制台。他往旁邊看了伍迪．艾里斯一眼，艾里斯站在那邊一動也不動。但他的肢體語言已經表露無遺。他知道發生了什麼事。他也一聲不吭。

傑克冒出汗來。這就是太空站人員不回應的原因。他們已經下了決定，而且已經開始行動了。這件事情瞞不了空軍太久的。透過他們太空監視網路的雷達和視覺感應器，可以監控到地球低軌道上小得像棒球那麼大的物體。只要人員返航載具一脫離太空站，只要它成為軌道上獨立的物體，太空司令部位於夏延山脈空軍基地裡的控制中心，立刻就會注意到了。最重要的問題是：他們會有什麼反應？

艾瑪，我向上帝祈禱，希望妳知道自己在做什麼。

脫離太空站後，人員返航載具得花二十五分鐘找出導航和降落目標，接著花十五分鐘準備噴射點火以脫離軌道。然後再花一小時才能降落。在人員返航載具著地之前，太空司令部早就會發現他們了。

在飛航控制室裡，第二排的機械維修控制員抬起一手，看似不經意地豎起大拇指。藉著這個手勢，他無言地宣佈了新消息：人員返航載具已經脫離太空站了。無論是好是壞，太空站人員都要回家了。

現在好戲上場了。

控制室裡的氣氛更緊繃了。傑克冒險看了那兩個空軍軍官一眼，但那兩人似乎對眼前狀況渾然未覺。其中一個人老是去看時鐘，好像急著想離開似的。

一分一秒過去，整個控制室裡異常安靜。傑克身體往前傾，心臟怦怦跳，汗水沁溼了襯衫。現在人員返航載具應該還在太空站外圍飄浮。他們應該會確認降落目標，同時導航系統也鎖定好幾個全球定位系統衛星了。

快點，加油，傑克心想。趕緊脫離軌道吧！

電話鈴聲打破了沉默。傑克往旁邊看，看到一名空軍軍官接了電話。他忽然全身僵硬，轉向伍迪．艾里斯。

「媽的這裡在搞什麼鬼！」

艾里斯沒說話。

那個軍官趕緊在艾里斯的控制台鍵盤上敲了幾個鍵，然後不敢置信地瞪著螢幕。他抓住電話。「是的，長官。恐怕是沒有錯。人員返航載具已經脫離太空站了。不，長官。我不知道是怎麼——是的，長官，我們一直在監控通訊頻道，但是——」那名軍官面紅耳赤、滿臉大汗聽著話筒裡傳來的一連串斥責。等到他掛上電話，氣得渾身發抖。

「叫他們掉頭！」他命令道。

伍迪．艾里斯回答時，簡直懶得掩飾他的輕蔑。「那不是聯合號太空船。你不可能命令它像一輛汽車似的掉頭開回去。」

「那就阻止它降落！」

「辦不到。它一脫離就沒法回頭的。」

又有三名空軍軍官匆匆走進控制室。傑克認出了美國太空司令部的桂格瑞恩將軍——現在航太總署的運作都歸他管。

「現在是什麼狀況？」桂格瑞恩厲聲問。

「人員返航載具已經脫離太空站了，但還在軌道上。」那個一臉漲紅的軍官回答。

「它抵達大氣層要多久？」

「呃——我沒有這方面的資訊，長官。」

桂格瑞恩轉向飛航主任。「要多久，艾里斯先生？」

「看狀況。有好幾個選項。」

「別跟我囉唆那些工程學的狗屁玩意兒。我要一個答案。我要一個數字。」

「好吧。」艾里斯直起身子，狠狠瞪著對方。「一到八個小時。要看他們。他們可以待在軌道上最多繞行四圈。他們也可以馬上脫離軌道，一個小時內就降落了。」

桂格瑞恩拿起電話。「總統先生，恐怕我們沒有太多時間決定了。他們現在隨時可以脫離軌道。是的，總統先生，我知道這個決定很困難。但我的建議還是跟普拉菲先生一樣。」

什麼建議？傑克心想，忽然恐慌起來。

一名空軍軍官站在飛航控制台前喊道：「他們啟動噴射點火，要脫離軌道了！」

「我們時間不多了，總統先生，」桂格瑞恩說，「我們現在就需要您的答案。」接下來停頓許久，然後他放鬆地點點頭。「您做了正確的決定，謝謝。」他掛上電話，轉向那些空軍軍官。「准許了，我們動手吧。」

「准許什麼？」艾里斯問，「你們打算做什麼？」

沒人理會他的問題。那個空軍軍官拿起電話，冷靜地發出命令。「準備EKV發射。」

EKV是什麼鬼玩意兒？傑克心想。他看著塔德，從他一臉茫然的表情看來，顯然他也不曉得是什麼。

然後軌道控制員走到他們的控制台旁，輕聲回答了這個問題。「外大氣層擊殺載具（Exoatmospheric Kill Vehicle），」他耳語道，「他們要進行攔截了。」

「我們必須在目標到達大氣層之前把它摧毀。」桂格瑞恩說。

傑克恐慌地站起來。「不！」

幾乎同時，其他控制人員也抗議地站起來。他們的叫聲幾乎壓過通訊官的聲音，他不得不盡力大吼，才能讓大家聽見。

「我連絡上太空站了！太空站在通訊頻道上了！」

太空站？所以上頭還是有人？有個人被留在那裡。

傑克一手按在耳機上，聽著下傳的聲音。

是艾瑪。「休士頓，我是太空站的瓦森。任務專家安姆斯沒有感染。我重複，他沒有感染。他是唯一登上人員返航載具的人。我強烈請求你們允許載具安全降落。」

「收到，太空站。」通訊官說。

「聽到了嗎？你們沒有理由把它打下來，」艾里斯對桂格瑞恩說，「停止你們的 EKV 發射吧！」

「你怎麼知道瓦森說的是實話？」桂格瑞恩問道。

「她一定是說了實話。不然她怎麼會留在上頭？她剛剛才把自己困在那兒。人員返航載具是她唯一的救生艇！」

這些話的衝擊讓傑克當場呆掉。艾里斯和桂格瑞恩激烈的交談聲忽然逐漸消失。他再也沒法去關心人員返航載具的命運了。他只想得到艾瑪，如今孤單一個人，困在太空站上，沒有辦法撤回地球。她知道自己感染了。她留在那邊等死了。

「人員返航載具已經完成脫離軌道的噴射點火。它現在在往下降了。軌跡就在前面的大螢幕上。」

在控制室前方大螢幕的世界地圖上，出現了一個小亮點，代表人員返航載具和上頭唯一的乘客。這會兒通訊頻道裡傳來他的聲音。

「我是任務專家路瑟．安姆斯。我靠近大氣層的進入高度了。一切系統正常。」

那位空軍軍官看著桂格瑞恩。「EKV發射還在待命中。」

「你們不必這麼做，」伍迪．艾里斯說，「他沒生病。我們可以帶他回家！」

「載具本身大概已經污染了。」桂格瑞恩說。

「你又不確定！」

「我們不能冒險。我不能拿地球上這麼多人的性命冒險。」

「該死，這是謀殺啊。」

「他沒遵守命令。他明知道我們的反應會是什麼。」桂格瑞恩朝那名軍官點了個頭。

「EKV已經發射了，長官。」

整個房間霎時安靜下來。伍迪．艾里斯一臉蒼白，全身顫抖瞪著前方的大螢幕，看著幾條軌道痕跡同時朝向同一個交會點。

在死寂中，時間一秒秒過去。控制室第一排有個女控制員開始輕聲哭了起來。

「休士頓，我快要進入大氣層了。」聽到通訊頻道裡忽然傳來路瑟開心的聲音，大家都嚇了一跳。「拜託你們派個人在地面上等我，因為我需要人幫忙，才能脫掉這件太空衣。」

沒有人回答。沒有人想回答。

「休士頓？」路瑟沉默了一會兒說。「嘿，你們還在嗎？」

最後通訊官終於開口，聲音很不穩。「啊，收到。我們會準備好一桶啤酒等你的，路瑟老哥。還有跳舞的辣妹。整套的……」

「老天，你們還真放鬆啊。好吧，看起來我快要失去訊號了。你們把啤酒冰好，我會——」

一陣響亮的靜電雜音。然後沒有聲音了。

前方螢幕的那個小亮點爆成一片驚人的細碎亮光，四散成小小的相素。

伍迪．艾里斯跌坐在他的椅子上，頭埋進雙手裡。

八月十九日

「地對空保密頻道，」通訊官說，「請稍待，太空站。」

跟我說話，傑克。拜託跟我說話。艾瑪無聲懇求著，飄浮在居住艙的昏暗中。隨著換氣風扇停擺，整個艙房安靜得她都聽得見自己的心跳聲，聽得到空氣進出自己的肺臟。

通訊官聲音突然傳來，嚇了她一跳。「地對空保密通話。你們可以進行私人家庭談話了。」

「傑克？」她說。

「我在這裡。我就在這裡，甜心。」

「他沒感染！我告訴過他們的——」

「我們設法阻止過！但這是白宮直接下令的。他們不想冒任何險。」

「都是我的錯。」她忽然筋疲力盡地哭了起來。她孤單又害怕。而且因為自己錯誤的決定鑄成大錯而自責不已。「我以為他們會讓他回去。我以為這是他活下去的機會。」

「妳為什麼要留下，艾瑪？」

「我沒辦法。」她深吸一口氣。「我感染了。」

「妳暴露在污染原中，並不表示你感染了。」

「我剛剛做過血液測試了，傑克。我的澱粉酶指數正在上升。」

他沒吭聲。

「從我暴露後到現在，已經八個小時了。我應該還有二十四到四十八小時，就會……再也沒法行動了。」她的聲音平穩，聽起來出奇地冷靜，好像她談的是別人，而不是自己。「這些時間夠我整理一些事情了。丟掉屍體。更換幾個濾淨器，讓風扇恢復正常。這樣應該可以讓下一批人員的清理工作更順利。如果有下一批人員的話……」

傑克還是沒說話。

「至於我的遺體……」她的聲音平穩到一種麻木的狀態，壓抑下所有的情緒。「等時候到了，我想，為了太空站著想，我所能做的，最好就是去進行艙外活動。這樣我死了之後，就不會污染到任何東西了。等到我的身體……」她暫停一下。「海鷹太空衣還算容易穿上，可以不必別人輔助。我手上有煩寧和麻醉劑。足以讓我失去意識。所以等到我的空氣不夠時，我已經陷入沉睡狀態了。你知道，傑克，仔細想想的話，這樣走也不壞。飄浮在外頭。看著地球，看著星星。就這樣逐漸睡去……」

此時她聽到他的聲音了。他在哭。

「傑克，」她柔聲說，「我愛你。我不明白為什麼我們之間會走不下去。我知道有些事一定是我的錯。」

他顫抖著吸氣。「艾瑪，別說了。」

「我等了這麼久才告訴你，真是太蠢了。你大概以為我現在說這些，只是因為我快死了。但是，傑克，老天在上，我真的——」

「妳不會死的。」然後他又說了一遍，帶著怒氣。「妳不會死的。」

「你也聽到羅蒙博士講的結果了。什麼辦法都沒用。」

「高壓艙有用的。」

「他們沒法及時把高壓艙運上來。何況沒了救生艇，我也回不了地球了。就算他們肯讓我回地球的話。」

「一定有個辦法，可以讓妳複製高壓艙的效果。這個辦法在感染的老鼠身上有效，讓牠們可以活著，所以一定是發揮了某些效果。牠們是唯一還活著的。」

不，她忽然明白。牠們不是唯一的。

她緩緩轉身，望著通往一號節點艙的艙口。

那隻白老鼠，她心想。那隻老鼠還活著嗎？

「艾瑪？」

「等我一下，我要去檢查實驗艙的東西。」

她飄過一號節點艙，進入美國研究艙。血乾掉的臭味在這裡也一樣重，即使在昏暗中，她還是看得到艙壁上的暗色血漬。她飄到動物區，拉開老鼠箱，拿著手電筒朝裡頭照。燈光照出了一片淒慘的景象。那隻腹部鼓脹的老鼠正處於臨死的劇痛中，四肢不斷揮動，嘴巴張開，猛吸著氣。

你不能死，她心想。你是倖存者，是規則中的例外。是我還有希望的證據。

那老鼠痛苦地扭著身子。一道血從牠後腿間流出來，斷成一顆顆旋轉的小球。艾瑪知道接下來會是怎樣：當腦部被分解成一堆消化掉的蛋白質濃湯之時，身體會有最後幾波的癲癇發作。她看到老鼠後腿間又冒出一陣血，染髒了白色毛皮。然後她看到別的東西從後腿間冒出來，是粉紅色的。

而且在動。

老鼠又開始扭動起來。

那粉紅色的東西一路滑出來，蠕動而沒有毛髮。腹部連著一條發亮的帶子。是臍帶。

「傑克，」她輕聲道，「傑克！」

「我在這裡。」

「那隻老鼠，那隻母的——」

「牠怎麼了？」

「過去三個星期，牠不斷暴露在喀邁拉的污染下，但牠都沒發病。牠是唯一存活下來的。」

「牠還活著？」

「對。而且我想我知道為什麼。因為之前牠懷孕了。」

那隻老鼠又開始扭動。另一隻幼鼠又裹在發亮的血絲和黏液裡滑出來。

「一定是發生在那天夜裡，健一把牠錯放到公鼠區裡。」她說，「我一直沒處理過牠，所以都不曉得……」

「為什麼懷孕就會不同？為什麼懷孕就能形成保護？」

艾瑪飄浮在昏暗中，努力想找出一個答案。最近的一次艙外活動和路瑟死亡的震驚，讓她的身體筋疲力竭。她知道傑克也一樣累。兩個疲倦的腦子，要在有限的時間內對抗她即將爆發的感染。

「好吧。我們來想想懷孕這件事，」她說，「這是個複雜的生理狀況。不光只是懷著一個胎兒而已。懷孕會改變整個新陳代謝的狀態。」

「荷爾蒙。懷孕動物的荷爾蒙濃度都很高。如果我們可以模仿這個狀態，或許就可以複製那隻老鼠身上的情況。」

荷爾蒙治療。她想著懷孕女人體內各種不同的化學物質。雌激素。黃體素。泌乳激素。人類絨毛膜性腺激素。

「避孕藥。」傑克說，「妳可以用避孕荷爾蒙，複製懷孕的狀態。」

「太空站上沒有這類東西。醫藥箱裡頭不會有的。」

「你檢查過黛安娜的私人置物櫃嗎？」

「她不會背著我吃避孕藥的。我是醫療官，她如果吃的話，我會知道的。」

「還是去檢查吧。快去，艾瑪。」

她衝出實驗艙。來到俄羅斯服務艙，她很快拉開黛安娜置物櫃裡的抽屜。這樣翻找另一個女人的私人物品，感覺上很不應該。即使這個女人已經死了。在那些折疊得整整齊齊的衣服間，她發現一堆私藏的糖果。她都不曉得黛安娜喜歡糖果；有好多黛安娜的事情，她永遠都不會知道了。在另一個抽屜裡，她看到了洗髮精、牙膏和衛生棉條。沒有避孕藥。

她用力關上抽屜。「這個太空站裡沒有我用得上的東西！」

「如果我們明天發射太空梭——如果我們把荷爾蒙送上去給妳——」

「他們不會發射的！而且就算你能把整間藥房搬上來，也得花三天才能送到！」

三天後，她很可能已經死了。

她緊抓著那個濺了血的置物櫃，呼吸沉重而迅速，每根肌肉都緊繃著，因為挫敗，因為絕望。

「那我們就得從另一個角度去設法處理這個問題，」傑克說，「艾瑪，陪著我！我需要妳幫我想！」

她猛地呼出一口氣。「我哪裡也去不了。」

「為什麼荷爾蒙有用？其中機制是什麼？我們知道荷爾蒙是化學訊號——是細胞層次的內部傳訊系統。它們產生作用，是透過激發或壓抑基因表現，改變細胞的編組狀況……」他漫無方向說著，讓思緒引導著自己走向結論。「荷爾蒙為了要發揮作用，就得連結在目標細胞的一個特定受體上。這個荷爾蒙就像一把鑰匙，要搜尋出一個正確的鎖才能打開。如果我們去研究海洋科學公司的資料，或許就能找出柯尼格博士當初在這種生物的基因組裡，還放進了什麼DNA。那麼我們或許就能知道，該如何停止喀邁拉的繁殖。」

「你對柯尼格博士知道些什麼？她還進行了其他什麼研究？從這個或許能找出線索。」

「我們找到她的詳盡履歷了。我們也一直在看她發表過的古生菌論文。除此之外，她對我們像是個謎。海洋科學公司也是個謎。我們還在設法挖出更多資訊。」

那得花時間，她心想。我沒那麼多時間了。

她的雙手因為抓著黛安娜的置物櫃而發痛。她鬆手飄走，好像任憑一波絕望的浪潮把她帶走。黛安娜置物櫃裡面的零碎東西圍繞著她飄在空中，黛安娜愛吃糖的證據——巧克力棒、

M&M's巧克力、一包玻璃紙裝的結晶薑糖。最後一樣東西忽然吸引了艾瑪的視線。結晶薑糖。結晶。

「傑克，」她說，「我想到一個點子了。」

她游出俄國服務艙，回頭朝向美國實驗艙前進時，心臟跳得好快。到了實驗艙，她打開酬載電腦。螢幕亮出一片詭異的琥珀色。她叫出操作資訊檔案，點了代表歐洲太空總署的ESA。這是所有操作歐洲太空總署酬載實驗的所需程序和參考資料。

「妳在想什麼，艾瑪？」耳麥裡傳來傑克的聲音。

「黛安娜原先在進行蛋白質結晶生長的實驗，還記得嗎？製藥研究。」

「哪種蛋白質？」他立刻問，她於是明白，他完全了解自己的想法。

「我正在看清單，有好幾打……」

蛋白質的名稱迅速掠過螢幕。游標停在她尋找的那一筆：「人類絨毛膜性腺激素。」

「傑克，」她輕聲說，「我想我剛剛替自己爭取到一點時間了。」

「妳找到了什麼？」

「人類絨毛膜性腺激素。黛安娜之前在培養這種晶體，放在歐洲實驗艙，那裡頭是真空。我得進行艙內減壓活動，才能拿到。但如果我現在就開始減壓，四、五個小時內就能拿到那些晶體了。」

「太空站裡有多少人類絨毛膜性腺激素？」

「我正在查。」她打開實驗檔案，很快地瀏覽了一下質量測定數據。

「艾瑪？」

「等一下，等一下！我看到最近的質量資料了。我正在找懷孕時的正常人類絨毛膜性腺激素濃度。」

「我可以幫妳查到。」

「不用，我查到了。好，好，如果我把這個晶體稀釋在普通的生理食鹽水裡注射……我的體重是四十五公斤……」她鍵入數字，這是很大膽的猜測。她不曉得人類絨毛膜性腺激素的代謝速度，也不曉得半衰期是多久。最後答案終於顯示在螢幕上。

「有多少劑量？」傑克問。

她閉上眼睛。這個數量撐得不夠久，沒辦法救我。

「艾瑪？」

她吐出一口長氣，化為一聲嗚咽。「三天。」

起源

25

現在是凌晨一點四十五分，傑克累得視線都模糊了，電腦螢幕上的那些字不時失焦。「一定有更多，」他說，「繼續找。」

葛瑞琴．劉坐在鍵盤前，懊惱地看了傑克和高登一眼。之前她在熟睡中被他們一通電話吵醒，她過來的時候，沒有平常準備上鏡頭的化妝和隱形眼鏡。他們從沒見過這個平常打扮稱頭的公關主任這麼不光鮮，也沒見過她戴鏡片眼鏡——厚厚的角框眼鏡，讓她的瞇瞇眼顯得更小了。「跟你們說，我在LexisNexis資料庫裡面就只能找到這個了。海倫．柯尼格幾乎什麼都沒有。另外海洋科學公司，只有平常的企業新聞稿而已。至於帕默．蓋布里爾這個名字，唔，你們自己也看得出來，他並不想出名。過去五年來。他的名字唯一出現在媒體的地方，就是《華爾街日報》的金融版，是一些有關海洋科學公司和他們產品的商業報導。沒有傳記資料，連一張他的照片都找不到。」

傑克往後垮坐在椅子上，揉著雙眼。他們三個人已經在公關室耗了兩個小時，仔細搜尋LexisNexis資料庫內有關海倫．柯尼格和海洋科學公司的每一篇文章。他們找到了很多筆海洋科學公司的資料，幾打提到該公司產品的文章，從洗髮精到藥品到肥料。但幾乎找不到有關柯尼格或蓋布里爾的資料。

「再試著找柯尼格一次。」傑克說。

「這個名字，我們已經試過所有可能的拼字組合了，」葛瑞琴說，「什麼都沒有。」

「那就試試看古生菌。」

葛瑞琴嘆了口氣，打了古生菌，然後點了「搜尋」。

螢幕上充滿了一長串摘錄文章。

「陌生的地球物種。科學家同賀新生物分支的發現。」《華盛頓郵報》

「古生菌成為國際學術會議主題。」《邁阿密前鋒報》

「深海生物提供生命起源的線索。」《費城詢問報》

「兩位，這樣是沒希望的，」葛瑞琴說，「要讀完這個名單上的每篇文章，會花掉我們一整夜。我們乾脆到此為止，回家好好睡一覺吧。」

「慢著！」高登說，「往下到這一筆。」他指著螢幕最底下一行的摘文。「科學家死於加拉巴哥潛水意外。」《紐約時報》

「加拉巴哥，」傑克說，「柯尼格博士就是在這個地方發現那種古生菌的。在加拉巴哥海底裂谷。」

葛瑞琴點了那篇文章，文字出現了。報導是兩年前的。

版權：《紐約時報》

版區：國際新聞

標題：「科學家死於加拉巴哥潛水意外」

撰稿人：胡立歐．裴瑞茲，《紐約時報》特派員

一名研究古生菌海洋生物體的美國科學家史蒂芬．艾亨博士，昨天駕駛單人潛水艇潛入加拉巴哥裂谷，不幸因潛艇卡在海底峽谷而意外身亡。他的屍體直到今天早上才找到，並由研究母船蓋布里雅拉號的纜線，將迷你潛艇拖到海面上。

「當時我們知道他在底下還活著，但是卻束手無策。」一名蓋布里雅拉號的科學家同事說。「他被困在一萬九千呎深的海底。我們花了好幾個小時才拉出他的潛艇，拖回海面上。」

艾亨博士是加州大學聖地牙哥分校的地質學教授，現居加州拉荷亞。

傑克說：「那艘船的名字是蓋布里雅拉。」

他和高登彼此對望，兩個人都驚訝地想著：蓋布里雅拉，帕默．蓋布里爾。

「我敢說這艘母船是海洋科學公司的。」傑克說，「而且海倫．柯尼格當時就在船上。」

高登的目光又回到螢幕上。「這下子就有趣了。艾亨是地質學家，這事情妳怎麼看？」

「怎麼了？」葛瑞琴說著打了個呵欠。

「一個地質學家在一艘海洋研究船上做什麼？」

「研究海底的岩石？」

「搜尋一下他的名字吧。」

葛瑞琴嘆了口氣。「你們兩個欠我一夜美容覺。」她打了史蒂芬・艾亨的名字，然後點了「搜尋」。

螢幕上出現一個清單，總共七篇文章。其中六篇是有關他死在加拉巴哥海底的新聞。

另外一篇是在他死亡的前一年：

「加州大學聖地牙哥分校教授將發表玻璃隕石研究方面的最新發現，並成為馬德里國際地質學術會議的主講人。」《聖地牙哥聯合報》

傑克和高登瞪著螢幕，好半天都震驚得沒法說話。

然後高登輕聲說：「就是這個，傑克。這就是他們想隱瞞我們的事情。」

傑克雙手麻痺，喉嚨發乾。他的目光集中在一個字彙，這個字彙告訴了他們一切。

玻璃隕石。

很多詹森太空中心的官員都住在休士頓東南郊的清水湖，包括詹森太空中心主任肯恩・布蘭肯緒，他的房子是一棟不起眼的家宅。對於單身漢來說，這棟房子嫌太大了，在保全燈光的照耀下，傑克看到前院打掃得非常整潔，每道樹籬都修剪得很完美。這個在凌晨三點還燈光明亮的院子，完全符合一般人對布蘭肯緒的印象，他是出了名的完美主義，而且對保全幾乎是講究到偏執狂的地步。這會兒大概就有一部監視攝影機對著我們，傑克心想，他和高登站在前門外，等著布蘭肯緒來應門。他們按了好幾下電鈴，才看到屋內亮起燈光。然後布蘭肯緒出現了，身材矮胖的他穿著浴袍。

「現在是凌晨三點，」布蘭肯緒說，「你們兩個跑來這裡做什麼？」

「我們得找你談。」高登說。

「我的電話有什麼問題嗎？你們就不能先打個電話過來嗎？」

「這件事情不能在電話裡談。」

他們都走進屋裡，等到前門關上了，傑克才說：「我們知道白宮在隱瞞什麼事。我們知道喀邁拉是哪裡來的了。」

布蘭肯緒瞪著他，當場忘記睡到一半被吵醒的不耐。然後他看看高登，希望他能確認傑克的說法。

「這解釋了一切，」高登說，「陸軍傳染院的保密、白宮的偏執狂，還有這個生物的習性，是我們那些醫師從沒見過的。」

「你們發現了什麼？」

傑克回答了這個問題。「我們知道喀邁拉有人類、老鼠、兩棲類的DNA。但陸軍傳染院不肯告訴我們，基因組裡面還有什麼其他DNA。他們不肯告訴我們這個喀邁拉到底是什麼，或者是哪裡來的。」

「你昨天晚上告訴我，那玩意兒是跟著海洋科學公司的酬載運上去的。是一批古生菌的培養。」

「我們原先是這麼以為。但古生菌並不危險。它們不會害人類生病——所以航太總署才會接受這個實驗。但這種古生菌有點不太一樣。海洋科學公司沒告訴我們。」

「不一樣？你是指什麼？」

「它的來源，是加拉巴哥的海底裂谷。」

布蘭肯緒搖搖頭。「我不懂有什麼意義。」

「發現這個培養的，是一艘『蓋布里雅拉號』的研究船上頭的科學家，這艘船屬於海洋科學公司。其中一個研究員是史蒂芬．艾亨博士，他也登上了『蓋布里雅拉號』，顯然是最新加入的顧問。才一個星期，他就死了。他的迷你潛水艇卡在裂谷的底部，他因為窒息而死。」

布蘭肯緒什麼話都沒說，雙眼仍看著傑克。

「艾亨博士以研究玻璃隕石聞名，」傑克說，「這種玻璃物體是隕石撞擊地球而形成的。艾亨博士的專業領域就是這個，隕石和小行星的地質學。」

布蘭肯緒還是沒說話。他為什麼沒反應？傑克很納悶。他還不懂這代表什麼嗎？

「海洋科學公司讓艾亨搭飛機飛到加拉巴哥群島，因為他們需要地質學家的意見。」傑克說，「他們必須確認他們在海底發現的東西，一顆小行星。」

布蘭肯緒的臉變得僵硬。他轉身走向廚房。

傑克和高登跟過去。「這就是為什麼白宮這麼怕喀邁拉！」傑克說，「他們知道它是哪兒來的。他們知道它是什麼。」

布蘭肯緒拿起電話撥號。過了一會兒，他說：「我是詹森太空中心主任肯恩・布蘭肯緒。我要找傑瑞德・普拉菲。對，我知道現在幾點。這是緊急狀況，麻煩你幫我接到他家……」他沉默了一會兒，然後對著話筒說：「他們知道了。不，我沒告訴他們。他們自己發現的。」停頓一下。「傑克・麥卡倫和高登・歐比。是的，長官，他們現在就站在我家廚房裡。」他把話筒交給傑克。「他想跟你講話。」

傑克接了過去。「我是麥卡倫。」

「有多少人知道？」傑瑞德・普拉菲劈頭就問。

於是傑克立刻明白這個資訊有多麼機密。他說：「我們的醫療人員知道了。還有生命科學處的幾個人。」他知道最好不要講名字。

「你們所有人能不能保密？」普拉菲問。

「要看狀況。」

「什麼狀況？」

「看你們是不是願意跟我們合作，把資訊跟我們分享。」

「你想知道什麼，麥卡倫醫師？」

「全部。你們對喀邁拉所知道的一切。解剖結果。你們臨床實驗的資料。」

「那如果我們不分享呢？會發生什麼事？」

「我在航太總署的同事，就會開始傳真到全國各個新聞通訊社。」

「傳真過去要講什麼？」

「真相。說這個生物不是源自地球。」

普拉菲沉默了好一會兒。傑克聽得到自己的心臟怦怦直跳。我們猜對了嗎？我們真的發現真相了嗎？

普拉菲說：「我會授權給羅蒙醫師，請他告訴你一切。他會在白沙基地等你。」然後掛斷電話。

傑克也掛上電話，看著布蘭肯緒。「你知道多久了？」

布蘭肯緒的沉默只讓傑克更火大。他往前威脅地逼近一步，布蘭肯緒後退靠著廚房的牆壁。

「你知道多久了？」

「只有——只有幾天而已。我發誓要保密的！」

「在上頭死掉的那些，是我們的人啊！」

「我沒有辦法！這件事把所有人都嚇壞了！白宮。國防部。」布蘭肯緒深吸了一口氣，直直看著傑克的雙眼。「等你到了白沙基地，就會明白我的意思了。」

八月二十日

艾瑪牙齒咬著止血帶一頭，在手臂上綁緊了，她左手臂的血管隆起，像躲在蒼白皮膚底下的藍色蠕蟲。她用酒精棉迅速擦了一下肘前靜脈上的皮膚，針尖刺入時，她的臉皺了一下。就像有毒癮的人渴望注射毒品，她把針筒裡面的液體全部注射到體內，中途鬆開止血帶。等到打完了，她閉上眼睛飄浮一下，想像著人類絨毛膜性腺激素的分子，就像小小的希望之星，沿著她的血管往上，旋轉著進入她的心臟和肺臟。流入動脈和微血管。她想像自己已經可以感覺到那個效果，頭痛退去，發燒的熱焰被悶熄到只剩一點最後的餘光。*還剩三劑*，她心想。*再讓我多活三天*。

她想像自己飄浮著，離開自己的身體，然後她彷彿從遠處看著自己，在棺材裡蜷曲成一團，像個有斑點的胚胎。她嘴裡流出一個黏液形成的泡泡，破掉了，形成一片發亮而蠕動的細線，像蛆。

她忽然睜開眼睛，這才明白自己剛剛睡著了。在做夢。她的襯衫已經被汗溼透了。這是好跡象，表示她的燒退了。

她揉揉太陽穴，努力想擺脫夢裡的那些影像，但是沒辦法；現實與夢魘已經合而為一了。

她脫掉汗溼的襯衫，從黛安娜的置物櫃裡找出一件乾淨的穿上。雖然做了惡夢，但剛剛短暫的睡眠消除了她的疲勞，她又恢復精神，準備要尋找新的解答了。她飄進美國實驗艙，在電腦上叫出所有喀邁拉的相關檔案。塔德．卡特勒已經告訴過她，那是一種地球外的生物，而且航太總署所知道有關這種生命形態的一切，也都已經上傳到太空站的電腦裡。她重新閱讀那些檔案，希望能有新的啟發，找出其他人還沒想到的辦法。但她所閱讀到的一切，都熟悉得令人沮喪。

她打開基因組的檔案。一個核苷酸序列出現在螢幕上，連續不斷的A、C、T、G。這就是那個喀邁拉的基因碼——總之是一部分。是陸軍傳染院挑出來跟航太總署分享的部分。她瞪著螢幕，像被催眠一般，看著一行行序列碼往下跑。此刻在她體內生長的那個外星生命形態，本質上就是眼前的這些基因碼。這就是敵人的關鍵，真希望自己曉得如何運用這些資訊。

關鍵（key）。

她忽然想到傑克稍早說過的一件事，有關荷爾蒙的。荷爾蒙為了要發揮作用，就得連結在目標細胞的一個特定受體上。這個荷爾蒙就像一把鑰匙（key），要找到一個正確的鎖才能打開。

為什麼像人類絨毛膜性腺激素這樣的哺乳類荷爾蒙，會抑制一種外星生命形態的繁殖？她很納悶。為什麼一種外星生物，跟地球上的生物這麼不相干，卻會擁有吻合的鎖，可以讓我們的鑰匙打開？

在電腦上，分子序列已經跑完了。她瞪著閃爍的游標，想著那些地球物種的DNA被喀邁拉劫掠。藉由取得這些新的基因，這種外星的生命形態就變成一部分人類、一部分老鼠、一部分兩棲類。

她打開跟休士頓的通訊頻道。「我要跟生命科學處的人講話。」她說。

「要找哪個特定的人嗎？」通訊官問。

「找個兩棲動物專家。」

「請稍待，瓦森。」

十分鐘後，一位航太總署生命科學處的王博士來了。「妳有關於兩棲類的問題嗎？」他問。

「是的，有關北美豹蛙的。」

「妳想知道些什麼？」

「如果豹蛙接觸到人類荷爾蒙，結果會怎樣？」

「什麼樣的荷爾蒙？」

「比方雌激素，或人類絨毛膜性腺激素。」

王博士毫不猶豫就回答：「大體來說，環境荷爾蒙對兩棲類會有不利影響。事實上，已經有很多相關的研究。有些專家認為，全世界蛙類數量之所以減少，就是因為類荷爾蒙物質污染了河流和池塘。」

「什麼類荷爾蒙物質？」

「比方某些殺蟲劑，會模仿荷爾蒙。這些殺蟲劑會破壞蛙類的內分泌系統，讓蛙類無法繁殖或健康長大。」

「所以類荷爾蒙不會真正殺死蛙類。」

「對，只會破壞繁殖。」

「蛙類對這種物質特別敏感嗎？」

「啊，是的。比哺乳類敏感得多。此外，蛙類的皮膚有滲透性，所以大體上，牠們對有毒物質比較敏感。那是牠們的致命弱點。」

致命弱點。她沉默了一會兒，想著這個詞。

「瓦森醫師？」王博士說，「妳還有其他問題嗎？」

「還有。有任何疾病或毒素會殺死青蛙，但對哺乳動物無害嗎？」

「這個問題很有趣。講到毒素的話，就是要看劑量。如果給一隻青蛙一點點砷，就會殺了牠。而砷也會殺死人，但是要給比較大的劑量。同樣的道理，有一些微生物疾病，由某些細菌和病毒引起的，只會殺死蛙類。我不是醫師，所以我不完全確定這些疾病對人類無害，但是——」

「病毒？」艾瑪打斷他，「什麼病毒？」

「唔，比方說，蛙病毒屬。」

「我從沒聽過這種病毒。」

「只有兩棲類專家才熟悉。這個屬是DNA病毒，虹彩病毒科的。我們認為這一屬的病毒會造成蝌蚪水腫併發症。蝌蚪會腫脹、出血。」

「會致命嗎？」

「會，非常會。」

「那這種病毒也會殺死人類嗎？」

「我不知道，這點恐怕沒人知道。我只知道蛙病毒屬殺死了世界各地的大批蛙類。」

致命弱點，艾瑪心想。我找到了。

喀邁拉把豹蛙的DNA加入了自己的基因組，變成了一部分的兩棲類，也就取得了兩棲類的弱點。

她說，「這種蛙病毒屬，有辦法取得活體樣本嗎？用來測試對抗喀邁拉？」

對方沉默了好久。「我懂了，」王博士說，「還沒有人試過。連想都沒想到過——」

「你有辦法取得那種病毒嗎？」她打斷他。

「可以。我知道加州有兩個蛙類研究室，正在用活的蛙病毒做研究。」

「那就趕快動手吧。另外去連絡傑克・麥卡倫，把這件事告訴他。」

「他和高登・歐比剛出發去白沙基地。我會聯繫他們的。」

一片刺人的沙塵掃過地面，風滾草飛掠過馬路。幾名男子開著車經過警衛室，經過通電的圍籬，進入荒蕪的陸軍營區。傑克和高登下了車，瞇起眼睛抬頭望向天空。太陽被滿天風沙遮蔽成暗橘色了，不像中午，倒像是黃昏。他們在艾林頓起飛前，只設法睡了短短幾小時，現在光是看到白晝的天色，都讓傑克的眼睛發痛。

「兩位，這邊請。」那個司機說。

他們跟著那個軍人走進建築內。

這回的接待方式跟上次傑克來訪時不一樣。這回陸軍的護送人員禮貌而恭敬。這回艾札克・羅蒙博士在前面櫃台等著，不過看到他們時，並沒有露出特別開心的表情。

「只有你可以跟我進去，麥卡倫醫師，」他說，「歐比先生得在這裡等。這是講好的。」

「我可沒講好。」傑克說。

「普拉菲先生代表你講好的。你能進入這棟建築，完全是因為他開口。我時間不多，所以就別在這上頭浪費時間了吧。」他轉身走向電梯。

「看吧，這就是你們標準的陸軍混蛋。」高登說，「去吧，我在這裡等就是了。」

傑克跟著羅蒙進入電梯。

「第一站是地下二樓，」羅蒙說，「我們在那裡進行動物實驗。」電梯門打開，眼前是一面玻璃牆。那是觀察窗。

傑克走近窗邊，看著另一頭的實驗室。裡面有一打穿著生物污染防護服的工作人員。幾個籠子關著蜘蛛猴和狗。離觀察窗最接近的則是關在玻璃罩內的老鼠籠。羅蒙指著那些老鼠。「你會發現，每個籠子上都標示了牠們感染的日期和時間。要說明喀邁拉的致命性質，我想不出更好的方式了。」

在「第一天」的籠子裡，四隻老鼠看起來很健康，精力旺盛地爬著牠們的旋轉輪。

在標示著「第二天」的籠子裡，疾病的第一絲跡象出現了。六隻老鼠中的兩隻在顫抖，雙眼一片鮮豔的血紅。其他四隻則無精打采地擠在一堆。

「前兩天，」羅蒙博士說，「是喀邁拉的繁殖階段。你要知道，這跟我們地球的狀況完全相反。通常一個生命體要先達到成熟階段，才會開始繁殖。但喀邁拉卻是先繁殖，才開始成熟。它分裂的速度很快，在四十八小時內可以複製出高達一百個自己。一開始小得要顯微鏡才能看得見，肉眼看不到。小得你可能會在呼吸中吸入，或者透過你的黏膜組織吸收到體內，而你卻不曉得自己已經暴露了。」

「所以在它們生命週期這麼早的階段，就有傳染性了？」

「它們在生命週期的任何階段，都有傳染性。只要被釋放到空氣中就夠了。通常釋放的時間，大約是在被害者死亡時，或是屍體死後幾天脹破的時候。一旦你感染了喀邁拉，一旦它在你體內分裂，這些個體就開始成長。開始發展為……」他暫停了一下。「我們其實不太知道該怎麼稱呼它們。我想，就叫卵囊吧。因為它們每一個裡頭都裝著一個幼體的生命形態。」

傑克繼續往下，看著第三天那一區。所有的老鼠都在抽搐，四肢拚命揮動，好像被連續電擊似的。

「到了第三天，」羅蒙說，「幼體急速生長。純粹的腫塊效應讓受害者的腦部物質移位。摧毀宿主的種種神經功能。等到第四天……」

他們看著第四天的區域。只剩一隻還活著。屍體還沒移走，雙腿僵直躺著，嘴巴大張。前面還有三個籠子；屍體分解的過程還會繼續。

到了第五天，屍體開始膨脹。

到了第六天，屍體的腹部脹得更大了，皮膚像鼓面似的緊繃著。黏稠的晶亮液體滲出眼睛和鼻孔。

然後到了第七天……

傑克在窗子旁邊站住了，瞪著第七天的那個圍區。破裂的屍體像洩了氣的氣球般棄置在底部，皮膚脹破了，露出一灘發黑分解的內臟。一隻老鼠的臉上黏著一團由不透明的凝膠狀小球所形成的團塊。那個團塊在顫抖。

「那就是卵囊，」羅蒙說，「到了這個階段，屍體的體腔內都裝滿了這些卵囊。它們以宿主的組織為食物，生長的速度很驚人。它們會消化掉肌肉和器官。」他看著傑克。「你熟悉寄生蜂的一生嗎？」

傑克搖搖頭。

「成蜂會將卵產在活的毛蟲體內，幼蟲成長期間，會攝取宿主的血淋巴液。在這整個過程中，那隻毛蟲都還活著。這種昆蟲在另一種生命形態體內孵化，從裡面蠶食這種生物，最後幼蟲會從垂死的宿主內部破體而出。」羅蒙看著那些死鼠。「這些幼體也一樣，在活的宿主體內繁殖、成長，最後還殺死了宿主。這些幼體擠在顱腔內，一點接一點吃掉腦部神經灰質的表皮，破壞微血管，引發顱內出血。使得顱內壓力愈來愈大，眼部血管充血。宿主會感覺頭痛得視線模糊，很混亂。他會腳步不穩像是喝醉一般。三天或四天之內，他就會死掉。但那些生命體還繼續蠶食宿主的屍體，劫掠宿主的DNA。利用這個DNA來加速自己的演化。」

「演化成什麼？」

羅蒙看著傑克。「我們不曉得最後演化成什麼。每一代喀邁拉都會從宿主身上得到新的DNA。現在我們看到的喀邁拉，跟當初我們取得的喀邁拉已經不一樣了。它的基因組已經變得更複雜，生命形態已經變得更高等了。」

愈來愈像人類了，傑克心想。

「這就是我們要完全保密的原因，」羅蒙說，「任何恐怖份子，任何有敵意的國家，都可以潛入加拉巴哥海底裂谷，去找這個玩意兒。這種生物要是落在不當的人手裡……」他的聲音愈來愈小。

「所以這種生物，完全沒有人工的成分。」

羅蒙說：「沒錯。它是意外在那個裂谷中發現的。由蓋布里雅拉號帶到水面上。一開始柯尼格博士以為自己發現了一個新品種的古生菌。沒想到，她發現的是這個。」他看著那個蠕動的卵塊。「一千年來，它們被困在那個小行星的殘骸裡，埋在一萬九千呎的深海中。一直被那個環境抑制住。它在深海中才會安分，上了陸地就不會了。」

「現在我明白，為什麼你們會測試高壓艙了。」

「一千年來，喀邁拉一直活在那個深海裂谷中，沒有危害。我們認為，如果我們能複製那樣的壓力，就可以讓它回復到無害的狀況。」

「結果呢？」

羅蒙搖搖頭。「只是暫時的。這種生命形態因為暴露在微重力環境下，已經永遠改變了。總之，它被運上國際太空站後，繁殖的開關就打開了。好像它天生就是致命的生物。但是必須在缺乏重力的環境下，才能再度啟動它的機制。」

「高壓治療法有多暫時？」

「感染的老鼠只要待在高壓艙裡，就能保持健康。現在已經待了十天了，都還活著。但只要把任何一隻取出來，那種疾病就又復發了。」

「那蛙病毒呢？」才一個小時前，航太總署生命科學處的王博士在電話裡跟傑克簡報過。就在那一刻，一批兩棲類病毒已經上了空軍噴射機，正在運往羅蒙博士實驗室的途中。「我們的科學家相信蛙病毒會有用。」

「理論上是這樣。但現在發射援救太空梭還嫌太早。首先我們必須證明蛙病毒有用，否則太空梭上頭的所有人員都會有性命危險。我們需要時間測試這種病毒。至少要幾個星期。」

艾瑪沒有幾個星期，傑克心想。她只有三天份量的人類絨毛膜性腺激素。要是我能爭取更多時間就好了。

他沉默地往下看著籠內的鼠屍，看著那些卵在一堆黏液中發亮。跟剛剛羅蒙說過的一些話有關。他忽然想到一件事。

「你剛才說，到目前為止，高壓艙讓老鼠活了十天。」

「沒錯。」

「可是發現號墜毀，不過是十天前的事情。」

羅蒙避開他的目光。

「你從一開始就計畫好高壓艙實驗。這表示你早就知道自己要處理的是什麼，甚至早在解剖屍體之前，就已經知道了。」

羅蒙轉身想走回電梯，被傑克一把抓住領子轉過來，羅蒙驚訝得倒抽了一口氣。

「那不是商業酬載，」傑克說，「對不對？」

羅蒙推開他，踉蹌後退，往後靠著牆。

「國防部利用海洋科學公司當幌子，」傑克說，「你們付錢給那家公司，讓他們幫你把實驗送上太空。只為了要掩蓋軍方對這種生命形態有興趣。」

羅蒙側身走向電梯，想溜掉。

傑克抓住羅蒙的實驗袍領口。「這不是生物恐怖活動。這是他媽的你們犯的錯！」

羅蒙的臉漲成紫色。「我沒辦法——沒辦法呼吸了！」

傑克放開他，羅蒙沿牆往下滑，雙腳癱軟。有好一會兒，他都沒說話，只是垮坐在地上，努力要恢復正常呼吸。最後他終於開口時，只能發出氣音。

「我們當初根本不曉得它會怎麼樣。沒有了重力，誰曉得它會怎麼改變……」

「但你們知道它是外星生物。」

「沒錯。」

「而且你們知道它是喀邁拉。它已經有兩棲類的DNA了。」

「不，不，這點我們原先不知道的。」

「別跟我鬼扯。」

「我們不曉得青蛙的DNA是怎麼進入它的基因組的！這事情一定是發生在柯尼格博士的實驗室裡。是某種錯誤。在海底裂谷發現這種生物的是她，終於明白這種生物是喀邁拉的人也是她。海洋科學公司知道我們會有興趣。一種外星生物——我們當然會有興趣。他們的KC-135實驗由國防部買單。酬載登上太空的經費則由我們出資。這個實驗不能當成軍事酬載送上去。因為有太多審核的委員會，會引起太多疑問。航太總署會很好奇，為什麼軍方會在乎無害的海洋微生物。但如果是私人公司送上去，就不會有人提問了。所以它就以商業酬載的身分送上去，由海洋科學公司出資。柯尼格博士是研究主持人。」

「柯尼格博士人在哪裡？」

羅蒙緩緩站起身。「她死了。」

這個消息讓傑克很意外。「怎麼死的？」他輕聲問。

「那是個意外。」

「你以為我會相信？」

「我說的是實話。」

傑克審視著羅蒙一會兒，然後判定羅蒙沒撒謊。

「車禍發生在兩個多星期前，是在墨西哥，」羅蒙說，「就在她辭掉海洋科學公司的工作之後。她搭的那輛計程車全毀了。」

「然後陸軍傳染院就劫掠她的實驗室？你們不是去調查的，對吧？你們是打算把她的檔案全部銷毀。」

「我們在談的是一種外星生命形態。這種生物的危險程度，超過我們所了解。沒錯，那個實驗是個錯誤，造成了大災難。但是你想像一下，如果這個資訊洩漏，讓世界各地的恐怖份子知道了，結果會怎麼樣？」

這就是為什麼航太總署一直被蒙在鼓裡，為什麼真相從未揭露。

「而且最糟糕的你還沒看到呢，麥卡倫醫師。」羅蒙說。

「這話是什麼意思？」

「還有一個東西我想讓你看。」

他們搭電梯到下一層，也就是地下三樓。深入冥府了，傑克心想。他們出了電梯，迎面還是一面玻璃牆，牆裡也是實驗室，裡面還是有很多穿著太空衣的工作人員。

羅蒙按下對講機說：「可以把標本拿出來嗎？」

裡頭一個工作人員點點頭。她走到實驗室裡一個龐大的落地式鋼製保險庫前，轉動上頭一個巨大的暗碼轉盤鎖，然後走進去。再出來時，她推著一輛推車，車上的托盤放著一個鋼製容器。

她把車子推到觀察窗前。

羅蒙點點頭。

她打開容器蓋子，拿出一個壓克力玻璃的圓柱形瓶子，放在托盤上。裡頭的東西泡在福馬林裡面，正在上下輕晃浮沉。

「我們是在平井健一的脊柱內部發現這個的。」羅蒙說，「因為有他的脊椎當保護，所以發現號墜毀時，衝擊的力量得到緩衝。我們把它取出來的時候，它還是活的——不過已經奄奄一息了。」

傑克想說話，但一個字也說不出來。他駭然瞪著那圓柱瓶內的物體，只聽到排風扇的嘶嘶聲和自己轟響的脈搏聲。

「那些幼體就是會長成這個樣子，」羅蒙說，「這就是下一個階段。」

現在他明白了。為什麼要保密。他所看見保存在福馬林裡面的，蜷縮在那個壓克力玻璃圓柱瓶裡面的，解釋了一切。儘管它在取出時受到嚴重損傷，但基本特徵還是很明顯。光滑的兩棲類皮膚、幼蟲的尾巴，還有那蜷曲胎兒的脊椎——不是兩棲類，而是更恐怖得多，因為它的基因起源可以清楚辨識。哺乳類，他心想。或許甚至是人類。它看起來已經開始像宿主了。

只要讓它感染一個不同的物種，它就會改變自己的外形。它會劫掠地球上任何物種的DNA，呈現出任何樣貌。最後它會演化到再也不需要宿主，就可以生長並繁殖。它會獨立存在，自給自足。或許甚至會有智力。

而艾瑪現在就是這種生物的溫床，她的身體是一個滋養的大繭，讓那些生物在裡頭生長。

傑克站在柏油跑道上，看著跑道外的一片荒蕪，不禁打了個寒噤。剛剛載著他們回到白沙空軍基地的那輛陸軍吉普車開遠了，此刻只剩一個發亮的小點，後面拖著一道扇形的塵土尾巴。太陽白熱的亮光刺得他雙眼泛淚，一時之間，整片沙漠閃爍模糊起來，好像在水面下。

他轉過頭來看著高登。「沒有其他辦法了，我們得這麼做。」

「有一千個細節都可能出錯。」

「總是有的。每次發射、每趟任務都是這樣。這一趟憑什麼要有不同呢？」

「到時候不會有應變計畫，沒有安全的備用方案。我很清楚狀況，這是個將就湊合的辦法。」

「所以才有可能成功。他們的口號是什麼？更小，更快，更便宜。」

「好吧，」高登說，「姑且假設你不會在發射台上爆炸，也假設空軍不會在天上把你轟爛。一旦你上去了，還是得面對最大的賭博：蛙病毒能不能見效。」

「高登，從一開始，有件事我就一直想不透：那個基因組裡為什麼會有兩棲類的DNA？喀邁拉是怎麼取得蛙類基因的？羅蒙認為那是個意外，是在柯尼格的實驗室裡面出了錯。」傑克搖搖頭。「我認為那根本不是意外。我認為是柯尼格把那些基因放進去的。當成防止故障的裝置。」

「我不懂你的意思。」

「或許她有先見之明，想到要提防可能的危險。她擔心這種新的生命形態在微重力之下的改變，可能會產生不良後果。萬一喀邁拉失控了，她希望能有個辦法消滅它。所以她留了一扇穿透它防禦的後門，就是這個。」

「蛙病毒。」

「它會見效的，高登。一定可以。我願意用我的命來賭。」

一道旋風吹過他們兩人之間，捲起沙塵和碎紙片。高登轉身，望著跑道對面他們從休士頓開來的那架T–38飛機，然後嘆了口氣。「我就怕你會這麼說。」

26

凱司培．穆霍蘭吞下第三包制酸錠，但還是覺得胃裡像是一鍋冒泡的酸湯。在遠處，發亮的「遠地點二號」像是一顆插在沙地、尖端向上的子彈殼。它看起來並不特別起眼，尤其對眼前這批觀眾來說。在場的大部分人都親臨過航太總署發射的現場，聽過那搖撼大地的轟隆聲響，見過太空梭巨大火柱衝向天空的壯麗景象。「遠地點二號」看起來一點也不像太空梭，還比較像個兒童的玩具火箭。當十來個訪客爬上臨時搭起的觀景台，看著荒涼的沙漠地形，望向發射台時，凱司培看到了他們眼中的失望。每個人都想要大的。每個人都愛上大尺寸和大馬力。小尺寸、優雅簡單的風格，就是吸引不了他們的興趣。

又一輛廂型車停在基地前，另一群訪客依序下車，立刻抬起手遮在眼睛上方，抵擋上午的陽光。凱司培認出了三個多星期前拜訪過遠地點公司的那兩名商人：馬克．盧卡斯和哈薛米．拉夏德。他們瞇著眼睛望向發射台時，臉上也露出了同樣的失望表情。

「沒法離發射台更近了嗎？」盧卡斯問。

「恐怕是這樣，」凱司培說，「這是為了各位的安全。那些爆炸性的推進燃料，可不是開玩笑的。」

「可是我原來以為，我們可以仔細看看你們的發射操作狀況。」

「晚一點會到我們的地面控制處——等於是休士頓的任務控制中心。等到發射之後，我們就會開車到控制處那邊，向各位展示我們會怎麼引導它進入低地球軌道。這是我們系統的真正試煉，盧卡斯先生。任何工程學研究生都可以發射火箭。但要讓火箭安全進入軌道，然後引導它接近飛行中的太空站，那可就複雜太多了。這就是為什麼這次示範提前了四天——為了配合國際太空站的發射時限。為了向各位展示我們的系統已經有會合能力。『遠地點二號』正是航太總署想買的那種大鳥。」

「你們不會真的對接吧？」拉夏德說，「我聽說太空站現在已經處於隔離狀態了。」

「沒錯，我們不打算對接。『遠地點二號』只是個原型，沒辦法實際銜接國際太空站，因為它沒有軌道對接系統。不過我們會讓它夠靠近太空站，好證明我們做得到。你知道，光是我們能在這麼短的時間內更改發射時間，就是一大賣點了。在太空飛行這方面，彈性是一大關鍵。常常會有預期之外的狀況發生。我的合夥人最近出了車禍，就是個例子。雖然歐比先生躺在病床上，骨盆斷裂，但我們並沒有取消發射。我們會在地面控制整個任務。各位，這就是彈性。」

「如果你們延後發射，我可以理解，」盧卡斯說，「比方說，因為天氣不好。但為什麼要提前四天發射呢？我們有些合夥人就來不及趕過來。」

凱司培的胃裡又冒出新的一股胃酸，他可以感覺到最後一片制酸錠隨之冒泡溶解掉了。「其實很簡單，」他暫停一下，掏出手帕擦擦前額的汗。「因為要趕上我剛剛提到的發射時限。太空站繞行地球軌道是傾斜五十一點六度。如果你看著地圖上畫出來的運行軌跡，就會發現這個軌跡是一道正弦波，在北緯五十一點六度和南緯五十一點六度之間波動。由於地球會自轉，所以太空站每次繞行地球時，經過地圖上的軌跡都不同。同時，因為地球不是正圓形，也增加了複雜性。當太空站的運行軌跡經過發射站上方時，是最適合發射的時候。所有因素加起來，我們就得出幾個發射的選擇時間。另外還要考慮到白晝發射或夜間發射。可以容許的發射角度。最近的氣象預報……」

他們的目光開始變得呆滯，沒在專心聽了。

「總之，」凱司培大感解脫地總結，「今天早上七點十分，正好是最佳發射時機。這一切你們也覺得完全合理，對吧？」

盧卡斯似乎抖動了一下，就像一隻剛被驚醒的狗那般。「是的，那當然。」

「我還是希望能再湊近一點，」拉夏德先生說，一副嚮往的口氣。他望著火箭，在遠處地平線上只是一個朝上的小亮點。「隔得這麼遠，實在不太起眼，對吧？這麼小。」

凱司培微笑，但覺得自己的胃緊張得就要被融化在胃酸裡了。「唔，拉夏德先生，有句俗話說得好。大小不重要，重要的是你怎麼用。」

這是最後的辦法了，傑克心想，一顆豆大的汗珠滑下太陽穴，被他飛行頭盔裡的襯墊吸掉了。他試圖減緩自己急速的脈搏，但他的心臟卻像一隻慌張的動物不斷捶打著，想逃出他的胸膛。眼前這一刻是他夢想過好多年的：綁在飛行座位上，關上頭盔，氧氣開始輸送。倒數計時逐漸接近零。在那些夢中，從來不會有害怕，只有興奮，期待。他從來沒想到會恐懼。

「現在是倒數五分鐘。你想退出的話，就是現在了。」耳麥通訊設備裡傳來的是高登・歐比的聲音。之前的每一步，高登都給了傑克改變心意的機會。從白沙基地飛到內華達州的航程中；凌晨時傑克在遠地點公司的機棚裡著裝時；最後，在開車穿越漆黑沙漠到駕駛台的途中。眼前，是傑克的最後一次機會。

「我們現在可以停止倒數，」高登說，「取消整個任務。」

「我還是要發射。」

「那麼這就是我們最後一次通話了。你那邊不能發出任何通訊。不能下傳給地面，不能跟太空站連絡，不然一切就會穿幫。一旦我們聽到你的聲音，就會中斷整個任務，帶你回來。」只要我們有辦法，這句話他沒說。

「聽到了。」

沉默了一會兒。「你不必這麼做的。沒有人期望你這麼做。」

「我們就進行吧。幫我祈禱就是了，好嗎？」

高登的嘆息從耳麥中傳來，響亮又清晰。「好吧，要發射了。現在還剩三分鐘，繼續倒數。」

「謝謝，高登。謝謝你所做的一切。」

「祝你好運，一路平安，傑克・麥卡倫。」

通訊切斷了。

那說不定是我這輩子最後聽到的人聲了，傑克心想。從現在開始，唯一從遠地點地面控制處上傳的，就是匯入機上導航電腦的指令資訊。這架飛行器將會由地面遙控飛行，傑克跟一隻坐在駕駛座上的猴子沒有兩樣。

他閉上雙眼，專注在自己的心跳。現在速度慢下來了。他感覺到奇異地冷靜，準備好迎向無可避免的一切，無論會是什麼。他聽到機上設備準備起飛的呼呼聲和喀啦聲。他想像著無雲的天空，大氣濃厚如水，像一片空氣構成的大海，而他必須冒出水面，到達那片冰冷、清澈、真空狀態的太空。

垂死的艾瑪就在那裡。

觀景台上的群眾陷入不祥的沉默。閉路電視上顯示的倒數計時只剩六十秒，還在繼續倒數。他們要配合發射時限，凱司培心想，前額又冒出新的汗珠。他心裡其實從沒相信真能來到這一刻。他原先期待會延期、中斷，甚至取消。在這隻該死的大鳥身上，他已經碰到過太多失望、太多厄運，因而此刻恐懼像膽汁般湧上喉頭。他看了一眼觀景台上那一張張臉，看到很多人嘴巴唸著倒數計時的秒數。一開始只是氣音，空氣中一陣陣有節奏的干擾而已。

「二十九，二十八，二十七……」

那些氣音變成一陣齊聲的低微朗誦，隨著每過去一秒，就變得更大聲。

「十二，十一，十……」

凱司培的雙手抖得好厲害，他不得不抓住欄杆。指尖都能感覺到脈搏的悸動。

「七，六，五……」

他閉上眼睛。啊，老天，他做了什麼啊？

「三，二，一……」

觀景台上的群眾同時驚奇地猛吸一口氣。然後火箭的轟響聲淹沒他，他趕緊睜開眼睛，凝視天空，看著一道火光升上天。接下來隨時會發生了。首先是令人眩目的強光，然後，因為音速較慢的關係，爆炸聲隨即響徹耳邊。「遠地點一號」當初就是這樣。

但那道強烈的火光持續往上升，直到最後只剩下藍天深處的一個小白點。

他的背被用力拍了一下。他嚇了一跳，轉身看到馬克・盧卡斯滿臉笑容看著他。

「繼續加油，穆霍蘭！這回的發射太精采了！」

凱司培鼓起勇氣又看了一眼天空。還是沒爆炸。

「不過我想你從來沒有任何懷疑，對吧？」盧卡斯說。

凱司培吞嚥了一口。「一點也沒錯。」

最後一劑。

艾瑪壓下柱塞，緩緩將針筒裡面的東西注入血管。她抽出針頭，拿一塊紗布壓住注射處，然後彎起手肘以固定，同時把針頭丟掉。這回感覺上就像個祭祀儀式，每個動作都帶著虔敬和嚴肅，心知種種感官知覺都將會是她最後一次體驗了，從針頭的刺入，到那團紗布壓在肘彎處。最後這一劑人類絨毛膜性腺激素，能讓她繼續活多久？

她轉頭看著自己搬進俄國服務艙的老鼠籠，因為這裡燈光比較亮。唯一剩下的那隻母鼠現在蜷縮成一團顫抖著，快死了。荷爾蒙的效果不是永久的。牠生的那幾隻幼鼠早上死掉了。到了明天，艾瑪心想，這個太空站就只剩我還活著了。

不，不是只有我。還有她體內的那個生命形態。大量的幼體很快就會從蟄伏狀態中醒來，開始攝食並成長。

她一手按著腹部，像個懷孕的女人在感受肚裡的胎兒。而且她體內懷的這個生命形態就像真正的胎兒一般，也有她零碎片段的DNA。從這個觀點來看，它是她生物上的後代，而且它擁有它所碰到過每個宿主的基因記憶。平井健一、尼可萊・盧登柯、黛安娜・艾思提。而現在，是艾瑪。

她會是最後一個。再也不會有新宿主，不會有新的受害者了，因為不會有人來援救她。整個太空站現在是個傳染病的墓穴，就像古代的痲瘋村那般禁止進入、不可接觸。

她飄出俄國服務艙，游向太空站電力不足的那一端。光線暗得她簡直無法穿過節點艙。除了她自己有節奏的呼吸之外，這一端寂然無聲。她所經過的那些空氣分子，一度也曾吸入其他人的肺臟裡，但那些人現在都死了。即使現在，她仍能感覺到那五名死者的存在，可以想像他們的聲音迴盪著，最後幾下微弱的脈搏終於化為沉寂。這是他們生活過的空氣，至今他們死亡的情景仍縈繞不去。

很快地，她心想，也會縈繞著我的死亡情景了。

剛過午夜十二點，傑瑞德．普拉菲醒了。電話才響兩聲，他就從沉睡轉到完全警覺的狀態。他伸手去拿話筒。

電話另一頭的聲音很不客氣。「我是桂格瑞恩將軍。我剛剛才跟夏延山脈的控制中心通過話。那個在內華達州所謂的示範發射，結果還在繼續，按照這個路線的話，就要跟國際太空站會合了。」

「什麼發射？」

「遠地點工程公司的。」

普拉菲皺起眉頭，努力回想這個名字。每個星期全世界各地的基地都有很多發射。二十家商業太空船公司老是在測試火箭系統，或是把衛星送上軌道，甚至是去太空撒人類骨灰。太空司令部在軌道上追蹤的人造物體，總數已經多達九千個。「提醒我一下這個內華達發射吧。」

「遠地點正在測試一種新型的可重複使用發射載具。他們昨天早上七點十分發射，依照規定通知了聯邦航空署，可是直到發射後才通知。他們宣佈這次飛行是他們新載具的軌道試飛，會發射到低地球軌道上，近距離經過國際太空站，然後重返大氣層。現在我們已經追蹤這架新載具一天半了，根據它最近進入軌道的引擎點火資料，它可能會更靠近太空站，比他們告訴我們的近很多。」

「多靠近？」

「要看他們下一次的點火操作。」

「近得足以真正會合嗎？會對接？」

「這架載具不可能。我們有它所有的規格明細。這只是一架原型機，沒有軌道對接系統。它頂多只能飛近太空站，揮個手而已。」

「揮手？」普拉菲在床上坐起來。「你的意思是，這艘載具上頭有人操控？」

「不。這只是一個形容而已。遠地點公司說，這架載具上頭沒有人操控。機上是有動物，包括一隻蜘蛛猴，但是沒有駕駛員。而且我們也沒檢測到地面和載具之間有任何聲音通訊。」

蜘蛛猴，普拉菲心想。太空飛行器上頭有隻蜘蛛猴，就表示也不能排除上頭有人類駕駛員的可能。飛行器上頭的環境監測系統、二氧化碳濃度，都無法分別動物和人類的差異。現在資訊這麼少，令他很不安。想到發射的時間，更讓他覺得不安。

「我不確定有任何發出警訊的理由，」桂格瑞恩說，「但你要求過，有任何靠近太空站的狀況，都要通報你。」

「再多介紹一下遠地點公司吧。」普拉菲打斷他。

桂格瑞恩輕蔑地冷哼一聲。「小角色罷了。這家內華達的工程公司有十二個員工。運氣一直不太好。一年半前，他們第一架原型機發射二十秒之後就炸掉了，早期的投資者也全都沒了。我有點驚訝他們居然還沒倒閉。他們的火箭是根據俄國技術製造的。軌道飛行器是簡單的、很基本的系統，加上重返大氣層的飛行傘。酬載容量只有三百公斤，外加一個駕駛員。」

「我會立刻飛到內華達。我們得更深入了解才行。」

「長官，我們可以監控這架載具的每一個舉動。眼前，我們沒有理由採取行動。他們只是一家小公司，想在一些新投資者面前炫耀罷了。如果那架飛行器有任何真正令人擔心的舉動，我們地面待命的攔截飛彈可以把那隻大鳥打下來。」

桂格瑞恩將軍說得大概沒錯。有個愛賣弄的地面操縱員決定把一隻猴子發射到太空裡，並不是什麼國家緊急大事。這件事他得小心處理。路瑟．安姆斯的死亡，已經引起全國性的抗議聲浪。現在不是射下另一架太空飛行器的時候——就算只是美國私人公司製造的飛行器。

但這個遠地點公司的發射有太多令他不安的地方。時機，會合的路線，而且他們無法確定或排除機上有人類的可能。

除了去進行救援任務之外，還會是什麼？

他說：「我馬上趕去內華達。」

四十五分鐘後，普拉菲上了他的汽車，開出車道。夜晚天色清朗，星星像是藍色天鵝絨上發亮的針孔。全宇宙或許有一千億個銀河系，每個銀河系有一千億顆星星。這些星星中有多少有行星，又有多少行星上有生命？泛神論主張，全宇宙各處都有生命存在，這個理論已經不再是臆測而已了。以前我們相信，只有在這個不起眼的太陽系，在這個淡藍色的小小星球上，才有生命存在，如今看來，這種想法似乎好荒謬，就像古人天真地相信太陽和星星都繞著地球旋轉一樣。生命唯一絕對需要的，就是碳基化合物和某種形式的水。這兩樣在整個宇宙中都大量存在。這表示在宇宙各處都可能存在著豐沛的生命，無論形式有多麼原始；同時也表示，星際塵埃有可能包含著細菌或孢子。從如此原始的物種中，發展出其他的生命。

如果這樣的生命形態成為宇宙塵埃，來到一個已經有生命存在的行星呢？

這是傑瑞德．普拉菲的惡夢。

以前，他曾覺得星星很美。以前，他會帶著敬畏和驚奇仰望天際。但現在，當他看著夜空，只看到無盡的威脅，看到生物的世界末日。

看到他們的征服者從天而降。

死亡的時刻到了。

艾瑪的雙手顫抖，頭部的抽動好劇烈，她不得不咬緊牙關，才不會叫出來。最後一劑嗎啡幾乎無法減輕疼痛，而且她被麻醉劑搞得迷迷糊糊，簡直沒法看清電腦螢幕，或是她手指底下的鍵盤了。她暫停一下，設法穩住顫抖的雙手。然後開始打字。

私人電子郵件收件人：傑克．麥卡倫

如果能許我一個願望，那就是再聽到你的聲音。我不知道你在哪裡，也不曉得為什麼不能跟你通話。我只知道我體內的這個東西就要宣佈勝利了。就連我在寫這封信的時候，都可以感覺到它步步進逼。我可以感覺到自己的力量逐漸消退。我已經盡力抵抗過它，但現在我累了，準備要睡覺了。

趁著我還能打字的時候，我最想說的是，我愛你。我從沒停止愛你。據說將死的人如果不說實話，就無法獲得永生。據說死前的告解都是可信的。這就是我的告解。

她的手抖得好厲害，再也沒法打字了。於是她結束這封信，按了「寄出」鍵。

她在醫藥包裡面找到了煩寧鎮靜劑，還剩兩片。她喝了口水，把兩片都吞下。她的視線邊緣開始變黑。她覺得雙腿麻木，好像那兩條腿再也不屬於自己的身體了，而是屬於陌生人的。

剩下的時間不多了。

她沒力氣穿上艙外活動太空衣了。現在她死在哪裡，有什麼差別呢？整個太空站已經被疾病污染了。她的屍體只是另一個必須清除的物件而已。

她走過最後一段路，進入太空站黑暗的那一側。

她最後這段清醒的時間，希望待在穹頂下。飄浮在黑暗中，往下看著美麗的地球。從觀景窗，她可以看到藍灰色弧形的裡海。雲霧盤旋在哈薩克上空，白雪覆蓋著喜馬拉雅山。底下有幾十億人類過著自己的生活，她心想。而我在這裡，只是天空中一顆即將死去的塵埃。

「艾瑪？」是塔德·卡特勒，柔聲在她耳麥中說話。「妳覺得怎麼樣？」

「感覺……不太好，」她喃喃道。「很痛。視線開始模糊。我吃掉最後兩片煩寧了。」

「妳要撐下去，艾瑪。聽我說。不要放棄。還不要。」

「我已經打輸這場戰役了，塔德。」

「不，還沒有！妳得相信——」

「相信奇蹟？」她輕笑一聲。「真正的奇蹟，就是我居然能在這裡。從一個很少人來過的地方，看著地球……」她碰觸穹頂的窗子，感覺到太陽穿透玻璃的熱度。「我只希望能跟傑克說話。」

「我們正在想辦法。」

「他人在哪裡？為什麼你們連絡不到他？」

「他正在拚命努力要接妳回來。妳一定要相信這點。」

她眨眨眼睛，淚水滑下。我相信。

「有什麼是我們可以幫妳做的？」塔德問，「妳還想跟其他誰說話嗎？」

「沒有了。」她嘆氣。「只有傑克。」

塔德沉默了。

「我想——我想我現在最想做的——」

「是什麼？」塔德問。

「我想睡覺。就這樣。去睡覺。」

他清了清喉嚨。「當然。休息一下吧。如果需要我的話，我就在這裡。」他結束通話前柔聲說，「晚安，國際太空站。」

晚安，休士頓。她心想。然後她拔下耳麥，任它飄進黑暗中。

27

一隊黑色轎車煞停在遠地點工程公司前面，車輪胎攪起一大片沙塵。傑瑞德・普拉菲下了領頭的那輛車，抬頭看著這棟建築物。外形像個飛機的機棚，沒有窗戶，乏味又工業化，屋頂上點綴著衛星設備。

他朝桂格瑞恩將軍點點頭。「封鎖所有進出口。」

才一分鐘，桂格瑞恩的手下就比出了全部封鎖的手勢，於是普拉菲走進去。

在裡頭，他發現一群男男女女憤怒地圍成了一個緊密的圓圈。他立刻認出其中兩張臉：飛航人員事務處主任高登・歐比，還有太空梭飛航主任蘭迪・卡本特。所以一如他所懷疑的，航太總署的人在這裡，而內華達州沙漠裡這棟平凡無奇的建築物，則是造反的任務控制中心。

不同於航太中心的飛航控制室，這裡顯然是個克難控制中心。光禿禿的水泥地面。到處都是纏結的電線和電纜。一隻怪誕的胖貓在一堆丟棄的電子設備之間翻找遊走。

普拉菲走到那些飛航控制台前，看著螢幕上跑的數據。「現在飛行器的狀況怎麼樣？」他問。

桂格瑞恩帶來的一名太空司令部飛航控制員回答了，「已經完成了末段噴射點火，長官，現在要沿著軌道半徑向量線接近太空站。再過四十五分鐘，就可以跟太空站會合了。」

「停止靠近。」

「不！」高登・歐比說。他離開那群人往前站。「別這麼做。你不明白——」

「不准撤出太空站人員。」普拉菲說。

「這不是撤離行動！」

「那它在上頭幹什麼？顯然是要跟太空站會合。」

「不，不是的，它沒辦法。它沒有對接系統，沒有辦法和太空站連接。根本沒有交叉污染的機會。」

「你還沒回答我的問題，歐比先生。『遠地點二號』在上頭做什麼？」

高登猶豫了。「它正在進行一連串類似靠近太空站的程序，如此而已。是要測試『遠地點二號』的會合能力。」

「長官，」太空司令部的那名飛航控制員說。「我在這裡看到了一個重大的異常狀況。」

普拉菲趕緊看向控制台。「什麼異常狀況？」

「機艙內的大氣壓力很低。只有八 psi。正常的應該是十四・七 psi。要不是飛行器有嚴重的漏氣，就是他們刻意降壓。」

「這麼低有多久了？」

那名飛航控制員迅速敲了幾個鍵，秀出一個圖形，是艙壓隨時間變化的圖表。「根據他們的電腦，發射後的頭十二個小時，艙壓是十四・七 psi。然後大約三十六個小時前，降低到十・二 psi，然後一直保持下去，直到一個小時前才又下降。」他忽然抬起下巴，「長官，我知道他們在搞什麼鬼了！這顯然是例行程序中的預備呼吸。」

「什麼的例行程序？」

「艙外活動。就是太空漫步。」他看著普拉菲。「我想那架飛行器上頭有人。」

普拉菲轉過來面向高登．歐比。「誰在上頭？你們把誰送上去了？」

高登看得出來，繼續隱瞞真相也沒有意義了。於是就平靜地認輸說：「是傑克．麥卡倫。」

艾瑪．瓦森的丈夫。

「所以這是援救任務了，」普拉菲說，「要怎麼進行？他進行艙外活動，然後呢？」

「他的噴射背包。他穿的海鷹太空衣上頭有。他利用背包推動自己離開『遠地點二號』到太空站，再從太空站的氣密艙進入。」

「然後接了他太太，帶她回地球。」

「不。計畫不是這樣的。他明白——我們全都明白——為什麼她不能回地球。傑克上去，是為了要送蛙病毒過去。」

「那如果蛙病毒沒用呢？」

「他也只能賭賭看了。」

「他已經暴露在國際太空站的環境中。我們絕對不會讓他回地球的。」

「他根本就沒打算要回地球！那架飛行器是要空著回來的。」高登暫停一下，雙眼盯著普拉菲。「傑克知道，這一趟對他是有去無回。他接受這個狀況。他太太在上頭快死了！他不會、也不能讓她一個人孤單死去。」

普拉菲震驚得一時說不出話來。他看著飛航控制台，那些螢幕上跑著資料。隨著時間一秒秒過去，他想到自己的妻子艾美，死前在畢士大醫院。想到自己狂奔過丹佛機場想搭上下一班飛機回家看她；想到自己上氣不接下氣趕到登機口，看到飛機緩緩離開，心中的那種絕望。他想到麥卡倫一定是不顧一切豁出去了，要是離目標這麼近，卻只能眼睜睜看著自己達不到，心中一定痛苦不堪。然後他心想，這樣不會傷害到地球上任何人，只會傷害到麥卡倫自己而已。他做了選擇，也完全知道後果。我有什麼權利阻止他呢？

他對著太空司令部的飛航控制員說：「把控制台交還給遠地點公司。讓他們繼續他們的任務吧。」

「長官？」

「我說，讓那架飛行器繼續接近太空站吧。」大家震驚地沉默了片刻。然後遠地點公司的控制員慌忙回到各自的座位。

「歐比先生，」普拉菲說，轉過身去望著高登。「你很清楚，我們會監控麥卡倫先生的一舉一動。我不是你們的敵人，但我負責要保護更大的利益，所以我會採取必要的行動。如果我看到任何跡象，顯示你們要把他們任何一個接回地球，我就會下令摧毀『遠地點二號』。」

高登．歐比點點頭。「我本來就料到你會這麼做的。」

「那麼我們都了解彼此立場了。」普拉菲深吸了一口氣，轉身面對著那排控制台。「現在，繼續進行，把那傢伙送到他太太身邊吧。」

傑克停在永恆的邊緣。

當他凝視著一片空無的太空，發現之前在無重力環境訓練池訓練再多，也無法讓他準備好面對這種發自內心深處的恐懼力量，面對眼前攫住他的麻痹無力。他打開通往空的酬載隔間的艙口，透過隔間旁敞開的掀蓋式艙門，他看到的第一眼是地球，在遠得令人暈眩的下方。他看不到太空站；因為太空站飄浮在他上方，暫時還看不見。為了要到太空站，他得游出那道酬載間的艙門，繞到「遠地點二號」的另一邊。但首先，他得逼自己忽略那種要往後退進艙內的強烈直覺。

「艾瑪。」他唸著她的名字，那聲音就像喃喃在祈禱。他吸了口氣，準備好要鬆開抓著艙口的雙手，投入天空。

「遠地點二號，我是休士頓通訊官。遠地點——傑克——請回答。」

通訊耳麥傳來的聲音讓傑克很驚訝。他沒想到地面人員會跟他連絡。休士頓公開呼叫他的名字，表示所有的保密狀態全都破壞了。

「遠地點，我們強烈要求你回答。」

他還是沒吭聲，不確定是不是該確認自己在軌道上了。

「傑克，我們已經接到通知，白宮不會干涉你的任務。只是要請你了解一個基本事實：這是一趟單程之旅。」通訊官暫停，然後輕聲說：「如果你上了國際太空站，就再也不能離開了。你不能回地球。」

「這裡是遠地點二號，」傑克終於回答，「消息收到，我了解了。」

「那你還是計畫要繼續前進嗎？考慮一下吧。」

「不然你以為我上來這裡是要做什麼？媽的來看風景嗎？」

「啊，收到了。但在你繼續下去之前，要先曉得一件事。我們六個小時前跟國際太空站失去連絡了。」

「『失去連絡』？這什麼意思？」

「艾瑪沒有回應了。」

六個小時，他心想。過去六個小時發生了什麼事？遠地點二號是兩天前發射的，接下來的時間都花在追上國際太空站，完成會合操作。在這兩天內，他切斷了所有通訊，完全不曉得太空站上發生了什麼事。

「說不定你已經去得太遲了。或許你想再考慮——」

「遙測顯示資料呢？」他打斷對方。「她的心律怎麼樣？」

「她沒連接。她決定拔掉那些電極片了。」

「所以你也不曉得。你沒辦法告訴我現在的狀況。」

「結束通訊之前，她寄給你最後一封電子郵件。」通訊官輕聲補充，「傑克，信裡是跟你道別。」

不。他抓住艙口的手立刻鬆開，衝了出去，頭往前潛入敞開的酬載間。不！他抓住一個扶手，從掀蓋式艙門的上方爬過去，來到「遠地點二號」的另一側。忽然間，太空站出現了，就在他的上方，巨大而延伸廣闊，他一時之間被這副奇觀震懾住了。然後他驚慌起來，氣密艙在哪裡？我沒看到氣密艙！有好多艙，好多太陽能板，整個面積足足有兩個美式足球場那麼大。他搞不清方向。他迷失了，被那片廣闊得令人目眩的景象弄得不知所措。

然後他看到墨綠色的聯合號太空艙突出來，知道自己正在太空站俄國端的下方。所有位置立刻對上了。他的目光立刻轉向美國端，找到了美國居住艙。居住艙的上端是一號節點艙，通向氣密艙。

他知道要去哪裡了。

接下來就是信念的跳躍。身上只有噴射背包當推動力，他得穿越太空，身上沒有安全繩，沒有任何賴以支撐的東西。他啟動噴射背包，從遠地點一蹬，衝向國際太空站。

這是他的第一次艙外活動，他笨拙又沒有經驗，無法判斷多快能到達目標。他重重撞在居住艙的艙殼上，差點又反彈出去，幸好勉強抓住了一根扶手。

快點。她就要死了。

他擔心得想吐，努力爬向居住艙，呼吸沉重而急速。

「休士頓，」他喘著氣說。「我需要飛航醫師——請找他來。」

「收到。」

「我快要——我快要到一號節點艙了——」

「傑克，我是飛航醫師。」是塔德．卡特勒的聲音，平靜但迫切。「你失聯兩天了。有幾件事要讓你知道。艾瑪注射最後一劑人類絨毛膜性腺激素，是在五十五個小時前。之後，她的檢驗結果就一直惡化。澱粉酶和肌酸激酶都非常高。上次連絡的時候，她抱怨頭痛和視線模糊。那是六個小時前。我們不曉得她現在的狀況。」

「我到氣密艙的艙口了！」

「太空站的控制軟體已經轉到艙外活動模式。你可以進行加壓了。」

傑克打開艙門，把自己拉進人員室。他轉身關上外艙門時，瞥見了逐漸離去的「遠地點二號」一眼。他唯一的救生艇已經棄他而去。他再也無法回頭了。

他關上艙門並拴好。「壓力調整閥打開了，」他說，「開始加壓。」

「我是想讓你有心理準備，面對最壞的狀況，」塔德說，「以防萬一她——」

「講點有用的吧！」

「好，好吧。有個陸軍剛傳來的消息。蛙病毒對他們實驗室的動物好像有用。不過只有早期的病例。必須在感染三十六小時內投藥。」

「那如果在之後呢？」

塔德．卡特勒沒回答。他的沉默確定了壞消息。

人員室的氣壓上升到十四psi。傑克打開中艙門，進入設備室。他慌忙拿掉手套，然後脫掉身上的海鷹太空衣，又扭動著剝去身上的水冷式內衣。從海鷹太空衣裝了拉鍊的口袋裡，他拿出好幾袋東西，裡面裝著急救藥物和預先裝在針筒裡的蛙病毒。此時他害怕得發抖，擔心在太空站內會發現的事情。他打開內艙門。

然後，面對他最可怕的夢魘。

她飄浮在一號節點艙的昏暗中，像個泳者漂流在夜間的大海。只不過這個泳者溺水了。她的四肢在有節奏的痙攣中扭動。她脊椎嚴重彎曲，頭部不斷前後猛晃，頭髮像鞭子般揮動。臨死前痛苦的掙扎。

不，他心想。我不會讓妳死。該死，艾瑪，不准妳離開我。

他抓住她的腰，開始把她拉向太空站的俄羅斯那端。因為那邊還有電力，光線比較充足。她的身體抽搐著在他懷裡翻跳，像是通電的電線遭到電擊。她好小，好虛弱，但現在那股流動在她垂死身軀內的力氣，卻幾乎要掙脫他的雙臂。無重力狀態對他來說很陌生，他像喝醉般在艙壁和艙口間碰撞，努力帶著艾瑪進入俄國服務艙。

「傑克，說點話吧，」塔德說，「怎麼樣了？」

「我把她搬進俄國服務艙了——把她放在約束板上——」

「你幫她注射病毒了嗎？」

「要先把她綁住。她在發作——」他把魔鬼氈束帶在她胸前和臀部束好，讓她的軀體固定在醫療約束板上。她的頭往後猛撞，雙眼往後翻。眼白是駭人的鮮紅色。幫她注射病毒，快點。

約束板的框架上纏著一條止血帶。傑克把止血帶抽出來，綁在她扭動的手臂上。他用盡力氣才把她的手肘按直，露出肘前靜脈。他用牙齒咬開蛙病毒的注射器蓋子，把針刺入她手臂，按下柱塞。

「注射進去了！」他說，「一整筒都打光了！」

「她怎麼樣？」

「還在癲癇！」

「醫藥包裡面有靜脈注射的癲能停！」止血帶飄走了，傑克才猛然想起自己身在無重力狀態下，沒固定好的東西都很快會飄走。他把止血帶從半空中搶救回來，再度去抓艾瑪的手臂。

過了一會兒他報告，「癲能停打進去了！靜脈注射全開。」

「有什麼改變嗎？」

傑克瞪著艾瑪，無聲懇求著，拜託，艾瑪。別死在我面前。

緩緩地，她的脊椎放鬆了。她的脖子鬆垮下來，頭部不再敲擊著約束板。她的眼珠轉回前面，現在傑克看得到她的虹膜了，血紅的眼白圈著兩個黑暗的池塘。看到她瞳孔的第一眼，他嗚咽一聲。

她的左瞳孔完全擴張了。黑黑的毫無生氣。

他來得太遲了。她就要死了。

他雙手捧著她的臉，彷彿可以純憑意志逼她活下去。儘管他懇求她不要離開，卻心知只靠觸摸或祈禱是救不了她的。死亡是一種有機的過程。離子穿透細胞膜的活動而形成的生化功能緩緩停止。腦波變成一直線。心肌細胞的規律收縮逐漸退為顫抖。光是靠祈禱，並不能讓她活下去。

但她沒死，還沒有。

「塔德。」他說。

「我在。」

「臨終事故是什麼？那些實驗室的動物發生了什麼事？」

「我不懂你的——」

「你說蛙病毒有效，只要在感染初期及早使用。這表示蛙病毒一定可以殺死喀邁拉。所以為什麼給得太晚，就會沒效呢？」

「因為有太多組織受損了。有內出血——」

「哪裡出血？解剖顯示是什麼？」

「在狗身上，百分之七十五的致命狀況是顱內出血。喀邁拉的酶會破壞大腦皮質血管表面的血管。這些血管破裂，出血會引起顱內壓力升高。就像頭部嚴重受傷一樣，傑克。會造成腦疝脫。」

「那如果能停止出血、停止腦部受損呢？要是讓病患度過急性期，他們或許就可以撐到蛙病毒發揮作用了。」

「有可能。」

傑克低頭凝視著艾瑪擴張的左瞳孔。一個可怕的記憶閃過腦海：黛比．漢寧，在醫院的輪床上昏迷。他沒能救活黛比。他等太久才採取行動，而因為他的猶豫不決，他失去了她。

我不會失去妳的。

他說：「塔德，她的左瞳孔擴張了。她需要鑽孔。」

「什麼？你這是盲目操刀。沒有X光機——」

「這是她唯一的機會！我需要一把鑽孔器。告訴我這類工具放在哪裡！」

「你稍等。」過了幾秒鐘，塔德又回到線上。「我們不確定俄國人把他們的工具箱收在哪裡。但航太總署是收在一號節點艙的儲存架。看一下袋子上的標籤，上面都標示了裡頭裝的東西。」

傑克衝出俄羅斯服務艙，再度在艙壁和艙口間碰撞著前進，笨拙地趕到一號節點艙。他雙手顫抖地拉開儲存架。檢查到第三個袋子時，發現上頭標示著「電鑽／鑽頭／接頭」。他抓了一個裝著螺絲起子和槌子的袋子，然後趕緊又衝出艙。他才離開一會兒，但好怕回去發現她死掉，那種恐懼促使他迅速飛撲過曙光號功能艙，回到了俄羅斯服務艙。

她還在呼吸。還活著。

他把那兩個袋子固定在桌上，取出裡面的電鑽。那是適合用來在太空中修理或建造的工具，而不是用來進行神經外科手術的。現在他手上拿著電鑽，想到自己即將要做的事情，忽然恐慌起來。他是在沒有消毒的狀況下開刀，手上的工具是應該用來對付鋼螺栓，而非血肉和骨頭的。他看著艾瑪，虛弱地躺在桌上，想著她顱頂之下的東西，想著她的灰質，儲藏著她一輩子的記憶、夢想和情感。造就她成為獨特艾瑪的這一切，現在都快死掉了。

他伸手到醫藥包裡，拿出剪刀和剃刀片。他抓起她一把頭髮，開始剪掉，然後把髮根刮乾淨，在她左顳骨上清出一塊切口部位，妳漂亮的頭髮。我一直好愛妳的頭髮。我一直好愛你。

他把她其他的頭髮綁起來塞好，免得污染了切口部位。他用一條黏性膠帶把她的頭固定在約束板上，然後動作更快地準備工具。抽吸導管、解剖刀，紗布。他把鑽頭在消毒劑裡面涮了一下，然後用酒精擦掉。

他戴上無菌手套，拿起解剖刀。

刀子切下去時，他覺得乳膠手套裡面的皮膚溼溼黏黏的。頭皮滲出血來，逐漸凝成一個愈來愈大的小球。他用紗布擦掉，又割得更深一點，直到解剖刀刮到頭骨。

切開頭骨，是為了要把受到微生物侵略的腦部暴露出來。而且人類身體的復元能力很強，可以熬過最無情的損害。他不斷提醒自己這一點，同時在顳骨上輕輕鑿出一個刻痕，把鑽頭的尖端放好位置。古埃及人和印加人都曾成功地執行頭骨環鑽手術，在頭蓋骨上鑿出一圈小洞，當時只有最粗糙的工具，而且沒有消毒技術的概念，照樣可以做得到。

他的手很穩，全神貫注地鑽入頭骨。只要鑽太深幾公釐，就可能碰到大腦灰質。上千個珍貴的記憶就會在瞬間摧毀。或者只要中腦膜動脈破了個小洞，就會造成大量血流不止。他不斷停下來喘口氣，察看洞的深度。慢慢來。慢慢來。

忽然間，他感覺到最後一點頭骨膜也鬆開，洞鑿穿了。他心臟跳到喉嚨口，輕輕抽出鑽頭。洞口立刻湧出一球血，緩緩脹大。血是深紅色的——靜脈流出的。他舒了一口大氣。不是動脈。現在艾瑪腦部的壓力已經緩解，顱內的血從這個新的開口流出來。他吸掉那球血，然後用紗布吸乾持續滲出的血，又鑽下一個洞，然後第三個，在頭骨上成環形鑽出了一個個直徑一吋的環形貫穿孔。等到最後一個洞都鑽好了，形成一個圓圈，他雙手都抽筋了，臉上滲出豆大的汗珠。但他不能停下來休息，每一秒鐘都很珍貴。

他拿起一把起子和圓頭槌。

希望這個辦法有用。希望能救她。

他拿著起子充當鑿子，尖端輕輕探入頭骨內。然後他咬緊牙關，撬起頭頂那塊圓形的骨頭。血往上湧。現在有了更大的開口，終於讓那些血可以流出來，逐漸溢出頭蓋骨。溢出來的還有別的。*卵*。一團卵也湧出來，顫抖著飄進空氣中。他用抽吸導管吸走，讓它們封進真空罐中。綜觀歷史，人類最危險的敵人一直就是最小的生命形態。病毒、細菌、寄生生物。*而現在是你*。傑克心想，瞪著那個罐子。*但是我們可以擊敗你*。

那個頭蓋骨上的洞幾乎沒再滲血了。隨著初期那些湧出來的血和卵，腦部的壓力也告解除。他看著艾瑪的左眼。瞳孔依然擴張。但當他拿著光往瞳孔照，他覺得——或者是他想像出來的——瞳孔邊緣微微顫抖了一下，像是一片黑水邊緣的漣漪朝中間靠攏。

*你會活下去的。*他心想。

他用紗布包紮好傷口，開始幫艾瑪做另一次靜脈注射，注射液裡面有類固醇和苯巴比妥，好暫時加深她的昏睡狀態，免得她的腦部遭受到進一步損傷。他把幾個心電圖電極片貼到她胸部。直到這些工作全部完成後，他才終於用止血帶綁住自己的手臂，幫自己打了一劑蛙病毒。這將會害死他們兩個，或是救了他們兩個。他很快就會知道了。

在心電圖監視器上，艾瑪的心跳呈現出穩定的竇性節律。他握住她的手，等著她好轉的跡象。

八月二十七日

高登．歐比走進特殊載具作業中心，看著裡頭坐在各自控制台前的人。在最前方的大螢幕上，太空站在世界地圖上劃出波浪形的軌跡。正當這個時刻，在阿爾及利亞沙漠裡，有些村民若剛好抬頭看著夜空，會很驚訝地發現那顆奇怪的星星疾馳過天空，明亮得像金星。這顆星十分獨特，因為創造它的不是哪個全能的神，也不是自然的力量，而是由人類脆弱的手所打造出來的。而在這個房間裡，離阿爾及利亞沙漠的半個世界外，則是那顆星的眾多守護者。

飛航主任伍迪．艾里斯轉過頭來，跟高登點了個頭打招呼。「沒有消息。上面一直很安靜。」

「上回通訊到現在多久了？」

「傑克五個小時前結束通訊，好去睡一下。他已經快三天都沒怎麼休息了，所以我們就盡量不打擾他。」

三天了，艾瑪的狀況還是沒有改變。高登嘆了口氣，沿著房間後方走到飛航醫師的控制台。沒刮鬍子、滿臉憔悴的塔德．卡特勒正盯著監視器上艾瑪的遙測顯示資料。塔德上次睡覺是什麼時候了？高登很納悶。每個人看起來都累壞了，但沒有人準備要認輸。

「她還撐著，」塔德輕聲說，「我們已經沒用苯巴比妥了。」

「可是她還沒脫離昏迷狀態？」

「對。」塔德嘆了口氣，身子往後一垮，捏捏鼻樑。「我不知道還能做什麼。我從沒碰到過這種狀況。在太空上動神經外科手術。」

過去幾個星期，他們很多人都說過類似的話。我從沒碰到過這種狀況。這可新鮮了。我們從沒見過這種事情。但這不就是探索的本質嗎？你無法預測到危機，每個新問題都有自己的解決方式。每次勝利都建立在犧牲上。

即使是在這個悲劇事件上，也的確還是有些勝利。遠地點二號已經安全降落在亞利桑那州的沙漠，凱司培．穆霍蘭現在正在跟美國空軍洽談他們公司的第一份合約。傑克上了國際太空站三天後，依然還很健康——這顯示蛙病毒既可以治癒喀邁拉，也可以預防。另外艾瑪還活著，這個事實也算是一種勝利了。

不過或許只是暫時的。

高登看著她的心電圖軌跡掠過畫面，心裡覺得好難過。腦死之後，那顆心臟還能繼續跳動多久？他心想。昏迷之後，身體還能繼續存活多久？看著一個曾經充滿活力的女人緩緩失去生命，要比看著她在災難中猝死更難受。

忽然間，他站直了身子，雙眼盯著監視器。「塔德，」他說，「她怎麼了？」

「什麼？」

「她的心臟有點不對勁。」

塔德抬起頭，盯著螢幕上顫抖的軌跡。「不，」他說，伸手去按通訊鍵。「那不是她的心臟。」

監視器高頻率警示音切入傑克朦朧的睡眠，他驚醒了。多年的醫學訓練，曾經在待命休息室度過無數個夜晚，讓他學會了從最深的睡眠中立刻完全醒覺，而且睜開眼睛的那一刻，他就完全知道自己身在何處，知道事情不對勁了。

他轉向警示音的來源，一時之間被上下顛倒的景象弄得有點失去方向。艾瑪看起來在天花板，臉朝下懸在那裡。她的三枚心電圖電極片有一枚鬆開來了，像一股海草在水底下漂浮。他旋轉一百八十度，眼前一切又都扶正了。

他把那個電極片又貼回去。他看著心電圖，自己的心跳好快，深怕接下來會看到的。結果他鬆了一口氣，橫過螢幕的節律很正常。

然後——還有別的。那條線抖了一下。有變化了。

他低頭看著艾瑪，看到她的眼睛睜開了。

「國際太空站沒有回應。」通訊官說。

「繼續試。我們馬上要跟他通話！」塔德厲聲說。

高登瞪著遙測顯示資料，一點也不明白。心電圖持續上下波動，然後忽然又變成一直線。

不，他心想。她快要不行了！

「只是斷訊而已，」塔德說，「電極片鬆開了。她可能癲癇發作了。」

「太空站還是沒有回應。」通訊官說。

「上頭到底是怎麼回事？」

「你看！」高登說。

螢幕上的光點忽然跳了一下，兩個人都僵住了。隨之跳了一下，又一下。

「飛航醫師，我連絡到太空站了。」通訊官宣佈，「他們要求立刻進行醫療諮商。」

塔德在椅子上立刻身體往前湊。「地面控制官，關掉迴路。請說，傑克。」

這是私人談話，只有塔德聽得到傑克說什麼。大家忽然安靜下來，房間裡的每個人都轉過來看著飛航醫師的控制台。就連坐在旁邊的高登都看不到塔德的表情。塔德身子前弓，雙手扶著耳麥，好像要擋掉任何令他分心的事情。

然後他說：「等一下，傑克。我們這裡有很多人等著想聽這件事。我們把消息告訴他們吧。」塔德轉向飛航主任艾里斯，開心地豎起兩根大拇指。「瓦森醒了！她說話了！」

接下來發生的事情，將永遠刻在高登．歐比的記憶中。他聽到講話的聲音逐漸高漲，最後匯成一片嘈雜的歡呼。他感覺塔德用力一拍他的背。麗茲．吉昂尼反叛地高呼一聲。伍迪．艾里斯則坐回自己的椅子上，一臉不敢置信又欣喜。

但高登最記得的是他自己的反應。他四下看了一圈，忽然發現自己的喉頭發痛，雙眼模糊。在航太總署這麼多年，沒人見過高登．歐比哭。他們現在也絕對不會看到的。

他從椅子上站起來，悄悄走出控制室時，大家都還在歡呼。

五個月後
佛羅里達州，巴拿馬市

通往高壓艙的門終於打開時，鉸鏈的尖鳴和金屬的叮噹聲迴盪在廣闊的海軍飛機棚裡。傑瑞德．普拉菲看著兩名海軍醫師先走出來，各自深深吸了口氣。他們已經關在那個會導致幽閉恐懼症的空間裡一個多月了，忽然重獲自由好像令他們有點茫然。他們轉身，幫著另外兩個人走出艙房。

艾瑪．瓦森和傑克．麥卡倫走出來。他們兩個人都看著迎上來的傑瑞德．普拉菲。

「歡迎重返人間，瓦森醫師。」他說，然後朝她伸出一隻手。

她猶豫著，然後握了。她看起來比照片瘦很多，脆弱很多。隔離在太空四個月，接著又在高壓艙待了五星期，讓她付出了代價。她的肌肉縮小了，蒼白臉上的黑色眼珠又大又亮。剃掉的那塊頭皮上長出來的頭髮是銀色的，跟她其他的褐色長髮形成強烈的對比。

普拉菲看著那兩名海軍醫師。「能不能請兩位先離開一下？」

等到他們的腳步聲逐漸遠去，他才開口問艾瑪，「妳覺得很好嗎？」

「夠好了，」她說，「他們說我完全沒有病了。」

「是完全偵測不出來了。」他糾正她。這個區別很重要。儘管他們已經做過動物實驗，證明蛙病毒的確能消滅喀邁拉，但他們無法確定艾瑪的長期治療效果。他們頂多只能說，她的體內已經沒有喀邁拉的跡象。從她搭著奮進號降落的那一刻起，她就不斷被抽血檢驗、照X光、做切片。儘管所有的檢驗結果都是陰性，但陸軍傳染院堅持她在檢驗期間持續待在高壓艙內。兩個星期前，高壓艙的壓力逐漸降到正常的一個大氣壓力，而她還是很健康。

即使現在，她也還不是完全自由。她的餘生都將成為被研究的對象。

普拉菲目光轉向傑克，看到他的眼中有敵意。傑克什麼話都沒說，但一手攬著艾瑪的腰，那個保護的姿勢清楚表明：*別想從我手裡奪走她。*

「麥卡倫醫師，希望你明白，我下的每個決定都有好理由。」

「我明白你的理由，但不表示我同意你的決定。」

「那麼至少我們有共識，也明白彼此的立場了。」他沒伸出手，因為他感覺到麥卡倫可能會拒絕握手。於是他只說：「有幾個人在外頭等著要見你們。我就不耽誤你們時間了。」他轉身要離開。

「等一下，」傑克說，「現在怎麼樣？」

「你們兩個人都可以離開了。只要定期回來檢查就行。」

「不，我的意思是，怎麼處理那些該負責的人？就是把喀邁拉送上去的那些人？」

「他們再也不能做決策了。」

「就這樣而已？」傑克憤怒地抬高嗓子。「沒有處罰？沒有後果？」

「我們會照慣例處理。任何政府單位都是這樣，包括航太總署。先把那些人調到冷門單位，然後讓他們悄悄退休。不能有任何調查、任何公開。喀邁拉太危險了，不能讓其他人知道。」

「可是死了那麼多人啊。」

「我們對外會說是馬堡病毒引起的。因為一隻感染的猴子，意外被送上了太空站。路瑟・安姆斯的死會歸因於人員返航載具的機械故障。」

「有個人應該要負起責任。」

「為什麼？做錯了決定？」普拉菲搖搖頭。他轉頭望著關上的機棚門，一線陽光透進來。「這件事沒有人犯罪而該處罰。他們只不過是犯了錯，不了解他們所處理的東西。我知道你們覺得很失望，我知道你們想歸咎給某個人。但這件事情其實沒有真正的壞人，麥卡倫醫師。只有……英雄。」他轉過頭來，望著傑克。

這兩個男人彼此打量了一會兒。普拉菲在傑克的眼中沒有看到溫暖，但看到了尊重。

「你們的朋友在等著呢。」普拉菲說。

傑克點點頭。他和艾瑪走向機棚的門。他們踏出去時，一片眩目的陽光照進來，傑瑞德・普拉菲瞇起眼睛看過去，只看到傑克和艾瑪的剪影，他的手臂攬著她的肩膀，她的側面轉向他。在一片歡呼聲中，他們走出去，消失在中午的眩目陽光下。

大海

28

一顆流星劃過天際，碎成一片閃爍的光點。艾瑪敬畏地猛吸了一口氣，吸入了加爾維斯敦灣上海風的氣味。再度回到地球，一切對她似乎新奇又陌生。一覽無遺的天空，躺著的身子底下這片搖晃的帆船甲板，海水輕拍「桑娜姫號」船殼所發出的聲音。她已經好久沒能體會地球上的種種，因而只是微風拂過臉上的感覺，都讓她好珍惜。隔離在太空站的過去這幾個月，她常常遙望地球，思念著青草的氣味、海風的鹹味，以及赤腳底下土壤的溫暖。她曾想，等我回到地球，只要能回去，我就再也不要離開了。

現在她回到家了，品味著地球的景觀和氣味。卻還是忍不住把渴求的目光轉向天上的群星。

「妳有沒有期望過能再回去？」傑克低聲問，聲音小得幾乎淹沒在風中。他躺在她旁邊的甲板上，一手緊扣著她的，雙眼也凝視著夜空。「妳有沒有想過，『只要他們再給我一次機會上去，我就要把握住』？」

「每天都在想，」她喃喃道，「這不是很奇怪嗎？我們在上頭的時候，成天談的都是回地球。現在我們回到地球了，卻又不斷想著要再上去。」她一手梳過頭皮，重新長出來的那些短髮是醒目的銀色。當初傑克解剖刀所劃過的頭皮和帽狀鍵膜部位，她還能摸得到粗糙而隆起的疤痕組織。這個疤痕將是個永遠的提醒，讓她想起那段在太空站倖存的記憶；同時也是個恐怖的紀念物，刻劃在她的身上。然而，當她看著天空，還是感覺到自己對天空那種舊日的渴慕。

「我想我永遠會希望能再有機會，」她說，「就像水手總是想重回海上。無論上一次航程有多麼可怕，也無論他們回到陸地有多麼熱情親吻土地。最終，他們還是會想念大海，總是會想要再回去。」

但她再也不會回到太空了。她就像一個困在陸地上的水手，周圍環繞著大海，充滿誘惑，卻又禁止她進入。因為喀邁拉，她永遠也不能上太空了。

詹森太空中心和陸軍傳染院的那些醫師們，儘管都再也偵測不到她體內有任何感染的跡象，但也無法確定喀邁拉已經根除。它有可能只是蟄伏，成為她身體良性的房客而已。萬一她回到太空，航太總署裡沒人敢預測會發生什麼事。

所以她永遠不會再去了。如今她是太空人小組裡的鬼魂，依然是組裡的一份子，但再也不可能被指派飛行任務了。現在只能靠其他人繼續追逐夢想。已經有一組新的人員登上了太空站，繼續完成她和傑克做到一半的修理和生物清理工作。太空站受損的太陽能板和主桁架所需的最後一批零件，下個月將會隨著哥倫比亞號太空梭發射。國際太空站不會廢棄不用。為了讓這個繞行地球的太空站成真，已經犧牲掉太多人命；現在放棄它，就會讓那些人的犧牲變得沒有意義了。

另一顆流星劃過天空，像一顆發亮的炭渣般墜落，閃爍著熄滅了。他們兩個人都等著，期望下一顆出現。其他人看到流星可能會視為一種預兆，或者以為是天使在飛行，或當成是許願的機會。但艾瑪眼中的流星就是它們的實質：一小塊行蹤不定的太空垃圾，來自冰冷、黑暗的廣闊太空。儘管這些流星只不過是石頭和冰，令人驚異的程度卻絲毫不減。

她再度仰望著天空時，「桑娜姬號」隨著一陣浪潮而上升，她忽然失去方向，覺得星星朝她湧來，覺得自己飛馳過太空和時光。她閉上雙眼，毫無預警地，她忽然有一種無法解釋的恐懼，心臟開始狂跳。她感覺到臉上滲出冰冷的汗。

傑克碰觸她顫抖的手。「怎麼了？妳冷嗎？」

「不。不，不是冷……」她艱難地吞嚥。「我忽然想到一件可怕的事情。」

「什麼事？」

「如果陸軍傳染院是對的——如果喀邁拉當初是隨著一顆隕石來到地球——那就是其他星球有生命的證據。」

「沒錯，那就證明了是這樣。」

「那如果它是有智慧的生物呢？」

「喀邁拉太小、太原始了。它沒有智慧的。」

「但把它送來地球的生物，或許有智慧。」

傑克在她身邊動也不動。「殖民開拓者。」他輕聲說。

「就像散播在風中的種子。無論喀邁拉降落在哪裡，任何行星，任何太陽系，都會污染當地的物種。把那些物種的DNA加入自己的基因組。它不需要演化幾百萬年，就能適應新家。為了要活下去，它會從當地的物種身上，取得所有的基因工具。」

而一旦站穩腳步，一旦在新行星上成為稱霸的物種，接下來呢？她不曉得。她心想，答案一定就在喀邁拉的基因組裡，就在他們還無法鑑別出來的那些部分。那些DNA序列的功能依然是個謎。

又一顆隕石劃過天空，提醒她天空是永遠變化不斷、永遠充滿騷動的。也讓她想起地球只不過是廣大太空中一個孤單的旅者。

「在下一個喀邁拉到來之前，」她說，「我們得做好準備。」

傑克坐起來，看看手錶。「愈來愈冷了，」他說，「回家吧。如果明天的記者會我們沒到，高登會氣瘋的。」

「我從來沒見過他發脾氣。」

「妳不像我這麼了解他。」他開始拉著吊帆索，主帆升起，在風中翻拍。「他有點愛上妳了，妳知道的。」

「高登？」她大笑。「我無法想像。」

「妳知道我無法想像的是什麼嗎？」他輕聲說，站在船尾駕駛的位置，把她拉近了。「有哪個男人不會愛上妳。」

忽然來了一陣強風，吹在帆上，「桑娜姫號」破浪前進，滑過加爾維斯敦灣的水面。

「準備迎風換舷了。」傑克說。然後兩人迎著風，把船頭轉向西邊。指引他們的不是星星，而是岸上的燈火。

家的燈火。

謝辭

若非航太總署諸多人士慷慨協助，我就不可能寫出這本書。在此獻上我最深的謝意：

航太總署公關處的 Ed Campion，謝謝他帶領我參觀詹森太空中心內部的那趟精采之旅。

飛航主任 Mark Kirasich（國際太空站）與 Wayne Hale（太空梭），謝謝他們對於自己吃重角色的深刻看法。

Ned Penly，謝謝他解釋酬載選擇的流程。

John Hooper，謝謝他介紹我新型的人員返航載具。

Jim Reuter（馬歇爾太空飛行中心），謝謝他解釋太空站的環境控制與維生系統。

飛航醫師 Tom Marshburn 醫師和 Smith Johnston 醫師，謝謝他們詳盡解釋無重力狀態下的急救醫療細節。

Jim Ruhnke，謝謝他解答我有時很怪異的工程學問題。

Ted Sasseen（已從航太總署退休），謝謝他分享他身為太空飛行工程師漫長生涯中的種種回憶。

另外也要感激其他領域的專家給予我的協助：

Truax工程公司的Bob Truax和Bud Meyer，他們是現實生活中的火箭小子，謝謝他們在可重複發射載具方面所提供的內幕資訊。

Steve Waterman，謝謝他對減壓艙的解說。

Charles D. Sullivan與Jim Burkhart，謝謝他們所提供兩棲類病毒的資訊。

Ross Davis醫師，謝謝他解說神經外科手術方面的細節。

Bo Barber，有關飛行器與跑道的資訊泉源。（Bo，我隨時願意與你同飛！）

最後，我要再度謝謝：

Emily Bestler，謝謝她讓我展開雙翅飛行。

Jane Rotrosen經紀公司的Don Cleary與Jane Berkey，謝謝他們深知絕妙故事的要素。

Meg Ruley，謝謝她幫我實現夢想。

以及——

我的丈夫Jacob。親愛的，這是我們攜手完成的。

Storytella 37

喀邁拉空間

Gravity

喀邁拉空間 / 泰絲.格里森(Tess Gerritsen)著 ; 尤傳莉譯. --
二版. -- 臺北市 : 春天出版國際文化有限公司, 2024.10
面 ; 公分. -- (Storytella ; 37)
譯自 : Gravity
ISBN 978-957-741-313-0(平裝)

874.57 109018359

ISBN 978-957-741-313-0
Printed in Taiwan

作　者　泰絲·格里森
譯　者　尤傳莉
總編輯　莊宜勳
主　編　鍾靈

出版者　春天出版國際文化有限公司
地　址　台北市大安區忠孝東路四段303號4樓之1
電　話　02-7733-4070
傳　眞　02-7733-4069
E—mail　bookspring@bookspring.com.tw
網　址　http://www.bookspring.com.tw
部落格　http://blog.pixnet.net/bookspring
郵政帳號　19705538
戶　名　春天出版國際文化有限公司
法律顧問　蕭顯忠律師事務所
出版日期　二〇二四年十月二版

定　價　560元

總經銷　楨德圖書事業有限公司
地　址　新北市新店區中興路二段196號8樓
電　話　02-8919-3186
傳　眞　02-8914-5524
香港總代理　一代匯集
地　址　九龍旺角塘尾道64號 龍駒企業大廈10 B&D室
電　話　852-2783-8102
傳　眞　852-2396-0050